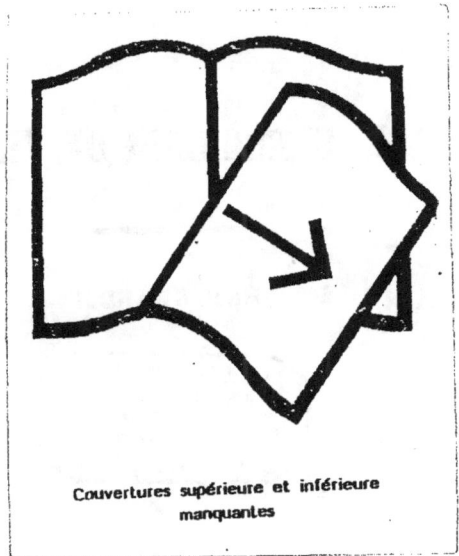

Couvertures supérieure et inférieure
manquantes

COUVERTURES SUPERIEURE ET INFERIEURE D'IMPRIMEUR.

LE CHERCHEUR DE TRÉSORS

1re SÉRIE GRAND IN-8o

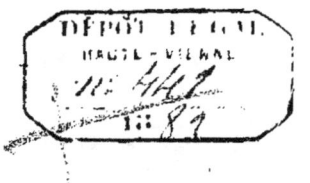

LE CHERCHEUR

DE TRÉSORS

MÉMOIRES D'UN ÉMIGRANT

PAR GUSTAVE STRAFFORELLO

TRADUIT DE L'ITALIEN

PAR ALFRED DE BELLERIVE.

LIMOGES

IMPRIMERIE EUGÈNE ARDANT ET Cⁱᵉ

ÉDITEURS.

LE
CHERCHEUR DE TRÉSORS

CHAPITRE Ier.

Un testament posthume.

Je naquis en Irlande.

Orphelin dès le berceau, je fus recueilli par la charité de mon oncle Cornélius Murphy qui prit soin de mon enfance avec une sollicitude toute paternelle.

C'était un singulier homme que mon oncle Cornélius.

Il habitait une petite maisonnette située sur la limite des comtés de Meath et de King, province de Leicester, dans laquelle je vis s'écouler insoucieusement les premières années de ma vie.

Maintes fois les ingénieurs vinrent étudier le pays afin de tracer une ligne précise de démarcation entre les deux comtés; malgré toutes leurs scientifiques recherches on ne put jamais savoir auquel des deux nous appartenions : circonstance qui, au dire de beaucoup, n'avait point échappé à l'œil clairvoyant et malicieux de mon oncle dans la bizarre élection de sa résidence. En effet, grâce à cette position territoriale, non-seulement il s'exemptait de l'impôt foncier, mais il pouvait, à son choix, voter aux élections des deux comtés.

Par cela seul il vous est déjà facile de voir à quel point mon oncle était doué d'astuce et d'industrie; mais vous en trouverez une preuve encore plus manifeste dans l'aventure suivante que j'éprouve un vif regret de ne pouvoir passer sous silence.

De tous les propriétaires et gentlemen de la paroisse, aucun ne pouvait marcher de pair, pour la richesse, avec un certain Thomas Doggins, à la fois propriétaire et cultivateur.

Doggins avait deux fils qui vivaient en perpétuelle discorde, et qui maintes fois réglaient à coups de poings la question de savoir lequel des deux dépenserait l'argent qu'ils volaient en commun dans la cachette de leur vieux père.

Pierçe l'aîné n'épargnait point les taloches à Mathieu, et Mathieu les lui rendait avec usure.

Cependant Mathieu finit par se lasser d'une pareille existence ; trouvant que la place n'était plus tenable, un beau matin il prit congé de son père, et après avoir passé quelques semaines à Dublin, il s'embarqua sur un navire qui faisait voile pour les Indes.

Le vieux Doggins en tomba malade de chagrin, il se mit au lit pour n'en plus sortir. Mais il ne fut point emporté par une mort subite, car le pauvre homme languit alité pendant de longs mois.

Pierçe ne quittait point son chevet ; il le tourmentait sans relâche pour lui faire écrire son testament et déshériter Mathieu le fils prodigue. Mais le vieux Tom demeurait inébranlable dans sa paternelle résolution, déclarant jusqu'à la fin que ses biens seraient également partagés entre ses deux fils.

Ces altercations n'étaient pas ignorées du voisinage. Chaque fois que l'on passait de nuit devant la maison de Tom, il était rare que l'on n'entendît pas la voix du vieillard, nasillarde et chevrotante, étouffée par la voix dure et impérieuse de Pierçe.

Enfin il advint qu'un dimanche soir le silence et la paix se firent tout-à-coup dans cette demeure : pas un mot, pas un soupir, on l'eût dite inhabitée. Les voisins se regardèrent, se parlèrent à demi-voix et conclurent que le vieillard était mort, ou qu'il approchait de sa fin.

Minuit venait de sonner lorsqu'on heurta doucement à la porte de notre maison. Comme je couchais dans une chambre près du poêle, je fus éveillé le premier ; mais effrayé que j'étais, je n'osai pas ouvrir la bouche.

On frappa plus fort, et j'entendis qu'on appelait :

— Cornélius, Cornélius Murphy, c'est moi ; ouvrez vite ; j'ai besoin de vous parler.

Je reconnus la voix ; c'était Pierçe ; mais je feignis de dormir et me mis à ronfler bruyamment.

A la fin mon oncle se leva, poussa le verrou et je l'entendis s'écrier en ouvrant la porte :

— C'est vous, maître Pierçe, qu'est-il arrivé ? Est-ce que votre père va plus mal ?

— Il est mort.

— *Requiescat in pace, amen.* Y a-t-il longtemps ?

— Depuis une heure. Il est mort comme un païen, sans vouloir faire de testament.

— Tant pis ! tant pis ! répondit mon oncle, qui s'appliquait toujours à répondre dans le sens de ses interlocuteurs.

C'est un malheur, pour sûr, répliqua Pierçe, mais ce serait encore plus triste si nous ne nous hâtions d'y porter remède. Vous comprenez, Cornélius, il faut que vous m'aidiez dans cette affaire-ci. Voilà cinq belles guinées d'or sonnantes que je vais vous compter, à la seule condition que vous ferez ce que je vous dirai. Vous savez que vous et mon père vous vous ressembliez comme deux gouttes d'eau, au point que plus d'une fois on vous a pris l'un pour l'autre.

— Ah ! diable! s'écria mon oncle effrayé de ces paroles, sans bien savoir encore où Pierçe en voulait venir.

— Or donc, voici la chose : vous allez me suivre à la maison, et vous vous coucherez dans le lit.

— Pas avec le cadavre ?... reprit mon oncle tremblant.

— Non, parbleu! le lit sera vide. Vous ferez semblant d'être mon père, et vous demanderez à faire votre testament avant de mourir. Alors je ferai venir les voisins avec Billy O'Dogherty le maître d'école, vous lui dicterez vos dernières volontés, c'est-à-dire que vous me léguerez la maison, les fermes et tous vos biens, comme à votre unique et légitime héritier; — vous comprenez? Et les voisins qui vous verront et qui entendront votre voix ne concevront même pas l'ombre d'un doute que le testateur ne soit mon père.

— En ce cas, fit observer mon oncle, il faudrait que la chambre fût assez obscure.

— Elle le sera, soyez tranquille ! D'ailleurs je ne laisserai personne approcher du lit; il vous suffira d'apposer votre signature au bas de l'acte.

— Et monsieur le curé ? demanda mon oncle.

— Hier il est venu visiter le défunt, répliqua Pierçe, mais comme personnellement j'ai eu maille à partir avec don Patrice à propos de je ne sais plus quelles dîmes, cela nous chausse à merveille; mon excuse est toute prête : j'aurai soin qu'on ne l'avertisse pas. Venez, dépêchons ; nous n'avons pas de temps à perdre, il faut que l'affaire soit faite avant le soleil levant.

Sans plus attendre, mon oncle acheva rapidement sa toilette et sortit à pas de loup, en tirant la porte derrière lui.

Resté seul je me mis sur mon séant et je prêtai l'oreille pendant uelque temps; puis, m'habillant à mon tour, je les suivis de loin afin d'assister à la séance.

Désirant arriver avant eux, je pris par un chemin de traverse à moi connu; mais par malheur je m'égarai dans les haies, grâce à l'obscurité de la nuit, de sorte que j'arrivai tout essoufflé derrière la maison de Pierçe lorsque la comédie était déjà commencée.

Il me semble avoir encore en ce moment sous les yeux cette scène étrange.

J'étais grimpé sur une fenêtre et j'avançais la tête à travers le châssis déchiré. Mes regards plongeaient dans une chambre spacieuse ; au fond on apercevait un lit accompagné de la table de nuit surchargée de fioles, de tasses d'amphores et d'autres ustensiles pharmaceutiques.

Un peu plus loin, était assis à une autre table Billy O'Dogherty, le maître d'école, avec les objets nécessaires pour écrire. Autour, dans un clair-obscur indistinct, apparaissaient trois ou quatre villageois silencieux et attentifs à l'acte solennel qui se préparait.

Pierçe lui-même semblait très-ému et ne pouvait tenir en place, il allait de l'un à l'autre s'efforçant de contenir sa douleur et versant force rasade aux assistants.

L'insigne fourberie, dont le secret était dévoilé pour moi, ne pouvait dépouiller cette scène d'une certaine solennité.

La profondeur indécise de l'appartement plongé dans la pénombre, les physionomies austères et pensives des villageois, leur respiration lente et entrecoupée çà et là par un soupir ou un sanglot, — tribut d'affectueuse douleur sur la perte d'un être chéri dont le souvenir naturellement renaissait plus vif dans ces circonstances lugubres ; — tout cela, je le répète, s'offrait à moi si réel, si palpitant, que je ne pouvais me défendre d'un secret sentiment de mystérieuse terreur.

Une violente quinte de toux sortit soudainement de l'angle obscur où se cachait le lit ; cet incident sembla redoubler le calme sinistre. Mais après un instant, au milieu d'un silence dans lequel se fut fait entendre le vol d'une mouche, mon oncle s'écria :

— Où est Billy O'Dogherty ? je veux faire mon testament.

— Le voici, père ! répondit Pierçe en prenant le maître par la main et en le conduisant au chevet du lit.

— Ecrivez ce que je vais vous dicter, Billy ; hâtez-vous, car je sens mes forces qui s'en vont. Je meurs en bon catholique, vous savez que don Patrice est venu m'apporter hier au soir tous mes sacrements.

Un concert universel de : Oh ! ah ! hi ! hi ! hélas! résonna dans la chambre en ce moment; toutefois il eût été assez difficile de dire si c'étaient des soupirs de compassion pour le moribond ou des cris d'admiration pour sa fin édifiante.

— Je meurs en paix avec tous mes voisins, et avec tout le genre humain !

Nouveau concert d'exclamations, qui, cette fois, paraissait confirmer ces charitables paroles.

« Je laisse à mon fils Pierçe, aye ! Dieu sait s'il fut au monde un meilleur fils!... Avez-vous écrit, Billy? Je laisse à mon fils Pierçe mes deux fermes de Sheboora et Luary, la jachère qui s'étend derrière la maison de Lynch, la fonderie et le droit de chasse dans la forêt de Dooran. Je lui laisse pareillement, et puisse-t-il en jouir pendant une longue suite d'années! cette maison que j'habite, ainsi que l'étang de Lanty, le champ de Cassarn, le moulin et le four à chaux; et à propos cela me fait penser que mon gosier brûle comme de la chaux; versez-moi une larme de cette liqueur que je vois là dans ce flacon... »

Quoiqu'il n'eût réclamé qu'une larme, le mourant ne laissa pas d'avaler une bonne gorgée, ce qui sembla, comme par miracle, le rappeler à la vie.

« Où en étais-je, Billy O'Dogherty? Ah! je me souviens, j'étais dans le four à chaux. Item, je laisse — je veux dire à Pierçe — le jardin attenant, mes deux vaches, la charrue, la baratte...

— Vous avez attrapé une fièvre de paroles, cher père, interrompit Pierçe que la loquacité de mon oncle effrayait, et, à dire vrai, les fumées du punch lui étaient subitement montées au cerveau et lui chatouillaient le larynx.

— C'est vrai, Pierçe, j'ai une fièvre de paroles, mais laisse-moi l'éteindre une seconde fois dans cette bouteille! Ah! Pierçe, Pierçe, tu as versé de l'eau dans la fiole.

— Non, père, ma parole d'honneur! hélas! c'est le sens du goût qui commence à s'en aller.

Ici, nouveau chœur de lamentations, excitées par les paroles de Pierçe.

— Oui, oui, je ne tiens plus qu'à un fil, répliqua mon oncle, mais je n'ai plus à disposer de rien, si ce n'est de deux ou trois arpents de terre. Par le salut de ton âme, Pierçe, retiens bien mes dernières paroles! m'écoutes-tu? Tous les témoins sont-ils présents? m'entendez-vous, Billy?

— Oui, Thomas. — Oui, père. — Nous sommes tout oreilles, s'exclama l'assistance d'une seule voix.

— Bien! bien! je laisse... et puisse — encore une larme, Pierçe, et puisse cette douce liqueur se changer en poison, si ceci n'est pas ma ferme, suprême et immuable volonté; je dis donc que je laisse mes quatre arpents de terre situés au carrefour de Durham, au pauvre Cornélius Murphy, parce qu'il est dans l'indigence et que c'est l'homme le plus honnête, le plus probe, le plus laborieux que je connaisse. Sois son ami, mon cher Pierçe, ne le laisse manquer de rien, tant que toi-même tu vivras dans l'abondance; souviens-toi de moi et de ma dernière heure chaque fois qu'il viendra te demander un service. Avez-vous écrit, Billy? Les quatre arpents de terre près du carrefour de Durham à Cornélius Murphy et à ses héritiers *in sæcula sæculorum*. Ah! que Dieu soit béni! je me sens soulagé. On ne saurait croire combien une bonne action rend la conscience légère! Et maintenant, Pierçe, une dernière rasade, *le coup de l'étrier !*

Combien d'extravagances n'eut-il pas encore débitées, si Pierçe, terriblement inquiet de la prolixité du malade, n'eut conduit tous les assistants dans une autre chambre, pour laisser le vieillard mourir en paix.

Dès qu'il les eût congédiés, Pierçe revint sur la pointe du pied et trouva mon oncle qui, sorti du lit, achevait de mettre ses chausses.

— Parfaitement, Cornélius! lui dit-il, tout marchait à souhait; mais cette histoire des quatre arpents du carrefour de Durham, ce n'est qu'une plaisanterie, hein ?

— Naturellement, Pierçe, répliqua mon oncle, tout cela n'était qu'une plaisanterie. Les voisins vont pouffer de rire, quand je leur raconterai la chose.

— Vous n'aurez pas le courage de me trahir ! reprit Pierçe tremblant de peur.

— Et vous, aurez-vous le courage de contrevenir aux dernières volontés de votre père mourant? répondit mon oncle avec un sourire dont l'expression sardonique me fit courir un frisson dans les veines.

— Très-bien, Cornélius, ajouta Pierçe qui me tournait les épaules et qui lui tendit la main; un contrat est un contrat; une main lave l'autre et toutes les deux lavent le visage, mais vous me les avez liées en adroit fripon que vous êtes.

Ainsi finit cette farce sacrilége : mon oncle s'en revint tranquillement à la maison, très-satisfait du legs qu'il s'était assigné, oubliant que Dieu ne devait pas le bénir.

Cette prospérité nouvelle inespérée eut l'effet qu'elle produit toujours en pareil cas. En plaçant mon oncle dans une autre sphère, elle lui fit dès lors adopter un nouveau genre de vie. Il n'était plus astreint à louer ses journées comme un mercenaire, mais il lui suffisait chaque jour d'un travail modéré pour cultiver ses quatre arpents ; et il n'est personne si peu initié qu'il soit aux mœurs patriarcales de l'Irlande qui ne sache qu'une petite métairie et son accessoire obligé, — le porc — suffisent largement aux besoins du frugal paysan irlandais.

Mais le bien mal acquis ne profite guère ; et nous fîmes bientôt une douloureuse expérience de la vérité de cette vulgaire maxime.

Il advint qu'un certain Morissy découvrit, je ne sais comment, le mystère enfoui dans l'oubli depuis longtemps déjà ; stimulé par la jalousie, hélas! trop commune dans le monde, ou peut-être par un sentiment de sourde hostilité, il renoua tous les fils de la trame et vint faire sa déposition devant le coroner.

Mon oncle fut arrêté un beau matin, mis aux fers et traduit devant le magistrat du comté; il fut interrogé, convaincu, puis condamné à la déportation à vie dans l'île de Van-Diemen et à la confiscation des arpents frauduleusement acquis et du reste de ses biens.

Pauvre, orphelin, sans expérience, dans un âge où l'on a besoin plus que jamais d'un protecteur et d'un guide, je me trouvais en face de la dure, de l'inexorable nécessité, nourrice industrieuse de qui l'homme reçoit une éducation virile, comme je le reconnus ensuite, mais qui m'apparaissait alors comme une marâtre odieuse et impitoyable.

La Providence qui jamais ne nous abandonne, en me frappant d'un si rude coup, m'avait prémuni contre l'adversité : car le ciel m'avait doué d'un caractère ferme, énergique, que le découragement ne savait point abattre, comme vous pourrez vous en convaincre par la lecture de ces mémoires.

— Courage, Dick ! me disais-je à moi-même, le monde est large; il y a un chemin pour tous, il suffit qu'on veuille le chercher.

Je fis donc un paquet de quelques hardes, j'empochai par précaution deux ou trois schellings que mon oncle m'avait laissés en partant, et je pris la route de Dublin, déterminé à m'embarquer comme le fugitif Mathieu et à mettre le cap sur les Indes.

CHAPITRE II.

Mon premier pas sur l'échelle de la vie.

Ce fut par une obscure et pluvieuse matinée de janvier que je mis le pied pour la première fois dans la capitale.

Les lanternes répandaient encore sur les rues leurs ternes clartés à travers l'humide et nébuleuse atmosphère, mais le bruit augmentait à mesure que je m'enfonçais dans ce réseau de ruelles étroites qui se coupent et s'entrelacent à l'occident de la cité.

Les fenêtres des quatrième et cinquième étages étoilées çà et là
de lumières indécises trahissaient l'ardeur au travail de leurs habitants matineux; tandis que les policemen immobiles et drapés dans
leurs cabans s'abritaient sous les auvents des boutiques pour se préserver du froid pénétrant et humide. Hors de là, on n'apercevait
aucune trace d'un être vivant, et j'avoue que ce premier aspect de la
cité était assez capable d'amortir le feu de l'enthousiasme qui m'a-
vait représenté souvent la grande métropole comme un splendide
oasis, comme une terre d'enchantements et de merveilles.

A peine le jour commençait-il à poindre que je me sentis entraîné
par une sorte d'instinct filial à la recherche de la prison de Newgate,
dans laquelle était détenu mon oncle, en attendant le navire qui
devait le conduire à Van-Diemen.

Je traversais rapidement ce labyrinthe de ruelles et de carrefours,
non point pour pénétrer dans la prison, mais pour contempler cette
demeure de la scélératesse humaine, peuplée de malheureux mis au
ban de la société.

En soi la circonstance ne mérite pas d'être mentionnée, et je l'aurais passée sous silence, si ce n'eût été la profonde impression que
cette matinée laissa dans mon âme, sentiment d'une horreur salutaire
pour tout ce qui est mal; sentiment qui jamais, ne s'est effacé de
mon cœur, et qui m'a profité mille fois dans les accidents multiples
de mon existence aventureuse.

Je cherchai longtemps à découvrir dans la multitude de ces fenêtres grillées celle de mon oncle, mais ce fut en vain. Elles avaient
toutes une affreuse ressemblance, presque une identité; il était impossible de rien distinguer, de rien apercevoir. Je dirigeai mes pas
vers un autre point; j'avais payé, autant qu'il m'était possible, le
dernier tribut à la piété filiale.

J'ai maintes fois ouï répéter que chacun de nous contribue personnellement au choix de son genre de vie autant qu'à l'élection de
son nom de baptême. Je crois qu'il y a du vrai dans cette façon de
dire. Les occupations de toute ma vie, multiples non moins que dis-
parates, furent moins le résultat d'un dessein préconçu que l'en-
chaînement des vicissitudes d'une fortune capricieuse.

Je sortis enfin de mes réflexions, et quoiqu'il en soit de cette
manière philosophique d'envisager l'existence, j'arrivai, après une
longue promenade à travers les rues principales de la cité, à cette
conclusion toute pratique, que je n'étais pas venu au monde pour
mourir de faim.

Le ciel s'était éclairci peu à peu. Aux fenêtres des hôtels d'alentour
se montraient des têtes curieuses qui suivaient du regard les cavaliers, qui, traversant la place, caracolaient avec le plus de désinvolture et de grâce; au centre, un cercle de désœuvrés s'était groupé

autour d'une troupe de musiciens pour écouter leurs mélodieuses symphonies.

Mes regards se promenèrent longtemps sur ce panorama brillant et varié de l'existence d'une grande ville ; ils tombèrent finalement sur une classe d'individus qui figuraient, ce semble, les comparses du drame, — je parle d'une poignée de vagabonds, de va-nu-pieds, maigres et faméliques, qui accouraient au-devant de chaque nouveau cavalier, s'offrant avidement pour tenir les rênes du cheval, lorsqu'il plairait au maître de descendre.

Quoiqu'il régnât entre eux une rivalité féroce, ils semblaient former une sorte de corporation, et repoussaient impitoyablement les tentatives de deux ou trois nouveaux venus qui semblaient vouloir s'enrôler dans leur confrérie.

Je me tenais assis sur un banc de la place, examinant avec curiosité jusqu'aux moindres particularités de leur manière d'agir et des règles de la compagnie.

Plusieurs d'entre eux se trouvaient justement à quelques pas, se disputant avec l'ardente vivacité des gens de leur espèce, à qui tiendrait la bride d'un très-beau cheval bai, d'où un officier de cavalerie s'apprêtait à descendre.

— Je suis à vos ordres, capitaine ! Vous connaissez Eim, mon gentleman ! criait l'un en s'adressant à l'officier d'un air d'intime familiarité.

— C'est moi, Milord, qui ai porté cette lettre à miss O'Grady ! s'écriait un second en faisant valoir un autre titre de recommandation. — Ce nom de miss O'Grady resta gravé dans mon souvenir, car je l'entendis répéter à quelque temps de là, dans un moment où je me voyais à deux doigts de la mort.

— C'est moi qui tenais votre cheval le jour où la bête ombrageuse vous a désarçonné, capitaine ! s'exclamait un troisième avec une maladresse si évidente que ses rusés compagnons éclatèrent en un concert unanime de rires et de plaisanteries.

— Au large, canaille ! cria le dragon d'un air menaçant ; ce jeune homme qui est assis là veillera seul à la garde de mon cheval ; et il me fit signe d'approcher, moi spectateur indifférent de la scène.

Toute la troupe fut stupéfaite à ces paroles et se retourna pour me dévisager, avec les marques du mépris le moins dissimulé. Une explosion de paroles injurieuses et d'imprécations vint tomber sur ma tête, lorsque je me levai pour obéir à l'invitation de l'officier.

Le hasard et la nécessité m'ont amené souvent dans le cours de mon existence, à exercer maintes professions pour lesquelles je n'avais pas la moindre expérience, dans lesquelles je débutais même avec une parfaite maladresse ; mais je crois que ce premier pas sur la rapide échelle de la vie fut pour moi le plus pénible de tous les apprentissages. Les lazzis, les quolibets qui pleuvaient sur moi à propos de mon habillement, de ma tournure, de ma démarche grotesque, de mes chaussures même, — tous mes moqueurs allaient nu-pieds, — étaient si cruelles, si amères, que dans ce moment j'aurais préféré, je crois, tant le ridicule est puissant, les haillons et la saleté des initiés, à mon pourpoint de laine et aux chausses bleu de ciel de mon costume villageois.

Je prêtai attentivement l'oreille aux instructions de l'officier sur la manière de tenir le cheval pendant son absence, et sans répondre aux sarcasmes dont j'étais harcelé, autrement que par un air d'indifférence que j'étais loin d'éprouver, je m'éloignai avec une gravité dédaigneuse.

L'absence du capitaine dura une heure environ ; à son retour il parut si satisfait de ma scrupuleuse exactitude à ses instructions qu'il me mit un schelling dans la main, en m'invitant à me trouver le jour suivant avec ponctualité à la même heure et dans le même lieu.

C'était sur la brune ; les passants devenaient plus rares. J'allais me retirer, non moins joyeux d'avoir si bien débuté que d'avoir échappé à mes persécuteurs, lorsque je les vis se serrer derrière moi dans une attitude menaçante.

Je fus enveloppé dans un clin d'œil et assailli d'un déluge de questions : — Qui j'étais? — d'où je venais? — qui m'avait conduit là? — et enfin et surtout, — qu'avais-je reçu de la libéralité du capitaine?

Je vis immédiatement que mon schelling, voire même mes épaules n'étaient pas sans courir quelques risques, et je compris qu'il fallait un coup d'audace pour me tirer de ce mauvais pas. Aussitôt, me roidissant sur les jarrets, je me ruai contre les assaillants comme une tempête, je m'ouvris un passage, non sans en culbuter deux ou trois, et je m'élançai précipitamment dans la première ruelle qui s'offrit devant moi.

Les drôles ne s'amusèrent pas à compter leurs pas ; mais doublement stimulés par la proie qui leur échappait des mains et par le désir de la vengeance, ils se mirent avec fureur à ma poursuite.

En peu d'instants j'aurais été rejoint et il m'eût fallu payer largement le vin tiré, si conseillé par l'imminence du péril, je n'eusse modifié tout-à-coup mon plan de retraite, afin de les dépister par la ruse comme je les avais surpris tout à l'heure par la violence.

Au détour d'une rue, au lieu de continuer une course à laquelle mes jambes et mes poumons se fussent refusés tôt ou tard, je me blottis à la faveur de l'obscurité dans une loge qui se trouvait ouverte. J'avais à peine refermé la porte que j'entendis à peu de distance le bruit des pas de la troupe qui me poursuivait, et par le jour de la serrure, je les vis peu après passer essouflés et les poings menaçants ; s'ils eussent pu m'atteindre, j'étais en grand danger.

Ayant sauvé par ce moyen mes épaules et mon argent, je n'osais pas encore cependant me hasarder à quitter mon asile, dans la crainte que les vauriens, soupçonnant mon stratagème, ne revinssent sur leurs pas en quête de ma personne : et puis où trouver un abri pour la nuit à cette heure avancée, pauvre étranger que j'étais au sein de cette grande cité ?

Le brave homme auprès duquel j'avais trouvé refuge et à qui je racontai tout au long mes aventures était un marin, le beau-frère du concierge absent justement ce jour-là. Il eut la politesse de m'offrir un lit dans un coin de la loge. Harassé, brisé par mes pérégrinations à travers la ville, par la peur et par ma course précipitée, je ne tardai pas à m'endormir profondément.

— Mais si tu l'as échappée hier, Dick, comment feras-tu aujourd'hui pour en sortir les culottes nettes ! Telle fut la pensée qui me vint à l'esprit le matin en m'éveillant.

Il fallait en effet me trouver à Merrion-Square à l'heure dite, si je ne voulais renoncer à cette nouvelle profession qui m'était tombée pour ainsi dire du ciel, et aux profits assez honnêtes, à en juger par mon début, qu'elle devait m'apporter tous les jours.

Pouvais-je espérer n'être point reconnu de mes compétiteurs ou pour mieux dire de mes ennemis? Ne prendraient-ils point une revanche de l'échec de la veille sur ma bourse et sur ma peau? Ces prévisions toutes naturelles n'avaient rien de bien rassurant ; mais la nécessité saute à pieds joints par-dessus les prévisions : il fallait choisir, ou bien entamer les quatrins laissés par mon père et que je tenais en réserve *in extremis,* ou bien paraître à Merrion-Square à l'heure indiquée, au risque de ce qui pourrait suivre.

Je me déterminai pour ce dernier parti, et je vous laisse à penser si j'allais d'un pas bien résolu. Mais en arrivant, quelle fut ma surprise de voir tous mes rivaux, au lieu d'accourir caresser mes épaules d'une volée de bois vert et me montrer le poignard par le manche, me regarder d'un œil d'indifférence, comme si rien ne fût arrivé, comme s'ils ne m'eussent point connu ! Cette paix inespérée fut si complète, qu'à partir de là ils évitèrent même de me chercher noise et me laissèrent garder seul le cheval du capitaine sans plus envier, — à ce qu'il me semblait du moins, — mes profits journaliers. On aurait pu croire que d'un consentement tacite ils m'avaient admis dans leur corporation.

J'étais jeune alors, et la crédule jeunesse a coutume de se fier aux apparences ; mais si j'avais possédé la moindre teinture de cette science mystérieuse du cœur humain, — science que l'expérience, la pratique des hommes, le cours des années et par-dessus tout, les vicissitudes de mon existence me firent acquérir plus tard, — je n'aurais pas eu de peine à m'apercevoir que sóus ce calme apparent couvait la tempête, et que mes adversaires n'avaient changé de batterie que pour me surprendre mieux.

L'événement ne tarda guère à dévoiler le complot.

Mais je crois devoir raconter d'abord un incident qui précéda celui-ci et qui signala le commencement d'une orageuse soirée.

Je me tenais à Merrion-Square selon mon habitude, lorsque j'aperçus le capitaine venir dans ma direction. Cette fois il était accompagné d'un homme de mauvaise mine et de taille gigantesque ; il avait ralenti l'allure de son cheval dont il réglait le pas sur celui du personnage pour converser plus facilement avec lui.

Au moment où il descendait de cheval et me jetait les rênes, vint à passer un petit homme coiffé d'un chapeau à bords rabattus et enveloppé d'une houppelande de couleur brune ; le capitaine et l'homme à la houppelande poussèrent une même exclamation :

— Ah! c'est vous, Harry ?

— Tiens! c'est vous William ?

— La *Vendetta* est en rade, savez-vous ?

— Impossible ! il a perdu ma trace.

— Je ne le sais que trop ! aussi c'est à moi qu'il en veut.

— Alors il viendra dès ce soir. Vous devez être obsédé, mon bon William ; il serait peut-être temps de s'en débarrasser. Qu'en dis-tu, Yorrick ? dit le capitaine en se tournant vers son compagnon.

Celui qu'on appelait Yorrick montra ses dents blanches et aiguës dans un sourire féroce, et répondit :

— Je suis prêt !

Mais ces trois mots furent dits d'un accent qui faisait frissonner.

— C'est dit, William, reprit le capitaine en revenant à l'homme à la houppelande, ce soir nous sommes à vous !

— De dix à onze, si l'heure vous convient.

— De dix à onze !

Et les trois hommes se séparèrent. Quoiqu'ils eussent tenu ce colloque à demi voix, je ne l'avais que trop bien entendu.

Que faire ? empêcher le crime que méditaient ces trois malfaiteurs ? suivre leurs pas ou bien avertir leur victime ? — J'étais enfermé dans un réseau de difficultés inextricables.

Je jouais nonchalamment avec les rênes du cheval qu'on m'avait confié, mais au fond j'étais rongé d'une mortelle inquiétude.

Tout-à-coup, à trois pas de moi, deux de ces vagabonds dont j'ai parlé plus haut se ruent l'un sur l'autre et se battent comme des forcenés ; leurs compagnons les regardent faire, pas un d'eux ne bouge pour les séparer.

A cette vue, ému non moins qu'indigné et suivant l'instinct d'un cœur généreux plutôt que les avertissements d'une sage défiance, j'abandonne imprudemment la bride de mon cheval aux mains du premier venu, et avec toute l'ardeur qu'inspire à une âme honnête le désir d'une bonne action, je m'élance pour mettre fin à cette lutte acharnée.

Mais à peine me suis-je jeté courageusement entre les combattants que tous deux tournent leur rage contre moi : ils me serrent, me renversent d'un croc-en-jambes adroitement donné, me mettent le genou sur la poitrine et font pleuvoir sur ma tête une grêle de coups de poings.

Ce fut dans toute la bande une clameur bruyante, universelle, accompagnée d'éclats de rire diaboliques.

— Bravo, Tim! Kss! Kss! Emmène-le! emmène-le!

Je me redressai, repoussant avec vigueur les bras de fer de mes ennemis.

Dans cette cruelle posture, j'aperçus en effet le drôle à qui j'avais confié mon cheval se mettre en selle, éperonner sa monture et fuir avec la rapidité de la flèche.

A cette vue la fureur me rendit des forces; par un effort suprême je me débarrassai de leur étreinte opiniâtre, et tout maltraité, hors d'haleine et les vêtements en désordre, je me mis à courir à toutes jambes après le fugitif.

Mais outre l'avance que mon voleur avait sur moi, il allait d'une telle vitesse que, malgré tous mes efforts, il me fut impossible non-seulement de l'atteindre, mais même de garder sa trace.

Après m'être égaré dans un dédale de ruelles enchevêtrées, je me trouvai finalement, harassé, épuisé, sur la plage de la baie de Dublin.

Ma situation était véritablement désolante. Je ne voyais aucun moyen de recouvrer le cheval, là-dessus il ne me restait plus d'espoir : d'autre part je ne pouvais reparaître à Merrion-Square sans m'exposer au ressentiment du capitaine qui, de l'humeur dont je le connaissais maintenant, m'eût envoyé rejoindre mon oncle à New-gate, ou mon père dans l'autre monde.

Cette sombre perspective ne me souriait pas du tout.

Cependant je repris courage par la pensée de mon innocence. Je n'avais aucune faute à me reprocher, j'étais seulement la victime de ma bonne intention. Je remis donc mon sort aux mains de la Providence.

La nuit était paisible, le ciel parsemé d'étoiles et l'atmosphère si douce qu'il ne m'en coûtait rien de coucher en plein air.

La vaste étendue de la baie se déroulait devant moi dans une obscurité profonde, mais la mer était si calme que l'éclat des deux fanaux se projetait en deux longues et vacillantes lignes de lumière sur la surface du golfe. Le silence de la nuit n'était interrompu que par le clapotement monotone de la vague et le craquement des câbles tendus et retenant les barques soulevées par la marée montante.

Ces rumeurs, mêlées aux effluves mystérieuses de la nuit, avaient un je ne sais quoi de plaintif qui ne tarda pas à répandre sur mon âme une légère teinte de mélancolie; mais c'était une mélancolie pleine de charmes, je m'étendis sur un lit d'algues sèches pour laisser ma fantaisie s'égarer plus à l'aise dans l'incertitude de l'avenir.

Tandis que je reposais sur cette couche agreste, mon oreille percevait peu à peu les sons plus distinctement, j'entendis le grincement d'une chaîne, et comme un bruit sourd sur les flots, au-dessous de moi.

Je me penchai sur le quai pour regarder au bas, et j'aperçus une petite chaloupe retenue par une chaîne à un anneau. On voyait deux rames humides encore, saillant à la proue; le gouvernail flottait au gré de la vague, inerte et abandonné comme moi-même; c'est ainsi du moins que je me représentais ma vie, et je commençai aussitôt à établir une étrange comparaison entre la barque et moi.

Un bruit de pas qui approchait rapidement me fit rentrer brusquement dans la réalité.

Je prêtai l'oreille, et je reconnus la course précipitée d'un homme qui semblait venir dans ma direction. Je me blottis sous les algues comme un serpent sous l'herbe. Apparaissant aussitôt sans s'apercevoir de ma présence, l'inconnu sauta sur le parapet, poussa un sifflement aigu, puis il attendit silencieux durant plusieurs secondes. Ne recevant aucune réponse, il répéta le même signal, mais toujours en vain : — rien ne se fit entendre.

— Malédiction! murmura-t-il entre ses dents, les drôles sont endormis; et il répéta le même sifflement pour la troisième fois.

Ce bruit dut parvenir à plus d'un mille de distance, cependant pas un coup de sifflet, pas une lumière, pas un signe ne lui répondit.

— Et ce maudit chien abandonne le canot dans un pareil moment!

En même temps il sauta du parapet, et son regard vint tomber sur moi qui me tenais accroupi et, par peur, faisais semblant de dormir. Il me fit relever en un clin d'œil avec une paire de coups de pieds et en me criant :

— Corbleu! crois-tu qu'il soit temps de dormir? ne t'ai-je pas dit de te tenir alerte? Mais qu'est-ce là? qui es-tu?

— Un pauvre jeune homme, Monsieur, qui n'a pas de toit pour s'abriter, répondis-je humblement.

Il baissa la tête pour écouter, puis avec une exclamation de colère :

— Fatalité! ils approchent! jeune homme, peux-tu manier une rame?

— Je crois le pouvoir, Monsieur, répondis-je.

— Bien : descends dans le canot et conduis-le au bas de ces escaliers taillés dans le mur. Saute vite, il n'y a pas de temps à perdre! J'ai la main tout en sang et je ne puis t'aider. A merveille, mon fils! détache le grelin; appuie un peu à droite, la proue est juste sous tes pieds; là! très-bien! Et maintenant fais vite, borde les avirons!

Il me suivait le long du parapet, m'encourageant par ses paroles; puis d'une voix plus basse et plus contenue :

— C'est ici!... courage!... encore deux coups d'aviron, — attends là!

Et descendant rapidement les degrés, il sauta dans l'embarcation et vint s'asseoir à la poupe.

— Chut! silence! me dit-il à voix basse, ne bouge pas! ici, à l'ombre du mur, il est impossible qu'ils nous découvrent!

Il avait à peine fini, que deux formes humaines indistinctes apparurent sur le parapet juste au-dessus de nos têtes, et se tinrent plusieurs secondes comme plongeant les regards dans l'éloignement.

— Je jurerais l'avoir vu dans cette direction, dit l'un.

— Fût-il le diable en personne il ne pourra nous échapper, ajouta l'autre d'une voix animée par la colère.

— Et moi, je te dis qu'il m'a l'air du diable en chair et en os, répliqua le premier.

— Sacrebleu! Tout homme qui a de la chance au jeu est un prodige pour toi.

— Non! mais un homme qui tient un pistolet comme lui!... Le scélérat, l'as-tu vu m'ajuster?

— Sans ce damné coquin qui a disparu avec mon cheval, il y a vingt minutes que je l'eusse rejoint.

— Je ne serais point surpris, Harry, qu'il se fût jeté à la nage : il est plus agile qu'un poisson.

— Il ne peut s'être élancé d'une hauteur comme celle-ci sans tomber lourdement, et nous le serrions de trop près pour n'avoir pas entendu le bruit de sa chute. Mets un peu de poudre dans un morceau de papier, cela nous servira de fanal; il fait là dedans une nuit d'enfer.

Tandis que les deux arrivants préparaient ce flambeau d'un nouveau genre, j'entendis à la poupe un léger bruissement. Je me retournai et j'aperçus mon compagnon tranquillement occupé de son côté à armer un pistolet : pour lui, l'entreprise était difficile, obligé qu'il était de tenir l'arme entre ses genoux, pendant que de la main gauche il relevait le chien. Sa main droite était cachée toute entière dans l'échancrure de son vêtement. Rien de plus inoffensif et de plus indifférent en apparence que tous ses mouvements jusqu'à l'instant où, le doigt sur la détente, il leva le canon de son arme et mit en joue les deux personnages.

Finalement la fusée s'alluma, le papier brûla durant quelques secondes, puis il échappa de la main qui le tenait.

La lueur fauve de la flamme illumina complètement deux visages non moins fauves, et l'on vit leurs traits sauvages et accentués, rouges et éclairés comme en plein midi. Je les vis comme par une impulsion simultanée avancer tous deux la tête par-dessus le parapet et plonger les regards au-dessous dans l'obscurité. J'aurais presque juré qu'ils nous avaient découverts; mon compagnon le pensait aussi sans doute, car serrant la crosse du pistolet il les visa d'un œil lent et attentif.

J'attendais dans une indescriptible anxiété; je croyais ouïr à tout instant le bruit d'une détonation, et puis la chute d'un cadavre dans l'eau.

Le papier qui avait enveloppé la poudre et qui brûlait encore était venu tomber précisément sur la main avec laquelle mon compagnon tenait son pistolet. Malgré la douleur cuisante que la brûlure dût lui faire éprouver, il ne remua point, il ne souffla pas même pour faire tomber la flammèche.

Je tremblais toujours que cette lueur mourante ne vînt à nous trahir; mais non, il était hors de doute qu'on ne nous avait point aperçus. Ma joie fut à son comble lorsque je les vis l'un après l'autre quitter le parapet, tandis que ce dialogue parvenait encore jusqu'à moi :

— C'est la seconde fois qu'il m'emporte plus de cinq cents guinées. Malédiction! mais par les os de mon père, la troisième fois je ne le lâcherai pas vivant.

— Tu l'as déjà marqué pour le jour de la fête, répondit l'autre. Je parie que tu lui as coupé net les cinq doigts de la main.

— Le couteau était affilé comme un rasoir, répliqua le premier, mais il me l'a fait tomber de la main par un coup de poing si bien asséné sur le poignet, que j'en ai encore le bras engourdi.

— Ah! c'est un rude jouteur; maintenant qu'il est en sûreté, je n'ai qu'à me bien tenir.

— Tu as peur, Harry?

— Sotte question; j'ai cru ce soir me débarrasser de lui pour toujours, mais j'ai la chance contre moi. Il faut que demain je sois à vingt lieues de Dublin, sur la route de l'Amérique.

— Crois-tu donc qu'il t'ait reconnu?

Je n'entendis pas la réponse.

Ils continuèrent la conversation en s'éloignant; leurs paroles n'arrivaient plus à mon oreille que comme un bruit confus et indistinct. Mais du peu que j'avais entendu, il était facile de conclure que je me trouvais en présence d'un homme de force herculéenne et d'une intrépidité prodigieuse.

Enfin tout redevint silencieux, et l'inconnu mit bas son pistolet.

— Pousse au large, me dit-il, nage tribord! nous apercevrons bientôt une lumière pour nous orienter.

J'avais appris dès l'enfance à ramer, sur les barques de service qui sillonnent les lacs de Wesmeath; de sorte que je m'acquittais assez bien de mon office présent, stimulé que j'étais, il faut l'avouer, par une frayeur terrible de ce personnage qui se tenait mystérieusement assis à la poupe.

Pendant quelque temps nous fîmes le trajet en silence, lorsqu'il se prit à me demander tout-à-coup :

— A quel navire appartiens-tu, jeune homme?

— Je n'ai jamais navigué, répondis-je.

— Comment? tu n'es pas marinier? où as-tu donc appris à manier l'aviron?

— J'ai appris à ramer sur les lacs de mon pays natal.

— Mais qui es-tu donc? et comment t'ai-je trouvé là cette nuit?

— C'est un pur hasard. Je suis un étranger, et je n'ai dans cette ville, ni maison, ni ami. J'ai vécu plusieurs jours à Dublin en m'occupant de garder les chevaux.

— Et en fouillant les poches du prochain dans l'occasion, n'est-ce pas?

— Jamais! répondis-je avec une indignation à peine comprimée.

— Ne t'offense pas, camarade, reprit-il en souriant, il y en a bien d'autres qui exercent ce métier. J'ai voulu moi-même essayer cette nuit de me faire la main, mais ce n'a pas été tout-à-fait impunément.

Cette confession pour avoir le mérite de la franchise n'était pas pour cela plus rassurante : je ne répondis rien et je continuai à ramer de toutes mes forces.

— Très-bien! reprit-il après une pause, la fortune m'a souri deux fois cette nuit, en me dérobant à mes assassins et en te jetant sur ma route. Quitte un instant les rames, jeune homme, et voyons si tu es aussi bon chirurgien que parfait marinier. Regarde si tu trouveras moyen de panser mieux cette blessure que l'air de la nuit commence à rendre plus cuisante. Attends un peu ; maintenant nous sommes en sûreté et nous pouvons allumer cette lanterne.

A ces mots il tira de dessous ses vêtements une élégante lanterne sourde qu'il se mit à allumer incontinent.

Inutile de dire avec quelle impatiente curiosité j'attendais un rayon

de clarté pour examiner à mon aise les traits de mon singulier
compagnon. Ma surprise et ma joie furent des plus vives lorsque,
— au lieu d'une sinistre figure, de pirate ou de bravo, que je m'attendais à voir, — j'eus sous les yeux un homme d'environ trente-
cinq années, d'un aspect seigneurial, de belle et mâle contenance.

Une moustache noire ombrageait sa lèvre, une barbe touffue
descendait jusque sur sa poitrine, mais sans faire paraître plus
farouche la régularité sereine et l'expression aimable de sa physionomie. Il portait un chapeau de feutre fin à larges bords, et sous le
caban grossier d'un pilote ordinaire, on entrevoyait la distinction et
l'élégante propreté de son costume.

Je recueillis à la dérobée ces particularités qui n'étaient point in-
signifiantes, pendant qu'il s'occupait à détacher de sa main un
mouchoir de soie tout humide de sang.

Malgré la souffrance que devait lui causer une telle opération, pas
un muscle de son visage ne trahit la plus imperceptible impression
de douleur. Enfin ayant achevé de dérouler la soie il me montra sa
main nue et je vis une affreuse blessure : les quatre doigts étaient
séparés presque entièrement de la main. La profondeur de la plaie
confirmait bien les paroles du misérable, l'arme dont il s'était servi
devait être affilée comme un rasoir.

Soit qu'une perte abondante de sang eût épuisé les veines, soit
que la pression de la ligature eût étanché la plaie, il en coulait
quelques gouttes à peine ; avec le secours de sa cravate, je ne tardai pas à panser, de mon mieux, sa blessure.

— Tu es un garçon d'adresse et de talent, dit-il en souriant et en
replaçant la main enveloppée sous les revers de son vêtement ;
comment te nommes-tu ?

— Richard Murphy.

— Richard Murphy ? Un assez beau nom, répliqua-t-il, et quel
rôle penses-tu jouer sur le difficile théâtre de la vie, maître Dick ?
Tu as dû y rêver, je suppose.

— J'ai déjà rêvé à beaucoup de choses, Monsieur, mais un pauvre
diable que je suis, comment peut-il sortir de son trou ? J'aurais
bonne envie de faire mon chemin, mais... je n'ai point d'argent, ni
d'amis.

— De l'argent, — des amis ! s'écria l'inconnu avec un dédaigneux
sourire qui faisait contraste avec son air de bonne humeur habituel ;
écoute-moi, camarade ! Des amis et de l'argent, j'en ai eu, j'ai dépensé autant que personne au monde, à quoi m'ont-ils servi ? et il
levait en haut sa main blessée, avec un sourire toujours plus amer.
Non, mon fils ; crois-en un homme qui a l'expérience de la vie ;
moins on a de fardeaux et d'entraves et plus le voyage est facile.
Celui qui a foi dans l'or sait toujours s'en procurer ; et de cette

denrée qu'on appelle des amis, le monde en est plein, comme il est plein d'imbéciles.

C'était la première fois que j'entendais apprécier ainsi ce j'eu trompeur qu'on appelle la vie, et je ne pourrais dire l'étonnement que j'en ressentais. Mon compagnon semblait se complaire à voir mon attention ainsi captivée, il continuait, énumérant les divers moyens d'arriver au succès dans le monde avec une si maligne finesse, qu'il me semblait un oracle.

— Mais que je suis stupide, dit-il en terminant, de m'entretenir de la sorte avec un saute-ruisseau dont la suprême ambition est d'obtenir un plus riche pour boire que ses compagnons déguenillés! Nage tribord! Dick; enfin voici le fanal, je veux être mis en pièces, si nous sommes éloignés de plus de deux milles.

Le ton de voix dédaigneux dont furent dites ces dernières paroles m'ôta toute envie de renouer l'entretien; je me courbai sur les rames en redoublant de vigueur, et l'esquif vola, rapide comme l'hirondelle, sur les flots silencieux.

CHAPITRE III.

Sir Edmond Neville.

Les avirons se mouvaient de toute l'énergie de mes bras, et la chaloupe se rapprochait du fanal que nous avions aperçu. Mon compagnon, plongé dans une méditation profonde, se tenait assis et contemplait silencieusement les étoiles; mais il se redressa tout-à-coup en s'écriant :

— Doucement, Dick, doucement, maintenant plus rien ne nous presse, nous pouvons respirer; il y a déjà un moment que nous sommes en sûreté; nous gouvernons en droite ligne sur la *Vendetta*, et nous sommes près de la rejoindre. As-tu jamais entendu parler de ce yacht?

— Jamais, Monsieur.

— Ni de son maître, sir Edmond Neville?

— Pas davantage.

— Très-bien! reprit-il en riant, cela me console. Je ne suis pas encore si grand réprouvé que je me le figurais. Jusqu'ici je ne pouvais croire qu'il y eût au monde un maroufle de ton espèce, qui ne fût capable de débiter à tout venant deux ou trois anecdotes sur mon compte pour le moins. Eh bien! ce fanal dont tu entrevois la lueur, sur lequel nous avons mis le cap, éclaire la *Vendetta* qui dort sur ses ancres, et sir Edmond Neville est assis près de toi sur ce banc. Dans dix minutes nous serons à bord; courage donc si tu n'es point lassé.

— Non, sir Edmond, je tiendrais l'aviron encore plus d'une heure.

— Eh bien! maître Dick, maintenant que nous allons prendre congé, serais-tu si novice dans le métier, que de refuser un verre de grog? ou bien serais-tu par hasard une de ces femmelettes qui préfèrent une règle maussade et une tasse d'insipide café à une joyeuse insouciance et à un plein verre de généreux whisky?

— Si vous me permettez, sir Edmond, je ne tremperai pas mes lèvres, car je n'ai pas l'habitude de semblables liqueurs.

— A ta guise! je veux te dire seulement qu'il est prudent d'approvisionner la barque toutes les fois qu'on en trouve l'occasion. Enfin n'importe : si tu veux fouiller dans cette sacoche, — tu y trouveras quelques schellings ; prends-les comme un souvenir d'amitié. Seulement je te recommande de ne dire mot de ma blessure; mes doigts guériront comme ils pourront; mais il y a certaines choses que je n'aime pas à voir s'ébruiter.

— Si jamais âme qui vive l'apprend de ma bouche, je veux.....

— Suffit! ne fais pas de serment, tu ne me tiendras point parole. Attention! Laisse aller! et veille à l'accostage! Nous voici dans les eaux du navire.

Sir Edmond avait à peine fini de parler qu'une voix rauque nous héla du yacht. Il ne répondit que par l'explosion d'une furieuse colère, grimpa l'échelle comme un écureuil, et dans un instant parut sur le pont.

— Où est Sam? demanda-t-il impérieusement.

— Me voici, maître, répondit un homme de petite taille, mais robuste et bien découplé, qui s'avança d'un pas tremblant.

— Appelle ici un matelot pour reconduire à terre ce jeune homme et dis-lui qu'il ne ramène pas Halkett au cas où il le rencontrerait : le vaurien m'a planté là ce soir, et sans ce garçon là j'aurais passé sans doute une assez mauvaise nuit.

— Et le bagage d'Halkett dois-je le faire porter à terre?

— Non. Dis-lui que je le déposerai à Demerara, si ce n'est qu'il me prenne fantaisie de le jeter en pleine mer, répondit en riant sir Edmond.

Durant ce court dialogue, je m'étais approché d'une fenêtre par laquelle filtrait un rayon de lumière, pour jeter un furtif regard sur le trésor que j'avais entre les mains. Je croyais tenir sept ou huit schellings, quelle fut ma surprise de reconnaît.e que toutes les pièces étaient d'or en belles espèces sonnantes ? — huit magnifiques souverains.

Je revenais à peine de ma stupeur lorsque le matelot qui devait me reconduire à terre sauta dans l'esquif et prit place à l'avant en saisissant les rames.

— Un instant, lui criai-je, un instant, je vous prie ; sir Edmond ! sir Edmond Neville !

— Qu'y a-t-il ? répondit celui-ci qui parut sur le pont.

— L'argent que j'ai reçu...

— Tu n'es pas content, sans doute ? je devais m'y attendre! Sam, donne lui encore une poignée de schellings.

— Vous êtes dans l'erreur, Monsieur, m'écriai-je avec une chaleureuse insistance, ce sont des pièces d'or que vous m'avez données, huit souverains !

— Que n'as-tu pris le diable avec ! reprit-il en riant; si ce sont des pièces d'or, tant mieux pour toi : qu'avais-tu besoin de faire tant de vacarme pour rien ?

— Vous m'avez commandé de prendre seulement quelques schellings dans votre escarcelle, Monsieur.

— Quelle sotte chose qu'un honnête homme ! L'entends-tu, Sam ? le nigaud se fait scrupule d'empocher cet argent! Ne monte pas, jeune homme; si je me suis trompé, c'est à moi la faute, garde tout.

— Je suis aussi fier que vous, lui criai-je, que je sois pendu si je le garde !

Il me fixa quelques instants d'un œil étonné, puis il me cria d'une voix rauque :

— Arrive ici, jeune homme !

J'obéis : et lui, sans dire mot, décrochant une lanterne allumée, du mât auquel elle était pendue, me la présenta au visage et se mit à examiner mes traits attentivement.

— Je donnerais volontiers une guinée pour connaître qui était ton père, dit-il d'une voix sèche.

— Monsieur, le nom de mon père était Murphy ; je l'ai perdu trop jeune pour l'avoir connu ; mais j'ai été élevé par mon oncle Cornélius Murphy, de Kilbeggan entre les comtés de Meath et King.

— Murphy ? s'écria sir Edmond d'un ton de voix étrange, bah ! il n'y a pas si longtemps qu'il est mort, je voudrais savoir ce qu'on a fait de la peau de cet honnête coquin ; s'il a fini ses jours à Tyburn, il ne l'a pas volé. Qui aurait pu s'attendre qu'il eût fait souche de gens de probité ? Enfin n'importe! en ce monde chacun y est pour soi, tu n'es pas responsable des fautes de ton prochain ; ta délicatesse est une plante exotique qui a poussé sans culture. Quoi qu'il en soit tu m'as plu ; qu'en dis-tu ? te conviendrait-il de faire une course avec nous ? veux-tu rester à bord de la *Vendetta* ?

Quoique intérieurement blessé de la manière assez irrespectueuse dont sir Edmond avait traité mon père, sa proposition me fit tressaillir de joie.

— Serait-il vrai ? m'écriai-je, parlez-vous sérieusement ?

— Sam, inscris-le sur le rôle et donne-lui un caban, dit-il d'une voix brève ; puis il commanda : Largue les drisses à la marée montante et que l'on descende le canal.

— Monsieur Sam, dis-je au matelot qu'avait mandé sir Edmond, je connais enfin votre nom ; que j'ai de plaisir à vous retrouver pour vous remercier encore une fois du service que vous m'avez rendu !

— Quel service !... Ah ! c'est toi, jeune homme, qui es venu te réfugier dans la loge, le soir que je m'y trouvais ? Tu dis parbleu vrai ! Il est fort heureux que j'aie rendu visite à ma sœur ce jour-là, sans quoi tu eusses trouvé la porte fermée. Bravo, Dick, mon ami, je suis content de renouveler connaissance avec toi !

Cependant sir Edmond avait disparu dans l'entre-pont, je me dirigeai avec Sam vers le quartier des matelots.

Le lecteur me permettra sans doute une petite digression à propos du singulier personnage auquel un caprice de la fortune venait de m'associer, d'autant qu'il doit reparaître encore dans la suite de ces mémoires.

Sir Edmond Neville était le fils unique d'un riche baronnet, lequel non point par une affection immodérée comme il arrive le plus souvent, mais par l'effet d'une pure insouciance, avait mis à son fils dès l'âge le plus tendre la bride sur le cou, et laissé pleine liberté de sa personne.

Une indulgence sans limites, l'accomplissement immédiat de ses plus étranges fantaisies, une bourse toujours ouverte, dans laquelle on le laissait puiser à pleines mains, tout cela joint à un tempérament par nature ardent et obstiné, ne tarda guère à porter les fruits qu'il était raisonnable d'attendre d'un pareil système d'éducation.

Sir Edmond se fit noter à l'université d'Oxford par ses habitudes d'insubordination ; les choses allèrent si loin que finalement il se fit expulser.

Doué de talents au-dessus plutôt qu'au-dessous du médiocre et d'une certaine promptitude à saisir toutes ces notions superficielles qui donnent un vernis séduisant dans la société cultivée, généralement il laissait dire de lui que si sa vie eut été un peu moins folle et dissipée, il eût fait, selon l'expression vulgaire, une belle figure dans le monde.

Après avoir vainement essayé de la vie des champs, dans laquelle une seule chose convenait à ses goûts, je veux dire la chasse, il finit par s'enrôler dans un régiment de cavalerie légère, renommé pour recruter au nombre de ses officiers tout ce qu'il y avait de plus dissipateur dans tous les autres corps de l'armée.

Ce fut alors que le baronnet vint à mourir, et sir Edmond se trouva subitement à la tête d'un immense patrimoine.

Cet événement joint à sa réputation bien connue de prodigalité le mit aussitôt en faveur auprès de ses frères d'armes ; plusieurs de ceux-ci qui avaient dépensé jusqu'à leur dernier quatrin, ne voyaient pas sans un certain plaisir le régiment s'agréger un nouveau Crésus.

Sir Edmond était leur fait à tous.

Celui-ci voulait se défaire d'un cheval fougueux, celui-là d'un briska passé de mode; au billard le capitaine n'avait pas son pareil, au pharaon ils étaient tous de première force.

Il prêtait à ses amis, — Dieu sait combien il en avait ! — des sommes fabuleuses, mais le tapis vert en dévorait davantage encore : si par hasard, — ce qui n'arrivait pas souvent — il était heureux au jeu, on ne le payait pas en autre monnaie qu'en bons mots et en plaisanteries.

— De l'argent, sir Edmond, que diable en feriez-vous? C'était la réponse ordinaire de ceux qui n'avaient pas de réponse.

Mais d'autre part il était l'idole du régiment, et si chaque jour il vidait sa bourse dans celle des autres, il se consolait en pensant qu'il avait gagné le cœur de tous ses camarades.

Que lui importait d'ailleurs? Pour lui qui ne savait pas le chiffre de son revenu, les plus folles dépenses étaient à peine une goutte d'eau hors de l'Océan.

Eût-il jamais vu la fin de ses richesses s'il ne se fût trouvé une haine assez diabolique pour comploter sa ruine, et assez patiente pour employer quinze années à l'exécution de ce projet?

Voici à quelle occasion cette implacable animosité avait pris naissance.

Le colonel du régiment de sir Edmond avait deux filles : l'aînée se nommait Anna, la plus jeune Lidia Delmar.

Celle-ci joignait à une rare beauté la plus parfaite aisance de manières et cette délicatesse accomplie qui ne s'acquiert que dans la fréquentation des sociétés d'élite ; merveille assez rare, elle s'était formée au contact du monde sans y avoir perdu le parfum de sa candeur ; elle charmait tout à la fois par sa beauté, son esprit et les grâces de sa vertu.

La fille aînée du colonel Delmar avait épousé depuis peu un certain Mynheer van der Welden, simple attaché à l'ambassade de Hollande, mais qui avait de hautes protections et de magnifiques espérances ; c'était un homme assuré de faire son chemin.

La folie du colonel était de marier ses filles à des ambassadeurs.

Il espérait donner pour époux, à Lidia, un jeune seigneur polonais, le comte Alexis Radchofsky, secrétaire de l'ambassade russe, appuyé d'innombrables recommandations, et s'il est possible encore en plus belle voie de parvenir que Mynheer van der Welden lui-même. Le comte Radchofsky avait jeté ses vues sur la plus jeune fille du colonel Delmar, et le colonel encourageait ses espérances ; il lui fallait bon gré mal gré des ambassadeurs pour gendres.

Mais l'apparition de sir Edmond amena tout-à-coup un changement dans sa manière de voir ; le colonel, tout en persistant dans la même idée, envisageait désormais la chose sous un nouveau point de vue : oubliant donc le secrétaire d'ambassade, il se mit à dresser toutes ses batteries dans une autre direction.

Sir Edmond avait éclipsé tous les consuls possibles de Hollande et de Russie!

Il faut avouer que les millions du jeune officier pouvaient remplacer ou acheter au besoin toutes les décorations et tous les portefeuilles du monde.

Ainsi lorsque chacun des nombreux amis de sir Edmond formait un complot contre sa bourse, le colonel, comme on le voit, en tramait un plus sérieux contre sa personne.

Lidia Delmar était sans doute un parti brillant, mais les pistoles de sir Edmond pouvaient prétendre à beaucoup mieux encore ; car, pour ne rien cacher, le colonel Delmar était d'humeur querelleuse ; au jeu on le soupçonnait çà et là de corriger la fortune, en sorte qu'il n'avait pas toujours laissé sur son passage une réputation immaculée ; bien entendu qu'il ne pouvait songer à constituer une dot à sa fille ; depuis longtemps le bien qu'il avait eu était dissipé, et maintenant il dépensait celui qu'il n'avait pas : ce qui ne l'empêchait nullement de mener un train de grand seigneur, — au contraire.

Neville était donc, à toutes sortes de titres, bien mieux qu'un petit secrétaire d'ambassade, le gendre qu'il fallait au colonel : — noblesse, ample patrimoine, caractère qu'une femme pouvait facilement dominer, sans parler des chances qu'il avait de devenir ambassadeur.

Les choses en étaient là, lorsqu'un beau jour, par malheur, ou par bonheur, je ne sais lequel il faut dire, sir Edmond se rompit la jambe dans une course au clocher et se vit contraint pour quelque temps du moins à tenir la position horizontale.

C'était l'occasion pour le colonel Delmar.

La nouvelle n'en fut pas plutôt parvenue au régiment qu'il se mit en route pour Leamington, la résidence de sir Edmond.

Au milieu des jeux, des courses, des chasses et des festins, comment tendre son lacet matrimonial? mais avec un homme malade, confiné sur un sofa, réduit par la diète, la partie était belle.

Et puis la visite du colonel avait une telle apparence de cordiale et sincère affection!

Sir Edmond avait quitté son corps sans permission, mais voici qu'au lieu de punitions, d'arrêts et de je ne sais quelles autres misères, voici le colonel Delmar, — le rusé compère, — qui s'approche l'air souriant, le doigt levé en signe d'une feinte menace :

— Ah! Neville mon ami, j'allais vous tancer vertement, c'est cette vilaine chute qui vous sauve!

A partir de là, le colonel ne quitta plus sir Edmond.

Mais dès le premier jour il fit sentir au malade qu'il lui manquait ces soins, ce dévouement, cette délicatesse attentive dont une femme seule a le secret, et dès le lendemain il lui présentait sa fille.

Inutile de dire que Lidia ne savait pas le premier mot des projets assez peu honorables de son père, ce fut sans les connaître qu'elle y donna les mains.

Son cœur s'intéressa de suite à sir Edmond, parce qu'elle était bonne et qu'elle le vit souffrir; et elle se mit à lui prodiguer ses soins avec mille façons gracieuses et une sollicitude de sœur.

Tantôt elle l'amusait par de joyeux entretiens, tantôt elle lui lisait quelques pages de ses livres préférés; plus d'une fois elle s'asseyait à la fenêtre et lui faisait une description piquante de tout ce qui traversait la rue. Nul ne possédait mieux qu'elle l'art de conter une anecdote, d'aiguiser délicatement l'épigramme et d'assaisonner le discours de bons mots et d'observations fines et spirituelles. Elle devait à une parfaite éducation française ce talent de la conversation, ces formes exquises et cette grâce inimitable qui plaisent et qui enchantent.

Aussi bien loin de supporter impatiemment cette réclusion forcée, sir Edmond Neville en prenait gaiement son parti, et même il hochait la tête d'un air de doute chaque fois que le docteur assurait que dans une quinzaine au plus il serait entièrement guéri.

Cependant il guérit peu à peu. Lidia le soutenait par la main lorsqu'il put faire dans la chambre ses premiers pas, et elle continua de l'accompagner avec son père lorsqu'enfin il lui fut permis de faire un peu d'exercice à cheval.

En attendant les bonnes langues jasaient à Leamington, comme partout, et ces bonnes langues disaient que le riche Edmond Neville allait épouser Mademoiselle Delmar.

Le babil des commères a plus d'un point de contact avec cette force toute puissante qu'on appelle l'*Opinion publique*, à telles enseignes qu'un beau jour, jeunes et vieilles, curieuses et jalouses, les commères entendirent annoncer officiellement le mariage de' sir Edmond avec la fille du colonel.

Sir Edmond qui avait eu le temps d'apprécier les qualités de Lidia, estimait que sa fiancée valait un trésor. Il l'épousa donc huit jours après avoir demandé sa main, en dépit des critiques du monde et de ses préjugés.

Les pères et les mères s'accordaient à dire que le colonel Delmar était un vieux renard et qu'il avait fait un bon coup ; les demoiselles à marier affirmaient tout d'une voix que Lidia avait eu de la chance ; enfin dans les clubs et les raoûts deux ou trois désœuvrés échangeaient des dialogues tels que celui-ci :

— Vous doutiez vous que Neville ferait cette sottise ?

— Je n'aurais jamais cru qu'il tomberait si facilement dans le filet.

Mais le jeune couple laissait dire, lady Neville adorait son mari, sir Edmond était persuadé qu'il avait trouvé la compagne qui devait le rendre heureux. Et certes rien n'eût jamais altéré son bonheur, si la haine, vipère à la dent venimeuse, ne se fût glissée jusque dans son foyer !...

Mais nous avons oublié le jeune seigneur polonais, ce futur représentant de Sa Majesté le czar de toutes les Russies : De quel œil avait-il vu l'accueil fait à son rival et le subit écroulement de toutes ses espérances ? — Chose difficile à croire, il s'était résigné comme un vrai philosophe ; bien plus, il avait tendu la main à celui qui le supplantait. Lorsque toutes les bouches critiquaient le mariage du millionnaire, lui seul avait applaudi au choix de sir Edmond et pris en main sa défense. Aussi Neville s'était lié intimement avec lui, le comte Alexis était d'ailleurs si avenant, si aimable, désormais c'était une union que la mort seule pouvait rompre.

Je passerai rapidement sur les quinze années qui suivirent celle où sir Edmond quitta le service, il n'y a rien de monotone comme le bonheur.

Cependant celui des deux époux n'avait pas été sans mélange. Dès la seconde année, la perte d'un enfant dont le ciel avait béni leur union était venue répandre le deuil sur leur demeure : sans les soins de son ami Radchofsky, sir Edmond ne se fût jamais consolé.

Comme je l'ai dit, je saute donc à pieds joints sur cette période de quinze années et j'arrive à l'époque désastreuse où sir Edmond vit se consommer sa ruine.

Tous les malheurs viennent à la fois : le crédit et les finances de sir Edmond commençaient à prendre une fâcheuse tournure, et voilà que le comte Alexis est rappelé par son gouvernement, lorsque lui seul peut-être eût été capable d'arrêter son ami sur le bord du précipice.

C'était lui jusque-là qui réglait toute chose, sir Edmond n'agissait guère que d'après ses conseils.

Neville avait mis à peu près toute sa fortune entre les mains d'un banquier modèle d'honneur et de probité, recommandé par le comte Alexis qui l'honorait de sa confiance et même de son amitié. James Worritt, maison avantageusement connue, représentée par la raison sociale Worritt, Wilson et Cº.

A l'heure présente l'honnête banquier avait si bien géré les affaires de son client, que celui-ci se trouvait devenu le débiteur du banquier pour une bagatelle de quatre ou cinq cent mille livres sterling : le passif était à peu près équivalent à la somme que sir Edmond lui avait d'abord confiée.

Outre cela c'était le comte Radchofsky lui-même qui avait monté la maison de sir Edmond Neville, tout le personnel domestique avait été choisi par ses soins, si l'on excepte un des intendants, Taperton, que le lecteur connaît déjà sous son prénom de Sam. Malgré toutes les représentations du comte, sir Edmond le gardait à son service par amitié pour Lidia, car c'était elle-même qui avait fait choix de ce serviteur.

Il serait long et ennuyeux de raconter en détail comment sir Edmond vit se compléter sa ruine. Le prudent James Worritt, cette fleur de probité disait parfois dans un cercle d'intimes :

— Il y a dix ans qu'il serait coulé sans le crédit de la maison Worritt et Cº, et cependant il continue d'agir en homme bien résolu de lasser la fortune.

Sir Edmond, il faut l'avouer, était insouciant et prodigue, — chose excusable pour un homme quinze ou vingt fois millionnaire, — mais sans sa confiance aveugle en son homme d'affaires, la fortune ne se fût pas lassée si vite !

Il donnait sans lire jamais rien toutes les signatures possibles; aussi la caisse du banquier était toujours ouverte ; l'honnête Worritt n'avait jamais différé vingt-quatre heures de satisfaire à une demande d'argent, fallût-il réaliser les sommes les plus extravagantes.

Emprunts répétés à des taux exorbitants, aliénations non moins fréquentes d'immeubles cédés au dixième de leur valeur, billets renouvelés à des intérêts qui eussent ruiné Rotschild, achats faits à des prix disproportionnés, dilapidations universelles et ininterrompues ; déloyauté dans les intendants, marchands dupeurs et domestiques fripons; voilà comment Worritt et Radchofsky le conduisirent au terme fatal.

A quoi bon grossir la liste, et le suivre pas à pas sur le penchant de sa ruine ! Si un ais disjoint a suffi maintes fois pour faire naufrage, comment résister longtemps aux secousses de la mer, lorsque toutes les planches sont rompues et disloquées, et que le pilote prend le mot d'ordre de la tempête ?

Ce n'est pas que sir Edmond eût la moindre pensée de l'issue désastreuse où il allait aboutir. Tout le soupçon qu'il pouvait concevoir reposait sur la difficulté croissante de trouver à emprunter ; or, ce fut seulement après le départ du comte Alexis que les versements de la maison Worritt, Wilson et Cⁱ⁰ s'effectuèrent avec moins de régularité, circonstance que l'habile James Worritt expliquait invariablement par cette phrase commode : *Baisse des fonds publics* ! Cela satisfaisait pleinement sir Edmond, qui loin d'attribuer cet embarras à son crédit ruiné et à sa fortune éclipsée, en rejetait tout le blâme sur quelque manœuvre de diplomates, sur un imbroglio politique, sur des troubles en Irlande, par suite de quoi les banquiers, comme c'est l'habitude dans les crises financières, n'osaient se hasarder à avancer une seule guinée.

Après deux mois de cette situation le comte Alexis Radchofsky reparut à Londres : ce n'était plus un simple secrétaire d'ambassade, il venait en qualité d'envoyé extraordinaire, porteur d'une nouvelle décoration et chargé d'une mission spéciale.

Il serait impossible de décrire la joie de sir Edmond, en revoyant son illustre ami, joie d'autant plus vive que celui-ci revenait précisément quatre ou cinq jours avant l'ouverture du steeple-chasse.

Le noble Russe se confessait entièrement inexpérimenté dans la science du *turf*, jamais sir Edmond ne l'avait entendu émettre un avis et jamais il n'avait témoigné le moindre désir de s'instruire sur cette importante matière. Sir Edmond Neville au contraire se préparait depuis plus d'un mois aux courses prochaines, débattant le poids, l'âge, la distance et s'émerveillant aujourd'hui plus que jamais de l'apathie singulière de son hyperboréen ami.

Les paris engagés par sir Edmond étaient énormes ; personne cependant ne savait au juste à combien ils montaient : les mieux renseignés affirmaient que si la chance tournait contre lui, il s'en suivrait une telle déroute que de Newmarket au duché d'York on n'aurait jamais ouï parler d'une semblable.

Mais il paraissait si certain de gagner qu'il ne put se défendre d'inviter son ami Radchofsky à partager sa bonne fortune ; il offrit de lui céder une part dans ses paris.

Le comte ne put que le remercier avec effusion. Il s'excusait en disant qu'en fait de courses de chevaux il était toujours à l'a b c, que d'autre part Sa Majesté l'empereur, si jamais elle l'apprenait, verrait d'assez mauvais œil qu'un de ses représentants se fût mêlé de paris et de courses.

A de telles objections il n'y avait pas de réponse. Neville se détermina donc à conserver pour lui seul les immenses bénéfices dont il avait généreusement offert le partage à son ami.

Enfin arriva le jour si impatiemment attendu.

Sir Edmond avait tout préparé pour se faire accompagner aux courses par lady Neville, mais elle en fût empêchée par une attaque de nerfs qui lui survint le matin du même jour. Sachant combien il est malaisé de s'opposer aux caprices féminins, Neville fit mander aussitôt le docteur Barham, et s'achemina seul et en toute hâte vers Newmarket.

Le comte Radchofsky avait promis de l'accompagner avec d'autres amis; mais d'importantes dépêches, — ce merveilleux subterfuge des diplomates depuis le premier secrétaire jusqu'au moindre *attaché*, — d'importantes dépêches lui parvinrent au moment précis où il allait se mettre en selle : il protesta que s'il lui restait un seul moment disponible il ne manquerait pas de revenir le joindre.

A peine sir Edmond mettait pied à terre qu'il fut rejoint par un carrosse, duquel il vit une figure à lui connue s'élancer comme une tempête et se précipiter à sa rencontre.

C'était Taperton, l'intendant que Radchofsky n'aimait pas.

— Ohé, Tapy ! s'écria Neville, quelle est cette *nouveauté*? serais-tu malade de la fièvre des paris?

— Retirons-nous un moment à l'écart, sir Edmond, répondit l'intendant d'un air grave.

Le ton de sa voix donnait facilement à comprendre qu'il s'agissait d'une affaire sérieuse.

— Qu'y a-t-il? tu m'as l'air d'un trépassé!

— Sir Edmond, il faut absolument disparaître au plus vite. Holdsworth a fait protester vos traites, et Worritt a fait lancer un mandat d'arrêt. Vous avez toute une meute de créanciers à vos trousses; si vous n'avez soin de vous esquiver immédiatement, vous serez arrêté tout à l'heure sur le turf.

— Arrêté !... comment ! Et ce scélérat de Worritt !... N'y a-t-il pas moyen d'emprunter à l'instant ce qu'il faut pour satisfaire tous ces drôles?

— Vos obligations échues montent à plus de vingt mille livres sterling, Monsieur !

— Bagatelle ! mes domaines ne valent-ils pas vingt fois autant?

— Mon cher sir Edmond, que vous reste-t-il de franche propriété? A part le douaire et la pelotte de lady Neville tout le reste n'est-il pas grevé d'hypothèques ? Mais ce n'est pas le moment de discuter. Montez avec moi dans le carrosse, nous arriverons à temps pour le départ du vapeur ; demain vous serez en sûreté à Boulogne, nous verrons alors à faire un compromis.

— Impossible ! les courses vont commencer et je suis l'un des commissaires. Outre cela j'ai parié des sommes énormes : sais-tu combien de mille livres sterling je suis sur le point de gagner ?

— De perdre, voulez-vous dire ? — Vous êtes trahi ! lui murmura l'intendant à l'oreille.

Neville recula de deux pas comme un homme foudroyé.

— Trahi ! Comment ? Quoi ! Impossible ? Qui peut m'avoir trahi ? N'avez-vous point parié pour Calliope ?

— Si fait.

— Eh bien ! on l'a trouvée ce matin dans son écurie les jarrets coupés ! Si vous désirez d'autres éclaircissements, informez-vous auprès de votre ami le comte Radchofsky !

— Traître ! fripon ! canaille ! Ah ! je comprends tout maintenant, vociféra sir Edmond. Vite ! Taperton, il faut fuir à tout prix ! Corbleu ! je n'ai plus besoin d'éperon !

Et sur ses joues en feu, dans ses yeux injectés de sang brûlait la soif de la vengeance.

Quoique le voyage fût long il ne laissa pas échapper une syllabe.

A peine arrivé il se précipite avec la fureur d'un ouragan et gravit l'escalier comme la flèche.

— Oh ! sir Edmond ! sir Edmond ! criait la femme de chambre en voyant son visage ainsi bouleversé, arrêtez, par pitié ! Madame va mourir d'épouvante.

— Arrière femme ! cria-t-il en repoussant brutalement la camériste qui s'était jetée à sa rencontre.

— Oh ! par pitié, par pitié, sir Edmond, n'épouvantez pas Madame !

Mais malgré ses cris il la força de lui livrer passage, et il entra dans la chambre comme un tourbillon.

Grande fut sa surprise de voir lady Neville qu'il venait de laisser au lit, non-seulement debout, mais encore habillée comme une femme qui va sortir.

Dans son air effaré, dans ses regards inquiets et fiévreux, dans le désordre de tous ses mouvements se trahissaient les signes manifestes d'une extrême agitation.

Or, voici ce qui était arrivé.

La veille au soir le noble comte Alexis Radchofsky avait donné à la femme de chambre de Lidia une guinée et un billet pour sa maîtresse.

La femme de chambre avait remis la lettre et gardé la pièce d'or qui était la récompense du service qu'on lui demandait. — Mais la lettre avait-elle été lue? La discrète femme de chambre eut beau coller son œil et son oreille à la porte de Lidia, elle ne vit et n'entendit rien ; seulement elle devina le lendemain aux yeux rouges et gonflés de sa maîtresse que celle-ci avait veillé, pleuré peut-être une partie de la nuit.

Ce fut le matin de ce même jour que lady Neville prétexta son attaque de nerfs pour se dispenser d'accompagner son mari.

A peine sir Edmond eut-il disparu que lady Neville se fit habiller en toute hâte : puis au bout d'un instant on avait annoncé le comte Alexis Radchofsky.

Lady Neville répondit : — Faites entrer! puis elle défendit sévèrement sa porte.

C'était un luxe de précautions. La femme de chambre avait déjà reçu du comte Alexis la même consigne avec une seconde pièce d'or.

On a vu qu'elle tenait à gagner consciencieusement ses gages.

Ce qui n'avait pas empêché sir Edmond de tomber à l'improviste au milieu de l'appartement de lady Lidia Neville.

Mais le comte avait disparu. Sir Edmond jeta son chapeau sur la table et ferma la porte à clef.

— Dieu du ciel! s'écria-t-elle effrayée, Neville, qu'est-il donc arrivé?

— Pire que tout ce que tu peux imaginer! Notre ruine complète! Je suis poursuivi par une armée de créanciers, sous peu de jours nous serons dépouillés de tout ce qui nous reste.

Elle ne répondit que par un soupir étouffé.

Si la rage n'avait pas voilé la clairvoyance de sir Edmond, il eût pu facilement s'apercevoir combien elle était émue même avant de recevoir ces terribles nouvelles.

— Il me faut fuir, Lidia. Taperton me conseille de me réfugier en France pendant quelques semaines au moins; le temps de passer un compromis ; — mais il est une dette que je dois payer avant mon départ!

— Quelle dette, et à qui? demanda la jeune femme avec un accent d'ineffable angoisse.

— A Radchofsky! hurla sir Edmond, à cet infâme en qui je me confiais comme à un frère!

Lady Neville pâlit, chancela et faillit tomber évanouie; mais par un violent effort elle revint à elle et s'écria :

— Poursuivez! Ah! je le devinais murmura-t-elle tout bas.

— Le scélérat m'a trahi, il a coupé les jarrets de Calliope sur laquelle j'ai parié plus de trente mille livres sterling ; je ne suis pas ruiné seulement, je suis encore déshonoré!

Pendant qu'il parlait, Lidia se tenait assise et demeurait les lèvres entr'ouvertes, les yeux égarés, sans paraître comprendre ce qu'il disait.

— N'ai-je point parlé clairement? reprit sir Edmond; ne me comprenez-vous pas lorsque je vous dis que demain je serai montré du doigt comme un fripon et un banqueroutier? Assez là-dessus. Dis à Millar qu'il tienne prête ma valise, je partirai ce soir.

Cela dit, entre dans son appartement, saisit une paire de pistolets, descend précipitamment l'escalier, et crie au cocher ces trois mots :
— A l'ambasssade russe!

Mais à peine le carros se s'est-il ébranlé, que lady Neville tire une clé de son sein, ouvre la porte d'un cabinet contigu; et, le visage souriant et calme comme si rien ne fût arrivé, le comte Radchofsky paraît sur le seuil.

— Avez-vous entendu ce qu'a dit Neville? demanda Lidia d'une voix tremblante.

— Oui parbleu! je n'en ai pas échappé une syllabe, répondit le comte avec un charmant sourire, il a crié si fort qu'on l'aurait entendu à deux milles de distance.

— Et il a dit la vérité?

— Je crois que oui.

— Oh! ne dites pas cela, ne le dites pas, cria-t-elle en joignant les mains dans une agonie de douleur, ou au moins ne le dites pas avec cette inflexion de voix sarcastique. Vous me faites peur pour *lui*!

Il haussa les épaules, puis après un silence il reprit :

— Ce n'est pas pour entendre des lamentations que je suis venu? Vous avez réfléchi, n'est-ce pas, chère Madame?

Alors Lidia répondit en se redressant et en l'écrasant de son regard.

— Sans doute, j'ai réfléchi qu'un homme capable d'avouer un crime odieux avec autant de cynisme pourrait bien falsifier une lettre et contrefaire une signature!

— Il suffit, Madame, dit le comte en s'inclinant, je vais donc avoir l'honneur de prendre congé.

— Arrêtez! arrêtez! s'écria lady Neville, vous seriez capable de le tuer!

— Ah! vous ne me regardez plus comme un faussaire! Infiniment obligé, Madame! Soyez-en persuadée, je suis incapable d'une action si noire; seulement, vous savez, toutes les éventualités sont prévues, et l'on agira selon votre décision.

— C'est bien! je vous suivrai; mais au moins faudrait-il avertir Neville de ce brusque départ; permettez-moi d'écrire quelques lignes.

— Vous n'y songez pas; pour donner à ce cher Neville le temps de revenir me mettre le pistolet sur la gorge! Venez, Madame.

— Encore un instant.

— Pas une seconde. En vérité vous mettez si peu d'empressement qu'on pourrait douter de votre amour!

— Marchez, je suis prête. J'ignore où vous me conduisez. Je fais mal peut-être en vous accompagnant, mais mon cœur me dit de vous suivre!

— Soyez sans crainte, Madame, dit le comte avec une ironie méchante, ne suis-je pas un ami de quinze ans?

Puis ramassant un châle, il l'offrit à lady Neville :

— J'oubliais, dit-il, emportez vos bijoux!

— Sans doute, il vous faut la rançon! dit celle-ci en ouvrant son écrin.

— Oh! Madame, pouvez-vous supposer? répliqua Radchofsky avec son aimable sourire. Mais venez, la voiture attend.

Et après ce peu de paroles, il offrit son bras à la jeune femme et l'entraîna vers la calèche.

Il est temps de raconter la scène qui précéda celle que je viens de décrire.

La camériste venait d'introduire Alexis Radchofsky dans l'appartement de lady Neville.

— Asseyez-vous, Monsieur, avait dit Lidia en montrant un siége au visiteur.

— Inutile de vous expliquer le motif de ma visite, commença Radchofsky. Quelle réponse? Hâtons-nous, de grâce, mes instants sont comptés.

— Tout ce que ce billet contient est donc vrai?

— Me feriez-vous l'injure d'en douter? répondit le comte en ouvrant un portefeuille; en ce cas voici la lettre de Ralph; lisez, Madame.

Lady Neville prit le papier qu'on lui tendait et lut.

Ce fut en ce moment qu'on entendit résonner dans l'escalier la voix de Neville éclatante et courroucée.

Alexis pâlit.

— Coquin de Worritt, grinça-t-il entre ses dents, tu devais le faire arrêter sur le turf!

Puis se levant, il dit à Lidia d'un air calme :

— Il est probable que votre mari me cherche pour me tuer : je n'ai qu'un seul mot à vous dire : vous avez lu ces deux lignes dans ma lettre : *Sa vie dépend de votre discrétion et de votre obéissance;* j'ajoute ceci : Sa vie dépend aussi de la mienne!

Et disant cela le comte avait ouvert et refermé sur lui la porte d'un cabinet voisin. Lidia se hâta d'en tirer la clef.

Le lecteur sait le reste.

Mais revenons à sir Edmond.

Arrivé à l'ambassade russe il n'y trouva point le comte, il ne put même savoir où il était; si ce n'est qu'un jeune secrétaire avec lequel il entretenait quelques relations, le tirant à l'écart, lui glissa dans l'oreille :

— Attendez un moment; j'ai à vous faire une étrange révélation, mais en toute confidence : souvenez-vous qu'on n'en doit souffler mot.

La révélation était celle-ci :

Le comte Radchofsky, soupçonné de complicité dans une conspiration polonaise, avait été rappelé immédiatement de l'ambassade, banni de la capitale et exilé aux frontières sous la surveillance de la police. Mais se souciant médiocrement de ce genre de vie incommode, il rompit son ban après quelque temps et s'enfuit en Angleterre avec des passeports falsifiés d'envoyé extraordinaire. C'était un expédient pour reparaître sur la scène du monde et pour emprunter des sommes assez rondelettes aux divers banquiers de la *cité*. — Et comme, grâce à son ancienne expérience, continua le jeune secrétaire, Radchofsky n'ignore pas le jour de l'arrivée du courrier, il a vécu jusqu'ici au palais sans une crainte au monde : mais la dépêche étant parvenue par l'entremise du cabinet français plus vite qu'il ne pouvait s'y attendre, sa trame est découverte. Le difficile est d'éviter un esclandre; nous n'aimerions pas l'intervention de la police, ni les commentaires de la presse : on étouffera l'affaire. Le faussaire doit être reconduit en Russie sans que personne conçoive le moindre soupçon.

Neville écoutait ce discours avec l'incertaine satisfaction d'un homme qui ne sait s'il doit se réjouir ou non de se voir soustraire l'objet de sa vengeance.

Voulant briser l'entretien maintenant que l'intérêt principal de sa ligne d'action était ailleurs, il prit congé du secrétaire et revint à son logis pour hâter les préparatifs de son départ.

Il ne fut pas plus tôt arrivé, qu'une certaine confusion et un désordre insolite attirèrent son attention.

Avant qu'il eût eu le temps d'en demander la cause, une exclamation à demi-voix parvint à son oreille :

— Le voici justement !

Au même instant une main pesante se posait sur son épaule, et un homme s'écriait :

— Sir Edmond Neville, je vous arrête à la requête de messieurs Worritt, Wilson et Sneare, Lombard-Street.

— Calmez-vous, ne faites pas de résistance, lui dit tout bas Taperton, montons un instant dans votre appartement.

Ils gravirent l'escalier et pénétrèrent dans la chambre de lady

Neville où toutes choses paraissaient sens dessus dessous.

— Où est Madame? demanda Taperton à un domestique qui considérait son maître d'un air de stupéfaction.

— Elle est partie, Monsieur! répondit-il en balbutiant.

— Partie... et depuis quand, maraud? hurla sir Edmond, en lui mettant le poing sur la gorge.

— Elle est partie tout à l'heure, sir Edmond, répétait le domestique d'une voix strangulée, je l'ai vue monter en calèche avec le comte Radchofsky.

Sir Edmond lâcha prise et tomba la tête sur le plancher.

Le docteur que lui-même avait fait mander le matin pour sa femme arrivait en ce moment. Après avoir attentivement examiné sir Edmond, il déclara qu'il avait été frappé d'une attaque d'apoplexie.

Pendant toute cette nuit et une grande partie du jour suivant on désespéra de sa vie. Quoique saigné à plusieurs reprises, il ne donnait aucun signe d'intelligence; il poussait par instants de longs et pénibles soupirs, mais chaque fois il retombait dans une si profonde léthargie, qu'elle ressemblait presque à la mort.

Néanmoins sa jeunesse, son tempérament robuste et d'énergiques remèdes le ramenèrent à la vie, et le troisième jour il se réveilla faible et brisé comme un homme qui, après une longue et terrible fièvre, entre dans la période de la convalescence. Son visage, ses gestes, sa voix même, tout paraissait changé, à tel point que tous ceux qui, peu de jours auparavant, admiraient la vigueur de son corps et la vivacité de son esprit, l'eussent à peine reconnu.

Il est vrai que ceux-là ne pensaient plus guère à lui. La plus grande partie de ses rares visiteurs étaient des créanciers que la cupidité amenait épier les progrès de sa guérison; mais pas un ami, pas un de ceux qui fréquentaient avec lui les courses, les cercles et les jeux.

De fait il fut vite oublié, — cela dans les soirées même qu'il animait naguère de sa joyeuse gaieté.

Son nom ne fut plus nulle part mentionné, si ce n'est par la plume des huissiers dans quelque procès-verbal de faillite, ou dans quelque assemblée de créanciers convoquée pour procéder à l'épuration des comptes et à la liquidation de son passif.

Plusieurs d'entre eux, à la tête desquels le digne James Worritt poussèrent la soif du lucre jusqu'à la cruauté, il languit durant plus de six mois dans la prison pour dettes.

Mais il arriva que par la distraction d'un commis, la pension alimentaire que la maison Worritt, Wilson et Cᵉ payait tous les trois mois pour le noble détenu, son créancier, ne fut pas envoyée à la fin du second trimestre. James Worritt, qui en fut informé trop tard, apprit en même temps que le commis infidèle avait noué depuis quelques semaines des relations d'amitié avec un ancien intendant de sir Edmond Neville, nommé Sam Taperton. Pour conclusion le commis reçut immédiatement son congé, sir Edmond fut remis en liberté, tandis que le principal représentant de la maison Worritt s'embarquait pour l'Amérique avec le double fardeau de sa conscience et de son portefeuille.

Sir Edmond se revoyait donc placé dans un monde auquel ne le rattachait plus aucune affection. Personne ne sut jamais jusqu'à quel point il gardait le souvenir des circonstances de sa vie passée : ce qui est certain c'est que pas une âme ne lui entendit ouvrir la bouche à ce propos, et que jamais on ne le vit chercher à renouer connaissance avec quelqu'un de ses anciens amis.

Grâce aux soins assidus de Taperton et aux efforts infatigables de ses avocats, il parvint à sauver du naufrage une rente annuelle d'environ mille livres sterling. Avec ce subside il vécut quelque temps en parfaite réclusion, lorsque tout-à-coup, au grand étonnement de tous ceux qui le connaissaient, il reparut dans la cité en compagnie de joueurs, d'aigrefins, de chevaliers d'industrie et autres gens de la même profession.

Tandis que les jeunes lions et les élégants de la mode agitaient la question de savoir s'ils devaient l'admettre dans leur société, lui-même se chargea de trancher le nœud et d'aplanir l'obstacle, ne daignant pas les honorer d'un regard, ou les toisant avec indifférence et mépris.

Son front était toujours plissé d'un air froid et dédaigneux ; celui dont la franchise et la jovialité jadis étaient citées en proverbe apparaissait maintenant morne et taciturne, refusant à tout le monde son intimité et fuyant devant l'affection et les prévenances amicales, suivant une expression vulgaire, comme le diable devant l'eau bénite.

Au bout d'un certain temps on cessa de le remarquer dans les réunions qu'il fréquentait. Le bruit se répandit qu'il avait acheté un yacht et qu'il s'amusait à courir les mers. Ensuite on prétendit qu'il avait pris parti en Espagne dans une insurrection carliste ; enfin on raconta qu'il s'était engagé en Afrique dans un régiment de spahis.

Quoiqu'il en fût de toutes ces versions, un beau jour il reparut à Londres, hantant comme par le passé les brelans et les tavernes, mettant sur le tapis des enjeux fabuleux, qu'on n'avait jamais risqués de mémoire de banquier.

Au temps jadis s'il avait constamment perdu, il gagnait aujourd'hui avec un bonheur insolent, de telle sorte qu'il était devenu l'épouvantail et la terreur de quiconque tenait table de jeu.

Il prenait une sorte d'infernal plaisir à user de ce revirement inespéré de la fortune. C'était une Némésis impitoyable pour tous ceux qui avaient coopéré de quelque façon à sa ruine.

Il s'était spécialement attaché aux flancs d'un juif usurier prodigieusement riche, nommé William Ludlow, et plus anciennement James Worritt, lequel ne s'était pas embarqué pour l'Amérique, comme il en avait fait courir le bruit, et qui pour ne pas changer de métier, quoiqu'il eût changé de nom, avait ouvert clandestinement une maison de jeu.

Il le traqua de Londres à Brighton, à Cheltenham, à Leamington, à Newmarket, à Goodwood; il le poursuivit de Paris à Bruxelles; en quelque lieu que le banquier s'arrêtât, sir Edmond ne tardait pas à s'y montrer, prompt, inexorable comme la mort.

Finalement, pour éluder ses recherches et se soustraire à cette ruineuse persécution, Worritt s'alla réfugier en Irlande, pays défavorable plus que tout autre à la profession qu'à tout prix, — en sa qualité de juif, — il voulait exercer.

Mais encore là, en dépit de toutes ses précautions, sir Edmond ne tarda pas à le joindre; et cette nuit, où je l'avais rencontré, il venait précisément de faire sauter la banque de l'israélite, auquel il emportait plus de deux mille guinées.

Les autres événements dont cette nuit fut le témoin ne demandent pas une narration bien longue.

Worritt avait rencontré le même soir un personnage à lui bien connu, qui se nommait Harry, et qui était accompagné d'un autre coquin de son espèce. J'ai raconté au lecteur le dialogue qui s'était échangé à Merrion-Square.

Les deux vauriens avaient été fidèles au rendez-vous.

Par surcroît de précautions, pendant toute la soirée, Harry se tint dans l'ombre, mais sans perdre de vue Neville un seul instant.

Lorsque le jeu touchait à sa fin, une querelle simulée s'engage; les lumières sont adroitement renversées; il s'ensuit une scène terrible de tumulte et de violence dont le but unique était d'égorger sir Edmond.

Après une lutte désespérée, dans laquelle il reçut la blessure dont j'ai parlé, il parvint à s'échapper en sautant par la fenêtre dans la rue.

Les assaillants n'avaient osé le suivre par cette route périlleuse.

Le reste est déjà connu. Je n'ai plus qu'à implorer l'indulgence du lecteur pour ce long épisode, sans lequel cependant je n'eusse pu l'introduire à bord de la *Vendetta*.

CHAPITRE IV.

El Jarasch le dompteur de lions.

L'équipage de la *Vendetta* se composait de douze personnes, presque toutes de différentes nations. A les passer en revue sur le tillac,
on eût pu se croire en présence d'une miniature de congrès représentant la lie de toute l'Europe : il n'était pas au monde de plus
franches canailles, si l'on excepte pourtant l'Anglais Sam, dont les
traits figurés ne l'étaient pas du moins par l'empreinte du crime. Il
avait eu récemment le nez et les lèvres fendus d'un coup de couteau,
ce qui n'avait contribué que médiocrement à l'embellir.

Néanmoins le plus horrible de tous était un homme de couleur,
qu'on nommait El Jarasch (la furie), et dont l'infernale laideur ne
démentait point le surnom. Ses fonctions à bord consistaient à
soigner et à nourrir deux lionceaux, que sir Edmond avait ramenés
avec lui d'une excursion dans l'intérieur de l'Afrique.

Était-ce un caprice de la nature, ou bien une conformité due au
genre de ses occupations? je ne sais ; mais il est certain que je retrouvais sur son visage tous les affreux linéaments des créatures
confiées à ses soins.

Ses narines larges et dilatées, sa prunelle fauve et sanguinolente,
ses lèvres épaisses et gonflées, rétrécies aux angles par la force des
muscles, et les os proéminents de son front lui donnaient plus d'un
trait de ressemblance avec les bêtes féroces. D'ailleurs il imitait
encore les animaux, dans tous ses mouvements brusques et gênés
et jusque dans l'agitation de ses mâchoires, il arrachait par morceaux la nourriture avec ses dents, comme ils font de leur proie.

Son costume était splendide.

Une blanche tunique de taffetas lui descendait jusqu'aux genoux :
il portait par dessus un justaucorps écarlate ouvert sur la poitrine
et sans manches, richement brodé et rehaussé d'une guirlande
d'arabesques d'or ; une ceinture de soie galonée lui ceignait les
reins et soutenait un petit cangiar à gaîne d'ivoire, artistement
ouvragée ; la poignée était ornée, en guise de pommeau, d'une seule
émeraude de la plus belle eau. Il avait les jambes nues, à l'exception
des chevilles enfermées dans deux anneaux d'or massif ; il était
chaussé d'une sorte de pantoufles brodées capricieusement d'argent

et de pierres précieuses. Sa tête était couverte d'un blanc turban de fine mousseline à fleurs d'or, dont les plis gracieux venaient se réunir par devant sous l'agrafe d'une seconde émeraude qui étincelait comme un œil au milieu de son front.

C'était là son costume de fête ; mais celui des autres jours ne différait en rien de celui que nous venons de décrire, moins la richesse des étoffes et la rareté des pierreries.

Tel était El **Jarasch**, le compagnon et le commensal qui m'était assigné par l'ordre de sir Edmond, ce qui paraissait nous contenter médiocrement tous les deux.

L'habillement somptueux du nègre contrastait profondément avec l'indigence et l'étrangeté du mien.

Sam avait en effet reçu l'ordre de m'inscrire sur le rôle et de m'habiller en matelot. Ne sachant pas précisément quel poste j'allais occuper à bord, il m'avait donné provisoirement les habits du matelot contumace que nous avions laissé à Dublin : hélas ! j'eus beau retrousser les manches du pardessus et relever l'extrémité du pantalon, je pouvais, il est vrai, remuer les bras et les pieds, mais je ne pus empêcher que ce vêtement disproportionné ne fît sac de tous côtés et ne me donnât l'air d'une monstruosité plutôt que d'une créature humaine.

Comparé à mon élégant et riche compagnon, je faisais, en vérité, assez triste figure, aussi les coups d'œil méprisants qu'il m'adressait et les regards d'ineffable complaisance qu'il jetait sur sa personne ne laissaient facilement comprendre que le nègre mesurait parfaitement l'immense intervalle qui nous séparait.

Il faisait grand jour, notre navire s'éloignait à toutes voiles des vertes côtes d'Irlande. Le grincement des câbles, l'ondulation des banderolles, le bouillonnement des vagues, le roulis insensible du yacht, fin voilier s'il en fût, éveillaient en moi des sensations neuves et pleines de charmes : je me réjouissais silencieusement à contempler cette route nouvelle sur laquelle m'avait jeté depuis peu d'heures seulement la fortune capricieuse, lorsque Sam vint m'avertir que sir Edmond désirait me parler dans sa cabine.

Je le trouvai couché sur un petit sopha, enveloppé dans une magnifique robe de chambre, et sur une table devant lui, un bol fumant rempli de je ne sais quelle liqueur dans laquelle il n'avait pas encore trempé ses lèvres.

Le premier effet de mon apparition fut un sonore et retentissant éclat de rire : rien ne me plaît davantage qu'une hilarité franche et cordiale, mais le rire de sir Edmond n'était pas capable d'exciter une émotion de gaieté ; c'était un rire sec et strident dont toutes les modulations sentaient la dérision et l'amertume.

— Quelle figure m'apportes-tu là? tu m'as l'air d'un véritable singe. Mais qui peut t'avoir habillé comme te voilà?

— C'est M. Sam!

— Sam, tu veux dire : je ne connais point de monsieur dans mon équipage. Eh bien! tu peux compter que Sam a voulu se moquer de toi, en t'envoyant devant moi travesti de la sorte.

Je ne répondis point; pendant quelques minutes il parut oublier ma présence, il demeurait profondément absorbé dans la contemplation d'une vaste carte déployée devant lui sur la table. Enfin il leva la tête et après une ou deux secondes, revenant à moi, il dit :

— Ah! tu es ce jeune homme que j'ai rencontré cette nuit? très-bien! j'avais à te parler. De quoi es-tu capable encore, outre ce que j'ai vu, car je crois qu'ici nous n'aurons pas souvent besoin de ta science chirurgicale? Sais-tu faire la cuisine ?

J'avais honte de dire que tout mon savoir *culinaire* se bornait à faire bouillir des choux et des légumes ; je lui répondis donc que je ne savais pas.

— N'es-tu jamais entré au service?

— Jamais, Monsieur.

— Toujours vagabond?

— Toujours, Monsieur.

— Une belle occupation ! reprit-il avec un de ses froids sourires.

En somme, continua-t-il, c'est peut-être encore le mieux. Ecoute-moi, camarade, je ne sais vraiment ce que nous allons faire de toi; nous n'avons ni le temps ni la patience de former à la science du marin des fripons de ton espèce, nous préférons toujours trouver cette besogne faite.

Mais il faut t'employer à toute force. En attendant, tu monteras la garde comme les autres, et lorsqu'il m'arrivera de descendre à terre tu m'accompagneras; garde-toi pourtant de jeter tes vieilles hardes, mais soit prêt à t'en revêtir à la première occasion, — comprends-tu?

— Oui, Monsieur.

— Bien! La seconde chose que je voulais te dire, et il est juste que tu l'apprennes, c'est que si je fais des courses en mer par manière de délassement, cela n'exclut pas de temps à autre un peu de contrebande, en sorte que mes gens sont exposés, en cas de malheur, à des condamnations, à des emprisonnements et autres histoires, — ce n'est pas que la chose soit jamais arrivée à aucun d'eux, mais çà peut se trouver, — et j'ai cru bon de te prévenir.

— Je ferai comme les autres, Monsieur.

— Bien parlé, jeune homme! Il y a bien encore quelques petites entreprises dans lesquelles je m'aventure çà et là, mais tu ne saurais pas encore me comprendre, inutile donc d'en parler. Venons au troisième point, la discipline. De tous ceux qui demeurent à bord j'exige une obéissance aveugle, absolue, universelle. Je veux que tu vives en bonne harmonie avec tous tes compagnons, et que jamais un mensonge ne sorte de tes lèvres. A terre, vous agirez les uns et les autres comme bon vous semblera. Souviens-toi (la leçon n'est pas difficile), que si tu en viens aux mains avec un de tes camarades, tu laisseras ta peau sous les verges, et que si je surprends jamais un mensonge dans ta bouche, je t'envoie avec un boulet au fond de la mer !

Ces dernières paroles furent prononcées d'un ton si résolu, que je sentis ma chair frissonner et mes cheveux se dresser sur ma tête.

— J'ajouterai pour ton instruction personnelle que si tu t'efforces de plaire à Sam et encore, si possible, à El Jarasch, tu t'en trouveras bien. Va-t'en maintenant, je n'ai plus rien à te dire.

Je m'étais levé pour partir lorsque je m'entendis rappeler.

— A propos, nous avons oublié de convenir du salaire.

— Je n'ai que faire de salaire, Monsieur ; il me suffit du vivre et du vêtement.

— Voudrais-tu plaisanter par hasard! Monsieur Dick, jamais on ne se moque de moi impunément ! s'écria-t-il d'un ton de courroux en dardant sur mon visage ses prunelles étincelantes.

— Ce n'est pas mon intention de plaisanter, répondis-je hardiment, et moins encore de me moquer de vous; mais je remarque bien, Monsieur, que vous n'avez en moi aucune confiance; débarquez-moi donc au premier port où vous allez jeter l'ancre, et laissez-moi chercher ailleurs fortune.

— Et que dirais-tu si je te prenais au mot, et si je te débarquais au milieu des peuplades féroces de nègres qui habitent la côte de Barbarie?

Je baissai la tête surpris et atterré.

— Ou bien si je te jetais aux cannibales du Congo comme une pièce de gibier succulente.

— Mais nous sommes pourtant en vue de l'Angleterre, Monsieur.

— Encore pour quelques heures, jeune homme, s'écria-t-il joyeusement; si cette brise continue à nous favoriser, demain matin nous découvrirons le cap Clear, et le soir il disparaîtra dans les brouillards. Va maintenant; tu diras de ma part à Sam que je veux qu'on t'instruise avec les autres, afin que tu saches te servir au besoin d'une hache ou d'un couteau et charger un pistolet sans t'écraser les doigts.

Il me fit signe de partir, et je me retirai assez peu satisfait de cette politesse brutale.

Les prévisions de sir Edmund ne tardèrent pas à se réaliser. Le matin du jour suivant les grands promontoires de l'orient d'Irlande nous apparaissaient clairs et distincts, et le crépuscule n'était pas encore venu qu'ils s'effaçaient derrière nous, vaporeux et indécis comme un banc de nuages, tandis que notre yacht agile s'enfuyait rapide comme une flèche vers le couchant; alors seulement j'appris que le navire cinglait vers l'Amérique septentrionale.

Pendant plusieurs semaines notre voyage ne fut signalé par aucun incident remarquable.

Sa température nous était presque toujours propice : la brise soufflait constamment du Nord-Est, nous avions un ciel serein et une navigation paisible; tellement que dans l'agréable monotonie de nos occupations et de nos passe-temps un jour ressemblait parfaitement à l'autre. Il me suffira donc de raconter en peu de mots comment s'écoulaient toute nos journées.

Chaque matin après le déjeuner, sir Edmond montait sur le pont, où j'avais étendu une large peau d'ours blanc! il venait s'y asseoir, puis allumant une superbe pipe d'écume, il contemplait en fumant, les évolutions et les culbutes des lionceaux.

Les exercices journaliers de ces animaux offraient une charmante récréation et attiraient toujours l'attention et la curiosité de tout l'équipage.

El Jarasch, vêtu d'une tunique de laine blanche, les jambes, les bras et le cou nus, les tirait de leur cage et les conduisait au moyen d'une chaîne. Après les avoir présentés à sir Edmond, qui les gratifiait ordinairement d'un morceau de sucre, il les mettait en liberté, privilège dont les lions ne tardaient pas à profiter, en se roulant de tous côtés sur le pont, puis ils se poursuivaient et s'attaquaient tantôt en s'élançant hardiment l'un sur l'autre et tantôt en rampant d'un air sournois et félin.

Ces escarmouches, au lieu de les fatiguer, semblaient les animer davantage : d'ailleurs c'était l'instant de leur apporter la pâture, et Jarasch, avec toute l'astuce dont il était doué, savait la leur dérober chaque jour d'une manière différente.

Trompés par l'habileté de ses stratagèmes, irrités de son trop long retard, leurs yeux prenaient une couleur fauve et brillaient comme des charbons; leurs queues se roidissant, tantôt se dressaient perpendiculaires sur leurs dos et tantôt se roulaient en spirales menaçantes. Leurs cous se gonflaient à tel point que les muscles groupés saillaient en faisceaux, alors leurs têtes monstrueuses semblaient rentrer dans leurs épaules.

Leur rage ainsi stimulée, Jarasch leur montrait la pâture contenue dans un seau de fer-blanc, fermé d'un couvercle solide, sur lequel il s'asseyait armé d'un bâton court et noueux, pour tenir les bêtes à distance.

Cette scène la plus attrayante de ce spectacle animé passait par toutes les gradations et la variété d'une lutte effrayante.

Quelquefois Jarasch tenait les lionceaux en respect pendant près d'une demi-heure, d'autrefois le combat durait à peine cinq minutes. Tantôt il suffisait d'un coup bien appliqué pour faire peur à l'un des assaillants, il pouvait déployer ensuite toute son énergie contre l'autre. Tantôt les sauvages créatures le heurtaient d'un choc simultané, le renversaient, et alors avec toute l'apparence d'une fureur sans frein, elles le traînaient sur le pont, le mordant de leurs lèvres baveuses et l'écrasant sous leurs pattes énormes. Elles n'abandonnaient pas leur victime avant que l'un des matelots, soulevant le couvercle du seau, ne les eût attirées vers lui par l'odeur de la viande.

De ces batailles il ne résultait d'ordinaire d'autre accident qu'une déchirure dans la tunique ou des contusions plus ou moins graves ; d'autres fois El Jarasch en sortait si maltraité qu'il ne pouvait plus se tenir sur ses pieds ; on l'emportait comme une masse inerte et il ne reparaissait plus de tout le reste du jour.

On pouvait croire que la lutte n'était pas exempte de périls, car plusieurs des matelots y assistaient armés les uns de bâtons, les autres de couteaux. En cas d'une morsure, à la vue d'une goutte de sang, un prompt et immédiat secours pouvait seul empêcher le nègre d'être mis en pièces.

Il le savait bien, aussi la joûte était immédiatement suspendue dès l'instant que la plus légère blessure ou même une imperceptible égratignure apparaissait sur n'importe quelle partie de sa personne.

L'animation et le danger de ces périlleux spectacles croissaient chaque jour davantage ; car à mesure que Jarasch se perfectionnait dans l'art de la défense, les lionceaux acquéraient de leur côté plus d'astuce dans la science de l'attaque, outre qu'ils grandissaient avec une prodigieuse rapidité, menaçant de rendre bientôt le jeu impraticable.

Ces exercices terminés, sir Edmond jouait aux échecs avec Sam, tandis que me tenant assis derrière lui je faisais la lecture à haute voix, ordinairement dans des livres d'aventures, de voyages et de découvertes.

Après dîner il descendait dans sa chambre et se livrait à l'étude des langues étrangères, pendant que je m'appliquais à transcrire de différents livres les plus importantes descriptions géographiques et topographiques de toutes les parties du monde.

En récompense de mon travail de scribe j'étais exempté des quarts de nuit, en sorte qu'au lieu de me coucher avec le soleil pour me réveiller ensuite à minuit, je pouvais faire de mon temps l'emploi qu'il me plaisait.

Je descendais parfois au quartier des matelots pour écouter leurs récits de tempêtes et de naufrages, mais le plus souvent j'allais apprendre le français à l'école d'un vieux coq ; en retour de ses leçons je le servais comme *aide de cuisine*. D'autres fois j'aidais un matelot allemand à nettoyer ses pistolets de Regensbourg, pendant cela je prenais une légère teinture de cette langue hérissée d'âpres et mystérieuses gutturales.

Durant toutes ces occupations une pensée me poursuivait sans trêve : — quel pouvait être le but des continuels voyages de sir Edmond? ce n'était pas une simple distraction, à coup sûr ; beaucoup moins encore l'exercice de la contrebande, comme il le prétendait ; — car les parages dans lesquels on le voyait croiser de préférence n'offraient aucune chance de succès à ce genre de trafic. Il doit machiner quelque autre dessein, — me disais-je intérieurement ; — et quel peut être ce dessein, sinon ce à quoi il faisait lui-même assez obscurément allusion, lorsqu'il m'appela dans sa chambre ?

Ma curiosité donc était grandement excitée par cette question insoluble. — Inutile de rappeler au lecteur que j'ignorais alors toutes les particularités de la vie de sir Edmond, que j'ai racontées plus haut.

Cependant cette dévorante curiosité se fût affaiblie peu à peu, sans une circonstance, de soi assez indifférente, qui servit néanmoins merveilleusement à la raviver.

Le petit cabinet dans lequel j'avais l'habitude d'écrire n'était séparé de la chambre de sir Edmond que par un léger rideau de soie que j'abaissais tous les soirs après avoir achevé mon travail, et que je relevais le matin suivant, pour donner à sir Edmond une plus grande facilité de me surveiller et de me questionner s'il en avait envie.

Un jour, — il était midi, la mer était calme et la chaleur insupportable, — sir Edmond s'était endormi sur son sopha, tandis que j'étais appliqué sérieusement à écrire. Tout-à-coup j'entendis pousser un cri sur le tillac : — Les baleines! les baleines! et en même temps des pas multipliés et de bruyants éclats de voix m'annoncèrent l'excitation et l'intérêt produits par ce spectacle.

Je me précipitai vers la petite fenêtre que j'avais en face, mais je ne vis rien que l'immensité du ciel et de l'Océan.

Au-dessus de moi la rumeur grandissait toujours, et du bruit des pas et des paroles il me fut aisé de conclure que l'équipage entier se trouvait sur le pont, — tous, excepté moi seul! Quel contretemps! je ne pouvais résister plus longtemps à la curiosité, et quoique mon travail fût tracé chaque matin et scrupuleusement examiné le lendemain par sir Edmond, je sortis sur la pointe du pied, après avoir abaissé le rideau, afin que s'il venait à s'éveiller il ne pût s'apercevoir de mon absence, et j'allai, tout haletant, rejoindre mes compagnons.

Magnifique spectacle! De toutes parts la mer était en ébullition, sillonnée, bouleversée par des monstres énormes qui, donnant la chasse à un banc de harengs, se roulaient et se culbutaient dans le plus grand désordre en grondant et faisant rejaillir d'immenses filets d'eau. Ici tous les yeux étaient fixés sur un gouffre bouillonnant au milieu duquel une baleine semblait engloutie jusqu'au plus profond de l'abîme. Là une autre se montrait à fleur d'eau tantôt disparaissant, tantôt soulevant au-dessus des flots sa croupe monstrueuse assez semblable à une île flottante.

A bord tout était confusion et tumulte : l'un apprêtait des harpons, l'autre chargeait un fusil, ceux-ci accrochaient des palans, tout était prêt pour l'attaque ; mais nul n'osait commencer sans avoir reçu l'ordre et pas un n'était assez hardi pour éveiller le capitaine et le lui demander. Peut-être cette hésitation anxieuse redoublait-elle encore l'émotion de ce drame.

Pour ma part, oubliant la tâche imposée, et sans plus m'inquiéter des conséquences de mon escapade, j'avais grimpé sur le gaillard pour mieux jouir du spectacle, lorsque tout-à-coup le bruit violent de la clochette de sir Edmond parvint à mon oreille ; je me ressouvins, à ma confusion, que c'était l'heure de son dîner et que de tout le reste du jour il me serait impossible de rentrer dans le cabinet pour terminer mon travail.

Je fus atterré ; je perdis toute envie d'assister plus longtemps à ce spectacle si ardemment désiré. C'était ma première infraction, et je ressentais tous les remords et les regrets d'une première faute. Les châtiments sévères infligés sous mes yeux à plusieurs de mes compagnons pour de moindres manquements à la discipline se dressaient devant moi menaçants, et je me demandais s'il ne vaudrait pas mieux sauter immédiatement dans la mer que d'affronter la colère de sir Edmond.

Avec tout autre que lui j'aurais pu inventer peut-être un prétexte afin d'excuser mon absence, mais j'avais été préalablement averti qu'après un mensonge je descendrais en droite ligne au fond de la mer, et je savais fort bien qu'il tenait scrupuleusement parole.

Je n'avais pas le courage de révéler ma faute aux matelots ni de leur demander conseil, car je prévoyais de reste quel serait le résultat de cette démarche : une plaisanterie grossière sur mon infortune, une sinistre allusion au sort qui m'attendait, car à bord il était passé

4

en proverbe, que jamais on n'avait fait un voyage avec sir Edmond sans essayer de ses verges.

Je me mis à l'écart sous le beaupré, pour soulager ma douleur et chercher un moyen d'échapper, s'il était possible, à la punition qui m'attendait.

La nuit était venue et tout reposait à bord, lorsque je vis Sam qui s'acheminait selon sa coutume vers la chambre du capitaine.

A ce moment précis, il me vint je ne sais comment la pensée que si je pouvais réussir à descendre par-dessus le bord, il ne me serait pas difficile d'entrer par la fenêtre dans le cabinet et d'emporter les feuilles avec moi pour achever mon travail avant le jour.

Aussitôt, sans perdre une minute, attachant une corde après les haubans, je m'affalai dextrement; puis, repoussant les petites fenêtres entrebâillées, je passai doucement les jambes et je m'introduisis dans le cabinet.

Tant que dura le péril et la difficulté de l'entreprise, mon cœur ne battit pas plus vite et mon courage ne faiblit point, mais lorsque je me vis assis dans l'obscure petite cellule, osant à peine respirer, tremblant en ramassant les feuilles de peur qu'un léger froissement du papier ne vînt à me trahir, quel ne fut pas le redoublement de ma terreur en entendant la voix de sir Edmond et de Sam, dont la conversation arrivait à mon oreille, claire et distincte comme si j'eusse été assis près d'eux !

— Ainsi donc, Sam, disait sir Edmond, tu crois que cette expédition va rester infructueuse comme les autres ?

— Je le crains, Monsieur, répondit Sam à voix basse.

— Mais pourtant tu m'avais encouragé !

— Ce n'était pas sans motif. Des deux versions que nous avons recueillies, n'est-il pas plus probable que vous le retrouverez dans un régiment au Canada plutôt qu'au port de Gênes sous les habits d'un porte-faix ! Un homme de son rang ne peut être descendu si bas.

— Mais si nous n'avons pas encore retrouvé sa trace, en quel pays penses-tu donc qu'il se cache ?

— A vous parler franchement, Monsieur, je crois qu'il est à Dublin !

Sir Edmond bondit comme s'il eût été mordu par un aspic.

— A Dublin ? cria-t-il d'un accent où se mêlaient tout à la fois l'incrédulité, la colère et le dépit.

— Voici, poursuivit Sam, de quelles prémisses j'ai tiré cette conclusion. Mais auparavant laissez-moi vous rappeler quelques-uns des derniers événements. S'il vous en souvient, c'est à l'auberge du *Spring* que nous avons reçu nos dernières indications; à partir de là sa trace fut tout-à-fait perdue et nous revînmes à son ain

Worritt en désespoir de cause. L'aubergiste qui nous avait cependant donné son signalement de manière à ne s'y pas méprendre, affectait, vous le savez, une vertu incorruptible, mais les scrupules du bonhomme n'ont pu tenir devant l'or que je fis briller à ses yeux, et cette fois il m'avoua qu'il nous avait donné des indications fausses par peur des menaces du cavalier. Celui-ci ne s'était réfugié ni à Brest, ni à Cherbourg, comme il nous l'avait dit, mais il s'était embarqué pour le Canada où il allait rejoindre son corps. Je voulus savoir de quelle façon l'aubergiste avait été si bien renseigné : alors le discret personnage me confessa qu'il avait profité du dîner de son hôte pour ouvrir son portefeuille. Il y cherchait sans doute des bank-notes, mais il n'y trouva rien qu'une feuille de route en bonne et due forme, appartenant à un officier de cavalerie qui allait rejoindre son régiment. J'appris tout cela le jour même de notre arrivée à Dublin.

Le lendemain j'allai visiter ma sœur.

En passant à Merrion-Square j'entendis une voix que je crus reconnaître et dont l'accent me fit tressaillir. Je tournai la tête, et quoiqu'il fît sombre j'entrevis les traits de celui qui parlait, — c'était un officier de cavalerie, — ses traits m'étaient inconnus. Mais je prêtai l'oreille au dialogue : l'officier remettait un billet à un commissionnaire.

— Tu frapperas trois coups, disait-il.

— Bien, mon capitaine!

— Avant d'ouvrir on te demandera ton nom.

— Je m'appelle Tim Ainsworth.

— Bélitre! est-ce que je t'ai prié de me le dire? tu répondras : — De la part du capitaine! Une fois la porte ouverte, tu remettras la lettre en disant : Pour miss O'Grady.

Le capitaine s'éloigna ; je me mis à suivre le commissionnaire, il s'arrêta Flowers-Street.

— Flowers-Street! répéta sir Edmond avec une agitation visible; c'était une porte verte, n'est-ce pas? Le marteau une main de bronze? continue, Sam.

— Morbleu! vous êtes sorcier, reprit Sam, ou bien vous m'avez suivi comme je suivais le commissionnaire. Le drôle revint sur ses pas : tout s'était passé comme avait dit le capitaine. Je m'effaçai dans l'ombre, il m'effleura sans m'apercevoir.

Je laissai une demi-heure s'écouler, puis à mon tour je soulevai le marteau et je frappai trois coups comme avait recommandé l'officier.

J'entendis un bruit de pas et un cliquetis de clefs, puis une voix nazillarde demanda :

— Qui êtes-vous?

Je répondis :

— De la part du capitaine!

Alors la clef grinça dans la serrure et la porte s'entrouvrit.

— Que voulez-vous? me demanda brusquement une tête grise et presque chauve qui se glissa par la porte entrebâillée.

— Parler à miss O'Grady.

La porte se referma violemment et j'entendis le cerbère qui aboyait :

— Accourez, Tony, c'est un espion! c'est un traître! lâchez Molosse, Tony!

Je ne pris pas le temps d'en écouter d'avantage, je m'enfuis à toutes jambes, de peur que les dents de Molosse n'eussent la fantaisie de faire connaissance avec les mollets d'un honnête homme.

Mais le jour suivant je revins aux informations; j'eus mille peines avant de découvrir ce que je voulais savoir. Un silence impénétrable semblait envelopper la maison mystérieuse. Enfin, un matelot avec qui je liai connaissance et dont je gagnai l'amitié au moyen d'un grog et d'un bol de punch, me confia, sous le sceau du secret, que la maison appartenait à un Ecossais, repris de justice mais quasi millionnaire, s'il fallait en croire certaines langues indiscrètes. Le maître du logis se nommait William Ludlow et tenait table de jeu, à l'insu de la police.

— Et veux-tu savoir comment se nommait jadis, non pas l'Ecossais mais le juif William Ludlow? demanda Neville.

— Vous savez son nom? reprit Sam, avez-vous donc fait un pacte avec Satan?

— Non pas; seulement je suis doué d'une mémoire inexorable. Le banquier de Flowers-Street se nomme James Worritt!

— Worritt? répéta Sam en se levant; alors le capitaine était bien celui que nous cherchons; nous avons fait fausse route.

— Rassieds-toi, Sam, dit Neville en souriant; nous sommes dans la bonne voie. Je suis certain maintenant qu'il va venir au Canada; nous ne l'y trouverons pas, mais nous allons l'attendre.

— Je ne comprends plus, dit Sam.

— N'importe! tu peux te fier à ma promesse. Nous le rencontrerons à Kingstown, où nous arriverons avant lui.

— Mais d'un instant à l'autre il peut être averti de notre présence; ne savez-vous pas qu'il est difficile à surprendre? Vous souvenez-vous du jour où nous le serrions de si près à Torlosk? Il eut bruit de notre arrivée lorsque nous n'étions plus qu'à deux lieues de Varsovie. Et puis à Rimini? à peine avions-nous jeté l'ancre qu'il sortait du port et cinglait à pleines voiles vers Alger. Il pourrait bien nous échapper encore.

— Je procéderai cette fois avec plus de circonspection, Sam. Je

lui croyais du cœur, mais j'ai affaire à un lâche, je le vois clairement aujourd'hui. Je le relancerai non point pour lui offrir le risque
d'un duel, — mais pour lui donner la chasse comme à une bête
fauve.

— Prenez garde de ne vous point jeter imprudemment au-devant de
lui, Monsieur, repliqua Sam d'un ton d'admonition.

— Et quand même? — Depuis trois ans, ai-je vécu pour autre
chose? n'ai-je pas risqué ma vie et ma fortune, prêt à sacrifier l'une
et l'autre pour parvenir à ma vengeance? Tu es le seul être au monde
qui saches tout ce que j'ai souffert. Et si quelque autre avait péné-
tré mon secret...

Deux secondes s'écoulèrent dans un silence de mort!

Vous n'auriez pas même de pitié, dit Sam, pour ce jeune Irlandais qui a dû vous rendre un signalé service; car vous avez beau
le rudoyer en apparence, vous éprouvez pour ce jeune homme une
affection...

— Dont tu ne me croyais plus capable, n'est-ce pas, Sam? reprit
sir Edmond, non, pas même de pitié pour Dick! J'ai l'œil sur lui;
je crois sa curiosité en éveil; il me semble qu'il épie l'occasion de
dérober le secret de ce voyage; mais le jour qu'il en aura découvert
le moindre mot, Sam, ce jour-là sera le dernier de sa vie. En mer,
rien de moins compliqué, une nuit obscure et aux pieds un boulet
de dix-huit; à terre je trouverai mille moyens d'enfermer son secret
dans la tombe!

Il est facile d'imaginer quel effet produisirent sur moi ces paroles,
assuré comme je l'étais que pris sur le fait, ce qui pouvait arriver
d'une instant à l'autre, il fallait dire adieu à l'existence!

Et cependant je ne pouvais bouger, ni faire le moindre effort pour
sortir de cette position critique; j'étais cloué par une fascination
toute-puisssante, par un irrésistible désir d'entendre le reste de cette
conversation; ainsi je prêtai de nouveau l'oreille, lorsque Sam
demanda :

— Et supposé qu'il arrive à Kingstown, quel est votre dessein?

— Toi, Heckenstein et le Grec vous me suivrez, afin de me prêter main forte. Je m'informerai de son logis, et nous le saisirons à
la faveur de l'obscurité. S'il sortait de la ville pour se promener, le
succès serait plus certain : nous tomberions sur lui à l'improviste,
nous le conduirions pieds et poings liés par des sentiers détournés
dans une anse déserte, où nous laisserons la chaloupe pour nous
transporter à Montréal. Le yacht devra se tenir en panne, et si le
vent est prospice, je pense qu'après cinq jours au plus nous serons
sorti du golfe. La pire chose qui nous puisse arriver est que nous
soyons découverts, dans ce cas je lui brûlerai la cervelle.

— Et si nous parvenons à le saisir, qu'en ferez-vous sir Edmond?

— Je ne suis pas encore décidé, Sam ; j'ai déjà ruminé mille projets de vengeance; damnation! il faudra bien que je me contente d'un seul, et cependant mille morts ne suffiraient pas à assouvir mon ressentiment.

— Je lui logerai une balle dans le crâne, ou bien je le pendrai à l'extrémité d'une vergue ; après cela tout serait dit, reprit Sam d'une voix sèche.

— Non pas, sur mon honneur ! il vivra, et si mon vœu se réalise, il vivra longuement. Son propre gouvernement sera l'exécuteur de mes vengeances en l'envoyant à Irkutsch, dans les mines de mercure, où, à ce que l'on rapporte, le poison s'infiltre dans les os, les ronge et les consume avec d'ineffables tortures. Mais non, j'ai une meilleure idée. Te souviens-tu de cette île sur la rive orientale du Niger, où les nègres frappent l'eau durant tout le jour pour éloigner les caïmans des rizières?

— Tonnerre! s'écria Sam, vous ne pousserez pas la barbarie jusqu'à le transporter là !

— J'y ai pensé plusieurs fois déjà, répondit froidement sir Edmond. Il verra tous les jours sa sentence et il en rêvera toutes les nuits. Il n'est pas si facile d'oublier cet horrible étang qui fourmille de reptiles féroces. Pendant plus de deux mois je n'ai pu fermer l'œil sans tressaillir d'épouvante à ce seul souvenir.

A ces mots, sir Edmond se leva et se mit à mesurer la chambre à grands pas ; plus d'une fois en se retournant il effleurait le rideau de son bras et en agitait les plis : alors le cœur me sautait d'épouvante jusqu'à la bouche.

Enfin je me relevai par un suprême effort, je mis les cahiers dans mon sein, je me rapprochai de la fenêtre sur la pointe du pied, et avec la plus grande précaution je ressaisis l'extrémité du cordage, puis je me mis à grimper et je regagnai le pont sans être aperçu.

Quoique ce travail ne m'eût pas coûté beaucoup de fatigue, je me trouvai je ne sais comment, si las et si épuisé que je me laissai tomber sur un rouleau de câbles et je dormis profondément jusqu'au matin.

En m'éveillant, aux premières lueurs de l'aube, je frissonnai de telle sorte au souvenir de ce que j'avais entendu le soir auparavant, que si nous n'eussions alors vogué en haute mer, sans aucun doute j'eusse tout essayé pour m'enfuir.

Mais hélas! les bancs de Terre-Neuve qui s'offraient à mon imagination, d'après les peintures qu'on m'en avait faites durant le voyage, comme des plaines riantes et vertes, étoilées de blanches marguerites, constellées d'asphodèles d'or, n'étaient que d'interminables amas de sables ensevelis presque de deux cents toises sous les eaux; tous les souvenirs géologiques que l'on en rapporte se réduisent à une pincée de grains de sable qui demeurent collés à la sonde.

Il convenait donc de différer, au moins pour le moment, mon projet d'évasion; mais cette résolution bien arrêtée de m'enfuir devint subitement impraticable par suite d'un événement qui survint la semaine suivante.

Après plusieurs jours de calme assez communs sous ces latitudes, une brise légère mais continuelle du nord-est vint enfler nos voiles et nous poussa plus avant dans le golfe.

Nous arrivâmes en vue d'Anticosti, cette île longue et basse, qui, pareille à un cachalot gigantesque, soulève son dos noir et aride par-dessus les flots. Pas un arbuste, pas un brin d'herbe qui lui donne l'aspect d'une terre habitable; seules deux cabanes délabrées, séparées de dix-huit milles l'une de l'autre, attestent qu'on a cru nécessaire d'offrir un refuge aux infortunés qui font naufrage dans ce canal périlleux; excepté cela, nul vestige qui indique si jamais un pied humain a foulé cette contrée désolée.

De tous les navires qui rasent de trop près les perfides rivages de l'île, il en est bien peu qui n'aient à enregistrer la perte d'un matelot; il serait trop long de vouloir recueillir tous les sinistres récits de meurtres, de désastres, de malheureux, expirants de faim.

Une tradition universellement répandue mettait le comble à toutes ces horreurs; elle parlait de la présence d'un malfaiteur redoutable qui vivait dans l'île depuis plus de cinquante années.

C'était un matelot qui, ayant commis un assassinat aggravé des plus affreuses circonstances, n'avait plus osé remettre le pied en terre ferme par crainte d'un trop légitime châtiment. Peu de gens l'avaient aperçu, il est vrai, et depuis quelques années personne ne le rencontrait plus; le bruit courait qu'il était mort, mais on n'avait trouvé nulle trace de son cadavre; plusieurs penchaient à croire qu'il était parvenu à s'échapper.

C'était un nègre de force prodigieuse, disait-on; l'exagération proverbiale des marins avait probablement amplifié les faits extraordinaires qu'on racontait de lui, cependant la fin tragique de tous ceux qu'on avait envoyés pour le prendre leur donnait un air terrible de vérité.

La peur qu'il inspirait était si grande que malgré les sommes offertes maintes fois à nombre de personnes pour les engager à demeurer dans l'île afin de porter secours aux naufragés, aucune n'avait accepté ce poste périlleux, et lorsque nous-mêmes nous y vînmes mouiller, quoique depuis longues années le nègre Bosman, — c'est le nom qu'il portait, — eût disparu, nul n'osait encore s'y hasarder.

La tradition ajoutait que son âme errait sans trêve sur les plages désertes de l'île lorsque grondait la tempête et que les flots du golfe se brisaient écumants sur la rive, et que sa bouche vomissait des imprécations et des blasphèmes à faire dresser les cheveux sur la tête.

Plusieurs de mes lecteurs, assis au coin d'un bon feu et chaudement enveloppés dans une robe fourrée, souriront peut-être de toutes ces folles terreurs; pour moi ce n'était pas ainsi. Accroupi dans un coin de la galerie, je prêtais une oreille avide à toutes ces histoires lugubres, non sans jeter un regard de temps à autre sur l'île redoutée qui ressemblait à une exhalaison aquatique plutôt qu'à une masse compacte de rochers et de pierres.

J'ai dit qu'entre Jarasch et moi régnait un sentiment de sourde hostilité. J'avais supporté d'abord ses moqueries et ses dédains avec l'humilité commandée par ma position anormale et mon disgracieux costume; mais je commençai bientôt à sentir en moi plus de confiance et cette sorte de hardiesse que nous inspire l'élégance et la richesse de notre vêtement, car j'avais pris le costume des autres marins, et je portais inscrits en broderie d'or sur ma casquette et sur les revers de mon uniforme le nom du yacht et celui de sir Edmond Neville.

La haine d'El Jarasch grandissait chaque jour et je lui rendais largement la monnaie de sa pièce. Plusieurs fois Sam qui m'avait pris en affection me conseilla de me tenir sur mes gardes, m'annonçant que d'un jour à l'autre je deviendrais victime de la perfidie du nègre; mais je ne tenais nul compte de ses avertissements, et je me vantais d'être prêt en tout temps à me mesurer avec mon rival où et comme il lui plairait.

Il advint un jour qu'en luttant avec les lionceaux El Jarach reçut une si grave contusion au côté qu'on l'emporta dans son hamac privé de sentiment; au lieu de le plaindre j'osai dire que sa lâcheté avait enhardi les lions, et que s'il avait tenu ferme aucun accident ne fût arrivé.

Ces paroles qui trahissaient un désir manifeste de supplanter le nègre dans ses fonctions parvinrent aux oreilles de sir Edmond trois jours après l'événement; il me fit mander aussitôt.

— Est-il vrai, corps du diable! que tu t'es moqué de Jarasch et que tu te vantes de pouvoir le remplacer dans la lutte avec les lions?

— C'est la pure vérité.

— Demain donc nous te verrons à l'œuvre, répliqua-t-il solennellement; nous saurons si les actions répondent aux paroles.

En même temps il me fit signe de me retirer.

Je descendis immédiatement dans l'entre-pont pour raconter le tout aux matelots qui généralement me préféraient au nègre.

Je reçus force conseils sur la manière dont il fallait me conduire le matin suivant : les uns prétendaient que pour le premier jour je ne pouvais me montrer envers les lions trop caressant et trop facile, qu'il fallait éviter autant que possible toute provocation qui les pourrait irriter, et supporter même leurs coups de griffes sans les repousser; les autres me conseillaient au contraire de ne les point ménager, de leur montrer les dents, et par deux ou trois sévères leçons de leur imprimer une salutaire frayeur.

Ces dernières suggestions, je le confesse, me plaisaient davantage et concordaient mieux avec ce que je croyais, après mes paroles de jactance, être mon devoir.

Il n'est besoin de dire combien fut vive mon agitation, non pas que j'eusse précisément peur, car je savais bien qu'entouré comme je le serais des matelots l'arme au poing, ma vie ne courait aucun danger, et d'ailleurs une égratignure, une contusion, une fracture même ne m'épouvantaient pas; mais je sentais que dans cette épreuve mon honneur était en jeu. Si je m'en tirais avantageusement, je coupais court à tout jamais aux manières superbes et outrageuses dont Jarasch en usait envers moi ; en échouant au contraire il fallait me résigner à supporter en paix et sans ouvrir la bouche ses insultes et ses dédains.

Cependant les avertissements de tout l'équipage s'accordaient sur un point, savoir que la lionne plus grande que le mâle et aussi plus féroce exigeait toute mon attention.

— Dick, mon ami, si elle t'égratigne, souviens-toi de cesser la lutte, disait un matelot danois qui avait séjourné longtemps sur les côtes d'Afrique.

Cette précaution me fut unanimement recommandée ; et bien résolu d'en profiter je me jetai sur mon hamac où je rêvai de lions et de combats jusqu'au matin.

Le jour brillait à peine que je m'éveillai en sursaut; je rêvais à une chasse au lion et je croyais entendre son profond rugissement dans les mystères d'une caverne ; et voilà que juste à ce moment, de la cabine qui renfermait la cage des bêtes, m'arrive un sourd et monotone grondement, car depuis quatre jours on ne les avait point mises en liberté.

J'achevais de m'habiller, — le costume était des plus simples : chausses larges et courtes, bras et pieds nus, sur la tête une calotte de Fez, — lorsque Sam vint m'annoncer qu'il avait parlé à sir Edmond, et que n'ayant pas l'habitude de me mesurer avec les lions, il valait mieux ne pas faire connaissance avec eux en ce moment, irrités qu'ils étaient par quatre jours de clôture.

— Du reste, ajouta Sam, sir Edmond te laisse le choix, tu peux essayer, si tu le désires.

— J'ai pris ma résolution, répondis-je, je suis certain de faire aussi bien que le nègre.

— Et moi je te conseille, enfant, de ne chercher noise ni aux lions ni au nègre ; ces chiens moresques sont compatriotes de ces féroces animaux, et ils ont presque la même nature : ils sont perfides, traîtres et cruels, et ne se fient à personne, homme ou bête.

— N'importe ! repliquai-je, je suis aussi fort que Jarasch et mon courage n'est pas inférieur.

— Si tu le veux, je n'ai plus rien à dire, d'autant plus que j'ai promis à sir Edmond de ne te donner aucun conseil. Va donc prendre le bâton de Jarasch et dépêche-toi.

Ce bâton était un tronçon de chêne noueux entouré aux deux bouts d'un gros cercle de fer.

— Ainsi donc tu vas prendre ma place, s'écria le nègre avec des yeux enflammés comme deux charbons ardents et découvrant une rangée de dents blanches. Prends garde de faire mal à mes chères petites bêtes ; sois gentil avec elles.

— Où est le bâton ? dis-je avec brusquerie, sans me soucier aucunement du ton de voix dont il parlait et sans examiner s'il raillait ou s'il parlait sérieusement.

— Le voilà ! répliqua-t-il ; mais ta blanche main suffirait bien sans cela. Tu n'as pas besoin de l'arme dont se servent les lâches !

En prononçant ces mots une sorte de tremblement convulsif agitait son corps de la tête aux pieds.

— Voyons, repris-je en lui tendant la main, j'ai mal fait de t'appeler lâche, Jarasch ; tu ne l'es en aucune façon. Je te demande pardon, veux-tu me pardonner ?

Il ne remua pas les lèvres, mais il se roula comme un serpent dans son hamac.

— Tu entends, ils m'appellent. Il faut que je parte. Donne-moi la main et qu'il n'en soit plus question.

— Embrasse-moi donc, dit-il.

Cette demande non moins que le ton dont elle m'était faite excitait ma répugnance, je m'inclinai pourtant sur son hamac, et tandis qu'il me passait un bras autour du cou en m'attirant à lui je le baisai sur le front, puis il fit de même pour moi suivant l'usage moresque, et joyeux d'avoir ainsi fait la paix avec mon seul ennemi, je gravis l'échelle, le cœur soulagé et avec un redoublement de courage.

De courage, en effet j'en avais grand besoin ! En m'enlaçant de son bras, le perfide Jarasch m'avait glissé furtivement la main sous le col de la chemise en m'arrosant les épaules d'un long filet de sang qu'il s'était tiré de la veine.

Lorsque je parus sur le pont tout l'équipage m'entoura ; on admirait mes jambes et mes bras musculeux, et j'entendis proclamer à l'unanimité que je n'étais pas moins capable que le nègre d'entrer en lice avec les lions.

Sir Edmond n'ouvrit point la bouche ; il accueillit mon salut avec un sourire, et de la main il me fit signe de me retirer : ce pâle sourire faisait peine à voir et je me sentis profondément ému.

Mais je n'avais pas le temps de m'arrêter à de pareils sentiments, les lions m'attendaient secouant avec fureur les barreaux de leur cage. Non moins impatient moi-même, je m'avançai pour leur ouvrir la porte.

Dès qu'ils se virent en liberté ils se mirent à courir de tous côtés, folâtrant avec mille bonds capricieux, emportant ou renversant tout ce qui se trouvait sur leur passage : si par hasard ils venaient à se rencontrer, après s'être arrêté pour se considérer un moment, les yeux allumés, les narines dilatées, ils s'élançaient l'un contre l'autre, ou bien on voyait l'un s'accroupir tandis que l'autre le dépassait d'un bond.

Pendant tout cela je restais inactif, je ne savais pas les appeler comme Jarasch dont la voix leur était bien connue, pas plus que je ne possédais son habileté pour les arrêter au passage et pour me mêler de mille manières à leurs jeux.

J'en étais vexé d'autant plus que je voyais, ou qu'il me semblait voir les yeux de sir Edmond fixés sur moi avec une expression de compassion dédaigneuse.

Finalement on apporta le seau qui contenait la viande; les animaux interrompirent leurs amusements et revinrent impétueusement, attirés par l'odeur : à peine m'étais-je assis, les jambes croisées sur le couvercle, que déjà ils tournaient à pas lents autour de moi, contemplant étonnés le nouveau personnage qui osait leur disputer le festin.

Tout-à-coup le mâle mit une patte sur le couvercle en me frappant de l'autre deux ou trois fois sur l'épaule avec cette façon gentille et caressante dont le chat se sert parfois à l'égard de la souris. C'était une sorte d'invitation amicale à descendre; j'y répondis aussitôt par un coup de bâton. Le lion irrité de ce traitement brutal se retira lentement et alla se coucher à quelques pas de distance.

Cependant la lionne après avoir tourné tout autour du seau, en soufflant et en aspirant avec bruit, essaya d'en soulever le couvercle avec la tête et se mit à le battre impatiemment avec sa patte; la contraction de sa face et la position hardie de ses pattes de derrière montrait combien elle s'irritait du retard. Pour exciter encore sa rage je soulevai le couvercle; à l'odeur plus fraîche de la viande le lion se rapprocha de nouveau et la lionne se battant les flancs de sa queue se mit à tourner autour de moi avec une croissante impatience.

Il était clair que la sensation prédominante en ce moment dans les deux animaux était la faim, et qu'ils ne voyaient pas encore en moi l'obstacle qui s'opposait à la satisfaction de leurs désirs ; car après avoir tenté de mille manières d'introduire une patte dans le seau ou d'en secouer le couvercle, ils n'avaient pas encore donné le moindre signe qu'ils se fussent aperçus de ma présence.

Lassé de les tenir à distance et piqué de l'indifférence avec laquelle ils accueillaient mes provocations, je descendis du couvercle et l'enlevant subitement je le jetai loin de moi. En moins de temps qu'il n'en faut pour le dire ils enfoncèrent dans le seau leur tête et leurs griffes et se mirent à dévorer la curée avec ce grondement sourd particulier aux bêtes féroces.

Alors je me jetai au milieu d'eux et prenant avec les deux mains le lion par la gorge, je l'envoyai rouler sur le pont. Ce coup audacieux fit éclater un concert d'applaudissements ; mais le lion s'était à peine relevé que d'un bond il fut sur moi. Immédiatement je pliai le genou et je le reçus avec un coup de bâton sur les pattes antérieures. Il eût été de part en part traversé par une balle qu'il ne fût pas tombé plus lourdement. Sauter sur lui, le faire plier sur ses jarrets et l'accabler d'une grêle de coups fut pour moi l'affaire d'un instant.

L'étourdissement de sa première chute m'avait donné un instant la victoire, mais il se redressa vite et recommença l'attaque intrépidement. La lutte devenait maintenant égale : si plus d'une fois je lui fis courber la tête ou retirer la patte avec douleur, plus d'une fois il me heurta d'une si terrible secousse que s'il fût revenu promptement à la charge, j'étais infailliblement mis hors de combat.

Enfin après une rencontre où j'avais eu le dessous il me saute à la gorge à l'improviste, mais brandissant le bâton, je lui en assène un si rude coup sur le front qu'il pousse un rugissement de douleur et court, la queue pendante, s'abriter au milieu d'un amas de cordages.

Jusqu'à ce moment la lionne ne bougeait pas, elle continuait à manger en grondant ; mais dès qu'elle entendit le profond rugissement de son compagnon, elle souleva la tête et vint lentement rôder autour de moi en dardant sur le mien un regard dont le seul souvenir me fait encore aujourd'hui dresser les cheveux de terreur.

Je n'étais pas encore remis des secousses et de la fatigue de ce long et si acharné combat, j'étais à demi assis et à demi agenouillé sur le tillac, tandis que la lionne arrêtée à quelques pas continuait à me fixer, les yeux dilatés et les veines gonflées. Sa pose devait être superbe, car l'équipage à plusieurs reprises applaudit avec un entrain qui montrait la grandeur de son admiration.

Tant que je demeurai dans cette posture elle ne bougea point ; mais à peine eus-je fait un mouvement pour me relever qu'elle s'élança d'un bond, et me heurtant de son énorme tête m'envoya culbuter lourdement. Son propre élan l'avait emportée trop loin, lorsqu'elle revint à la charge, j'étais déjà relevé sur les genoux et mieux disposé pour la recevoir.

Elle renouvela le même manége ; mais j'étais en garde cette fois : sautant légèrement de côté je l'atteignis d'un coup de bâton sur le haut du front. Trois fois elle recommença l'attaque avec un pareil résultat ; à chaque coup les battements de mains et l'applaudissement de l'équipage me rendaient une nouvelle vigueur.

En ce moment la bête était dans un paroxysme de colère ; mais son aveugle rage tournait en ma faveur, elle m'attaquait avec plus d'emportement et moins de prudence.

Une dernière fois enfin je voulus me détourner encore pour esquiver une rencontre plus furieuse que les autres, mon pied glissa, je tombai.

La lionne fondit sur moi comme la foudre, non pour me déchirer avec ses griffes comme avant, mais pour m'étouffer sous le poids de ses membres : sa tête monstrueuse et sa large gueule fumante étaient à quelques doigts de mon visage.

Sam et deux autres marins accoururent aussitôt pour m'aider mais je leur enjoignis de s'écarter, parce que j'étais lassé mais non pas vaincu.

Nous nous débattîmes pendant quelques minutes : enfin parvenant à me redresser je saisis la lionne par la gorge avec les deux mains, et la repoussant avec un effort désespéré, je parvins à la renverser et je tombai sur elle à mon tour. Mais en une seconde elle se dégagea de mon étreinte et revint à l'assaut ; je me tenais maintenant à genoux et je lui appliquai sur les pattes un coup de bâton vigoureux. Elle poussa un hurlement terrible, et revint fondre sur moi dans la plus grande furie. D'un coup de patte elle m'arracha la chemise de la poitrine et la mit en pièces avec ses griffes. J'essayai de la resaisir à la gorge, mais je ne pus y réussir et entraîné par l'élan je tombai sur mon front.

Alors apparut sur mes épaules nues le filet de sang répandu par Jarasch. La lionne le vit, d'un bond elle fut sur moi. Je sentis ses dents pénétrer dans ma chair, tandis qu'elle épouvantait mon oreille de son affreux rugissement.

— Sauvez-le ! sauvez-le ! elle le dévore ! cria-t-on de toutes parts ;

mais nul n'osait tirer de peur de m'atteindre, et la rage terrible du monstre empêchait les plus hardis d'approcher.

C'était une lutte à mort ; tombant et roulant alternativement nous combattions, — je ne saurais dire comment, — car j'étais aveuglé par le sang qui me coulait d'une blessure au front : je me sentais seulement dans le cœur un dessein fortement arrêté : si je meurs elle ne me survivra pas.

Plusieurs des marins s'approchaient pour la frapper de leurs couteaux ; mais ces piqûres ne faisaient qu'accroître sa rage, et je leur criai d'arrêter.

— Tuez-la ! envoyez-lui une balle dans le ventre ! cria Sam.

— Que personne ne s'avise de tirer !

J'entendis ces mots, juste à l'instant où m'étant arraché violemment des griffes de la lionne, j'allais me heurter contre le bastingage. Par un effort suprême je me relevai sur les genoux, et l'étreignant à la gorge je finis par la culbuter dans les flots. Appuyé sur les mains, je la vis s'engloutir avec un rugissement ; le gouffre bouillonnant se referma sur elle. Alors un nuage tomba sur mes yeux, la force m'abandonna, je roulai sur le pont sans connaissance.

* * *

CHAPITRE V.

Anticosti.

Deux jours s'étaient écoulés depuis ma lutte contre les lions, j'étais couché dans mon hamac, meurtri et blessé. Je n'avais pas un membre, pas une jointure qui ne me causât d'intolérables douleurs.

Une large plaie que j'avais sur le col et une autre plus profonde entre les épaules étaient entrées dans cette période curative qu'on appelle cicatrisation, — période qui, pour être satisfaisante dans ses résultats, n'en est pas moins douloureuse dans son progrès.

Le moindre changement de position m'occasionnait d'insupportables déchirements ; j'étais contraint de rester immobile, les yeux clos, les mains croisées sur la poitrine, assez semblable à ces statues de marbres que l'on voit couchées sur les anciens tombeaux.

Cependant mon intelligence n'était ni moins active ni moins lucide que dans une parfaite santé : pour adoucir la sensation de ma souifrance, et me distraire de l'ennui de ma solitude, je me mis à repasser en esprit l'étrangeté de mes aventures.

Tandis que j'étais plongé dans ces réflexions, Sam suivi de Felborg le Danois descendit doucement l'échelle et s'approchant de mon hamac me porta la lanterne devant le visage.

— Toujours assoupi? pauvre garçon! depuis que j'ai pansé ses blessures, il ne s'est plus réveillé. Je suis certain qu'il est en voie de guérison. Après tout, mieux vaut ne pas le troubler.

— Oui, oui, répondit le Danois, laissons-le dormir : les mauvaises nouvelles viennent toujours assez tôt, sans qu'on vous éveille encore pour les entendre. Mais crois-tu qu'il le tuerait! demanda-t-il en baissant la voix.

— Il l'a dit; et tu sais bien que cette peau d'ébène est aussi méchant qu'il est noir.

— Mais n'as-tu pas accès près du capitaine, Sam? ne peux-tu lui parler en faveur du jeune homme?

— Dis-moi donc ce que peut faire le capitaine? empêchera-t-il Jarasch de lui donner un coup de couteau? — à moins qu'il ne le tienne à la chaîne. — Il fera pendre le nègre un quart d'heure après, belle avance! ce pauvre garçon n'en aura pas moins filé sa dernière écoute.

— Tu as bien raison, Sam; Jarasch est la plus méchante créature que la terre ait porté. Si je retourne à Elsinore je suis sûr d'être mis au boulet pour le reste de mes jours; eh bien! je choisirais pis encore plutôt que la haine de Jarasch. Nous servions tous deux sur l'*Ere-Kroner* lorsque l'équipage se révolta, Jarasch n'avait pas seize ans, mais il était l'âme du complot, et ce fut lui-même qui mit à mort le premier lieutenant. C'était par une nuit étoilée comme celle-ci, le lieutenant Aldenstrom était assis au gouvernail en sifflant une ritournelle. El Jarasch s'approcha son couteau dans la main droite et un pistolet dans la gauche; mais en mettant le pied sur le gaillard, il se heurta dans un cordage, et son couteau tomba sur le pont :

— Qui est-ce? qui va là? cria le lieutenant.

— Jarasch, mon lieutenant, le matelot de quart, cria-t-il sans perdre assurance; l'eau baisse, il me semble, prenez garde de nous ensabler.

— Damnation! cria le lieutenant, aurais-je la berlue?...

— Regardz d'un peu plus près, dit le nègre en approchant doucement.

— Arrière! que viens-tu chercher, canaille, s'écria le lieutenant en venant à lui la fureur dans les yeux; mais à peine s'était-il dressé qu'il retombait une balle dans le cœur pour ne plus se relever.

— Assez, assez, interrompit Sam, tu m'as déjà raconté cette histo-
riette une centaine de fois.

— C'est le sort de ce jeune homme qui me fait deuil, soupira le
Danois; c'est un bon diable et courageux, ma parole!

— Cela me fait deuil aussi, Felborg; mais il est mal tombé quand
il a mis le pied sur le pont de la *Vendetta*. Qui sait ce qu'il serait
devenu si nous l'avions gardé deux ou trois ans?

— Il n'a ni père ni mère, reprit le Danois, c'est là une grande
disgrâce. Moi aussi je suis resté orphelin à dix ans, et je suis devenu
ce chenapan que tu connais.

— Chut! parle bas! dit Sam, les autres c'est bien pis; mais qui
commence mal ne doit pas se plaindre s'il n'arrive pas à bonne fin.
Cependant j'ai trouvé moyen de sauver le jeune homme, veux-tu
m'aider?

— De tout mon cœur, pourvu que mon intervention ne soit pas
un mauvais présage; car je ne sache pas avoir mis la main à une
affaire qu'elle n'ait ensuite mal tourné.

— De cela ne t'en mets pas en peine, je ne crois ni aux bons ni
aux mauvais présages.

Il demeura pensif quelques instants, puis il continua :

— Je ne vois pas d'autre parti que de le débarquer dans l'île.

— A Anticosti!... reprit Felborg en frissonnant.

— Pourquoi non? tes deux cabanes renferment toujours une bonne
provision d'eau fraîche et de biscuit, et les croiseurs débarquent
toutes les cinq ou six semaines pour recueillir les naufragés. Il n'a
qu'à déployer la bannière de signal.

— N'y a-t-il personne en ce moment? fit le Danois.

— Non. Hier je n'ai rien vu flotter à l'extrémité du mât : mais n'importe. Mieux vaut pour lui passer quelques jours et même plusieurs
semaines de solitude dans cette île que de subir le sort qui l'attend.

— Je pense différemment. Non! *Beym ella Deyvelm*! j'affrontais
une balle à trois pas plutôt que le terrible Bosman.

— Oh! reprit Sam, il y a déjà une espace de temps qu'il est mort?
Lorsque le *Rodney* vint échouer sur la côte, il y a deux ans, les naufragés ont remué l'île de fond en comble, ils n'ont pas trouvé trace
du nègre. Ils y sont demeurés plus de six semaines, il est clair que
s'il eût été vivant!...

— Oui, oui, s'il eût été vivant!...

— Million! Est-ce que tu ajouterais créance à toutes les sornettes
qu'on raconte à la veillée pour faire peur aux enfants?

— Je vous dis qu'à mon avis c'est une cruauté de soustraire ce
garçon a une mort prompte pour l'abandonner seul dans cette île :
du reste, si tu as besoin de mon service, je suis à tes ordres.

— Suffit! va donc armer la chaloupe. Personne ne nous trahira :

et demain nous dirons à sir Edmond que le jeune homme s'est jeté à l'eau dans un accès de frénésie. A coup sûr il ne prendra pas la peine de s'enquérir si le renseignement est exact ou non.

— Dick, Dick, s'écria Sam aussitôt que Felborg eut remonté l'échelle, éveille-toi, mon fils, j'ai quelque chose à t'apprendre.

— Je sais de quoi il s'agit, répondis-je en feignant de m'éveiller, j'en rêvais tout à l'heure.

— Le pauvre enfant! il divague, murmura Sam entre ses dents. Allons, mon garçon, essaie un peu de t'habiller; voici ta veste.

Et en même temps il se mit à me soulever de mon hamac en rassemblant mes vêtements.

— Je rêvais, Sam, que tu me descendais dans la chaloupe, et que Jarasch s'apprêtait à me poursuivre, mais à force de rames, tu m'arrachais à une mort certaine.

— C'est cependant la vérité pure! s'écria Sam avec une vivacité qui montrait quelle surprise lui causait mon prétendu songe.

— Tu me débarquais ensuite sur l'île d'Anticosti, Sam. Mais n'était-ce pas une cruauté de me livrer aux mains du noir Bosman?

— N'aie pas peur, mon fils, il est mort depuis plusieurs années. Est-ce bien vraie qu'un dompteur de lions s'effraie comme une femelette de semblables contes?

Je ne répondis rien : je rougissais presque d'avoir montré que j'avais peur, et je continuai de m'habiller en silence.

En attendant, Sam poursuivait la liste de ses instructions.

Il me donnait mille renseignements sur l'île, sur les deux cabanes, sur la bannière de signal, en un mot, sur tout ce qui pouvait servir à ma délivrance : il finit en me conjurant instamment de ne révéler jamais à âme qui vive de quelle manière j'allais être sauvé.

— Cela soit dit pour ton bien et pour le mien. Dick, ajouta-t-il, car d'un jour à l'autre, celui-là — il indiquait la chambre de sir Edmond — pourrait en avoir connaissance, et je serais dans une mauvaise passe.

— Pourquoi ne viens-tu pas avec moi, Sam? lui dis-je. Je me suis aperçu déjà que cette vie tumultueuse commençait à te déplaire.

— Chut! mauvaise langue, assez sur ce chapitre! me répondit-il avec une agitation inusitée. Couvre-toi bien, car tu ne peux rien emporter, autrement tu éveillerais les soupçons des croiseurs qui viendront te recueillir. Voici mon bidon de rhum et un bissac plein de biscuit, — de quoi soutenir tes forces pendant les six ou sept heures de chemin pour arriver à la cabane, — emporte encore ce pistolet en cas de besoin. — Au fond du bissac tu trouveras une

5

honnête provision de balles et de poudre. Maintenant peux-tu grimper l'échelle, ou bien faut-il te porter sur mes épaules?

— Non, je puis monter seul, répondis-je en faisant un effort pour paraître ingambe.

Je n'étais nullement préparé aux affectueux adieux qui m'attendaient sur le pont; chacun des matelots me serra deux ou trois fois la main non sans me laisser un petit présent pour souvenir.

Finalement la chaloupe fut mise à la mer; Sam et trois autres y descendirent sans bruit et me firent signe de les suivre.

Je me laissai glisser légèrement, et de la main envoyant à l'équipage un dernier adieu, je m'assis au gouvernail.

La nuit était paisible, la mer silencieuse, et sans autre mouvement que la houle lente et douce produite par le courant du golfe.

Sam et les trois marins se courbèrent sur les rames et l'esquif vola rapidement sans qu'une seule parole interrompit cette profonde quiétude.

Bien que l'île ne fût qu'à cinq milles de distance, nous ne pouvions la distinguer, car dans sa plus grande hauteur, elle s'élève à peine de douze pieds au-dessus du niveau de la mer.

J'ai dit que nous voguions sans proférer une parole, mais ce silence ne m'impressionna qu'au moment où j'aperçus le long profil de l'île redoutée. Alors je sentis mon cœur se serrer : je fus saisi d'un sentiment de profond désespoir. Devais-je donc, après quelques jours d'ennui, périr d'inanition dans cette région désolée?...

— Là, dans cette crique à gauche! cria Sam tout-à-coup.

L'esquif glissa dans une petite baie; puis, au bout de quelques minutes, je sentis la quille raser les côtes sablonneuses d'Anticosti.

— Nous ne pouvons débarquer à pied sec, Dick, reprit Sam, le terrain monte, impossible d'aborder.

— N'importe, répondis-je en prenant un ton de joyeuse indifférence; si j'avais peur de me mouiller, ce serait absolument comme si un condamné à mort craignait de voir la corde froisser le collet de sa chemise.

— J'ai meilleure espérance, Dick, répliqua Sam, adieu! adieu!

Et m'ayant serré la main fortement et à plusieurs reprises, il s'assit sur le banc en me tournant les épaules. Les autres matelots prirent de même affectueusement congé de moi.

— Alors jetant le bissac sur mon dos, j'enfonçai mon chapeau sur mes yeux et je me dirigeai vers la terre.

L'eau me venait à peine au bas du genoux, mais le fond était mou et fangeux à tel point que j'avais à peine à détacher mes pieds.

Je n'avais pas fait cent pas lorsqu'un grand cri parvint à mon oreille : je me retournai, — c'était l'équipage de la chaloupe qui m'envoyait le dernier salut. Je voulus y répondre, mais la voix expira sur mes lèvres : quelques instants après, l'esquif avait dépassé la pointe de la baie, je ne vis plus rien.

Je continuai ma route humide et laborieuse; après une demi-heure environ je me trouvai sur la terre ferme.

Etait-ce lassitude ou bien un étrange instinct de sécurité, je l'ignore; mais je n'eus pas plutôt touché le sol, que je me jetai sur la grève et m'endormis profondément.

Le jour commençait à poindre lorsque je m'éveillai, je secouai mes membres glacés par la fraîcheur et je me remis en chemin.

Dirige-toi au-nord-ouest, m'avait dit Sam; mais n'ayant ni compas ni boussole, je pris pour guide le soleil levant.

Pas un sentier, pas un vestige de pied humain. La surface du terrain, à dire vrai, n'eût pas gardé facilement une empreinte; ce n'était qu'une couche uniforme de boue durcie avec le sable, jonchée de squelettes de poissons et semée de débris d'herbes marines apportées par la tempête.

Je ne saurais imaginer de désolation plus parfaite que celle dont cette île me présentait l'image; elle décrit une légère ondulation, mais trop faible pour que jamais la mer se dérobe aux regards. Pas une roche, pas une aspérité, pas même une pierre pour reposer son corps fatigué. De végétation, je n'en voyais pas seulement une trace; une touffe de gazon, un lichen, une feuille d'arbre eussent réjoui mes yeux; mais je ne rencontrai pas même un brin d'herbe.

En m'avançant dans certains plis du terrain, le bruit des flots qui viennent se briser sur le rivage cessait parfois d'arriver jusqu'à moi; dans ces moments le silence absolu m'inspirait une terrible frayeur; mais peu après le mugissement des vagues arrivait tout de nouveau et subitement à mon oreille, et tandis que je m'arrêtais pour écouter, je pouvais entendre distinctement le battement précipité de mon propre cœur.

A la moindre élévation de terrain, je promenais un regard attentif autour de moi, dans l'espérance de découvrir la cabane, mais je n'apercevais rien que cette même perspective aride et monotone.

Finalement j'arrivai devant une mare d'eau pluviale, et quoiqu'elle ne fût pas très-limpide, elle reflétait si joyeusement l'azur du ciel et les blanches vapeurs dont il était parsemé, que je m'assis au bord pour déjeuner. Et l'espérance vint je ne sais comment réchauffer mon âme pendant que je reprenais des forces. Je sentis que je n'étais point condamné à périr sur cette terre inhospitalière, que Dieu ne m'abandonnerait pas et qu'il soutiendrait mon courage.

Ranimé par ces réflexions consolantes, je repris ma route, toujours à l'aventure.

Bien que j'eusse marché depuis l'aube jusqu'à la brune, ce fut seulement à l'approche de la nuit que je finis par entrevoir à peu de distance une masse obscure et indécise, laquelle je jugeai de suite devoir être la cabane tant désirée.

Il n'y a qu'un instant je n'avançais plus qu'à grand'peine, et maintenant je courais en descendant la pente, non sans chanceler et choir même plus d'une fois, car je ne levais point les yeux du terme désiré ; j'atteignis enfin une plate-forme étroite au milieu de laquelle s'élevait la maison de refuge.

Comment exprimer ma joie en ce moment où, incapable de faire un pas de plus, je me laissai tomber sur une pierre en face de la cabane ! Tout sentiment de ma solitude, tout souvenir des fatigues passées s'évanouirent en un instant. Enfin c'était donc là ma maison ! parole assez mal appropriée, j'en conviens, à une misérable cabane de planches au milieu d'une île déserte et désolée ! N'importe ; elle devait me fournir un asile, un refuge, en attendant des jours meilleurs.

Animé par de telles réflexions, je pénétrai dans l'intérieur du logis, qui, grâce à l'obscurité, me parut immensément large.

La lampe allumée, mon premier soin fut d'examiner attentivement ma demeure : quel ne fut point mon étonnement de la trouver meublée d'un calorifère et fournie d'une abondante provision de draps et de couvertures ! Elle renfermait en outre plusieurs caisses de biscuit, une autre de farine et enfin trois grands bassins d'eau pluviale. Une grosse marmite, plusieurs bouteilles vides, une salière et un poivrier garnissaient les rayons d'un dressoir : s'il n'y avait rien de superflu, c'était plus que suffisant au strict nécessaire.

J'allumai un bon feu dans le poële, moins pour combattre le froid, car on était en automne, que pour trouver une espèce de compagnie dans les ondulations de la flamme et le pétillement du foyer.

Cela fait, je me disposai à couvrir de draps et de couvertures un des hamacs attachés aux solives du plafond. Je ne fus pas peu surpris de les voir suspendus si haut qu'à peine je pouvais y atteindre ; mais je ne tardai pas à découvrir la cause de cette disposition : de nombreuses troupes de rats se promenaient de tous côtés avec la plus complète indifférence, et sans paraître se soucier le moins du monde de ma personne, non plus que de mes préparatifs.

Je résolus de commencer contre eux, dès le lendemain, une guerre d'extermination.

Je purgeai, pour l'allumer ensuite, le lumignon d'une autre

lampe qui, pour être également assez haut suspendue, avait défié leurs attaques contre l'huile qu'elle contenait : ensuite après avoir grignoté quelques morceaux de biscuit je me couchai, considérant pendant quelques instants, de la hauteur de mon lit, les jeux et les divertissements de ces indigènes d'Anticosti.

Si je fis un bon somme ce fut par lassitude plutôt que par envie de dormir.

Après avoir prié, ma première pensée, en m'éveillant, fut d'ouvrir la campagne contre les rats. L'aversion qu'ils m'inspiraient m'empêchait de m'abaisser à une lutte corps à corps ; ma provision de poudre assez modique ne me permettant pas de la prodiguer, j'imaginai de faire une espèce de grenade. Je remplis une bouteille de poudre et de menus fragments de verre, je pratiquai un petit trou dans le bouchon pour y introduire la mêche, puis ayant enduit la bouteille d'huile et de farine, je la mis à terre et me retirai dans mon hamac, tenant d'une main l'extrémité de la mêche et prêt à l'allumer en temps opportun.

Je n'attendis guère : mes ennemis enhardis par une longue impunité accoururent de toutes parts, attirés par l'odeur du mélange, et s'attroupèrent autour de la bouteille.

Je leur permis de la sucer pendant quelques moments, mais lorsque je vis que la couche d'huile et de farine commençait à disparaître, je mis le feu à la mêche. J'eus à peine le temps de me cacher la tête sous la couverture, la bouteille se rompit en éclats avec un retentissement qui prouvait l'heureux succès de mon stratagème.

Le champ de bataille en vérité présentait un terrible spectacle : car les blessés étaient beaucoup plus nombreux que les morts et je n'avais ni le courage ni l'humanité de mettre fin à leurs souffrances ; mais je me tenais enveloppé dans les couvertures, contemplant le théâtre du combat, tandis que les survivants traînaient leurs compagnons par la queue, sous la poussière qui tapissait le parquet.

Je croyais d'abord ne plus pouvoir recommencer la même tentative, à cause de la finesse bien connue de ces animaux. Il n'en fut rien. Ils ressemblaient aux Scythes dans leur gloutonnerie pour l'huile ; et chaque fois que je renouvelai l'expérience, autant de fois se renouvela le carnage.

J'avais promis à Sam de ne point arborer avant deux jours la bannière de signal, pour ne point éveiller les soupçons de sir Edmond, en sorte donc que je n'avais autre chose à faire que de guerroyer avec les rats.

L'aspect de l'île se présentait si affreux et si désolé que rarement je mettais le pied hors de la cabane, ou si je le faisais quelquefois, c'était pour m'asseoir sur la pierre en face de la porte, d'où j'embrassais du regard l'immense étendue du golfe.

Assis dans cet endroit, je me plaisais souvent à déchiffrer les noms gravés sur la table de la cabane.

Quelques-uns avaient été longuement et savamment tracés, il était facile de voir qu'après avoir sculpté les lettres, le graveur s'était plu à les enjoliver de découpures et d'ornements, à défaut d'autres occupations. D'autres, au contraire, n'avaient ébauché que les initiales de leurs noms; j'aperçus même une lettre laissée inachevée et je me demandais laquelle avait interrompu celui qui l'avait écrite, de la délivrance ou de la mort!

C'est au milieu de ces distractions, parmi les soins domes'iques et trois ou quatre explosions contre mes rats, que le jour s'écoulait, je ne dirai pas joyeusement, mais du moins assez rapide et presque inaperçu; et chaque nuit me rapprochait du terme où je pourrais arborer enfin le pavillon de signal et concevoir l'espérance d'être délivré de cette solitude ennuyeuse.

C'était la troisième nuit de mon séjour dans l'île, je me tenais assis près du feu, rêvant à quelque nouvel artifice pour exterminer les rats, car j'avais épuisé jusqu'à mon dernier grain de poudre, il ne me restait plus que la charge de mon pistolet.

Il est vrai que j'avais complètement effarouché mes ennemis, ils ne marchaient plus à l'attaque en rangs nombreux et serrés, mais en troupes clairsemées, sans guide, sans discipline et sans courage. Lors même que les munitions ne m'eussent point fait défaut, ma tactique eût fini par ne plus obtenir le même succès; car les rats commençaient, à l'imitation d'un ivrogne converti et rentré en lui-même, à avoir peur de la bouteille.

Cela me consolait, dépourvu comme je l'étais des moyens de suivre mon plan de campagne, car la prudence et la frayeur de l'ennemi me suggérait un système de défense plus simple, mais non moins efficace; il consistait à disposer sur le plancher un certain nombre de bouteilles, comme si elles eussent été chargées. Cet appareil suffisait pour tenir les rats en respect et pour me mettre à l'abri de leurs persécutions.

Le quatrième jour s'était écoulé; je conjecturai que le yacth devait, à cette heure, être sorti du golfe Saint-Laurent. Je résolus donc de hisser le pavillon dès le jour suivant, afin d'indiquer aux croiseurs qu'une pauvre créature gémissait dans l'île abandonnée.

Je me tins assis au coin du foyer jusque bien avant dans la nuit; mon esprit était plus abattu, plus découragé qu'à l'ordinaire. De l'aube au coucher du soleil j'avais attentivement considéré le golfe sans pouvoir y découvrir une voile.

Deux ou trois fois il me vint en pensée que je ne mettrais plus

jamais le pied hors de l'île, que l'hiver m'y viendrait surprendre et
· que la mer obstruée par les glaces en interdirait l'accès aux croiseurs, et je sentis mes cheveux se dresser sur ma tête à la seule
idée d'un si terrible destin.

Je m'approchai du foyer davantage encore et je présentais mes
mains à la flamme, lorsqu'une bouteille, en roulant, me fit soudainement tressaillir. Les rats avaient-ils déjà repris courage, dans la
prévision du temps où je ne pourrais plus leur résister ?

Je me retournai avec cette pensée.

La flamme se ravivant jetait un long reflet de lumière sur l'espace
environnant, et sa lueur me fit apercevoir, seulement à quelques
pas, et à peine à deux palmes du sol, une grosse tête noire avec
deux grands yeux rouges fixés sur moi.

Saisi de terreur je ne pus faire un mouvement ; mon souffle s'étei-
gnait dans ma gorge, tandis que l'énorme tête approchait toujours
d'un air plus menaçant. Je pouvais alors distinguer parfaitement la
tête d'un homme, — d'un nègre, — qui se traînait sur les mains à
ma rencontre.

Agité comme j'étais par la peur, j'examinai furtivement sa face
décharnée et ridée par l'âge et la souffrance : il avait plutôt l'air
d'une bête féroce que d'une créature humaine.

Par une impulsion instinctive plutôt que par une intention réflé-
chie de me défendre, j'avais saisi mon pistolet et je le tenais braqué
sur lui.

— Ne tire pas ! ne tire pas ! cria la créature d'une voix enrouée ; et
s'appuyant en même temps sur la main gauche, de la droite il bran-
dissait une lame brillante et acérée.

— N'approche donc pas, répondis-je en m'abritant derrière le
poële, sans le perdre de vue : je le reconnus alors pour le nègre
Bosman.

Nous restâmes ainsi quelques moments à nous observer attentivement l'un l'autre, tandis que la flamme pétillait, répandant autour
d'elle sa lueur vacillante.

Tout-à-coup je vis ou je crus voir le nègre s'appuyer traîtreuse-
ment et peu à peu sur ses jambes comme pour prendre son élan ;
dans l'excès de ma terreur j'allais presser la détente, lorsque subitement le couteau lui tomba des mains et portant à sa bouche ses
doigts amaigris, il s'écria :

— *A boire !*

Le regard suppliant dont ces paroles étaient acompagnées me
désarma et dissipa toutes mes frayeurs ; je puisai dans l'un des
bassins une écuelle d'eau, j'y versai les dernières gouttes de ma
bouteille de rhum et je l'approchai de ses lèvres.

Il but avidement et tout d'un trait ; puis me saisissant par la hanche avec sa main osseuse et velue, il me tint dans cette position l'espace de plusieurs secondes; j'avais peine à respirer; enfin, avec un effort qui semblait presque convulsif, il proféra quelques paroles en espagnol.

Je hochai la tête pour lui indiquer que je n'entendais pas cette langue; alors fixant les yeux sur mon visage il dit en anglais :
— Seul ici? seul?
— Seul, abandonné par mes compagnons, répondis-je.
— Hommes blancs, pires des hommes! cria-t-il en grinçant les dents. Puis me montrant de nouveau ses lèvres, il murmura : De l'eau !

Je m'efforçai de m'arracher à son étreinte pour aller remplir une seconde fois l'écuelle; mais il me serra plus fort, en m'indiquant par signes, qu'il demandait mon aide pour arriver jusqu'au bassin.

Je me baissai pour l'aider; et alors seulement je remarquai qu'il était contraint par la paralysie à traîner les jambes et à marcher sur les genoux.
— Ah! *fire! some fire!* cria-t-il en anglais deux ou trois fois, et puis en français : *Feu! le feu!* Et en même temps il fixait sur les charbons ses prunelles dilatées avec une expression étrange.

Ce ne fut pas sans peine que je réussis à l'amener près du fourneau. Cela fait j'attisai la braise et je ravivai la flamme.
— Bon! *good! good!* s'écria-t-il à plusieurs reprises en étendant ses mains décharnées jusqu'au milieu des flammes.
— As-tu faim? lui dis-je en me penchant vers son oreille.
Par un double hochement de tête il me fit signe que oui.
— Peux-tu rompre le biscuit? je n'ai rien autre chose, lui dis-je, car ses gencives dégarnies me paraissaient ne pas devoir broyer facilement un aussi dur morceau.

Il prononça plusieurs fois cette parole : *Guisado;* je compris enfin par ses signes confus qu'il m'invitait à détremper le biscuit dans l'eau.

Je mis aussitôt la marmite sur le feu et il me fut aisé de comprendre, à l'expression joyeuse de ses yeux, que j'avais bien interprété son désir.

Tandis que je soufflais le feu et que j'examinais de temps à autre si l'eau commençait à bouillir, je m'aperçus que les yeux du nègre ne se détachaient pas un seul instant de ma personne, qu'ils me suivaient avec une curiosité fiévreuse partout où je me dirigeais et qu'ils étudiaient tous mes mouvements : bien que, à considérer son âge et son impuissance, je me sentisse de force à me mesurer avec lui, je confesse que mon regard ne s'écartait guères de lui, dans la crainte qu'il ne vînt m'attaquer à l'improviste.

Que ce fût là le fameux Bosman dont j'avais ouï raconter des choses si étranges et si terribles, je n'en avais aucun doute; je tirais même une secrète vanité de mon sang-froid et de mon courage, en me sentant si hardi et si calme en pareille compagnie.

— Apporte, apporte, cria-t-il impatiemment, pendant que j'arrosais d'une goutte d'huile la décoction dont il semblait singulièrement avide.

Enfin, j'enlevai la chaudière du feu et je versai la moitié du contenu dans l'écuelle.

Sa voracité n'était comparable qu'à celle des lions de sir Edmond. Il portait avec les deux mains la nourriture à sa bouche, et la dévorait avec toute la sauvage avidité d'une bête féroce.

Je remplis l'écuelle de nouveau; je la lui avais présentée à peine, qu'elle avait déjà disparu.

Dès qu'il fut rassasié, il s'appuya sur son bras gauche et, fermant les yeux, il fit semblant de s'endormir; mais au moindre mouvement, au moindre bruit, il les rouvrait soudain et dardait sur moi son regard.

Sam m'avait remis, en partant, un petit rouleau de tabac, me disant que sans être fumeur, j'aurais bientôt appris à le devenir dans ma solitude. Je le tirai de ma poche et lui en offris quelque peu.

Son noir visage s'illumina d'une frénétique expression de joie pendant qu'il roulait entre ses doigts les feuilles précieuses; il les enveloppa d'un morceau de papier, en un moment il eût formé un *papellito*.

— Tu ne fumes pas? me demanda-t-il, en voyant que je l'observais attentivement.

Je hochai la tête négativement.

— Ah! s'écria-t-il en déposant le *papellito*, Tehoka! Tehoka!

— Je ne comprends pas, lui dis-je, qu'est-ce que Tehoka?

— Mauvais! Mauvais! reprit-il en gesticulant, la feuille rend le nègre ainsi, là..., là..., en même temps il ouvrit la bouche et laissa ses bras retomber inertes, comme pour représenter les effets de la maladie, ou peut-être de la mort.

— Non, non, répliquai-je, le tabac est excellent, c'est le présent d'un ami.

— Fume donc, reprit-il en prenant le rouleau qu'il avait mis à terre et en me le présentant.

Je vis alors clairement qu'en m'abstenant de fumer j'avais éveillé ses soupçons.

— Je fumerai moi-même, si tu le désires, lui dis-je, en formant une cigarette pareille à la sienne.

Il examinait scrupuleusement tout ce que je faisais, et lorsque je pris le tabac pour l'envelopper dans une feuille, il allongea le cou, pour voir si je le mettais effectivement.

— Est-ce bien comme cela? lui dis-je en lui montrant le *papelliio*.

— Fume, répondit-il gravement.

J'approchai mon cigare de la flamme et je me mis tranquillement à fumer.

Ce fut seulement alors qu'il put se résoudre à allumer le sien, et certes je ne vis jamais de plus prompts et plus merveilleux effets.

Ses yeux, naguères si ardents et si inquiets, se voilèrent d'un nuage épais et transparent; ses narines élargies et gonflées cessèrent de se dilater; ses joues amaigries par les privations et les souffrances apparurent moins rugueuses et plus douces, un assoupissement léthargique, une torpeur frêbile envahit insensiblement tous ses traits, enfin sa tête tomba sur sa poitrine, et le bras sur lequel il s'appuyait se dérobant, il roula pesamment enseveli dans un profond sommeil.

Aussitôt je rejetai mon cigare, je sentais déjà le vertige me monter à la tête; et ranimant la flamme avec mon souffle je me mis à examiner la forme colossale qui gisait devant moi.

Le nègre touchait évidemment à l'extrême vieillesse, cependant son corps musculeux témoignait encore qu'il devait être doué d'une vigueur athlétique; ses membres étaient sillonnés de nombreuses et blanches cicatrices, plusieurs de celles-ci laissaient deviner que les plaies avaient dû être larges et profondes.

Il n'avait pour tout vêtement qu'un lambeau de toile à voile fixé par une corde autour de ses reins, par-dessus il avait endossé une sorte de manteau assez semblable au *poncho* mexicain, dans lequel il avait fait un trou pour y introduire la tête. Un morceau déchiré d'un drapeau lui enveloppait la tête en guise de turban, et les couleurs *voyantes* de l'étoffe faisaient mieux ressortir encore la sinistre expression de ses traits féroces.

Tandis que j'étais attentif à le considérer, le nègre se mit tout-à-coup à rêver et à parler en espagnol avec une véhémence et une volubilité inusitée : quoiqu'il proférait, il était facile de deviner aux crispations de ses mains et à la violente contraction de son visage qu'il était agité par quelque noir souvenir.

Dans le désordre de son rêve il entr'ouvrit ses haillons en les déchirant et mit à nu sa poitrine : j'aperçus un objet qui pendait à son cou, attaché par un cordon. Je le pris d'abord pour un de ces talismans dont souvent les marins font usage, — pour une amulette, — Dieu sait contre quelle sorte de périls; mais en l'examinant de plus près je reconnus un vieux portefeuille de maroquin qui dut jadis être rouge, mais que le temps avait rendu noir et crasseux.

A plusieurs reprises il le serra sur son cœur avec un élan passionné, comme s'il eût renfermé quelque précieux trésor, et de large gouttes de sueur perlaient sur son front, et ses lèvres ouvertes se crispaient avec un tremblement convulsif.

Dans un de ses transports il détacha le portefeuille du cordon, et l'ouvrant d'une main tremblante il parut chercher un objet de son contenu.

La rapidité de son acte et l'apparente précision de tous ses mouvements me fit croire qu'il était éveillé, mais je ne tardai pas à m'apercevoir que ses prunelles dilatées n'étaient point fixées sur l'objet qu'il tenait entre les mains, mais qu'elles s'égaraient au contraire extatiques et sans regard.

Ses gestes devinrent de plus en plus étranges et animés; parfois ses doigts mêlaient avec colère les papiers dans le portefeuille; dans d'autres instants il explorait le sol à tâtons, puis il l'aplanissait avec la main comme s'il avait caché sous terre un objet dont il voulût faire disparaître la trace.

Durant cette opération il parlait en espagnol avec précipitation, je ne pus recueillir d'autre mots que ceux-ci — or, — Guayaquil, — et je m'efforçai de les bien graver dans mon esprit.

Enfin il remit tous ses papiers dans le portefeuille qu'il s'empressa de refermer; mais en ce moment un de ces papiers échappa de sa main; je me baissai doucement pour le ramasser, et à la clarté de la flamme je lus les lignes suivantes et imprimées et coupées apparemment dans une colonne de journal :

« MILLE DOLLARS DE RÉCOMPENSE

» À quiconque découvrira ou fournira des éclaircissements qui puissent conduire de quelque manière à la découverte du nègre Ménélas Crick, esclave réfractaire, âgé d'environ cinquante-huit ans, taille dépassant six pieds, épaules et poitrine large, l'épaule droite un peu difforme, marques du fouet sur le dos et sur le visage, cicatrices de deux coups de couteau ; il a perdu un doigt du pied gauche. Une balle reçue dans la jambe droite le fait quelquefois boiter légèrement.

» Nous croyons de notre devoir d'avertir les personnes qui ne connaîtraient pas son caractère résolu et sa force prodigieuse, de ne point essayer de l'arrêter avant d'être en nombre suffisant et d'avoir pris toutes les précautions nécessaires.

» On l'a vu dernièrement à Saint-Louis, et l'on suppose qu'il a pris la direction de Guayaquil, où il travaillait auparavant au lavage de l'or.

» S'adresser aux bureaux du *Picayune*. — Nouvelle-Orléans. »

— C'est bien lui! m'écriai-je en jetant les regards sur le nègre endormi à mes pieds ; qui voudrait jamais croire que de cette momie couleur de charbon on pourrait tirer un millier de dollars!

Non pas que je fusse jaloux de ce gain déshonorant; non, la prime exhorbitante qu'on offrait ne fit qu'accroître mes sympathies pour cette pauvre créature.

D'ailleurs nombre d'années avaient dû s'écouler depuis la publication de cet avis; s'il avait alors cinquante-neuf ans il en paraissait aujourd'hui plus de quatre-vingts.

La curiosité me poussait à examiner le contenu de son portefeuille dans l'espérance d'y trouver d'autres documents relatifs à l'histoire de sa vie, et je cherchai pendant un instant par quel moyen je pourrais les prendre sans le réveiller; mais la longue lame luisante que j'entrevis sous les plis de son vêtement me fit peur et me détourna de mon projet.

La flamme pâlissait à mesure qu'approchait l'aurore; feignant d'être surpris par le sommeil je quittai la cabane sur la pointe du pied : je préférais dormir en plein air.

Ma première pensée fut de déployer le pavillon de signal; en le voyant s'élever et flotter dans les airs je sentis renaître dans mon cœur le courage avec l'espérance.

Le mât était assez haut et planté sur la cime d'un monticule, de sorte que j'avais mille raisons de penser que le drapeau, de grandeur suffisante, ne pourrait échapper aux regards des croiseurs.

J'avais à peine achevé de le lier à la hampe qu'il me sembla discerner une voile à l'extrémité de l'horizon. Avide de m'en assurer je courus vers la plage, mais déjà les teintes orangées de l'aube se reflétaient sur la mer en feux éblouissants, il ne me fut possible de rien apercevoir si ce n'est l'interminable étendue des ondes se confondant avec l'azur du ciel.

Je m'assis sur une roche, fatiguant inutilement mes regards, mais bientôt l'air vif et piquant du matin me fit souvenir que j'avais oublié ma veste dans la cabane.

J'hésitai un moment avant d'y rentrer; sans avoir autant peur du nègre, son aspect rebutant et son regard sinistre n'avaient cependant pas de quoi m'attirer.

Enfin je me décidai : parvenu devant la porte, ce ne fut pas sans me faire violence que je pus me résoudre à en franchir le seuil.

Le soleil était déjà haut; ses rayons s'infiltraient par les fissures des planches dissipaient quelque peu l'obscurité de ce lugubre appartement.

Encouragé par la clarté du jour, je mis le pied sur le seuil.

Mon premier regard se porta vers le poêle près duquel j'avais laissé le nègre endormi.

Le feu s'était consumé, le nègre avait disparu!

Je m'aventurai d'un pas craintif et non sans promener un œil soupçonneux autour de moi ; mais je ne l'aperçus nulle part ; — il n'avait pas laissé la moindre trace. En vérité, sans ce lambeau de journal que j'avais ramassé par terre et que je gardais soigneusement j'aurais été tenté de croire que tout cela n'était qu'un rêve.

Deux fois je fus obligé de le tirer de ma poche et de le relire dans son entier pour me convaincre que je n'étais pas le jouet d'une illusion. Ce fut la seconde fois seulement que je découvris sur le revers de la page quelques lignes écrites au crayon.

Je m'approchai d'une fente et je reconnus que ces lignes étaient de l'espagnol et que les lettres en étaient à demi-effacées ; j'eus beau m'écarquiller les yeux aussi bien que l'intelligence, je ne pus déchiffrer que ces mots sans liaison : — « A mi-chemin de Chihuahua à Guayaquil..., vers la cabane du gambusino Sanchez..., le trésor caché... »

— Un trésor caché... m'écriai-je en tressaillant ! ah ! je comprends maintenant pourquoi le nègre serrait si avidement le portefeuille contre son cœur ; maintenant je comprends pourquoi il semblait aplanir la terre avec ses mains ! Bonté divine ! si je pouvais découvrir ce trésor ! Oh ! si je parviens à mettre le pied hors de cette île, j'irai au bout du monde pour trouver la cabane de Sanchez !...

Et repliant soigneusement le précieux fragment, je m'éloignai au plus vite, de peur que le nègre remarquant son absence ne reparût à l'improviste pour reprendre son bien, et me faire chèrement payer peut-être mon imprudente curiosité.

J'avais à peine fait quelques pas lorsqu'une frégate qui entrait à pleines voiles dans le golfe s'offrit soudainement à mes regards.

Oubliant aussitôt le trésor du nègre, la distance et toute chose, je courus vers une petite éminence et me mis à crier à pleins poumons ; j'agitais en même temps mon mouchoir au-dessus de ma tête.

Quelle ne fut point ma joie de voir la flamme de la frégate s'élever et s'abaisser, en réponse aux signaux du mouchoir qui flottait sur ma tête.

Ivre de joie je me précipitai vers la plage, cherchant le site le plus profond et le plus favorable au mouillage.

Les plus superbes navires de la Reine des mers ne m'ont jamais apparu plus radieux de magnificence et de splendeur qu'en ce moment cette humble frégate ; sa mâture me semblait dépasser les pyramides en hauteur, ses voiles effaçaient pour moi la blancheur de la neige ; j'aurais défié le cygne de rivaliser avec la grâce et la coquetterie de son allure ; et lorsqu'enfin je pus distinguer les visages des marins pelotonnés sur les vergues, mon cœur sautait dans ma poitrine prête à se rompre.

Tout-à-coup la frégate amena sa voile de perroquet, et je vis une pinasse ou chaloupe se détacher de ses flancs brunis et raser les flots, rapide comme un goéland.

Comme s'ils m'eussent aperçu, la chaloupe mit le cap sur la côte, puis elle vint s'échouer dans une petite baie à mes pieds.

Peu après, quatre matelots et un aspirant sautèrent sur le rivage et vinrent à ma rencontre.

— Combien êtes-vous? demanda sèchement l'aspirant.

— Je suis seul, Monsieur, répondis-je.

Les sanglots faillirent, je ne sais comment, étouffer ma voix.

— A quel navire appartenez-vous?

— A un yacht, Monsieur, — la *Vendetta.*

— Ah bien! on t'a jeté dans cette île. Voilà ce qu'on gagne à naviguer avec de prétendus gentilshommes. Tu t'en trouves bien?

— Non pas, Monsieur, nous sommes descendus à terre, — une escouade, — durant une bonace...

— Bon, bon, interrompit l'aspirant, la ritournelle ordinaire; vous êtes descendus pour chasser des lapins, vous vous êtes séparés; pendant cela le vent fraîchit, — le yacth vous rappelle à bord par un coup de canon, — tu arrives trop tard; — hein! n'est-ce point cela? Ne viens pas m'endormir avec de pareils contes. Tu as fait quelque fredaine et on t'a jeté ici en pâture aux rats, ou bien tu t'es sauvé à la nage. Mais n'importe : — nous te conduirons à Québec ; accoste à tribord.

J'obéis et je me trouvai bientôt à bord de la frégate le *Phénix* qui transportait un régiment d'infanterie au Canada.

— Je n'ai trouvé que ce failli lougre, Monsieur, dit l'aspirant en me présentant au capitaine qui fumait sur le gaillard d'arrière, au milieu d'un cercle d'officiers ; il dit appartenir à un yacht.

— Quel yacht, jeune homme? dit un officier.

— Le yacht de sir Edmond Neville, Monsieur; la *Vendetta,* répondis-je.

Je crus remarquer sur le visage de l'officier l'impression d'une soudaine pâleur : mais il fit disparaître vite les traces de son émotion, et se tournant vers ses camarades d'un air insouciant et dégagé il changea de langage et poursuivit en français, — idiome auquel j'étais initié (grâce aux leçons du coq de la *Vendetta*) suffisamment pour comprendre ce qu'il allait dire.

— Vous n'avez jamais entendu parler de sir Edmond Neville? Ses aventures romanesques ont pourtant fait grand bruit : mais non, vous êtes trop jeune pour pouvoir vous souvenir de cela.

— Une histoire! crièrent plusieurs voix, capitaine, racontez-nous-la.

— Dieu m'en garde! pour vour faire bâiller, c'est inutile, vous vous ennuierez bien sans cela : d'ailleurs c'est à peine si je m'en souviens. Je me rappelle cependant qu'il y avait sous jeu un comte russe ou polonais, j'ai oublié son nom. Je ne sais plus quelle mauvaise plaisanterie il s'avisa de jouer à son ami sir Edmond, il paraîtrait que celui-ci faillit en devenir fou : et même, entre nous, je crois qu'il l'est devenu, car c'est à partir de là qu'il a commencé son métier d'écumeur de mer. On dit qu'il a bonne envie de laver la tête à son ami le Polonais, mais celui-ci ne s'est pas encore laissé prendre.

— Combien es-tu resté de temps avec sir Edmond, jeune homme? demanda-t-il en me parlant en anglais.

— Deux mois à peu près, Monsieur.

— C'est quelque chose pour un maître de cette trempe, reprit-il en français. Et quand tu l'as quitté sais-tu où il allait?

— Il est entré dans le Saint-Laurent, je crois qu'il devait relâcher à Kingston.

L'officier pâlit une seconde fois, mais il redevint encore maître de son trouble.

— Et pour quelle raison t'a-t-il jeté dans l'île d'Anticosti?

— Paroles perdues, mon très-cher! interrompit le capitaine du vaisseau, vous n'obtiendrez pas un mot de vérité. Allons, maroufle, arrime-toi dans la cale, et un peu vivement!

Je m'écartai au plus vite, car le capitaine allait joindre le geste aux paroles. Ce fut ainsi que l'on me congédia.

J'étais joyeux de ma délivrance, il est vrai, mais assez peu satisfait du cérémonial de réception.

CHAPITRE VI.

Une excursion au Texas.

Si j'avais à raconter toutes mes aventures par le détail, outre que je grossirais prodigieusement ces mémoires, je m'éloignerais tellement du titre de mon ouvrage que je ne sais si la patience du lecteur voudrait me suivre jusqu'au bout.

Donc pour ne pas ennuyer trop longtemps ceux qui ont bien voulu s'intéresser à mon sort, autant que possible je raccourcirai cette histoire, et des multiples incidents qui semèrent la route de mon existence, je recueillerai seulement ceux qui me paraîtront indispensables au développement régulier et à l'intelligence de mon odyssée à travers la vie.

Débarqué à Québec, ma première pensée fut pour le trésor caché par le nègre.

Cependant je n'avais d'autres indices que les quelques lignes trouvées par hasard sur un fragment de journal; mais les circonstances extraordinaires qui accompagnèrent cette découverte, les gestes expressifs et les allusions que renfermaient les paroles incohérentes prononcées par Bosman dans le désordre du sommeil, avaient une telle apparence de vérité que je ne doutai pas un seul instant de la réelle existence de ce trésor, et que je me déterminai à tout hasard à commencer les recherches.

Qu'avais-je à faire dans le Nouveau-Monde, sinon me livrer comme tous les émigrants à la recherche des trésors?

En attendant je me mis en quête du premier point, à savoir de la position de Guayaquil.

J'appris que c'était une ville du Mexique, située sur les flancs des Montagnes-Rocheuses, et que pour y arriver il me fallait traverser les Etats-Unis, le Texas et le Rio Bravo del Norte.

Je donnai un coup d'œil à mes finances et je m'assurai que les souverains de sir Edmond conservés dans la bourse dont Sam m'avait fait présent seraient plus que suffisants, quelle que dût être la longueur du voyage.

Conséquemment, de Québec je me dirigeai par Saint-Laurent sur Montréal, de Montréal à Kingston sur l'Ontario, de Kingston au fort Georges, de ce dernier à Niagara.

Je demeurai là quelques jours pour admirer les merveilleuses cataractes, puis je m'enfonçai dans les Etats par Schenactandy, Utica, Albany, et j'arrivai sur l'Hudson à New-Yorck; de là... Mais pourquoi énumérer tant de pays? Ce ne fut qu'au bout de trois mois de voyage que je me trouvai finalement à la Nouvelle-Orléans.

Quoique j'eusse visité sur mon chemin d'autres villes plus importantes, je confesse que je demeurai surpris à l'aspect de la Nouvelle-Orléans. Mais ne t'effraie pas, gracieux lecteur, je ne veux pas mettre ta patience à bout par une description détaillée de cette charmante cité. Je ne te dirai pas un mot de l'ampleur des cathédrales, de la hauteur des monuments. Le livre si diversifié de la vie humaine est pour moi la carte sur laquelle il importe, ce semble, d'étudier, la géographie avant tout; ma pensée suit la source mystérieuse qui jaillit du cœur de l'homme, plus volontiers que le cours interminable des fleuves qui se jettent dans l'Atlantique ou dans le Pacifique.

Lors donc que je parle de ma surprise à l'aspect de la Nouvelle-Orléans, je veux dire à l'aspect de sa population bigarrée. De ma vie je ne m'étais trouvé devant un pareil déluge d'audacieuses, entreprenantes et infatigables créatures humaines. Le Français bouillant, le résolu Yankee, l'Espagnol bronzé, le Métis, le Mulâtre, le Texien, le Nègre, le Créole, l'habitant de Cuba, fourmillaient là comme autant de *spécimens* de leurs races.

L'observateur le plus superficiel se fût vite et facilement aperçu combien il est nécessaire en ce pays d'avoir à chaque pas, à chaque minute, un œil vigilant, une main prompte et un poing robuste.

Les rixes, les disputes et les injures sont laissées dans les autres villes à la lie de la population; ici elles étaient fréquentes et entre gens de tous les états et de toutes les conditions. Chacun sortait armé jusqu'aux dents, et les drames sanglants dont les rues étaient tous les jours le théâtre montraient assez la nécessité de pareilles précautions.

Les subterfuges, les déguisements, les palliatifs sous lesquels partout ailleurs cherche à se dissimuler tout acte qui déshonore, étaient ici réputés comme hypocrisie ou lâcheté. Escrocs, voleurs et spadassins marchaient tête découverte. Déjà je regrettais de m'être aventuré dans cette galère, je commençais à voir que j'avais tout à perdre et rien à gagner au milieu de ce foyer de malice effrontée : je résolus de continuer mon voyage au plus vite.

— Mais comment, et par quelle voie ! me disais-je intérieurement, un jour que je passai rapidement le long de *Cliff-Street*. Tout-à-coup mes regards s'arrêtèrent sur une enseigne qui portait écrit en lettres capitales : *Bureaux du Picayune*.

Je relus deux ou trois fois ces mots et je me ressouvins que c'était là justement le journal qui avait offert mille dollars à qui découvrirait le nègre Bosman.

Ce n'est pas que j'eusse l'intention de réclamer la prime en racontant de quelle manière j'avais rencontré le nègre sur l'île d'Anticosti, je désirais seulement recueillir à son sujet de nouveaux éclaircissements qui pussent me mettre sur la trace de son trésor.

Je me présentai donc au bureau devant lequel se pressait un groupe de curieux avides de lire gratis le journal exposé dans la vitrine.

— Qu'y a-t-il de nouveau, Cox? demandait un personnage qui tenait un cigare entre le pouce et l'index, à un voisin absorbé dans sa lecture?

— Une dispute au congrès; — attendez..., — l'explosion d'un pyroscaphe sur le Mississipi.

— Voilà tout?

6

— Une expédition au Texas.

— Jonglerie !

— Attendez une minute... — L'expédition poussera jusqu'à Guayaquil, de l'autre côté de la frontière, où l'on a dernièrement découvert les plus riches *placers*.

— Guayaquil ! répétai-je avec surprise ; et me plaçant à l'écart, je
tirai de ma poche le journal du nègre et je retrouvai le nom qui
venait subitement de réveiller mes souvenirs.

— A merveille ! m'écriai-je en repliant la feuille avec soin ; cette
expédition coïncide parfaitement, elle me servira tout à la fois d'escorte et de guide jusqu'à Guayaquil.

Quand l'attroupement se fut dispersé, j'entrai dans les bureaux
situés au rez-de-chaussée.

Quelle ne fut pas ma surprise en reconnaissant dans le premier
objet qui s'offrit à mes regards le portrait du nègre Bosman collé sur
la muraille !

C'étaient les mêmes linéaments, la même physionomie sinistre, si
ce n'est que l'original, tel qu'il m'apparut dans Anticosti, semblait
un peu plus maigre et plus exténué par les souffrances et par les
années.

Je m'arrêtai quelques secondes à l'examiner d'un œil attentif.

— Que demandez-vous, camarade ? s'exclama certain plumitif en
levant la tête, et que regardez-vous là ?

— J'examine ce portrait ; en vérité je n'ai jamais vu de plus laide
grimace.

— Vous toucheriez une jolie somme, si vous apportiez des nouvelles du personnage ; mais non, il y a longtemps sans doute qu'il
est trépassé.

— De qui parlez-vous ? demandai-je insidieusement.

— D'un fieffé coquin, d'un nègre de force prodigieuse qui a commis nombre de brigandages et d'assassinats. A Antigua, une des
Antilles, il incendia la plantation de son maître après avoir traîtreu-
sement égorgé celui-ci dérobé et une foule d'objets précieux. Il se
réfugia dans les mines de Guayaquil, où caché sous un nom d'emprunt, il travaillait au lavage de l'or. Là il assassina le colonel Rixon,
propriétaire des plus riches placers ; il le scia par le milieu du corps
avec son couteau. On croyait communément que le colonel avait été
dévoré par les jaguars ; mais une nuit qu'il s'était enivré, le nègre
ayant tiré sa lame meurtrière, se mit à couper de jeunes arbres en
criant : — C'est ainsi que j'ai fauché ce brigand de Georges ! — le
colonel se nommait Georges Rixon. Le bruit courait dans les mines
que le nègre avait enfoui d'immenses trésors, non-seulement d'or et
d'argent, mais de pierreries, de diamants, d'émeraudes et de rubis.
Avant de lui faire subir son supplice suivant la loi de Linch, on voulut

le forcer à déclarer où il avait caché le trésor, mais il sut résister aux plus affreuses tortures, et dans la nuit qui précéda le jour désigné pour l'exécution, ayant rompu ses chaînes par un prodige de force incroyable, il réussit à s'enfuir ; quoique maltraité en plus d'un endroit, quoique les jambes brûlées dans le travail des mines, on n'a jamais pu le retrouver. Mille dollars de récompense furent offerts dans nos bureaux à quiconque mettrait sur sa trace ; mais voici nombre d'années qu'on n'en reçoit point de nouvelles : d'où nous avons conclu qu'il est mort depuis fort longtemps. Mais en quoi puis-je vous être utile, jeune homme ?

— N'est-ce point ici le bureau du journal le *Picayune*.

— Sans doute. Qu'y a-t-il pour votre service ?

— Est-il vrai, comme le journal l'annonce, qu'il se prépare une expédition au Texas ?

— Rien de plus vrai ; une bonne partie des recrues est en marche déjà, mais pour peu que vous mettiez d'empressement, vous ne tarderez pas à les joindre.

— Très-bien ! veuillez donc m'inscrire ; mais quelle route dois-je tenir pour les retrouver ?

— Dans quelques heures le *Cristobal* va mettre à la voile pour Galveston où doit se réunir l'expédition avant d'entrer en campagne. Descendez sur la jetée et présentez-vous avec ce billet d'inscription. Le trajet gratis, mais souvenez-vous qu'il faudra vous pourvoir à vos frais d'un cheval, d'un fusil, d'un poignard et d'une paire de pistolets ; les munitions inclusivement. Vous trouverez le tout à Houston et à des prix raisonnables. Là-bas, camarade, l'or est en abondance ; et si vous ne reculez pas devant un peu de fatigue et de danger, en quelques mois vous pouvez faire fortune. Dieu vous garde, et bonne chance !

— Nous y tâcherons. Adieu !

Et jetant sur mes épaules ma valise passée dans un bâton, en quatre sauts je fus sur le quai.

Le *Cristobal* appareillait. Je n'eus pas plutôt exhibé au capitaine le billet du secrétaire qu'il me fit les honneurs de son bord avec la plus grande politesse et m'invita à le suivre dans sa cabine.

Là j'appris avec un indicible découragement que j'étais l'unique passager à bord du *Cristobal* ; mes compagnons d'expédition m'avaient précédé de quelques jours, mais le capitaine me rendit l'espoir, en m'assurant que je les rejoindrais à Galveston ou à Houston à coup sûr, car il leur fallait séjourner quelque temps dans ce dernier endroit pour terminer les apprêts du voyage.

Le navire filait toutes voiles dehors. Nous continuâmes à nous entretenir plusieurs heures durant, sur les difficultés et les périls de l'expédition, sur les incursions des sauvages et des jaguars, su l'exploitation des *placers*, sur la manière d'amasser les *pépites* ou paillettes d'or et d'en faire le lavage en les tamisant dans l'eau, jusqu'au moment où nous éprouvâmes le besoin d'aller respirer sur le tillac.

La ville s'était depuis longtemps dérobée aux regards; déjà nous étions loin de l'embouchure du fleuve. Au lieu des flots jaunes et fangeux du Mississipi, une onde claire et limpide, soulevée par le vent, brisait sur la proue le murmure et l'écume de ses vagues.

Au coucher du soleil nous mouillâmes à Galveston.

Mais en apprenant que mes compagnons de voyage avaient déjà quitté cette ville, je ne voulus point débarquer dans la crainte de perdre un temps précieux; et toute la nuit je continuai ma route vers Houston sur le bateau à vapeur.

Que l'on juge de ma surprise et de mon découragement lorsque j'appris à Houston, que depuis deux jours ils étaient partis pour Austin! Cette expédition n'était donc qu'une jonglerie et un guet-à-pens, comme l'avait dit ce personnage qui stationnait devant les bureaux du *Picayune*, un panneau tendu aux imbéciles, ou bien ma mauvaise fortune avait décrété qu'il me serait défendu de la rejoindre!

— N'importe, m'écriai-je, en cherchant à rappeler mon courage; si l'expédition me précède je finirai tôt ou tard, sans doute, par me réunir à elle; si c'est un canard ou une mauvaise plaisanterie je partirai seul, et dussé-je y laisser ma peau, il faudra bien que je trouve à la fin ce Guayaquil, fût-il au bout du monde!

Après ce petit monologue, j'entrai dans une boutique d'armurier, la première venue, et je fis emplette d'un excellent fusil du Kentucky et d'une paire de pistolets d'arçon de la célèbre fabrique de Colt.

L'objet principal me manquait encore, — je veux dire un cheval, — j'allais pour en acheter un, lorsqu'un maquignon, avisant probablement ce dont j'avais besoin, vint à moi, m'invitant à pénétrer dans une vaste écurie.

Elle était occupée presque tout entière par deux longues files de chevaux, ne laissant entre elles qu'un passage étroit; le maquignon me vantait éloquemment la beauté de sa marchandise et me disait le prix de chaque bête en particulier; mais s'apercevant bientôt que rien de ce qu'il m'offrait n'avait le privilége de me séduire, il prit congé de moi un instant et reparut aussitôt conduisant à la main une jument noire comme la nuit.

— A celle-ci, me dit-il en lui caressant la croupe, vous n'aurez rien à reprocher, j'espère; examinez, je vous prie, l'admirable proportion de ses membres, son pelage luisant, l'exiguïté de ses oreilles.

Ses jambes sont plus agiles que celles de l'antilope ; dites-moi si cette queue ne ferait pas envie à un pacha ?

— Tout cela est au mieux, mon ami ; mais voyez, elle tourne un peu les yeux, le blanc de l'œil est trop dilaté, fis-je observer au maquignon.

— C'est son seul défaut, répliqua-t-il émerveillé de mes connaissances hippiques, elle s'effarouche un peu et se défie des inconnus, mais laissez, quand vous l'aurez montée seulement deux jours, elle sera docile comme un agneau.

La jument, à part cela, m'avait plu au premier coup d'œil, j'en fis donc l'acquisition, non sans avoir discuté sur le prix.

Ces diverses emplettes avaient fait, il est vrai, une large saignée dans ma bourse, mais qu'était-ce qu'une poignée de dollars en comparaison des immenses trésors que j'allais conquérir ?

— Et maintenant, mon ami, dis-je au maquignon pendant qu'il sellait mon cheval, de quel côté prendre, s'il vous plaît, pour aller à Austin ?

— Pour aller à Austin ? C'est la route qui tourne à gauche, vous aboutirez à un emplacement bordé d'une double ligne d'ormes, qui va se rétrécissant ; ce chemin vous mène droit à Austin. Du reste ne craignez pas de vous perdre, laissez-vous seulement conduire, Arabelle, — ainsi se nommait la jument, — vous mènera directement à Groft's Gulley.

— Et où se trouve Croft's Gulley ?

— A l'issue d'un grand bois de mélèzes ; une excellente *posada* pour rafraîchir les chevaux, juste à dix-huit milles d'ici.

— Sur la route d'Austin ?

— Précisément.

— Merci bien !

— Bon voyage !

Je me mis en selle, et traversant par un clair de lune magnifique la ville silencieuse, je pris la route qu'on m'avait indiquée.

C'est chose assez étrange que de se trouver seul au milieu de la nuit, dans une contrée étrangère, à des milliers de lieues de son pays natal. La conscience de son isolement est vraiment un poids qui oppresse.

Tant que le jour a lui, le va-et-vient du monde, la rumeur de la vie, la variété du spectacle donnent le change à ces désolantes pensées ; mais au tomber de la nuit, lorsque nous voyons scintiller au-dessus de nous ces étoiles que nous avons connues dans un autre hémisphère, et resplendir cette lune dont les pâles rayons ont jadis éclairé nos pas errants, sous d'autres climats, mille souvenirs aimés se réveillent et viennent assiéger notre esprit ; le cœur s'attendrit ; des larmes silencieuses glissent de nos paupières, et de ces solitudes inconnues qui l'environnent, l'âme revole sur l'aile du désir vers son nid charmant, vers les plages aimées et lointaines qu'elle a eu le malheur d'abandonner.

Plongé dans ces mélancoliques réflexions, j'arrivai à Groft's Gulley sur le milieu de la nuit. Après avoir longtemps heurté, je fus introduit par un vieux nègre sous une sorte d'auvent, pendant que mon cheval dévorait avidement sa provende.

La *posada* était close et silencieuse comme un cimetière ; si j'avais eu besoin moi-même de me rafraîchir j'eusse été fort dépourvu.

Après une courte station je me remis en marche. La route s'enfonçait brusquement dans une plantation de pins ; inutile de dire combien elle devenait rude et difficile. Cependant Arabelle s'en tirait assez bien et sans broncher d'un pas.

Aux premières lueurs de l'aube le chemin devint plus praticable et je pus examiner le pays. Au milieu de la matinée j'arrivai devant une cabane de planches appelée *Brazos*.

Un petit bout d'homme en manches de chemise se tenait accroupi sur le seuil en fumant tranquillement un énorme cigare. Devant lui s'étalaient sur un banc une grande cruche de cidre et un morceau de pain de maïs. Il me regarda descendre avec un air de parfaite indifférence et ne se dérangea point pour venir à ma rencontre.

— C'est bien ici une hôtellerie, mon ami? lui demandai-je en le saluant.

— Dites plutôt une auberge, me répondit-il en bâillant.

— Pouvez-vous me dire où est l'hôte?

— A son poste, assis en fumant sur le seuil de sa maison.

— Avez-vous un domestique? mon cheval a besoin de se rafraîchir et moi de déjeuner.

— Je n'ai rien à vous offrir.

— C'est singulier ! et comment donc font les voyageurs ?

— Il ne passe presque jamais de voyageurs ici.

— Presque jamais de voyageurs? Je ne suis donc pas sur une grande route qui relie entre elles deux villes.

— Non.

— Comment, non ? Ce n'est pas la route qui conduit à Austin.

— Je vous répète que non.

— Ce n'est donc point ici le Brazos.

— C'est le Brazos supérieur.

— Il y en a deux par conséquent, et l'autre, je suppose, est sur la route d'Austin ?

— Précisément !

— Miséricorde ! je suis sorti du chemin, m'écriai-je en soupirant ; mais de combien me suis-je écarté?

— Pas de beaucoup.

— Deux ou trois milles.

— Vingt.

— Vingt? Eh bien! ne me faites pas languir plus longtemps; ayez, je vous prie, l'extrême complaisance de me dire où ce chemin aboutit, si je puis regagner la route d'Austin sans repasser par les lieux que j'ai parcourus. Mais avant tout laissez-moi prendre un peu de pain, je vous paierai, soyez tranquille.

Et joignant l'action aux paroles je fis sonner quelques dollars dans ma sacoche.

— Voilà du cidre, s'écria mon bizarre interlocuteur, apparemment convaincu par la sonorité de mon argument.

Et du doigt il m'indiquait la cruche.

Sans attendre une invitation plus explicite, je lui donna l'accolade et ne la séparai de mes lèvres qu'après y avoir bu largement.

— Caramba! quelle soif! s'exclama l'aubergiste en considérant la cruche presque vide.

— Vous n'avez pas d'autre pain? lui demandai-je en mettant la main sur le morceau qui se trouvait devant lui et dans lequel je mordis à belles dents.

— Si je n'en avais pas d'autre, vous ne vous seriez pas emparé si facilement de celui-ci, répliqua-t-il d'un air menaçant.

— Et maintenant occupons-nous de ma pauvre jument, vous voyez qu'elle mérite l'attention; c'est une bête aussi belle que bonne.

— Belle, parbleu oui! et digne d'un plus riche maître! dit-il avec une singulière inflexion de voix; nous sommes de vieilles connaissances. Ah! madame Arabelle, vous avez perdu l'habitude de tirer la selle avec les dents.

Et il la caressait avec une tendresse dont j'étais tout surpris.

Tandis que cet étrange personnage répondait à mes questions avec ce laconisme impoli que vous savez, le son de sa voix éveillait en moi je ne sais quels souvenirs lointains et confus, et il me semblait avoir aperçu jadis ces gros yeux bleus sans expression, cette grande bouche fendue en ligne droite et ce nez si outrageusement pointu.

— Seigneur hôtelier, lui dis-je, je crois reconnaître dans votre manière de dire, un accent étranger; seriez-vous Irlandais?

— Que vous importe?

— Je me demande si vous ne seriez point natif de Kilbeggan?

— Je me demande en quoi cela peut vous intéresser?

— Ne vous nommez-vous point Mathieu?

— Est-ce qu'on vous a envoyé pour me faire subir un interrogatoire? répliqua l'aubergiste d'un ton bourru.

Mathieu Doggins! C'est bien vous? Dis-moi donc Mathieu, te rappelles-tu de ce démon de Dick, ton camarade d'école? Te souviens-tu quelle volée, le jour où tu l'as dénoncé à Billy O'Dogherty, dont on avait caché la férule? Ah fripon! combien de fois n'avez-vous pas dévalisé à vous deux le jardin du vieux Daniel O'Flaherty? Dick avait sept ans de moins que toi, ce qui ne l'empêchait pas de t'aider à battre Pierce, si tu t'en souviens, et à te défendre, car tu as toujours eu peur comme les feuilles, mon pauvre Mathieu.

— Allez au diable avec toutes vos histoires, me répondit l'hôte en fronçant le sourcil; cependant, continua-t-il en se radoucissant, si tu es bien le Dick Murphy que j'ai connu autrefois, apprends-moi ce qu'est devenu mon vieux père Thomas Doggins.

— Tu as pu le deviner, Mathieu; don Patrice l'a conduit à sa dernière demeure. Pierce s'attendait à te voir venir réclamer la moitié de l'héritage qui t'appartient. Je crois qu'il a quitté Kilbeggan.

— Ah! il a quitté Kilbeggan, eh bien? il est possible que je retourne au pays. Merci, Dick: bon voyage, que le diable t'accompagne!

Malgré ce singulier adieu, je ne quittai pas cet original d'aubergiste avant d'avoir procuré à mon cheval double ration d'avoine, et complété mon maigre repas avec un morceau de viande froide.

Je ne vous détaillerai point tous les petits artifices qu'il me fallut mettre en œuvre pour arriver à ce double résultat.

Le lecteur n'est peut-être pas moins impatient que moi de quitter ce bizarre et extravagant personnage : et pour ma part je lui eusse évité cette désagréable connaisssance, s'il se fût offert à mon esprit un autre moyen de lui expliquer comment j'avais perdu mon chemin, et par quels motifs je fus amené à ne plus le reprendre.

Il faisait trop chaud pour me remettre en route, je m'arrêtai donc, après avoir renoué connaissance, comme on vient de le voir, à converser avec l'hôte. Il me raconta une partie de ses aventures; elles n'étaient pas moins singulières que son humeur : puis il m'enseigna la route de Bexar. C'est là que j'avais maintenant résolu de porter mes pas; car d'après son estime je devais rejoindre plus tôt l'expédition par cette voie qu'en la suivant vers Austin.

— Si vous étiez arrivé deux heures plus tôt, me dit-il, vous auriez pu vous mettre en route en compagnie d'un Frère qui se dirige précisément ver Bexar. Mais il vous sera facile de le rejoindre, car il voyage en voiture avec une personne malade. Ils vont en pèlerinage à un sanctuaire; ils ont deux chevaux assez paresseux, et un conducteur mexicain dont les traits, chose fort étrange, me semblaient..... Bah! je l'aurai vu dans quelque taverne. Vous les aurez vite rejoints, si Arabelle est toujours ce qu'elle était autrefois.

Cette annonce inespérée me réjouit souverainement, Je désirais une compagnie, et celle d'un Frère, outre l'agrément qu'elle devait avoir, offrait encore la certitude d'une plus grande sécurité, avantage qui n'est pas à mépriser lorsqu'on voyage dans une pareille contrée.

J'appris en outre que ce moine était un Espagnol venu parmi les Choctaws en qualité de missionnaire et parfaitement au fait de la vie des prairies, qu'il parlait plusieurs dialectes indiens, et connaissait à l'égal des plus habiles pionniers les immenses déserts où j'allais pénétrer.

— Et son nom? demandai-je en sellant ma monture.

— Fra Miguel.

— Vive donc Fra Miguel! m'écriai-je en me remettant en selle.

En même temps je mettais un dollar dans la main de l'hôtelier, mon ancien ami; enfin, après une poignée de main et un adieu cordial, je pris la route de Bexar.

Le cœur léger de tout souci, je m'enfonçai dans une magnifique forêt de hêtres et d'aulnes, dont les branches reliées par les festons des lianes verdoyantes s'arrondissaient en berceaux et tempéraient la chaleur du jour par une délicieuse fraîcheur. Une infinie variété d'oiseaux au splendide plumage gazouillaient, voltigeant de rameaux en rameaux; les lièvres et les antilopes m'attendaient hardiment sur la verte lisière de la route, sans nullement s'effaroucher de mon approche. L'outarde aux ailes cramoisies, le pivert à la poitrine de neige, et gracieux entre tous, le pinson azuré promenaient devant mes regards leur vol capricieux. Plus loin l'écureuil sauvage se suspendait par la queue ou s'élançait d'arbre en arbre avec toute la confiance d'une liberté sans périls; et le cerf agile dépouillant son naturel craintif s'arrêtait sur mon passage pour me contempler, se félicitant sans nul doute au dedans de lui, de n'être pas né pour être bête de somme.

Ce paysage était pour moi si délicieux et si nouveau que je ne me lassais point de son uniformité : ce chemin qui me conduisait sur les traces de mes semblables ne pouvait me paraître solitaire ni désolé; d'ailleurs l'exubérance de la vie végétale et animale, les couleurs des oiseaux si vives et si variées, et l'étrange harmonie de leurs gazouillements tenaient mon attention incessamment en éveil et lui donnaient un continuel aliment.

De temps en temps je rencontrais un foyer éteint autour duquel gisaient des tisons épars et d'autres signes qui trahissaient un bivouac récent. Mais cela excepté et quelquefois encore une empreinte de roues visible à peine, pas une trace de pied humain, pas un indice certain qu'un homme eût déjà foulé le chemin que je parcourais. Les instincts du cœur en dernière analyse nous entraînent

irrésistiblement vers la compagnie et la société de nos semblables;
et bien qu'à peine deux ou trois heures se fussent écoulées depuis
l'instant où j'avais pris congé de l'hôte du Brazos, je commençais à
soupirer ardemment après la société d'un compagnon de voyage.

Pendant quelque temps j'avais mis les éperons aux flancs d'Arabelle dans l'espérance de rejoindre le Frère; non-seulement ç'avait
été sans succès, mais je n'avais même pas découvert une trace fraîche qui m'indiquât son itinéraire.

Je ne pouvais avoir pris une autre route par la bonne raison qu'un
sentier unique coupait la forêt; je commençais à craindre de ne
pouvoir trouver un asile où m'abriter la nuit, et de quoi souper
pour moi et pour mon cheval.

Du moment que cette pensée s'offrit à mon esprit, le paysage perdit toute sa beauté, et je ne trouvai plus aucun intérêt dans l'aspect
des hôtes nombreux et variés qui l'animaient.

Les gazelles venaient se poser jusque sur le pommeau de ma selle,
l'whipoor-will voltigeait autour de moi m'étourdissant de ses notes
plaintives, le cerf dans l'impétuosité de sa course m'effleurait de sa
ramure sans me faire aucunement souvenir que je portais en bandoulière un excellent fusil du Kentucky, tant j'étais préoccupé de
ma sécurité personnelle. Et si j'étais égaré? et si les Choctaws
venaient à me surprendre? plus d'une fois ils se sont aventurés à
quelques milles d'Austin; et si Arabelle se rompait la jambe? si...
mais à quoi bon énumérer toutes les appréhensions, toutes - les
anxiétés qui repoussés d'un côté venaient aussitôt m'assaillir de
l'autre? D'une simple entorse j'arrivais jusqu'à une mort de faim,
je passais en revue tous les accidents auxquels j'étais exposé, et
pareil à celui qui laissa écouler un jour entier à se demander ce qu'il
devrait faire s'il rencontrait un ours blanc, je me figurais tant de
périls, tant d'embarrassantes conjonctures que je finis par m'embrouiller la cervelle à force de rêver aux moyens d'en sortir.

La solitude qui peu d'heures auparavant m'avait suggéré tant de
gracieuses pensées me paraissait hideuse en ce moment et m'inspirait une invincible et mystérieuse terreur.

J'en étais à me demander s'il ne fallait pas tourner bride et reve-
nit au Brazos, plutôt que d'affronter une nuit à la belle étoile au
milieu d'une forêt.

Pendant que je débattais ce point, je remarquai par hasard la
faible empreinte du passage d'une roue sur l'herbe fine et menue
qui tapissait le chemin. Je sautai de cheval pour étudier la chose de
plus près et j'aperçus bientôt de l'autre côté de la route une trace
parallèle; je continuai mes investigations et ne tardai pas à découvrir les pas de deux bêtes évidemment déferrées.

Ranimé par de si clairs indices, j'enfonçai les éperons dans les flancs d'Arabelle et je galopai pendant plus d'une heure espérant à chaque détour rejoindre le Frère, qui voyageait apparemment d'une façon plus expéditive que je n'avais imaginé.

Le soleil avait disparu derrière la cime des grands arbres, et ses rayons obliques filtraient çà et là dans les éclaircies des branches en traits éblouissants de lumière, lorsque je débouchai tout-à-coup sur le bord d'une rive escarpée au fond de laquelle roulait un rapide torrent.

Ces larges crevasses, par lesquelles se précipitent les ruisseaux des montagnes pour se jeter ensuite dans les grands fleuves, se rencontrent assez fréquemment au Texas et le long de cette région qui côtoie la crête des Montagnes-Rocheuses; elle forment un des plus grands obstacles au parcours de ces contrées.

Je contemplais la pente rapide sur laquelle c'eût été, même pour un homme à pied, une témérité de s'aventurer lorsque je me ressouvins fort à propos que j'étais passé, il y avait une heure environ, dans un endroit où la route se bifurquait à peu près comme un Y; je revins sur mes pas et j'eus la satisfaction d'apercevoir sur le second embranchement la même légère empreinte laissée sur l'herbe par les roues d'une voiture.

Je mis ma monture au trot : la route s'inclinait en pente douce; je me trouvai de nouveau en présence du torrent, et ce qui me réjouissait davantage, du Frère tant désiré.

La scène qui s'offrait à mes regards aurait pu fournir le sujet d'un vivant et magnifique tableau.

A environ cinquante pieds plus bas, sur la rive du torrent grondant et furieux, j'apercevais une voiture à deux chevaux. Elle était couverte d'une capote de toile cirée, et close hermétiquement de chaque côté par deux longs rideaux abaissés.

Un homme de stature herculéenne battait l'eau avec une perche, et le Frère, la tunique relevée jusqu'au-dessus du genou, l'aidait dans cette étrange flagellation.

Le bouillonnement des flots et le fracas des perches m'empêchait de distinguer le sens de leurs paroles, mais lorsque mon oreille se fut habituée à ce vacarme, je compris qu'ils excitaient l'attelage à traverser le torrent. C'était parler à des sourds, et les chevaux ne montraient pas la moindre intention d'avancer. Chaque fois au contraire qu'ils faisaient deux ou trois pas en avant, traînés par la bride, ils reculaient immédiatement lançant des ruades furieuses qui menaçaient de mettre en pièces les harnais ou de renverser la cariole.

Malgré tout, le Frère ne se décourageait point et il ne cessait de battre l'eau avec une persévérance digne d'un meilleur succès.

Je vis tout-à-coup s'entr'ouvrir un des rideaux pour laisser paraître une main que je reconnus pour une main de femme à la vue d'un bracelet d'or. Mais sur une parole du Frère elle fut promptement retirée, et le rideau fut de nouveau scrupuleusement abaissé.

Curieux de pénétrer ce mystère, je descendis avec précaution le penchant de la côte, laquelle devenait toujours plus rapide à mesure que j'avançais.

J'étais encore à une certaine distance de la rive lorsque le Frère et le conducteur s'aperçurent de ma présence.

Tous deux s'arrêtèrent incontinent, promenant au-dessus de la pente que je venais de descendre un regard plein d'inquiétude, comme s'ils ne pouvaient croire que j'étais venu seul.

Au salut que je leur adressai, en ôtant mon chapeau poliment et en m'inclinant jusque sur l'arçon de ma selle ils ne répondirent pas, stupéfaits qu'ils étaient de cette apparition inattendue. Je fis quelques pas à leur rencontre, et je vis le Frère faire le tour de la voiture afin d'examiner si les rideaux étaient bien tirés : puis il se mit à la tête des chevaux en attendant mon arrivée.

Bonjour, *senor caballero*, dit-il en espagnol, pendant que le conducteur visitait soigneusement le bassinet de sa carabine et faisait deux pas en arrière comme pour se mettre en garde.

— Plutôt bonsoir, Père, répondis-je en anglais ; il m'a fallu galoper pendant plusieurs milles pour vous rejoindre.

— Vous êtes Yankee? demanda le Frère en s'approchant, mais assez peu satisfait en apparence de m'entendre et surtout de me voir.

— Je suis Irlandais, Fra Miguel, répondis-je hardiment.

— Et comment vous trouvez-vous en ce lieu ? dit-il en conservant toujours un air de réserve et de défiance.

— Je me suis perdu! répliquai-je, me donnant impudemment pour un personnage d'importance : je me dirigeais vers Austin, où je me suis fait précéder par mes domestiques et mes équipages, lorsque prenant le Brazos supérieur pour l'inférieur je me suis trouvé à plus de vingt milles du lieu où je croyais aller. Reconnaissant mon erreur j'allais retourner sur mes pas, lorsque j'appris qu'un missionnaire allait précisément du côté de Bexar, et je me décidai à continuer ma route dans l'espérance de l'achever en sa compagnie.

A en juger par le visage du Frère, le plaisir de la rencontre ne semblait pas réciproque. Il promenait ses regards tantôt sur moi, tantôt sur la voiture, puis il jetait un coup d'œil vers le Mexicain, qui ne comprenant pas l'anglais sans doute, n'attendait évidemment qu'un signal du Frère pour me sauter à la gorge.

Ce visage sinistre, qui avait si vivement impressionné mon hôte du Brazos, m'effrayait, il est vrai, mais ne me rappelait aucun sou-

venir. C'était au contraire celui du Frère qu'il me semblait avoir
aperçu récemment ; mais je me demandais en vain en quel lieu et
dans quelles circonstances ?

— Vous alliez à Austin ! me dit enfin le moine, vous êtes donc un
marchand ?

— Non, répondis-je en souriant d'un air dédaigneux, je voyage
pour mon agrément, et j'ai conçu le projet de visiter les prairies et
quelques cités du Mexique avant de rentrer en Europe.

— Que le ciel vous guide et vous protége ! s'exclama dévotement
le Frère en agitant la main en signe d'adieu. Il ne fait pas bon se
laisser surprendre ici par la nuit ; vous avez une excellente monture,
continuez donc votre chemin, mon fils, et vous arriverez à Bexar
avant que la lune ne disparaisse de l'horizon.

— Père, répliquai-je, si vous allez vous-même à Bexar, rien ne me
presse et je vous accompagnerais volontiers.

— Hem ! fit-il embarrassé, je vais à Bexar, il est vrai, *senor !* mais
je voyage très-lentement, la voiture est lourde, elle renferme un de
mes compagnons malade : il ne pourrait supporter l'agitation et les
secousses d'une allure précipitée. Allez donc *con Dios !* et nous nous
reverrons sans doute au terme du voyage.

— Mon cheval est fatigué, Père, répondis-je, sentant se fortifier en
moi le désir de rester avec lui, en proportion des efforts qu'il faisait
pour se débarrasser de ma présence ; lorsque je vous ai rejoint
j'allais mettre pied à terre pour le laisser prendre haleine ; ainsi la
lenteur du voyage ne me contrarie en aucune façon.

Le Père, au lieu de me répondre, adressa quelques mots en espagnol au Mexicain.

Quelle que fût la signification de ces paroles, celui-ci n'y répondit
qu'en serrant d'un air menaçant la crosse de sa carabine et en
jetant un regard significatif sur sa ceinture où luisait un poignard
hors de sa gaîne. Le Frère semblait chercher en même temps un
objet caché sous sa robe.

Sans faire semblant de remarquer cette pantomime, j'exhibai
un pistolet d'une de mes fontes et je me mis à examiner la batterie.

A cette manifestation les intentions hostiles du Frère et du conducteur s'évanouirent en un clin d'œil. Sur un mot du premier celui-ci se
remit à frapper l'eau de plus belle, avec sa perche, tandis que le
Frère se replaçait à la tête de ses chevaux, sans plus s'occuper de
moi que s'il eût complètement oublié ma présence.

— Puis-je vous demander l'explication de l'exercice auquel vous
vous livrez-là ? car à moins que ce ne soit un exercice spirituel, la
chose me paraît parfaitement incompréhensible.

Le Père me regarda sans mot dire, mais l'acuité de son regard montrait clairement qu'en temps et lieu convenables, il n'aurait pas refusé de faire assaut de paroles.

— Je remarque, dit-il enfin, que vous n'avez jamais voyagé dans cette contrée, autrement vous sauriez que dans cette saison les torrents fourmillent de caïmans et d'alligators, et qu'un cheval une fois assailli par eux recule toujours d'effroi devant le plus mince filet d'eau. Leur instinct les avertit pourtant que cette action de battre l'eau tient leurs ennemis à distance, pas un cheval mexicain ne se déciderait à mettre un pied dans l'eau avant cette cérémonie préalable.

Mais depuis plus d'une demi-heure que vous épuisez votre patience à cette opération, je ne vois pas que vos chevaux se soient encore décidés à bouger d'un pas.

— Examinez, je vous prie, la jambe gauche de ce noireau, et vous en saurez la raison, me répondit le Frère en me montrant du doigt une morsure profonde qui avait mis les tendons à nu et d'où le sang ruisselait jusque sur le sabot de l'animal.

Un cri du Mexicain interrompit tout-à-coup notre conversation, je me tournai et je le vis jetant sa perche, saisir sa carabine, ployer le genou et viser à fleur d'eau.

— Qu'y a-t-il, Sancho ? demanda le Frère.

Le conducteur proféra d'une voix gutturale quelques sons inintelligibles, et le Père me dit qu'un gros alligator avait attrapé un *chiguire*, ou porc sauvage, et qu'il l'entraînait sous l'eau.

— Ce torrent, ajouta-t-il, est un tributaire du Collorado, et on rencontre par milliers, le long des rives de ce fleuve, les œufs de ces animaux.

Le sang se glaça dans mes veines à l'horrible pensée de me voir assailli par ces monstres, et sautant de cheval, je me mis à battre l'eau en compagnie du Frère, pendant que le Mexicain gardait toujours sa carabine tendue dans la même direction.

CHAPITRE VII.

Une nuit dans la Forêt.

Fra Miguel se leva tout-à-coup, appela le Mexicain et lui glissa quelques mots dans l'oreille. L'autre parut d'abord hésitant et indécis, mais après un court intervalle il replaça les perches sur la voiture, saisit la bride et fit retourner l'attelage en arrière.

— Nous allons chercher un gué quelques milles plus bas, dit le Père, ainsi je vous recommande aux saints du paradis et je vous souhaite un bon voyage.

— Toutes les routes me conviennent, mon cher Père, répondis-je avec une indifférence simulée.

— Prenez donc la plus courte, et vous arriverez plus vite, me dit-il avec sécheresse.

— Qui peut me l'indiquer? répliquai-je, rien n'est plus facile que de s'égarer dans une forêt si touffue et sans une seule indication.

— Il n'y a qu'un seul sentier, et il est impossible de s'égarer, me répondit-il du même ton.

— Mais il a un grand inconvénient.

— Lequel?

— C'est qu'il est solitaire, et pour ne vous rien cacher, je suis trop bon Irlandais pour préférer la solitude à une excellente compagnie.

— Il me semble qu'à un autre point de vue, vous ne ressemblez guères à un bon et véritable Irlandais.

— Que voulez-vous-dire? demandai-je, en plissant le front avec colère.

— Que vous persistez à imposer à toute force votre compagnie à des gens qui ne veulent pas l'accepter, répondit le Frère avec insolence. Autant qu'il me souvienne, tels n'étaient pas les usages de votre pays quand je l'ai traversé il y a quarante ans.

Etait-ce bien vrai que quarante années se fussent écoulées depuis que mon interlocuteur avait visité l'Irlande? sa figure portait à peine cet âge. Mais je me contentai de faire intérieurement cette remarque.

— Ah! mon vénérable Père, répondis-je, notre pays depuis ce temps-là s'est dépouillé de bien des imperfections, les gens du peuple ont perdu l'habitude des injures et des coups de poing, et vous pourriez faire pendant toute une semaine cinquante milles par jour sans rencontrer un homme aussi peu... honnête que vous!

— Par tous les diab...! il s'interrompit; ses yeux lançaient des éclairs. Ah! Seigneur! fit-il en se reprenant, et en éteignant le feu de son regard; mais il était facile de voir que je l'avais blessé au vif, et je n'en restais pas moins fort surpris d'avoir entendu sortir des lèvres du moine une telle exclamation.

Il y eut un silence d'un moment; faisant bientôt réflexion qu'une autre parole pourrait compromettre la victoire que je venais de remporter, je donnai de l'éperon à mon cheval et le poussai dans le torrent.

Ma vaillante Arabelle atteignit d'un élan la rive opposée, et je disparus au galop dans la forêt.

Mais au bout d'une centaine de pas j'arrêtai mon cheval et m'apprêtai à tourner bride. Je sentais naître un vague soupçon que le Frère n'avait aucunement l'intention de retourner sur ses pas, et que cette résolution imprévue de chercher un passage sur un autre point était simplement un stratagème pour se débarrasser plus facilement de moi. Désirant voir aussi comment ils se tireraient d'affaire, je descendis et je rebroussai chemin, tenant Arabelle par la bride.

L'épaisseur du taillis me dérobait la vue du torrent et en affaiblissait le murmure; mais je ne tardai pas à me féliciter secrètement de mon instinct divinatoire, lorsque j'entendis la voix puissante du Frère qui stimulait énergiquement les chevaux.

J'avançai prudemment jusqu'auprès d'un buisson, entre les branches duquel on voyait miroiter l'eau qui courait au fond du ravin.

Le Frère était grimpé sur la voiture et tenait les rênes, tandis que le Mexicain tirait les chevaux par la bride. Ceux-ci, animés sans doute par l'exemple d'Arabelle, avaient repris un peu de courage; ils avançaient lentement, flairant l'eau à chaque pas et l'agitant avec leurs pieds.

Le Mexicain avança hardiment jusqu'à l'endroit où l'eau arrivait à la hauteur de ses *botas vaqueras* (1), et les chevaux le suivirent, quoique avec répugnance et d'assez mauvaise grâce. Mais la déclivité du terrain et la violence du courant obligèrent le conducteur à grimper sur la voiture à son tour, aussitôt les chevaux s'arrêtent, ils trépignent, reculent et se cabrent; leurs oreilles et leur queue qui se dressent laissent clairement deviner leur épouvante.

Supplications — caresses — prières — malédictions — menaces, — tout est sans succès; rien qui puisse les faire avancer d'un pas. En vain le Frère les cingle à tour de bras, en vain le Mexicain leur rompt sa perche sur le dos, ils demeurent comme soudés dans le fleuve.

Le Frère épuisait un répertoire d'imprécations beaucoup plus riche que sa robe n'aurait pu le faire supposer, et en lui entendant réciter ces singulières litanies je sentis se fortifier un soupçon que sa vue et ses paroles m'avaient déjà suggéré... — Mais si cet habit de moine n'était qu'un déguisement, à quel effroyable tissu de crimes servirait-il de manteau?

En attendant toutes ses malédictions n'aboutissaient à rien : les obstinés quadrupèdes recevaient les injures et les coups de fouet

_____

(1) Énormes bottes de peau de buffle qui résistent, dit-on, à la dent des caïmans et à la morsure des serpents.

avec un flegme qui eût fait honneur à un riverain de la Tamise.

Enfin il y eut une pause : le Frère et le Mexicain s'arrêtèrent, à bout de paroles et de coups ; mais le silence ne fut pas de longue durée, ils éclatèrent, comme pour décharger leur mauvaise humeur, en un concert nouveau de malédictions sur toute la création animale en général, et en particulier sur cette partie de la création qui ne voulait pas se résigner à être dévorée par les alligators.

Tout-à-coup le cheval qui avait été déjà mordu se redresse avec fureur, pousse un rauque hennissement et s'abat, entraînant son compagnon dans sa chute. Il se relève, un des traits se brise et l'animal bondit à droite et à gauche. Son compagnon, par sympathie peut-être, l'imite dans ce jeu, et tous deux se démènent et se roulent, pendant que la carriole exposée à toute la violence du courant menace à chaque instant de culbuter.

Le Frère luttait énergiquement, comme aussi le conducteur ; mais par malheur une des brides vint à leur échapper et les chevaux tiraillés par la tension violente de celle qui restait tournent et se jettent en plein au milieu du torrent.

A environ trente pas plus bas, les flots se précipitaient en une sorte de cataracte de dix à douze pieds de profondeur ; c'était vers cet abîme que s'élançaient les chevaux ivres de terreur.

En vérité la scène était terrible. Les deux animaux épouvantés se relevant et retombant tour à tour se débattaient dans une agonie de douleur. La voix du conducteur et du Frère se mêlait au roulement des ondes, au mugissement de la cascade, au bruit sourd de leurs chutes, mais des cris continuels et déchirants sortaient du fond de la carriole et dominaient tout ce tumulte.

Le soleil avait disparu, et comme si un rideau sombre se fût abaissé soudain, la douce clarté du crépuscule s'était transformée rapidement en une brune obscurité.

Je descendis précipitamment par le plus court chemin ; j'avais à peine atteint la rive qu'un des chevaux, faisant un prodigieux effort afin de se dégager, retomba dans l'eau la tête en avant, pour ne plus se relever. L'autre ne pouvant soutenir seul la lourde voiture qui oscillait déjà, se laissa entraîner par le courant.

Soudain le Frère en se reculant écarte un des rideaux, et je vois un bras de femme se cramponner à son bras avec la ténacité du désespoir.

Quelques pas encore, et ils sont à tout jamais perdus.

Je plongeai les éperons dans les flancs d'Arabelle et m'élançai dans le torrent, sans savoir seulement comment leur porter secours.

Moitié nageant, moitié sautant, j'arrivai près de la voiture qui chancelait déjà sur le bord du précipice. Le Mexicain appuyé sur sa perche s'efforçait de ramener le cheval en arrière, pendant que le Frère déchirait avec un poignard la capote de toile cirée, et s'efforçait d'arracher à cette prison une jeune femme pâle et demi-morte et qui paraissait incapable du moindre effort pour sortir du danger.

Le cheval ne pouvant plus résister à la violence du courant, ou peut-être saisi dans l'eau par la gueule d'un alligator, roula dans la cataracte, entraînant avec lui le Mexicain qui s'efforçait de le retenir.

Le pauvre conducteur, jeta un cri de détresse vers son compagnon, et j'entendis ces étranges paroles :

— Harry, je suis perdu! nous avons épargné l'enfant!
— Malédiction! cria le Frère.

Et l'abîme se referma sur le blasphème et sur le cadavre!

Ce fut pour moi comme un éclair dans la nuit : j'avais entendu ces deux voix le soir où sir Edmond avait tenu la vie de deux misérables au bout de son pistolet.

L'heure était suprême : durant une seconde la voiture chancela sur l'abîme; heureusement elle versa par côté. Au moment où elle allait s'engloutir, je saisis la jeune dame et l'attirai vers moi.

— Sautez en croupe, cria le Frère; elle obéit avec promptitude et sauta légèrement derrière moi.

Arabelle fendit résolûment le courant, et en moins d'une minute j'atteignis la rive que le Frère avait gagnée avant nous en s'élançant de dessus la voiture avec l'aide de la perche.

Je déposai sur l'herbe la dame à demi-morte, et je me mis à la recherche de l'infortuné Mexicain; mais de lui non plus que du cheval je ne pus découvrir la moindre trace.

Je l'appelai à haute voix : je parcourus jusqu'à une grande distance les rives sinueuses du torrent, criant, et explorant son lit; toutes mes recherches demeurèrent infructueuses.

Il était clair que le malheureux avait péri, — et peut-être d'une mort dont le récit serait horrible.

Le Frère me suivait, mêlant à des actions de grâces pour son propre salut des lamentations sur la perte de son compagnon. Il était à tel point troublé, qu'il ne me reconnut pas ou ne s'aperçut point de ma présence.

Enfin lorsque nous revînmes à l'endroit où gisait la jeune dame, il s'écria :

— Est-il possible que vous soyez le cavalier que nous avons quitté il n'y a qu'un instant?

— Lui-même, à n'en pas douter, répondis-je; vous avez refusé ma compagnie tout-à-l'heure, maintenant vous avouerez, j'espère, qu'elle vous a été de quelque secours; on ne se débarrasse pas de moi si facilement.

Et nous n'essaierons pas de le faire une seconde fois, senor, soyez-en persuadé, s'écria lp pauvre femme encore toute tremblante; et elle prit ma main qu'elle serra dans les siennes avec une vive reconnaissance.

Le Frère prononça quelques mots que je n'entendis pas, et elle recula confuse et se cacha le visage dans sa mantille.

— Donna Maria est ma nièce, senor, je la conduis vers son père gravement malade en ce moment, elle est elle-même habituellement souffrante, et les longs entretiens la fatiguent.

Ces paroles furent dites avec un air farouche. Je compris que le Frère voulait m'empêcher de lier conversation avec la dame confiée à ses soins.

Mais notre déplorable situation nous rappelait à d'autres pensées.

Nous étions à plus de vingt milles de Bexar, et pas un village, pas une *venta*, pas une cabane entre nous et cette cité. Rebrousser chemin était impossible, il fallait donc nous résigner à passer la nuit en plein air.

— Essayons d'allumer un peu de feu, dit Fra Miguel, de l'air d'un homme qui ne veut pas perdre son temps en niaiseries ou en lamentations.

Je liai ma jument à un arbre, j'enlevai la selle et l'arrangeai au pied d'un hêtre en guise de siège pour l'offrir à donna Maria, et je me disposai à allumer le feu. Mais le Frère m'avait déjà prévenu. Entassant un amas de branches et de feuilles sèches, il construisait autour une sorte de foyer au moyen de plusieurs pierres qu'il rangeait en hémicycle.

— Il nous faudra jeuner cette nuit, senor, me dit-il, mais nous dînerons mieux demain. Attisez le feu avec votre chapeau, il s'allumera plus vite.

— Si ce n'était cette dame dont les souffrances surpassent de beaucoup les nôtres...

— Ne vous inquiétez pas d'elle, interrompit le Frère qui se remit à jouer son rôle impie; à l'exemple de la grande Mère de Dieu, elle se nomme Maria, il est bon qu'elle apprenne à supporter en paix les privations et les épreuves. Elle vient de la Nouvelle-Orléans et elle va revoir son père; elle a promis, s'il guérissait, de faire un pèlerinage à Notre-Dame de los Dolores.

Un profond soupir gémit au pied du hêtre; confirmait-il la vérité de ce qu'avait dit le Frère? Je me le demandais tout bas : j'apportai dans le foyer une poignée de branches, dans l'espérance d'entrevoir les traits de la voyageuse, mais Fra Miguel devina mes intentions et rendit mon stratagème inutile en jetant une lourde bûche sur le feu.

— Vous êtes trop prodigue, senor, dit-il en même temps ; il faut ménager nos provisions, ou bien nous manquerons de combustible avant que le jour soit levé.

— Ne désirez-vous pas approcher du feu, senora ? demandai-je respectueusement.

— Merci, Monsieur, mais... peut-être...

— Expliquez-vous sans détour, ma fille, s'écria le Frère, expliquez-vous, et dites-lui que vous récitez le rosaire et que vous ne voulez pas être interrompue. Et vous, senor, si je ne me trompe, dans votre empressement à nous venir en aide, vous avez oublié de faire boire votre vaillante monture. Ne la menez pas au *torrent, car les abords sont dangereux* : prenez mon sombrero et portez-lui à boire, il suffira de le remplir deux fois pour la désaltérer.

J'avais bonne envie de refuser, mais je sentais qu'une prompte et aveugle soumission à ses ordres était l'unique moyen d'apprivoiser le Frère et peut-être de le gagner. Je pris donc son chapeau et je descendis vers le torrent.

Mais autant eût valu faire un trou dans l'eau ; à peine avais-je rempli le chapeau que le liquide s'écoulait comme à travers un crible. Je renouvelai plusieurs fois la même tentative, toujours avec le même résultat.

Enfin irrité de la plaisanterie, je revins à l'endroit où j'avais laissé le Frère, et lui racontai de fort mauvaise humeur que je n'avais pu garder une seule goutte d'eau.

— Trempez donc votre mouchoir dans l'eau et baignez-en la bouche de la jument, dit le Frère qui était agenouillé et faisait courir entre ses doigts hypocrites les grains d'un rosaire.

Craignant de l'avoir blessé, je m'éloignai de suite et de nouveau m'acheminai vers le torrent.

— Tous ces soins empressés pour mon cheval, tous ces exercices de dévotion ne seraient-ils point par hasard des prétextes pour me tenir éloigné ? pensai-je en voyant que le Frère, dès qu'il m'avait vu disparaître, s'était levé et aussitôt enfoncé parmi les arbres.

Poussé par la curiosité, je fis un petit détour : et quelle fut ma surprise de voir qu'il avait suspendu entre les branches des arbres son manteau en guise de hamac pour Donna Maria !

— Vous voyez, Harry, disait la jeune femme, à quels dangers je me suis exposée pour vous suivre.

— Mais aussi vous le reverrez dans quelques jours.

— Oh ! combien de fois ne m'avez-vous pas dit : vous le reverrez dans quelques jours ? et jusqu'à présent vous avez joué avec mon désespoir.

— Voyons, Maria, soyez raisonnable? vous savez quels risques j'ai courus pour vous, et que si je n'avais pas eu de fidèles amis, vingt fois j'eusse perdu la vie. Vous voyez cette flamme qui veille afin d'écarter les jaguars, eh bien! je puis rencontrer jusque dans cette forêt d'autres créatures plus dangereuses pour moi que les jaguars, ce jeune homme m'inspire je ne sais quelle défiance; prenez garde de me trahir, vous savez quelle arme terrible j'ai entre les mains !

— Voilà encore une parole que vous m'avez bien des fois répétée : oui, vous craignez que les hommes vous reconnaissent, est-ce que vous croyez que Dieu ne vous reconnaît pas? Vous avez vu tout à l'heure s'il vous oubliait; votre jour viendra et il vous punira d'une mort plus épouvantable que celle dont nous avons eu le spectacle sous les yeux.

— Taisez-vous! j'avais presque chassé ce cruel souvenir... Bonne nuit!... Rappelez-vous que sa vie dépend de la mienne!

— Bonne nuit, soupira-t-elle, ah! je ne puis pas dormir : et ce qui m'empêche de clore la paupière ce n'est pas de voir briller les lucioles entre les feuilles ni d'entendre le murmure du torrent !

— Chut! il revient, dit le Frère; et tout redevint silencieux.

Lorsque j'arrivai je retrouvai le frère agenouillé, faisant toujours le semblant de prier. Je m'étendis auprès du feu, mon fusil d'un côté, mes pistolets de l'autre, et je m'apprêtai à dormir.

Mais en vain je m'efforçais de fermer les yeux, je ne pouvais parvenir à faire descendre le sommeil. Ma pensée n'était occupée que de Donna Maria, et mille conjectures se pressaient obstinément dans mon esprit. Je n'avais pas encore aperçu son visage et j'avais déjà senti naître en mon cœur un tendre et irrésistible attachement. Cette noble jeune femme m'était apparue souffrante et résignée et comme entourée de l'auréole du martyre : je l'aimais d'une affection sainte et respectueuse, comme on chérit une sœur. Sa voix était douce et harmonieuse au-delà de ce qu'on peut dire, mais elle avait je ne sais quoi de plaintif qui révélait une profonde et habituelle douleur.

Mais qu'y avait-il de commun entre elle et ce misérable qui lui servait de guide? Quels liens mystérieux unissaient deux créatures si opposées l'une à l'autre? De qui parlaient-ils dans cette conversation secrète dont j'avais surpris quelques mots? — Autant de questions auxquelles je ne savais que répondre? Mais plus je sentais croître ma sympathie pour cette innocente victime, plus je sentais redoubler mon aversion pour le moine son tyran et son persécuteur. Ah! que ne pouvais-je la délivrer de son bourreau aussi facilement que naguère je l'avais soustraite à une mort imminente?

Ces pensées devinrent enfin si accablantes que je m'efforçai de les bannir en les ensevelissant dans le sommeil, mais toujours en vain; elles s'étaient emparées de moi et je ne pouvais plus m'en délivrer.

Vers le milieu de la nuit je me remis sur mon séant. Le feu pâlissait; le Frère la tête appuyée sur le tronc d'un pin ronflait sourdement.

C'était la plus belle nuit du monde.

Le doux bruissement des feuilles à peine agitées par le vent de la nuit s'harmoniait mélodieusement avec le murmure lointain du torrent. Le ciel apparaissait constellé de myriades d'étoiles étincelantes, vives et radieuses comme elles le sont sous les latitudes méridionales; les lucioles par milliers rôdaient entre les feuilles émaillant la verdure sombre, comme une infinité de fleurs de la nuit, d'une lueur pâle et phosphorique; l'air était tiède et parfumé des suaves senteurs du cèdre et de l'acacia.

Je me traînai sans bruit vers l'endroit où le Frère était couché. Craignant qu'il ne feignît de dormir, j'attendis quelque temps pour l'examiner attentivement. Mais non! cette respiration uniforme et gutturale ne pouvait être simulée.

Pour plus de sûreté, je jetai une poignée de branches sur le feu afin de voir si le bruit lui ferait lever la tête; mais il prononça seulement quelques mots entrecoupés et continua de dormir.

Parfaitement rassuré, je tournai les yeux vers le hamac, je l'aperçus à travers le feuillage, caché dans les rameaux d'un sycomore, et retenant mon souffle je m'avançai doucement de ce côté. A tout prix je voulais questionner la pauvre femme.

J'avais fait quelques pas à peine, lorsque je m'entendis appeler.

Dona Maria assise sur son hamac me regardait avec un sourire plein de tristesse et de mélancolie, elle s'écria :

— Votre nom, senor cavalier?

— Richard Murphy, répondis-je à demi-voix.

— Bien. Mais comment vous appellent vos sœurs?

— Je n'ai point de sœurs, senora.

— Et vos frères?

— Je n'en ai point.

— Eh bien! comment s'appelait votre mère?

— Hélas! senora, je ne l'ai jamais connue, j'ai perdu ma mère au berceau.

— Pauvre enfant! je vous en aime bien davantage, c'est un trait de ressemblance...

— Achevez, senora, je vous en prie.

— Non, non, cela m'est interdit... Comment donc faudra-t-il vous appeler?

— Appelez-moi votre frère.

— Non, j'aime mieux vous appeler mon fils, car je suis vieille, ou plutôt vieillie par les années... et surtout par la douleur. Hélas ! je n'ai jamais eu d'enfant, voulez-vous être mon fils ?

— Oui, chère mère, et je vous aime déjà comme si vous étiez ma véritable mère. Mais que dira Fra Miguel ?

— Je l'avais oublié... il n'en saura rien ; si nous ne lui disons pas que vous êtes mon fils il ne pourra pas le deviner. Mais vous savez, un fils doit tout dire à sa mère, dites-moi donc comment vous vous trouvez ici ? d'où vous venez ? où vous allez ? — tout, je veux tout savoir !

— Je voudrais plutôt vous parler de l'avenir, très-chère mère ; je ne sais pas où Fra Miguel vous conduit, mais je vous suivrai, n'est-ce pas ! vous me permettrez de vous suivre ? dites-moi si vous allez bien loin.

— Loin, très-loin ! au-delà du Rio Grande.

— Tant mieux ! puisque je ne vous quitterai plus. Et votre père habite jusque-là ? est-il donc aussi malade que le disait Fra Miguel ?

— Cher fils, ne me parlez jamais de mon père ni de Fra Miguel.

— Ah ! mère, vous me cachez un secret ; est-il bien possible que ce méchant homme de Fra Miguel soit votre oncle ? Mais comment ferons-nous ? il faut trouver un prétexte, car, j'en suis sûr, Fra Miguel ne voudra pas que je vous accompagne.

L'aimable Donna Maria vint promptement à mon aide, en s'écriant avec un sourire :

— Ne m'avez-vous pas dit que vous alliez en pèlerinage au sanctuaire de Nostra Donna de los Dolores, à Aguaverde ?

— Ah !... justement. Voyez un peu, je l'avais oublié !

— Et si Fra Miguel demande pour quel motif vous avez pris cette résolution...

— Oui pour quel motif ?

— Ne vous disait-il pas que j'irais en pèlerinage à Notre-Dame des Douleurs ; et n'avez-vous pas promis de faire ce même pèlerinage après nous avoir sauvé du torrent ? Et maintenant bonne nuit, cher fils ; Fra Miguel va s'éveiller à la pointe du jour, et je crois voir déjà blanchir les étoiles.

— Bonne nuit, très-chère mère !

Un soupir du Frère m'avertissait qu'il était temps de reparaitre à mon poste, je revins promptement et sans bruit, et je m'étendis vers le feu presque éteint, faisant semblant de dormir.

— Levez-vous, senor, s'écria peu de temps après le Frère en me secouant ; il fait jour, et nous devons profiter de la fraîcheur du matin.

Nous nous remîmes en marche pour Bexar à la clarté de l'aube,

Donna Maria montée sur Arabelle et le Frère et moi venant derrière à pied.

Résolu de gagner, autant que possible, la confiance de Fra Miguel, je m'entretenais presque uniquement avec lui, n'adressant que rarement la parole à sa compagne.

Aucun de nous n'avait mangé depuis la veille, et nos provisions étant complètement épuisées il fallait hâter le pas et voyager avec la plus grande célébrité.

Le Frère connaissait parfaitement la route, et grâce à son habileté consommée à reconnaître son chemin, à l'écorce des arbres, au gisement de certains rochers, à la direction des ruisseaux, j'acquis plusieurs connaissances indispensables aux voyageurs qui s'aventurent dans les savanes.

Ces différentes remarques formaient le principal thème de notre conversation, laquelle était assez souvent coupée par de longs intervalles d'un pénible silence.

Deux ou trois fois Fra Miguel m'interrogea sur les particularités de mon histoire; mais à peine avais-je prononcé quelques mots qu'une réponse ou une observation intempestive me faisait voir clairement qu'il ne prêtait nulle attention à mes paroles et qu'il était entièrement absorbé dans ses réflexions. A quoi bon m'épuiser en inventions biographiques puisqu'elles n'excitaient aucun intérêt? Je laissai donc la conversation mourir, et je gardai un silence non moins ennuyeux et embarrassant que le sien.

Enfin, la route devint trop étroite pour nous laisser marcher de front tous les trois : j'étais obligé de conduire Arabelle par la bride, et je me trouvai par la force des circonstances compagnon *a latere* de Donna Maria.

Mais Fra Miguel nous suivait toujours de près : il était tout yeux pour surveiller sa nièce et tout oreilles pour épier le sujet de sa conversation.

L'excessive chaleur du midi nous contraignit à faire une courte halte dans un taillis de mélèzes; j'en profitai pour cueillir un peu d'herbe à mon cheval et pour le rafraîchir.

L'abstinence prolongée nous rendait toujours plus taciturnes, le silence n'était plus interrompu que par des monosyllabes rares et impatients; et lorsque vint l'heure de se remettre en route Fra Miguel était devenu d'une humeur massacrante. Il ne cessait de maugréer, et à chaque nouveau détour il donnait des signes d'une irritation mal contenue. J'entendais sortir de ses lèvres des invocations à tous les saints du ciel, mêlées à des lambeaux d'imprécations lorsque parfois il oubliait son rôle et que l'aiguillon de la faim se faisait trop vivement sentir par les tiraillements de l'estomac.

A mesure que le soir approchait, ces étranges oraisons jaculatoires sortaient plus nombreuses de la bouche du Frère, et parfois m'arrachaient un sourire que bientôt faisait expirer sur mes lèvres la vue de cette tristesse douce et résignée répandue sur le visage de ma compagne.

La satisfaction et l'allégresse inattendues de Fra Miguel se manifestèrent avec une éloquence expansive, lorsque nous vîmes tout-à-coup plusieurs lumières éparses scintiller dans le lointain. Mes sentiments, hélas ! étaient bien différents : je voyais approcher avec ces lumières l'instant douloureux de la séparation !

— Enfin voici Bexar ! béni soit saint Michel de Pavie ! cria Fra Miguel en levant les mains. Nous sommes parvenus au terme de notre long et désastreux voyage !

Je levai les regards vers Donna Maria, qui me répondit par un calme sourire.

— Deux longues journées de privations et d'angoisses ! continua le Frère.

Autre sourire plein de mélancolique douceur.

— Un voyage que je n'oublierai jamais.

— Non plus que moi, murmurai-je tout bas à ma compagne.

— Un voyage de privations et de terreurs ! ajouta le Frère.

— Un voyage où Dieu m'a procuré le bonheur de vous sauver la vie.

— Et maintenant, mon jeune ami, reprit le prétendu moine en se tournant vers moi, quelle marque de reconnaissance pourrons-nous vous offrir avant de prendre congé ? Voulez-vous une neuvaine à Notre-Dame des Larmes, ou bien offrirai-je un cierge à saint Nicomède de Térapie ?

— Mille remerciements, Père ; le léger service que je vous ai rendu a été plus que récompensé par l'indicible plaisir que j'ai goûté à voyager en votre compagnie et en la compagnie de cette aimable dame. J'ai appris, chemin faisant, d'excellentes pratiques dont je profiterai durant mon futur pèlerinage.

— A quel sanctuaire, senor ?

— Au sanctuaire de Notre-Dame des Douleurs, à Aguaverde, avec l'aide de saint François.

— Aguaverde ! s'écria Fra Miguel d'un ton qui montrait combien cette nouvelle lui paraissait désagréable ; jeune homme, c'est un long et périlleux voyage.

— Père, il n'en sera que plus méritoire !

— Déserts inexplorés, fleuves profonds, Indiens perfides et métis plus cruels encore, serpents venimeux et caïmans féroces ; voilà tous les périls que vous allez braver, jeune homme ! dit-il en hochant la tête.

Mais un regard de la señora suffit pour me rassurer contre cette litanie d'épouvantails.

— Vous pouvez faire votre pénitence à Bexar, au couvent des Missions, vous trouverez là beaucoup de saints personnages qui peuvent vous donner toute sorte d'excellents avis.

J'allais remercier le Frère de ses préoccupations officieuses, lorsqu'un léger signe de Donna Maria retint la parole sur mes lèvres, et me fit répondre que j'accédais à ce conseil de très-bon cœur, et que je lui en avais une infinie reconnaissance.

Nous traversâmes pendant cet entretien les faubourgs de Bexar, et nous entrâmes peu après dans la principale rue de la cité.

Et puisque l'occasion s'en présente, je parlerai ici d'une étrange coutume de ces contrées, coutume à laquelle je m'habituai promptement, quoiqu'elle n'eût pas été pour moi d'abord l'objet d'une médiocre surprise.

C'était une paisible et chaude nuit de juin; l'air était sec et brûlant comme il l'est en plein midi durant l'été sous le beau ciel d'Italie; et nous trouvâmes que toute la population avait disposé ses lits en deux rangs de chaque côté de la rue, et dormait en plein air pour jouir des fraîches brises de la nuit.

Pas un rayon de lune, pas un reflet de lampe; mais, à la vive clarté des étoiles, nous pouvions mesurer du regard ce campement étrange, laissant au milieu une voie spacieuse pour la circulation des mules et des chariots.

Plusieurs des différents groupes étaient réjouissants au suprême degré. Ici une vieille pimbêche, la tête enveloppée d'un foulard jaune et rouge, ronflait comme une toupie d'Allemagne, pendant qu'une négresse accroupie à son chevet chassait les *musquitos* avec un grand éventail de plumes.

Là un vieux barbon tremblant et desséché savourait son chocolat avant de se livrer au sommeil.

Les mères allaitaient leurs enfants; les nourrices berçaient leurs poupons en murmurant à demi-voix une cantilène enfantine.

Ceux-ci revenaient moitié assoupis répétant les derniers vers d'une *seguidilla* commencée au cabaret; ceux-là se jetaient ou plutôt tombaient sur leurs lits exhalant avec des *carambas!* sonores, toute la méchante humeur d'un bon sommeil interrompu.

De temps en temps on apercevait une figure prosternée dans l'attitude de la prière, plus loin on entrevoyait un visage curieux dont les regards fusillaient les passants.

Nous vînmes frapper à la porte d'un vaste et obscur édifice que le Frère me dit être la *Venta Nazionale*, hôtel principal de la cité.

A force de heurter, et après un long pourparler entre Fra Miguel et un nègre qui se montrait à une fenêtre du quatrième étage, les portes furent enfin ouvertes.

Épuisé, harassé, affamé, j'espérais que nous allions dîner de compagnie, mais le Frère ayant donné secrètement ses ordres, me souhaita le bonsoir brusquement, et gravit l'escalier avec sa nièce, me laissant avec mon cheval dans l'obscurité.

— C'est peut-être ainsi que l'on comprend la reconnaissance au Texas, misérable faquin, dis-je intérieurement, mais certes ce n'est pas en Irlande que tu as reçu des leçons d'urbanité !

Cependant après avoir éclairé le Frère, le nègre était redescendu; mais soit qu'il fît peu de cas de ma fortune et de ma qualité, soit qu'il fût trop endormi pour songer à moi, je le vis s'étendre sur le seuil, et s'apprêter à dormir.

Je n'étais pas en veine de patience, je lui ordonnai de conduire mon cheval à l'écurie en appuyant mes paroles d'un vigoureux coup de pied.

Il ne bougea point, mais grinçant les dents, il fit entendre un sifflement assez semblable à celui d'un serpent courroucé.

— Es-tu sourd, maraud ? lui criai-je, en lui assénant sur la tête un coup de la crosse de mon pistolet.

Il poussa un autre sifflement plus aigu et plus prolongé.

— Sus donc, bélitre ! encore une fois, conduis-moi vers l'écurie ; et je lui allongeai un autre coup de pied avec toute la vivacité impatiente d'un jeûne de vingt-quatre heures.

J'avais à peine proféré ces paroles que le nègre bondit en rugissant comme un tigre furieux. J'étends instinctivement les bras pour me défendre. Le nègre se précipite sur moi, me plonge son couteau dans la poitrine et s'enfuit.

Je réunis toutes mes forces pour crier au secours, ma voix s'éteint ; le sang coulait à flots de ma blessure, je fais quelques pas en chancelant et je tombe évanoui.

Mais avant de perdre connaissance, la lueur d'un sinistre souvenir m'éclaira tout-à-coup.

Dans ce nègre j'avais reconnu El Jarasch.

CHAPITRE VIII.

Le lazaret de Bexar.

Lecteur bienveillant qui m'avez tenu jusqu'ici fidèle compagnie, qui avez prêté l'oreille, avec quelque plaisir peut-être, au récit varié de mes pérégrinations, ne vous fâchez pas si, au lieu des nouvelles surprises et des scènes plus piquantes encore que vous étiez en droit d'espérer, je ne puis vous offrir pour le moment autre chose qu'un triste, monotone et ennuyeux tableau.

Richard Murphy, le brave compagnon, l'émigrant audacieux, l'aventurier intrépide, le hardi chercheur de trésors, que les plus rudes secousses de la fortune n'auraient pu faire plier, le joyeux Dick n'est plus. Il s'est évanoui, il a disparu tout-à-coup, et vous voyez en sa place une mince et chétive créature trop faible pour se tenir debout, la tête rasée, les membres racornis, et plus semblable à un cadavre qu'à un homme vivant.

Oui, mon gentil lecteur, me voici couché à l'ombre d'un figuier, sur la plate-forme de l'hôpital des lépreux de Bexar, habillé de laine de pied en cap, et ne portant plus d'autre nom que celui-ci : *Convalescent numéro* 303, lequel numéro se lit imprimé sur mon bonnet de nuit. Ah ! n'aurez-vous pas la charité de vous asseoir un instant à mes côtés et de jeter les regards avec moi sur la sinistre perspective qui se déroule sous mes yeux ?

Ce blanc et spacieux édifice, qui avec ses fenêtres grillées ressemble assez bien à une prison, c'est l'hôpital des lépreux de Bexar, édifice exclusivement réservé dans le principe aux malheureux, affligés de cette dégoûtante maladie, mais par la suite généreusement ouvert à toute espèce de malade, nonobstant le caractère contagieux de la lèpre.

Ces personnes que vous voyez à droite, se promenant deux à deux, disséminées par groupes ou bien couchées sur l'herbe en jouant aux dés et aux cartes, ce sont justement les lépreux.

Examinez leurs membres raccourcis et tordus, leurs mains mutilées et amaigries, leur visage livide, contracté, privé de nez, symptômes rebutants de leur affreuse maladie.

Leur voix produit un son rauque et caverneux, ou bien elle est perçante et criarde comme le vagissement d'un enfant.

Mais le plus affligeant spectacle pour ceux qui vivent au milieu d'eux, c'est que leur esprit n'est pas moins informe, ni moins dégradé que leur corps.

Et moi qui habite en leur compagnie, interrogeant tous les jours un fragment de miroir pour savoir combien de temps encore il me sera donné d'éviter les atteintes du mal et de conserver la régularité d'un profil humain.

Pour une jambe rompue, une côte disloquée, un pauvre diable se voit inexorablement jeté dans ce foyer de contagion, tandis qu'il n'est pas de précaution si futile, si minutieuse qui ne soit employée pour préserver du péril les gens bien portants qui habitent *extra muros*. Non-seulement les lépreux ne peuvent recevoir aucune visite de parents ou d'amis, mais toutes communication orale ou écrite leur est sévèrement interdite; et de nombreuses sentinelles forment le cordon sanitaire autour de l'édifice, l'œil au guet, et le doigt sur la détente, prêtes à faire feu sur quiconque tenterait de s'évader.

Me voici donc depuis quatre mois exposé au péril d'une effroyable maladie, et par surcroît menacé d'une de ces *affections de cœur*, qui sont une bonne fortune pour le médecin, mais pour le patient un supplice lent et silencieux.

Quatre mois! Où donc était Donna Maria? Peut-être m'avait-elle oublié — oublié la scène terrible du Collorado, et la nuit étoilée de la forêt! M'ont-ils donc abandonné seul, blessé, mourant, en récompense du service que je leur avais rendu au péril de ma vie? Que Fra Miguel l'ait osé, cela ne me surprend point, je m'y attendais; mais la *senorita*, elle qui s'était montrée envers moi si ouverte, si affectueuse et si confiante!.. Ah! s'il en était ainsi, qui pourrait encore ajouter foi au cœur de la femme?..

En vain, à plusieurs reprises, j'interrogeai les personnes qui m'entouraient. Mon espagnol n'était, il est vrai, ni très-pur ni très-correct; mais il y avait un autre obstacle, — mes compagnons ne s'occupaient point du passé et beaucoup moins de l'avenir, — le jour de leur entrée au lazaret était le dernier événement gravé dans leur mémoire, leur maladie était le centre unique vers lequel convergeaient toutes leurs pensées; de la sorte, j'étais considéré comme un visionnaire et un radoteur, chaque fois qu'il m'arrivait de m'enquérir des circonstances qui avaient précédé mon entrée à l'hôpital.

On faisait courir sur mon compte des histoires étranges, non moins étranges que contradictoires.

Les uns affirmaient que j'avais tué un Frère, — d'autres disaient un nègre, — quelques-uns pensaient que j'avais bien pu les tuer tous les deux. Une vieille mulâtresse sans nez et à la figure aussi large qu'une rondache, expliquait avec une foule de détails comment j'avais dérobé un cheval, comment un esclave du maître m'a-

vait reconnu, comment il m'avait repris la bête et administré un coup
de poignard pour remercîment.

Toutes ces rumeurs s'accordaient pourtant en un point, à savoir
qu'elles me signalaient comme un bandit; un homme de sac et de
corde, habitué à répandre le sang comme de l'eau : — qualifications,
je le confesse, qui bien loin de m'attirer l'animadversion, m'avaient
grandi au contraire dans l'estime publique.

Toute recherche au sujet de ma vaillante Arabelle, de mes pistolets,
de mon excellent fusil du Kentucky, me paraissait aussi absurde
qu'infructueuse; les lépreux n'eussent pas manqué de rire encore
de ma folie, et les infirmiers de me montrer au doigt.

Mon imagination se reportait sans cesse vers l'instant désiré, où je
pourrais enfin recouvrer ma liberté.

Le docteur que j'interrogeai un jour à ce propos me répondit avec
une grimace ironique :

— Nous ne pouvons pas nous séparer, *amigo*? un jour ou l'autre
nous aurons besoin d'examiner votre péricarde. Je prétends qu'il a
été lésé. — Don Emmanuel soutient le contraire. Le temps dira
lequel de nous avait raison.

— Vous voulez dire quand je serai mort, *senor*? demandai-je, ne
pouvant croire que ces messieurs eussent pensé à me faire subir
tout vif une opération d'anatomie.

— Naturellement! Votre cas est assez intéressant; j'aurai soin que
votre cœur et une partie de votre poumon gauche soient détachés
proprement par le scalpel et conservés dans le Musée.

— Puissiez-vous vivre des milliers d'années! m'écriai-je en m'inclinant respectueusement, tandis qu'un frisson glacé me courait dans
la moelle des os.

J'ai dit que la plate-forme du lazaret était ceinte d'un cordon de
sentinelles, espacées à de courts intervalles pour mettre obstacle à
toute évasion; mais l'impuissance des hôtes infortunés de cette
triste demeure rendait la précaution superflue.

Quelques-uns marchaient péniblement à l'aide d'une paire de
béquilles, le plus grand nombre étaient incapables de bouger d'un
pas : les plus lestes se traînaient à grand'peine jusqu'au bord de
l'esplanade pour de là plonger leurs regards dans l'abîme; l'édifice
n'avait guère que vingt pieds de hauteur, mais à leur imagination
débile cette profondeur s'ouvrait comme le cratère d'un volcan.

Toutes les fois donc qu'un petit groupe de lépreux s'approchait
du rebord pour jeter un regard timide au fond du précipice, les sentinelles, au lieu de les rappeler à l'ordre, les laissaient faire à leur
guise, persuadées que rien ne les retiendrait mieux dans le devoir
que les salutaires impressions de leur propre frayeur.

Je pris note de la chose et résolus d'en tirer mon profit.

Si j'étais menacé d'une mort inévitable, nulle part elle ne s'offrirait à moi sous des formes plus horribles ; coûte que coûte, je me décidai donc à faire une tentative pour m'enfuir. La balle mal assurée d'une sentinelle n'effrayait guère un homme qui se voyait entouré de mille objets de douleur et de misère et qui tremblait à chaque instant de ressentir les atteintes d'une maladie affreuse et inguérissable. Que si je me brisais la cervelle dans ma chute, — supposition assez probable, eu égard à ma blessure et à mon épuisement, — que Dieu me pardonne cette pensée de désespoir ! — je ne faisais qu'anticiper de quelques jours, — et quels jours !

Telles étaient mes réflexions, réflexions pesées froidement et avec maturité.

Sur la brune les lépreux rentraient au son d'une cloche, et les sentinelles resserrant le cercle autour d'eux s'éparpillaient ensuite pour faire leur ronde et se répandaient par toute l'esplanade pour ramener au bercail les brebis attardées.

Mais ces perquisitions n'étaient plus aussi sévères, comme je l'ai dit, il n'y avait pas lieu de craindre que des malades d'esprit et de corps pussent songer à s'enfuir.

À l'approche de la nuit, je me tins caché dans la pénombre d'une allée d'arbres qui bordaient le tour de la plate-forme.

Mais lorsque le tintement de la cloche m'arriva dans le lointain, je ne pus me défendre d'un tremblement involontaire.

C'était la dernière fois que j'entendais cette cloche ! Demain où serai-je à cette heure ? libre de porter mes pas où me guideront mes désirs, ou bien dans une fosse étroite dormant d'un sommeil dont on ne s'éveille point ?

Pour secouer ces décourageantes pensées, je m'approchai du mur et séparant des bras et des mains les branches entrelacées des arbustes qui en tapissaient le rebord, je regardai dans l'abîme : la douteuse clarté du crépuscule le rendait encore plus sombre.

Une vaste plaine, inculte, déserte, marécageuse, se déroulait sur une largeur de plusieurs milles tout alentour du lazaret : et ce voisinage insalubre, vierge d'habitants et dont les miasmes empestés ne contribuaient pas à purifier l'air, formait un nouveau mur de séparation entre les malades et le reste des vivants.

Cette solitude immense et inexplorée apparaissait à l'imagination malade des lépreux, comme une sorte de *région fabuleuse*, peuplée par les âmes de leurs compagnons trépassés, hantée par des *cobras* et des serpents vénimeux, et infestée d'esclaves réfractaires qui menaient une vie de brigandage et de rapine. Les feux follets qui la sillonnaient avec la vitesse de l'éclair, les cris sauvages des pluviers, les sifflements désolés du vent de la nuit favorisaient cette fantasmagorie, et forçaient la créance du petit nombre de ceux dont l'incrédulité obstinée réclamait le témoignage des sens.

Pour moi quoique j'aie toujours haussé les épaules devant pareille superstitions en ce moment je ne pouvais me défendre d'une sorte de mystérieuse terreur; et ce ne fut pas sans frissonner que je mesurai du regard cette vaste étendue, de laquelle commençaient à monter de noires et de lourdes exhalaisons.

Déterminé à profiter de tout, je fis réflexion que ces nuages épais me déroberaient aux regards des sentinelles; et puis, qui se hasarderait jamais à me poursuivre au travers d'une région imprégnée de ces vapeurs malignes!

La cloche cessa de se faire entendre; j'entendis grincer les verroux de la maîtresse-porte du lazaret qui se refermait, et tout redevint silencieux.

J'hésitai, je ne sais comment : il n'y a qu'un instant j'étais bien décidé, et maintenant je reculais épouvanté.

Je suis encore en vie! triste et terrible vie, il est vrai; mais ne vaut-elle pas mieux que la mort? et si la mort est préférable, ai-je le droit de choisir? Jusqu'ici cette dernière pensée ne s'était point offerte.

Le pas cadencé d'une ronde qui venait le long du mail me tira de mes perplexités. L'obscurité le dérobait encore à mes regards, mais la distance ne pouvait pas être grande, j'entendais déjà la voix du caporal qui donnait le mot d'ordre.

Encore un instant de délai, et il me fallait pour jamais renoncer à mon projet, car être surpris dans ce lieu, à cette heure, après l'appel de la cloche, eût indubitablement attiré sur moi, pour l'avenir, une plus étroite surveillance.

Je sautai sur le mur et, me penchant vers le gouffre, je tâchai d'en mesurer la profondeur et de choisir l'endroit où je devais me précipiter.

Mais, hélas! les ténèbres s'étaient épaissies de telle sorte qu'à deux pieds au-dessous, je ne distinguais plus rien.

La ronde n'était plus distante que de trente pas, quelques secondes encore et j'étais découvert!

Je serrai convulsivement les branches et retenant mon souffle je m'apprêtai à faire le terrible saut.

Malheureusement mes genoux se dérobèrent sous moi, mes forces défaillirent, et perdant l'équilibre, au lieu de prendre mon élan je roulai le long du parapet.

Je m'accrochai aveuglément et avec l'énergie du désespoir aux ronces et aux broussailles enchevêtrées qui pendaient sur l'abîme; mais tout fléchissait sous moi; je dégringolai sans lâcher prise; combien de temps, je ne saurais le dire, j'avais perdu l'usage de mes sens; je ne rouvris les yeux qu'au bruit terrible de ma lourde chute dans un bourbier fangeux.

Enfoncé jusqu'à la ceinture dans une eau stagnante et hérissée de joncs, je reconnus d'abord que je n'avais aucun mal, pas même la plus légère contusion; cette horrible secousse me parut, au contraire, avoir opéré en moi une salutaire réaction.

Cependant je faisais d'inutiles efforts pour m'arracher de cette couche de limon dans laquelle j'étais comme incrusté; après de nouvelles tentatives je finis pourtant par m'en tirer, et me ressouvenant qu'il fallait me mettre en sûreté avant le point du jour, je m'écartai au plus vite, tout en barbotant dans la vase; je m'orientais de temps à autre sur les lumières dont les fenêtres du lazaret s'étoilaient derrière moi.

A mesure que je m'éloignais du marécage, l'air devenait plus serein, une fraîche brise en dissipait les vapeurs et me caressait doucement le front et les joues, tandis que sur ma tête des myriades d'étoiles étincelaient d'une vive clarté.

Si mes jambes affaiblies me refusaient assez souvent leur service, la pensée du lazaret et de ses affreux habitants me ranimait aussitôt et me remplissait d'une nouvelle vigueur.

Le souvenir récent des souffrances que j'y avais endurées me donnait des ailes; quoique mes maux fussent terminés, à la seule pensée j'en avais encore la fièvre; je marchai donc sans relâche, et aux premières lueurs de l'aube, j'avais atteint l'extrémité du marais, et j'entrais dans une épaisse forêt que je me souvins alors d'avoir plusieurs fois entrevue, de la plate-forme du lazaret.

Avec quelle effusion de reconnaissance ne saluai-je pas ce verdoyant asile !

Dans l'élan de ma joie, je serrai un arbre dans mes bras; j'avais enfin trouvé un port de salut et de repos.

Pour comble de bonheur, je rencontrai un petit sentier.

Un écriteau cloué sur un arbre indiquait le nom d'un village; mais je ne pus lire l'inscription à cause de l'obscurité. Toutefois, j'étais certain que j'avançais dans un chemin battu et que je ne courais aucun risque de m'égarer dans ce labyrinthe sans fin.

— Ah ! Dick, la Providence ne t'a pas encore abandonné, mon garçon !

Telle fut l'exclamation qui m'échappa, lorsque je remarquai que cette course folle et désespérée, loin d'épuiser, comme je le craignais, le dernier reste de mes forces, les accroissait à chaque pas; et vec mes forces je sentais l'espérance renaître dans mon cœur à mesure que je laissais le lazaret plus loin derrière moi.

Celui qui n'a jamais voyagé dans les interminables forêts du

Nouveau-Monde ne peut se faire une idée de leur paisible et profonde solitude.

Les rayons amortis du soleil, tamisés par le vert feuillage des rameaux entrelacés, les troncs colossals des arbres vêtus de lierre et argentés de lichen, les mobiles festons des lianes rampantes, le gazon épais sillonné de toutes parts de ruisselets murmurants, les perspectives enchanteresses et toujours variées qui dévoilent à chaque pas leurs aspects ravissants, remplissent le cœur de pensées sauvages et grandioses. Au lieu d'errer distraitement sur l'immensité de l'espace comme dans la contemplation de l'Océan ou du désert, ici l'âme se replie sur elle-même et savoure en paix les ineffables merveilles de ce petit monde qui l'entoure.

Après avoir ainsi admiré, je m'étendis au pied d'un arbre et je ne tardai guères à fermer les yeux.

J'ignore combien dura mon sommeil, mais il était bien tard lorsque je m'éveillai, et les rayons du soleil, glissant obliquement à travers les feuilles, m'annonçaient qu'il était à son déclin.

Dès que je fus sur pied j'éprouvai d'abord une grande faiblesse et une extrême lassitude, mais après m'être étiré les jambes et les bras, frotté les yeux et secoué les épaules, je me sentis reconforté et me remis joyeusement en route.

Environ après trois heures de marche, je trouvai une cabane couverte de branchages et de feuilles, et je mis le pied, en y entrant, sur un tison à demi consumé, indice d'une halte récente. Quelques restes de pain, et un morceau de viande grillée, demeurés sur l'herbe, témoignaient clairement que les voyageurs étaient partis depuis peu.

Remerciant la Providence de ce secours inespéré, j'allai m'asseoir sur le bord d'une source voisine, et je dînai copieusement des reliefs de leur festin.

Des châtaignes tombées des arbres me fournirent un excellent dessert.

Cependant le soleil avait disparu tout à fait, la nuit venait rapidement, et je résolus de la passer en ce lieu même, la cabane m'offrait un abri suffisant, et il n'y avait guères d'apparence que je dusse, en continuant ma route, rencontrer un hôtel plus sûr et plus confortable.

Le jour suivant je me levai de bonne heure, tout réjoui d'être précédé par une troupe de gens à pied, qu'en pressant le pas il me serait donné peut-être de rejoindre.

De l'aube à la nuit je marchai rapidement, et sans une minute d'arrêt : des traces de pas toutes récentes ne cessaient de fortifier mes conjectures, cependant je ne rencontrai pas âme qui vive.

A l'approche de la nuit je découvris un nouvel endroit où ils avaient bivaqué et j'y trouvai des vivres encore en plus grande quantité.

Ils avaient tué un daim et après l'avoir fait rôtir tout entier, ils n'avaient dépecé que les morceaux les plus délicats.

Je fis encore cette fois un copieux festin, et je mis en réserve des provisions pour deux ou trois jours.

Je continuai à voyager de la sorte quatre journées durant, espérant à chaque pas rejoindre l'expédition, et cependant toujours déçu dans mon attente, mais toujours bénissant la Providence qui pourvoyait d'une façon si miraculeuse à mes besoins quotidiens.

Le jour ni la nuit, pas une bête féroce ne vint à ma rencontre, pas le moindre serpent, si ce n'est le petit serpent vert, qui n'a pas plus de courage que de venin : quant à mon délassement, j'avais la liberté. — N'était-ce pas là une félicité plus que suffisante pour qui avait séjourné quatre mois entiers parmi les lépreux de Bexar ?

Au cinquième jour de mon voyage plusieurs signes incontestables m'annonçaient que j'arrivais à la limite de la forêt.

L'herbe paraissait plus haute et les arbres clairsemés, les buissons vigoureux, touffus et enchevêtrés trahissaient déjà le passage du vent et le caprice des rafales.

Ces marques, perceptibles seulement à ceux qui ont examiné d'un œil d'anxiété le moindre changement dans l'aspect de la nature, devinrent enfin évidentes pour l'observateur même le moins clairvoyant ; l'écorce des arbres était plus rugueuse et leurs rameaux tordus et entortillés.

Dois-je l'avouer ? je sentis naître l'effroi à la vue de ces signes précurseurs d'un spectacle nouveau.

Où mettrai-je le pied au sortir de la forêt ? peut-être dans la solitude désolée d'interminables prairies, peut-être dans un marais impraticable, où jadis verdoyait une forêt orgueilleuse, mais couvert aujourd'hui d'une couche humide et fangeuse de feuilles et de troncs putréfiés.

Je n'avais nul espoir d'arriver devant une habitation ou sur des terres défrichées, car souvent j'avais entendu dire que les colons ne s'établissent point dans des régions de difficile accès et que nul fleuve n'arrose.

Où allais-je donc aboutir ; à coup sûr ce n'était point au rivage, la mer baigne les côtes à des centaines de milles plus loin à l'orient, ce n'était point à la chaîne des Montagnes-Rocheuses plus reculées encore du côté de l'occident.

Livré à de telles pensées, j'atteignis la limite de la forêt, et sans m'en être aperçu je me trouvai subitement au bord d'un précipice d'au moins six cents pieds de profondeur, et descendant presque taillé à pic, dans une prairie sans fin.

La vaste perspective qui s'offrit à mes regards formait vraiment un tableau grandiose !

Dans le lointain, à l'ouest, une longue chaîne de montagnes dentelait d'une ligne grisâtre l'azur d'un ciel serein, tandis qu'au sud et à l'est, un horizon ras et nu bornait cette immensité sans limite.

De la crête de mon rocher, cette plaine éternelle me parut semée de bouquets de cèdres dévorés sur le premier plan par un récent incendie ; mais plus loin se déroulait incommensurable une nappe verdoyante de hautes herbes et d'arbustes, coupée çà et là par les traces que laisse le passage des buffles lorsqu'ils vont en colonne serrée à la recherche d'un cours d'eau.

Le soleil touchait à son déclin, ses rayons coloraient d'une teinte de pourpre ce magnifique tableau.

Mais pas une créature qui vînt animer la solitude de cette étendue sans bornes ; sur ma tête pas une aile qui fendît l'air, — sous mes pieds pas un bruit de pas qui vînt troubler le silence. C'était le calme, la solitude la plus complète, la plus morne qui se puisse imaginer, — profonde, mystérieuse, solennelle ! Je me sentis serrer le cœur et je me laissai choir tristement, songeant que dans quelques jours, dans quelques heures peut-être, j'allais mourir en ce lieu, seul, désolé, sans secours ! Voilà donc où m'avait conduit la maudite soif de l'or ! Imprudent ! si je n'avais pas ambitionné de m'élever au-dessus de mon humble condition pour atteindre une sphère où ne m'appelaient ni les talents, ni la naissance, je vivrais encore, sinon au milieu de l'opulence, du moins avec contentement et sécurité dans un petit coin de terre d'Irlande ou d'Amérique.

Je cachai mon visage entre mes mains et me mis à genoux pour prier. La prière est un baume céleste pour toutes les douleurs. Les pensées tumultueuses qui combattaient en moi s'apaisèrent peu à peu, je sentis renaître le calme et la résignation, et je commençai à envisager l'éternité d'un œil ferme et tranquille. Tranquille ! — et pourtant je tenais encore à la vie ; quelque trompeuse que soit la lumière de ce monde, son éclat éblouit : comme il est difficile d'intercepter assez bien toutes les issues pour que cette magicienne que l'on nomme l'espérance ne puisse faire glisser un de ses rayons jusqu'à nous ! L'espérance de vivre, l'espérance de recommencer la lutte dans laquelle nous avons été tant de fois vaincus !

— A la volonté du ciel ! m'écriai-je en soupirant ; et je me couchai au pied d'une roche pour attendre la mort.

Mes forces longtemps surexcitées par un espoir toujours renaissant, m'avaient entièrement abandonné, et je sentais que l'heure de la délivrance ne devait pas tarder.

Je mis la main sur mes yeux, et peu après, — je rougis de l'avouer, — je la retirai baignée de pleurs.

Tout-à-coup, comme si les larmes m'eussent éclairci la vue, je vis ou je crus voir une lueur scintiller dans la plaine au-dessous de moi. Etait-ce le reflet d'une étoile qui se mirait dans une flaque d'eau pluviale? Non ! c'était bien un feu réel. L'étincelle rouge que j'avais entrevue d'abord, grandissant peu à peu, se déployait maintenant en une large flamme, couronnée d'une épaisse colonne de fumée.

Etait-ce une tribu d'Indiens qui se groupait autour de ce foyer? était-ce l'expédition dont j'avais si longtemps suivi la trace? Si c'était celle-ci, comment avaient-ils fait pour descendre dans la plaine? La réflexion d'ordinaire amène l'espérance derrière elle ; du moment que je commençai à débattre la chose, je sentis renaître mon énergie vaincue et revenir mon courage disparu.

Je me relevai décidé à me mettre en quête d'un endroit praticable pour la descente, et à la clarté de la lune, dont le disque plein argentait en ce moment les rochers et la verdure, je découvris des traces de pas sur le terrain argileux tout au bord de l'abîme.

Ces empreintes me conduisirent en peu d'instants à un étroit sentier qui paraissait descendre en serpentant sur les flancs du précipice.

Les arbres gardaient pareillement la marque de certaines entailles que les voyageurs des prairies ont coutume de laisser derrière eux pour guider leurs compagnons, mais pour moi cela ne signifiait qu'une seule chose en ce moment, à savoir que des mains d'homme avaient passé récemment dans cet endroit.

Ces entailles n'étaient pas l'œuvre d'une tribu d'Indiens, pas plus que les empreintes découvertes par moi n'étaient une trace de leurs pas ; rassuré par ces observations, je me mis prudemment à descendre la rampe.

L'entreprise était rude et périlleuse en plus d'un endroit : par moment le sentier finissait brusquement sur une roche à pic, il fallait alors glisser en m'accrochant aux ronces, ou me laisser choir à l'aventure sans savoir où j'allais tomber. Souvent je restais étourdi sur le coup, et plus d'une fois, entraîné par un élan trop brusque, je faillis rouler dans le précipice.

Inutile de dire que mes pauvres membres en sortirent meurtris et maltraités, et que, avant même d'arriver au bas, mon vêtement de laine en lambeaux était propre à faire de moi un épouvantail.

Si la flamme, depuis le haut, m'avait paru assez peu éloignée du pied de la montagne, je m'aperçus alors qu'elle en était distante d'un demi-mille environ. Je marchai donc à sa rencontre, tantôt avec l'espérance, tantôt avec la crainte du terme où j'allais aboutir.

J'étais tellement harassé des fatigues de la descente jointes, à la lassitude d'un si long voyage, que je fus contraint plusieurs fois de faire halte pour me reposer. La faim, la peur, l'épuisement m'alourdissaient les pieds, et je n'avançais plus qu'avec les efforts désespérés d'un nageur qui va se noyer.

Il serait difficile d'imaginer un objet plus déplorable, une figure plus piteuse que la mienne. Le sang qui coulait de ma blessure rouverte dans mes chutes arrosait mon habit de laine qui, délabré comme je l'ai dit, laissait à nu mes membres exténués par le besoin et la souffrance. Ma barbe inculte et hérissée accroissait la pâleur de mon visage blême et amaigri. Mes chaussures en lambeaux défendaient mal mes pieds rouges et gonflés, mes mains écorchées et tout en sang gardaient la marque des épines et des pointes de rocher que j'avais saisies dans ma périlleuse descente.

Ainsi, moitié traînant, moitié marchant, je finis par arriver assez proche du feu qui flambait derrière un pli ou ondulation du terrain ce qui l'abritait contre le vent de la nuit.

Autour du foyer, partie dans l'ombre, partie dans la zône éclairée, se tenait assise une troupe nombreuse. La lueur rouge de la flamme rendait plus sauvage l'expression sinistre et presque féroce de leurs faces cuivrées et incultes.

Plusieurs étaient vêtus de peaux de moutons et coiffés de hauts bonnets fourrés, faits de cette même peau ; d'autres avaient endossé de vieux uniformes de diverses nations. Un ou deux apparaissaient couverts de *ponchos* d'un rouge sombre comme les Mexicains, quelques autres portaient une espèce de sarreau de peau de buffle rehaussé d'ornements de cuivre, — vêtement assez en usage parmi les métis.

Tous avaient une large ceinture de cuir d'où pendaient divers objets luisants, entre lesquels je distinguai un marteau et une petite hache.

A quelques pas on voyait un bon nombre de fusils appuyés en faisceaux ; aux branches d'un cèdre rabougri pendait une véritable panoplie composée de pistolets, de couteaux, de poignards ; je jugeai par leur nombre que la caravane montait à vingt-huit ou trente personnes environ. Une dizaine de besaces et de havresacs étaient semés alentour et entremêlés de plusieurs ustensiles de cuisine ; mais un cerf tout entier que j'aperçus près du feu, enfilé dans une branche d'orme en guise de broche, montrait bien qu'ils n'avaient pas grand besoin de casseroles ni d'assiettes. Deux larges outres qui circulaient rapidement, et auxquelles chacun donnait l'accolade, aidaient à prendre patience jusqu'à ce que le rôti fut à point.

J'approchai à pas de loup, et je grimpai sur un cèdre éloigné d'eux seulement d'une douzaine de pas; m'étant caché dans le feuillage, je prêtai l'oreille avidement pour entendre en quelle langue ils conversaient.

Leur dialogue ne me parvint tout d'abord que comme un idiome inintelligible et confus, plus semblable au dialecte d'une tribu d'Indiens qu'à tout autre langage; mais en écoutant plus attentivement, je crus saisir quelques mots de français, d'espagnol et d'anglais.

Désireux de recueillir plus distinctement ces paroles, j'avançai doucement le long d'un rameau qui s'étendait en ligne horizontale, et j'écoutai respirant à peine.

L'arbre sur lequel j'étais monté dépassant tous les autres, ma vue se promenait librement sur tout l'espace occupé par la troupe nomade, tandis qu'un épais nuage de fumée me dérobait complètement à leurs regards.

Tout-à-coup j'entendis une voix rauque et sourde proférer quelques mots d'anglais. Ce n'était qu'une imprécation; mais c'était le langage de ma patrie, et le cœur me battit avec violence.

Je m'avançai plus loin encore jusqu'à l'extrémité de la branche, lorsque celle-ci trop chargée du poids de ma personne, craqua, se rompit; je fis la culbute en poussant un cri de terreur.

Tous furent debout en un moment, tandis que ce cri — Les jaguars! les jaguars! — résonnait de tous côtés.

Ce premier instant de désordre passé, je pus voir leur admirable discipline. Tous avaient pris leurs armes et se tenaient silencieusement rangés sur quatre lignes, prêts à recevoir l'ennemi.

Mais lorsque la fumée s'étant un peu dissipée ils eurent entrevu la misérable créature contre laquelle ils avaient fait des apprêts si prompts et si formidables, ce fut un sonore, universel et homérique éclat de rire.

— Qu'est-ce là? Est-ce un homme ou une bête? s'écriait chacun dans son jargon particulier.

Encore tout ébranlé par la peur et la secousse, et ne pouvant réussir à articuler une syllabe, je me tenais à genoux, levant les mains pour implorer leur pitié.

Je devais faire sans doute assez triste figure, car au bout d'un instant les rires recommencèrent plus bruyants, et un personnage de la bande prenant un tison dans le foyer, s'approcha pour m'examiner. Mais aussitôt rejetant le tison il recula de plusieurs pas en criant :

— Un *lepero!* un *lepero!*

En un moment toutes les carabines furent de nouveau dirigées contre moi.

— Je ne suis pas un lépreux, *senor!* criai-je en espagnol de toute la force de mes poumons. Je suis un pauvre anglais échappé du lazaret!...

La voix expira sur mes lèvres, je tombai par terre évanoui.

Je le connais, c'est un de mes anciens camarades! cria une grosse voix farouche. Bas les fusils! Vous n'entendez pas? hein? Et toi, garçon, arrime ton individu un peu à tribord! Approche du feu! Allons jette-lui dessus un seau d'eau, Pèrez.

Pèrez obéit ponctuellement, de sorte que je me sentis trempé jusqu'aux os, et voisin du feu comme j'étais, je commençai à fumer comme un marais au soleil couchant.

— N'es-tu pas Richard Murphy? reprit en anglais la même voix; n'es-tu pas Dick, comme nous t'appelions jadis?

— Oui, répondis-je encouragé par cette question, sans savoir par qui elle m'était adressée; je suis le petit Dick je suis Dick en personne.

— Je t'ai de suite reconnu au son de la voix. Et toi, me reconnais-tu?

— *Caramba!* interrompit un Espagnol avec un regard féroce, nous n'avons pas envie d'attraper la lèpre par amour de vos reconnaissances. Dites à ce rustre de s'éloigner, ou je lui envoie une balle dans le ventre!

— Et moi une.

— Et moi deux, — et moi trois, crièrent deux ou trois autres en faisant craquer la batterie de leurs fusils pour examiner si la cheminée était garnie d'une capsule.

— Savez-vous ce que je vais faire? reprit froidement l'Anglais. D'un coup de hache je fends le crâne au premier d'entre vous qui met le doigt sur la détente.

— Tu n'en feras rien! cria un individu de formes athlétiques en avançant fièrement et tirant un poignard de sa ceinture.

— Paix donc! Juanito, dit un autre en l'arrêtant; veux-tu te fâcher avec le capitaine pour un maudit lépreux?

— Ce n'est pas moi qui l'ai choisi pour capitaine, répondit Juanito avec dédain.

— N'importe qui m'ait choisi, répliqua l'Anglais, dans son espagnol barbare; je suis le chef de l'expédition, et s'il en est un seul de vous qui ose contredire, qu'il avance et vienne me parler en face. Et s'il y en a une demi-douzaine, qu'ils viennent une fois pour toutes, nous verrons lequel de nous aura peur!...

Un sourd murmure répondit à ces paroles, était-ce un murmure d'admiration ou de haine? Je ne saurais le dire.

Pendant cela, j'avais pris une détermination, et m'étant relevé sur les genoux :

— *Senori!* m'écriai-je, daignez m'écouter un moment. Cela ne vaut pas la peine de vous quereller plus longtemps à propos d'une misérable et chétive créature telle que moi. Bien que je ne sois pas un lépreux, je me suis enfui du lazaret et j'ai fait le voyage jusqu'ici, famélique, exténué sous les haillons qui me couvrent. — Encore une heure ou deux, et la faim et la fatigue auront achevé ce qu'elles ont commencé. S'il vous plait de me jeter un morceau de pain et de me donner le temps de m'éloigner, je vous délivrerai de mon odieuse présence; si vous préférez terminer plus vite mes misères, approchez de quelques pas, et jetez-moi dans le feu!

Je vote pour la dernière proposition! dit une voix; — mais, chose étrange! la motion ne fut pas appuyée.

La hardiesse de mes paroles, ou l'aspect de ma misère, ou toute autre considération avait changé subitement les sinistres projets de ces bohémiens.

Une autre voix se fit soudain entendre, celle du matelot danois, qui m'avait conduit avec Sam sur l'île d'Anticosti!

— Eloigne-toi d'une centaine de pas, et mets le feu à tes nippes; nous te donnerons d'autres habits.

— Très-bien! reprit un autre; après tout le pauvre diable ne mérite pas la mort pour ce qu'il a fait.

— Bien dit! vous êtes des gens honnêtes et de braves compagnons, reprit l'Anglais. Maintenant, mon cher Dick, va vite endosser ton nouveau costume, nous verrons après si un bon dîner peut réparer tes forces.

Je ne me possédais plus de joie à cette délivrance inespérée : je m'inclinai en signe de remercîment et m'acheminai reconforté dans la direction indiquée où déjà m'attendait un petit paquet de linge et de vêtements.

Je me déshabillai lestement et en livrant aux flammes mes odieuses loques, il me semblait rompre le dernier lien qui m'attachait au lazaret de Bexar.

— Et maintenant laissez-le s'asseoir parmi nous, ajouta l'Anglais; je crois que s'il a fait le voyage de Bexar jusqu'ici, vous pouvez être sûrs qu'il ne peut apporter la lèpre avec lui.

— Corbleu! fit une voix, j'en connais un qui l'a rapportée de Bexar jusqu'au Rio del Norte, dans une bourre de fusil.

— Et moi j'en sais un autre qui l'a prise après l'écorce d'un melon d'eau qu'un lépreux avait touché.

— A Puerta-Naval, ajoutait un troisième, un de mes camarades se l'est inoculée en s'asseyant sur le bord d'un puits où un lépreux s'était endormi la veille.

— Finissons! dit l'Anglais. Vous avez plus peur de la lèpre que de la mâchoire d'un caïman; quoiqu'à dire vrai vous n'ayez pas besoin de tant de précautions si vous craignez pour votre beauté.

En définitive, après nombre d'histoires sur le caractère contagieux de la lèpre, et quantité de plaisanteries sur les précautions en usage pour s'en préserver, on m'ordonna de me tenir à distance d'une douzaine de pas, puis on me jeta de la nourriture. — J'étais trop heureux d'échapper à la mort pour me formaliser de ces précautions injurieuses.

— Est-ce que tu ne me reconnais pas? cria l'Anglais en se plaçant sous la lueur du foyer.

— Si fait! répondis-je, vous êtes Sam!

— Ton ancien ami. Je suis content que tu ne m'aies pas oublié.

— Comment pourrais-je vous oublier? ce n'est pas aujourd'hui la première fois que vous m'avez sauvé la vie.

— Je ne croyais pas que l'affaire tournerait si bien, lorsque nous nous séparâmes à Anticosti : — mais tu me raconteras ton histoire demain, après nous être reposés. Notre caravane ne diffère pas beaucoup de l'équipage de la *Vendetta* ; — en attendant cherche à gagner leur faveur, et tu t'en trouveras bien.

— Qui sont donc vos compagnons ? demandai-je avec anxiété.

— Des *Gambusinos*, répondit Sam à demi-voix.

— Des bandits ? murmurai-je encore plus bas.

— Pas tout-à-fait, reprit-il en souriant ; je crois pourtant qu'ils ne se feraient pas le moindre scrupule de détrousser les voyageurs qu'ils rencontreraient dans cette solitude.

En même temps il me souhaita le bonsoir, et il n'avait pas encore fini de parler que déjà je commençais à m'endormir.

Je fus éveillé dès la pointe du jour par le bruit que faisait la troupe dans les préparatifs du départ. Les uns détachaient les armes suspendues aux branches et les passaient dans leur ceinture, les autres assujétissaient les havresacs sur leurs épaules : quelques-uns déjà prêts passaient leur carabine en bandoulière, tandis que Sam, en sa qualité de capitaine, marchait en avant sans autre fardeau que ses armes.

Au *Lepero* — c'est ainsi qu'on m'appelait — il fut enjoint de tenir l'arrière-garde de la colonne, à cent pas de distance ; mais à cause de ma faiblesse et aussi par appréhension de la lèpre, on ne me permit pas de rien porter : j'accédai promptement et de bon cœur à cette disposition. Ce fut ainsi qu'après un léger déjeuner composé de pain de seigle et de viande, nous entrâmes dans l'interminable prairie que j'ai mentionnée plus haut.

Pendant six jours entiers nous parcourûmes ces solitudes désolées, sans que rien vînt jamais interrompre l'ennuyeuse uniformité de chaque journée, si ce n'est l'apparition lointaine d'un troupeau de buffles, les empreintes effacées d'une tribu d'Indiens, ou les tisons noircis d'un bivac abandonné.

Je ne fatiguerai point le lecteur par l'exposé de mes réflexions durant le chemin ; il suffira de dire qu'elles étaient plus souvent tristes que joyeuses. L'incertitude où j'étais sur la qualité de mes compagnons de voyage et sur le but de l'expédition, amenait dans mon esprit mille conjectures étranges et contradictoires.

Qu'ils ne fussent ni marchands, ni chasseurs, c'était chose évidente. Que ce fût une de ces terribles bandes qui, sous prétexte de donner la chasse aux Indiens, désolent les frontières du Mexique et du Texas par le pillage et l'incendie, ni la qualité de leurs armes et de leurs instruments, ni leur discipline, et leur nombre beaucoup moins encore, ne permettaient de le supposer.

Qu'était-ce donc ? Énigme embarrassante. Je savais qu'ils se nommaient *Gambusinos* : rien de plus.

Supposant que plusieurs de mes lecteurs ne sont pas mieux instruits là-dessus que je ne l'étais alors, je saisis l'occasion pour leur dire la chose en quelques mots.

Les *Gambusinos* sont les chercheurs d'or du Nouveau-Monde, classe aujourd'hui ni moins nombreuse, ni moins importante que celle des *Vaqueros* ou muletiers.

Trop pauvres pour devenir propriétaires de mines, privés de capitaux et de crédit pour se livrer à de vastes entreprises, ils forment une compagnie de pionniers nomades dans les districts assez peu connus de Sonora et dans les gorges les plus agrestes des Montagnes-Rocheuses.

Réunis par suite de circonstances purement accidentelles, ils vivent en petites communautés régies par des lois particulières : et quoique turbulents et indisciplinés par nature et encore par habitude, ils plient cependant d'assez bon gré sous les volontés d'un chef élu par eux.

Leur méthode dans l'exploration des terrains aurifères n'est pas moins agreste et rudimentaire que leurs habitudes. Quelques règles générales et de facile pratique forment toute leur science : ils ne poussent jamais leur recherche au-delà des premières couches et de la surface du terrain. Ils savent tous que les larges torrents qui descendent des Montagnes-Rocheuses pour se jeter dans l'Atlantique ou dans le Pacifique, entraînent avec eux dans les alluvions de l'automne des masses énormes de terre qu'ils déposent ensuite dans la plaine en vastes sédiments ; et que ces derniers sont assez souvent parsemés de minéraux précieux et renferment quelquefois de grosses pépites d'or très-pur. Ils ont encore appris que les roches de quartz sont le lit ordinaire des métaux précieux. Ces roches saillantes en formes d'éperon du flanc des montagnes et nommées par eux *crestones*, ils les reconnaissent assez facilement à leur aspérité ainsi qu'à leur entier dépouillement de toute verdure.

À coups redoublés de *barreta* — gros bâton ferré — le Gambusino fend la roche où il suppose caché le trésor, puis soumettant la pierre à l'action d'un feu intense, il vérifie en un moment la présence de l'or. Souvent il suffit d'un seul coup de *barreta* pour mettre à nu le métal brillant.

En dehors de ces simples notions, les Gambusinos en général ne connaissent guères d'autres méthodes d'exploitation. Ce n'est pas qu'il n'y ait encore certaines gradations dans leur science et leur industrie. Si la plupart d'entre eux ne sont capables que de laver dans l'eau le sable et les sédiments aurifères des fleuves, plusieurs savent reconnaître de prime abord et d'un seul coup d'œil les mines abondantes et les plus riches *crestones.*

Telle est la vie du Gambusino.

Pour se mettre en quête de l'or, il traverse le vaste continent de l'Amérique méridionale, passe à gué les fleuves et les torrents, gravit des monts inaccessibles, descend dans la profondeur des précipices, affronte la faim, la soif, la glace, la chaleur, les bêtes féroces, les serpents venimeux, les Indiens hostiles et les non moins terribles aventuriers leurs rivaux.

Aussi combien peu reviendront vieillir paisiblement au foyer paternel ! presque tous laisseront leurs os fatigués blanchir sans sépulture sur les sables ardents des savanes.

Leur âme est fermée à toute autre pensée que celle de s'enrichir et de découvrir des trésors. La fertilité d'une terre embellie des productions de tous les climats n'a pour eux aucun charme. Les terres où prospèrent le blé, l'indigo, le coton, la canne à sucre, le café, l'olivier, la vigne, leur paraissent stériles et nues, parce qu'il ne s'y trouve pas la moindre paillette d'or. La merveilleuse fécondité de cette chaîne élevée de plateaux, qui réunissent sur les Andes les fruits de la zône torride aux lichens du pôle, n'a aucune valeur pour des hommes qui n'apprécient qu'un seul genre de richesse et n'adorent qu'une seule idole. A la végétation luxuriante de ces jardins, leurs cœurs avides préfèrent le lit desséché des torrents qui sillonnent les Cordilières ou les gorges stériles qui coupent les Montagnes-Rocheuses.

Ces solitudes désolées et impraticables sont un théâtre mieux approprié à leur vie de dangers et d'aventures.

La civilisation ne se présente à eux que sous l'aspect d'une dure servitude, d'une ennuyeuse uniformité; tandis que dans les continuelles vicissitudes de leur existence, ils goûtent toutes les terribles émotions du jeu. Riches aujourd'hui, ils vouent à la Vierge une lampe d'or massif, — pauvres demain, ils ne se feront pas le moindre scrupule d'étendre une main sacrilége pour dépouiller l'autel même qu'ils ont orné.

Que d'étranges, que de prodigieux récits n'ai-je pas recueillis de leur bouche pendant que nous cheminions à travers les savanes onduleuses!

Plusieurs avouaient ingénument que leurs méfaits personnels les avaient amenés au désert. L'un d'entre eux qui avait durant plusieurs années vécu prisonnier parmi les Indiens Choctaw, racontait qu'il tressaillait encore de joie au souvenir de ce temps où assis près du feu de guerre il inventait des ruses de guerre contre la tribu rivale des Pawnies.

Ils avaient tant de fois risqué leurs jours que le plus grave péril les trouvait insoucieux : dans le récit de leurs aventures comme dans leur conduite journalière prédominait une complète indifférence pour tous les risques de la vie, jointe à la plus intrépide résolution à l'heure du danger.

Conformément aux suggestions de Sam, je m'appliquai de suite à gagner la faveur de tous les personnages dont se composait ce pêle-mêle étrange.

Mon aptitude naturelle pour l'étude des langues étrangères, aidée du peu de français et d'allemand que je savais déjà, me fit prendre en peu de temps une teinture suffisante d'espagnol et de portugais, tandis qu'un métis qui nous servait de guide et dont j'avais su m'attirer l'amitié m'apprenait de son mieux les rudiments du dialecte indien en usage dans les basses prairies.

Outre mes talents culinaires, j'étais le plus agile à la course, et je ne manquais jamais une pièce d'argent que je visais avec la carabine; mes compagnons avaient plus d'égards pour tous ces mérites que pour les plus brillantes qualités, en sorte qu'au bout de peu de temps j'avais acquis leur estime et leur confiance.

Ainsi ma vie avait encore ses jouissances. L'ennuyeuse monotonie du voyage était tempérée et presque adoucie par leurs narrations émouvantes.

Une seule chose troublait ma félicité, et quoique ce fût une chose bien futile, elle suffisait pour tourmenter souvent les heures solitaires de mes nuits et pour attrister les heures souriantes de mes jours.

J'ai presque honte d'avouer quelle était la cause de mon chagrin, d'autant plus que le lecteur croit probablement l'avoir devinée, il s'est déjà dit intérieurement : — C'est le souvenir de Donna Maria, de celle que je ne devais plus revoir. — Hélas! non, trop sensible lecteur. Ma douleur n'était pas l'effet d'une cause si noble et si désintéressée! ma tristesse venait uniquement de ce qu'on m'appelait le lépreux. Impossible d'obliger mes compagnons à me désigner sous une autre appellation. C'était le nom dont ils m'avaient baptisé d'abord, et c'était le nom qu'ils persistaient outrageusement à me donner. Mille fois je fus sur le point de leur remontrer l'inconvenance et l'impropriété de ce nom ; mais ces remontrances, aussi humbles que vous les supposiez, n'eussent-elles pas fait rire aux éclats une troupe de gens dont l'un s'appelait *Brise-ses-fers*, un autre *Colpo-di-sangue*, un troisième *Teufel's Blut*, et le reste à l'avenant?

En vain j'apparaissais à leurs yeux dans toute la fleur de la force et de la santé. Je pouvais bien à la course surpasser l'antilope, sauter à pieds joints sur la croupe d'un cheval sauvage, je pouvais bien gravir les pentes les plus abruptes pour dérober les aiglons à leur mère, mais chaque fois que je revenais victorieux de ces expéditions, je n'entendais d'autre applaudissement que celui-ci : *Bravo Lepero !* C'est ainsi que me suivait toujours la marque indélébile et le souvenir abhorré du lazaret de Bexar.

La savane que nous traversions ne changeait point d'aspect si ce n'est dans la succession des heures. Toujours les mêmes ondulations du terrain, les mêmes herbes jaunies, les mêmes cèdres rabougris, les mêmes perspectives de montagnes indistinctes dans le lointain, tellement que nos âmes prirent enfin une teinte en harmonie avec les reflets de cette scène uniforme, et que nous poursuivîmes la route, fatigués, silencieux, abattus.

C'était une assez curieuse étude d'examiner comment le découragement se trahit par des signes divers sur le visage des hommes, suivant la diversité des nations.

L'Allemand devenait pensif et taciturne, l'Italien impatient et irascible, l'Espagnol insoucieux et indolent, tandis que le Français déchargeait sur la première chose venue le caprice et la bizarrerie de son humeur. Le visage des métis au contraire, — nous en avions deux pour guides, — ne laissait paraître aucun changement. — Trop accoutumés à la vie des prairies pour prendre souci de la monotonie fastidieuse du chemin, ils nous précédaient joyeusement, attentifs à découvrir la direction du Chihuahua, c'était vers l'occident que nous devions, à partir de là, diriger nos pas.

Notre marche n'était plus charmée par les épigrammes, les bons mots et les curieux récits : mais elle était devenue extrêmement pénible.

Les nuages pesants de la nuit et les épaisses vapeurs qui s'élevaient au coucher du soleil nous empêchaient de discerner le sentier qui était à peine visible, de telle sorte que nous étions contraints de voyager durant les heures de la journée les plus accablantes, sans un seul brin d'ombre, les pieds échauffés dans un sable brûlant, et continuellement exposés au danger d'une insolation.

En outre l'eau devenait plus rare de jour en jour, et malgré la sagacité de nos guides pour en deviner la présence, si parfois on ne pouvait découvrir de source, les murmures de la caravane allaient presque jusqu'à la révolte, et il ne fallait rien moins que l'autorité de Sam pour les contenir dans le devoir.

A part ces disputes presque journalières, on entendait assez peu de paroles : chacun allait en avant, se promenant sur les ailes de la fantaisie ou bien enseveli dans ses propres pensées.

CHAPITRE IX.

Les Chercheurs d'or.

Le dix-huitième jour de notre voyage, le guide annonça que nous étions parvenus dans le voisinage du Chihuahua; quoique rien d'extraordinaire ni d'insolite ne s'offrit à nos regards. Hermosé — c'était le nom du guide, — ne pouvait contenir sa joie de la découverte qu'il venait de faire.

— Ce soir Vesper se lèvera directement sur notre tête.

La promesse se réalisa, — le rayon scintillant de la brillante planète tomba perpendiculairement sur notre chemin.

La confiance que nous avait inspirée cette prédiction se fortifiait à chaque instant par la rencontre d'un pêcher sauvage, d'un acacia ou d'un buis nain.

A l'approche de la nuit nous atteignîmes la lisière d'un bois qui côtoyait la rive d'un torrent.

Le lit du torrent, large et parsemé de gros cailloux, attestait la violence et l'impétuosité de ses flots dans la saison des pluies, mais en ce moment il n'était humecté que d'un léger filet d'eau qui coulait en murmurant.

Hermosé descendit quelques pas et revint aussitôt avec une poignée de sable et de terre qu'il offrit à Sam en lui disant :

— Les pluies n'ont pas été très-abondantes; c'est la terre de l'an dernier.

Je demeurai stupéfait de la prodigieuse habileté de cet homme, qui dans une poignée de grains de sable recueillis au hasard savait discerner les sédiments d'une année avec ceux de la précédente.

— Quel est l'aspect de ce sable? qu'en dis-tu, Sam? demanda l'un.

— Est-il lourd? dit un autre.

— Celui-là n'a point de valeur, répondit Sam en jetant le sable en l'air, mais nous sommes sur la droite voie, mes agneaux, il y a toujours de l'or où passe le serpent vert.

Je ne pouvais saisir alors par quels indices Sam avait deviné la présence du serpent, je tournai les yeux de tous côtés sans pouvoir en distinguer la moindre apparence.

— Je parie qu'il cherche le serpent, s'écria un Yankee en riant aux éclats de mon inexpérience.

— Vois-tu bien cet oiseau sur la cime du cèdre là-bas? me dit Sam, c'est le *choyera;* lorsqu'on l'aperçoit, le serpent vert n'est pas loin.

Le mystère me fut expliqué comme il suit :

Le *choyero* a coutume de s'envelopper dans les feuilles d'un certain cactus épineux appelé *choya*; protégé par cette sorte d'armure, il attaque hardiment le plus gros serpent vert, et toujours victorieusement : il est rare que le reptile ne soit pas transpercé par la pointe de ces épines dures et acérées. Les uns prétendaient que l'oiseau n'attaque le serpent que dans ses heures d'engourdissement, les autres soutenaient au contraire que le choyero ne refuse jamais d'en venir aux prises quel que soit le nombre, l'attitude menaçante et l'agilité de ses ennemis.

La découverte du *placer* tant désiré fut célébrée par une surabondante libation de rhum; et la caravane tout entière s'oublia dans une joyeuse causerie jusque bien avant dans la nuit.

On vint à parler entre autres d'un certain Narvasque que plusieurs de l'assemblée avaient eu pour compagnon.

— Il est mort, cria l'un.

— *Caramba!* dit un autre, je n'en crois rien; on m'a dit qu'il était à la foire d'Austin.

— Il est mort, le fait est positif, riposta le premier, j'en suis plus que certain. Il est mort sur le Sacramento, et de la manière que je vais vous dire, ouvrez l'oreille. Nous avions fait une excellente récolte sur les crestones de Bacuachez; — une récolte, bonté divine! que ne pouvons-nous en faire une pareille aujourd'hui! Nous n'eûmes besoin ni du lavage, ni du tamis, pas un coup de barretta; mais nous trouvions à fleur de terre des pépites d'une telle grosseur, que votre cœur eut sauté de joie rien qu'à les voir. Des lingots d'or tout pur, tenez!... de vingt... vingt-cinq... et jusqu'à cinquante livres.

— Oh! oh! doucement, Harispe, interrompit un des patriarches de la bande qui fumait dans une longue pipe de canne à sucre, si tu veux que nous digérions tout ce qui te reste à dire, ne nous étrangle pas dès la première bouchée avec tes carottes de cette longueur.

— De quoi te mêles-tu, vieux braconnier! répondit Harispe dédaigneusement, occupe-toi de dénicher des merles et va-t-en au diable.

Je veux être pendu si jamais tu as vu de l'or ailleurs que sur la poitrine d'un chardonneret.

Après avoir fermé de cette manière la bouche à l'interrupteur, Harispe continua :

— Nous étions tous richissimes à notre retour à Aranchez; mais à quoi sert l'argent? On ne peut ni le manger ni le boire, on ne peut même dormir dessus. Avec une escarcelle gonflée, comment faire pour ne pas jeter sa fortune au vent? La moindre chose se payait cinquante, cent et deux cents fois sa valeur. Tous les matins j'arrachais un bouton d'or de mon paletot, et le soir pst... il ne m'en restait pas plus que sur la main : si bien que l'avis commun fut de construire une cabane hors du village, pour vivre d'économie. Mais encore là, l'or nous fondait entre les mains comme de la neige, tous les jours nous buvions de l'eau tiède, elle nous coûtait une *once* chaque bouteille. Nous passions la nuit à jouer aux cartes, et ce fut là justement ce qui envoya Narvasque dans l'autre monde. Un soir il jouait avec Shem, celui-ci se voyait en veine, il se mit à jouer un jeu d'enfer; la conclusion est qu'il vida les poches de Narvasque jusqu'au dernier grain d'or; je me trompe, il restait encore au perdant un lingot de vingt-huit onces, mais il ne voulut le jouer à aucun prix et le serra précieusement. Shem qui en avait envie plus que jamais se mit à dire : — Cinquante *onces* contre ta *pépite*, Narvasque; — et Narvasque de hausser les épaules; mais peu après il se dirigea vers la porte de la cabane. — Si vous êtes gens d'honneur, — s'écria-t-il, — que personne de vous ne me suive. — Tous lui donnèrent leur parole. Il traversa le bois, et se dirigea vers une roche dans une fente de laquelle était suspendu son trésor enfermé dans le cœur d'un chevreau (1). Mais tandis qu'il étendait la main pour le retirer un énorme serpent apparaît tout-à-coup, s'élance sur le cœur,... l'avale et s'enfuit. Narvasque quoique sans arme le poursuit à travers les joncs. Alors dut se livrer un horrible combat, car attirés par les cris de Narvasque, nous le trouvâmes couvert de morsures et si près d'expirer qu'il eut à peine le temps de nous raconter la chose, et puis il rendit l'âme.

---

(1) Pour peu que l'on soit initié aux mœurs des personnages que nous mettons en scène, ce détail n'offrira rien d'étrange. Les aventuriers qui vont à la recherche de l'or sont de véritables *condottieri* ou pirates de prairies. La force physique du chef est seule capable de leur faire observer la discipline, ils se pillent mutuellement sans le moindre scrupule. Rien ne doit donc surprendre lorsqu'on les voit inventer ces cachettes bizarres pour dérober l'or qu'ils possèdent à la rapacité de leurs compagnons. Ceux-ci l'enfermèrent dans la semelle de leurs souliers, ceux-là dans la doublure et jusque dans les boutons de leurs vêtements : l'invention de Narvasque était un trait de génie !

A. B.

— Eh bien, dit Juanito, ton Narvasque n'est point mort, il est en chemin pour s'établir au Mexique, il est plus riche que toi et moi ; c'est pour l'avoir rencontré, ce que j'en dis, je le connais parfaitement, il se nomme Matthieu Doggins.

— Et le serpent ? crièrent ensemble plusieurs voix.

— Il s'était échappé, continua le narrateur, nous lui donnâmes la chasse durant quatre jours sans succès ; mais avec ce trésor dans le corps, pensez donc, il n'a pas dû faire de vieux os.

— Soyez sûr que les Indiens l'auront tiré de son corps, dit un autre ; il n'est pas un serpent de grosseur ordinaire qui n'ait une émeraude, ou un lingot d'or dans le ventre.

— Il y a de l'or caché par la main de l'homme, et que jamais l'on ne retrouvera, beaucoup plus que vous ne pouvez l'imaginer, fit observer le vieux chasseur ; il existe des placers de cette sorte, beaucoup plus riches que des placers naturels ; j'aimerais mieux encore rencontrer les premiers que les seconds.

— Des trésors enfouis ! s'écria un Espagnol au teint bronzé et de taille athlétique, il y aurait de quoi enrichir des mondes avec ceux des nègres et des indiens, mais ils endureraient le martyre pour leur or ! Dans le temps de mon père il y avait à Guayaquil un mauvais sujet qui avait enterré, suivant la rumeur publique, d'immenses trésors, non pas de l'or seulement, mais des pierreries, des émeraudes, des diamants et des rubis. Le gouverneur lui demanda de partager son trésor, lui promettant la liberté et la libre jouissance de l'autre moitié, il ne se contenta pas de rejeter la proposition, mais il endura même le supplice des tenailles rougies plutôt que de révéler le lieu de sa richesse. Ensuite on lui appliqua ce que les mineurs appellent le *guardanidio*, torture qui consiste à faire entrer dans l'épine dorsale un petit globule d'or incandescent ; mais c'était parler à un sourd, il ne desserra pas les dents.

— J'en ai ouï parler, cria l'un ; c'était un nègre nommé Crick.

— Serait-ce le père du Jarasch ? dit Felborg.

— Bien possible, répliqua le premier ; l'autre jour à Bexar, il se vantait d'avoir tordu le cou à un fripon qui avait dérobé à son père le secret d'un trésor.

Que l'on se fasse une idée de ma surprise : Bosman était le père d'El Jarasch, celui-ci était retourné sans doute à Anticosti pour me tuer ; et il avait appris de son père que j'emportais le secret du trésor.

Inutile de dire combien de questions se pressaient sur mes lèvres ; mais je fus retenu par ma circonspection habituelle ; je connaissais trop bien le caractère défiant et soupçonneux des Gambusinos.

Les ruses et les fourberies par lesquelles ils essaient mutuellement de se tromper, leur talent pour cacher de mille manières l'or qu'ils ont glané, l'abandon simulé des plus riches placers, afin de revenir seul et plus tard les explorer ; — ces artifices et d'autres semblables produisent un manque universel de confiance ; il est rare qu'une parole aventurée, une expression à double sens ne soit pas immédiatement saisie au vol pour sonder si, derrière elle, ne se cache pas quelque motif secret, quelque intention mystérieuse.

Je réprimai donc ma curiosité, mais à partir de là le nègre et son trésor ne sortirent plus de ma pensée. Je le revoyais à Anticosti, jusque dans mes rêves, couvrant la terre d'une main convulsive et promenant autour de lui son regard atone pour examiner si personne ne l'observait.

Il se croyait au temps où il cachait ce trésor pour lequel il avait supporté tant et de si affreux tourments, ses gestes le démontraient à n'en pouvoir douter. Ma fantaisie se le représentait dans cette même attitude avec des couleurs si vives qu'il me suffisait, en m'éveillant, de refermer les yeux, et la vision reparaissait aussitôt dans toute la terrible évidence de la réalité.

Ma profonde abstraction n'eût pas échappé sans doute à l'œil scrutateur de mes compagnons, sans la découverte inespérée de l'or, dans les sables du torrent, découverte qui avait fixé sur un seul point l'attention universelle.

Ce n'était d'abord qu'une poussière menue mêlée de quelques paillettes d'or, mais au bout d'un instant on recueillit des parcelles d'un jaune pâle incrustées dans le quartz et qui montraient l'or dans sa forme la plus remarquable.

Quelques moments avant la découverte, tout n'était qu'indifférence et lassitude.

Deux ou trois seulement de nos chercheurs d'or étaient descendus pour fouiller dans l'eau ; le plus grand nombre, étendus sur la rive, contemplaient avec une dédaigneuse indolence la fatigue inutile des laveurs.

Tout-à-coup Hermosé élève triomphalement en l'air un morceau d'or très-pur, de la grosseur d'un tuyau de plume.

La vive splendeur de l'or n'eût pas plutôt brillé devant leurs yeux, que pareils à une meute de chiens qui ont flairé la bête, ils se redressent et se précipitent dans le torrent.

Quel soudain coup de théâtre ! Au silence profond et interrompu seulement par le clapotement des flots qui battaient nonchalamment trois ou quatre Gambusinos, succède à l'improviste un bourdonnement, une agitation indescriptible, les échos de la vallée naguères si paisiblement endormis se renvoyent les clameurs, le bruit des eaux remuées en mille endroits et les cris de joie des travailleurs.

Plus de trente étaient descendus dans le torrent : les uns sondaient le lit avec leurs *barrettas*, les autres se plongeaient dans l'eau pour mieux explorer le fond et se relevaient les mains dégouttantes et pleines d'un sable qu'ils examinaient avidement.

Tout-à-coup Hermosè découvre un objet qu'il montre à son voisin, puis à un autre et à un autre encore; on fait cercle autour de lui ; je viens prendre place à mon tour parmi ceux qui l'environnent.

— Qu'est-ce cela? dis-je étonné de ne point voir briller quelque grosse *pépite*.

— Ne le vois-tu pas? c'est le fossile d'une antilope, répondit Hermosè; puisque les eaux sont descendues si bas que l'on déterre des fossiles, il est hors de doute que nous aurons de l'or suffisamment.

— Qui dit suffisamment? s'écria un Mexicain en sortant de l'eau sa tête rouge et courroucée et montrant un lingot d'or pur de la grosseur d'une petite pêche, on peut manger de ces fruits-là jusqu'à crever, sans craindre d'indigestion.

En ce moment on entendit le sifflet de Sam qui convoquait la troupe pour tenir conseil.

Au premier appel on vit toutes ces figures bronzées, sortir humides du lit du torrent, gravir le bord et venir se coucher autour du capitaine.

La séance s'ouvrit par une courte discussion au sujet de la localité sur laquelle nous étions tombés, les uns affirmaient que nous côtoyions un affluent inexploré du Brazo, les autres un torrent égaré tombant de la crête des montagnes dans la saison des pluies.

La discussion s'échauffait, et sans aucun doute elle allait devenir orageuse, si Sam n'avait mis fin par ces mots à toute contestation :

— Peu importe le nom de ce torrent et sous laquelle latitude il coule, vous savez le proverbe mexicain : — *Ubi aurum ibi patria.* (Où il y a de l'or, là est la patrie.) Qu'il y ait de l'or ici, nous ne pouvons en douter; qu'il y en ait en quantité suffisante pour contenter nos désirs, c'est ce que nous verrons par la suite. Mon avis, en attendant, serait de détourner le cours des eaux, afin de mettre à sec le lit du torrent et de l'explorer d'un bout à l'autre.

— Voilà le conseil d'un homme sage, le capitaine a parlé d'or, s'écria un vieux Gambusino, c'est ainsi qu'on procède là-bas à l'occident, et c'est là seulement qu'on s'entend à la besogne.

La proposition fut accueillie par une approbation unanime.

Aussitôt la caravane fut partagée en deux corps, à chacun desquels on assigna sa part de travail.

Je fus désigné dans le nombre des sentinelles ou explorateurs qui devaient remonter le cours du torrent et chercher un lieu convenable pour détourner les eaux.

Hermosè prit le commandement de cette division et choisit le *Lépreux* pour lieutenant.

La *sierra* que nous devions traverser nous offrait une route délicieuse et des sites ravissants.

Les roches se découpaient en mille figures fantastiques que les lianes tapissaient d'un manteau de verdure en accrochant de toutes parts leurs vrilles capricieuses, et en secouant de tous les rochers, sur tous les précipices, leurs grappes parfumées et leurs festons d'azur. Les figuiers sauvages et les amandiers chargés de fruits, les *guavas* de pourpre et les limandes feuillus arrêtaient nos pas à mesure que nous avancions ; nous arrivâmes enfin au milieu d'une contrée fertile et plantureuse, enrichie, sans le travail de l'homme, de tous les produits de nos jardins.

Le cactus étoilé d'éclatantes fleurs jaunes et l'obélia dorée qui eussent fait en d'autres pays l'orgueil d'un jardin botanique, nous offraient leurs feuilles pour chasser les insectes et les moustiques.

Plus nous avancions, plus nous voyions se développer la sève et la fécondité de ce verger luxuriant.

Les fruits s'étalaient à l'envi et comme en surabondance tout le long du chemin : les cédrats, les oranges, les figues, les pêches, les pommes, les grappes vermeilles semblaient inviter la main à les cueillir; les plus mûrs étaient tombés des branches, la terre en était jonchée sous nos pieds.

Pour savourer pleinement les délices de ce séjour enchanteur, il faut avoir voyagé durant de longues semaines à travers une prairie désolée, la langue desséchée, les pieds en sang, les yeux enflammés et les tempes bouillonnant sous l'ardeur brûlante du soleil.

Dans l'entraînement de notre joie, nous cueillions de ces fruits à pleines mains, et pareils à des enfants, notre bonheur était de les jeter et de les rouler sur l'herbe ; comme les bacchantes antiques nous avions enlacé sur nos têtes des guirlandes de pampre, et des rameaux odorants de l'oranger nous tressions de vertes ceintures de feuilles.

Et comme pour combler la mesure de notre joie présente par l'aspect souriant de l'espérance à venir, Hermosè nous assura que ces charmantes oasis se rencontrent fréquemment dans les régions aurifères et que nous pouvions nous tenir certains d'être tombé sur un placer opulent.

— Les Indiens, ajoutait-il, n'osent pas s'aventurer dans ces paradis terrestres, persuadés que le dieu des trésors et le génie des mines y a fixé son séjour, et qu'il ne manque jamais de tirer une prompte vengeance de l'imprudent assez téméraire pour violer sa demeure.

Cette croyance superstitieuse des sauvages avait provoqué mon sourire, mais je ne rencontrai point sur le visage de mes compagnons ce mépris incrédule dont j'attendais les marques. Plusieurs d'entre eux, au contraire, citèrent à l'appui d'effroyables exemples de désastres et de calamités ; et j'aperçus bien vite comment les plus inconcevables rêveries trouvent facilement crédit auprès de ceux qui s'usent dans la vie périlleuse des prairies.

— Croyez-vous donc que nous allons chèrement payer ce jour de fortune, Hermosè ? dis-je en m'étendant sous l'ombrage d'un latanier.

— *Quiem sabe!* me répondit-il dans son dialecte mexicain ; et il hochait la tête d'un air de doute.

Après deux jours de marche nous atteignîmes un ravin qui nous parut le lieu favorable pour détourner les eaux : après deux autres jours d'un travail assidu l'ouvrage était terminé.

Dès que le torrent fut à sec nous commençâmes avidement à explorer son lit.

La première semaine nous ne recueillîmes qu'un peu de poudre d'or et quelques *pépites* de médiocre grosseur mêlées de cuivre en abondance ; mais en remontant graduellement vers la source nous découvrîmes presque à fleur de terre une veine très-riche, d'où nous tirâmes plusieurs lingots d'or pur ; plusieurs pesaient jusqu'à vingt onces.

Le doute n'était plus possible ; nous avions mis le pied dans un placer abondant.

Aussitôt l'ordre fut donné de construire des cabanes pour les logements et des fourneaux grossiers pour séparer l'or de la scorie. Une fidèle répartition des profits fut également réglée, et chacun jura solennellement de ne pas soustraire la moindre parcelle au produit commun.

Notre petite colonie devait partager entre ses membres différents emplois, car tandis que le plus grand nombre travaillait à chercher l'or, il fallait une petite troupe de sentinelles pour veiller contre les Indiens et les bêtes féroces; il fallait de plus qu'une bande de chasseurs se mît à chasser dans la savane les buffles, les sangliers et les daims pour approvisionner la table.

Plusieurs refusèrent de s'adjoindre aux chasseurs, soupçonnant, et non pas sans motif, que la part des absents n'égalerait pas celle des travailleurs qui étaient sur les lieux.

Cependant Hermosè dont le caractère aventureux s'accommodait de la tumultueuse agitation de la chasse beaucoup mieux que du travail monotone des chercheurs, s'offrit de plein gré ; je me présentai pour son compagnon. Une demi-douzaine des plus jeunes vint se ranger autour de nous et nous prîmes orgueilleusement ce titre : Les chasseurs de l'expédition.

L'antagonisme ou plutôt l'émulation qui régnait entre les chasseurs et les chercheurs d'or fournissait un continuel aliment à des railleries et à des plaisanteries moqueuses. Lorsqu'il nous arrivait de rentrer les mains vides, si nous étions accueillis immanquablement par une grêle d'épigrammes, en revanche nos compagnons n'échappaient point à nos sarcasmes les jours où les recherches avaient été infructueuses.

Si d'une part on faisait semblant de chercher querelle à ce ramas de désœuvrés qui se promenaient tout le jour les mains dans les poches et pour lesquels il fallait amasser des trésors, d'autre part on se plaignait d'être obligé de se livrer à des chasses longues et pénibles pour une troupe de fainéants qui passaient le temps à fumer et à deviser de nouvelles sur le bord d'un torrent.

Les deux professions florissaient toutefois d'une façon merveilleuse.

Le long usage nous avait exercés au maniement de la carabine, il était rare de voir une de nos balles manquer son but ; ayant fait capture de quelques chevaux sauvages, nous les fîmes plier sous la selle, et nos chasses, à partir de ce moment, devinrent plus agréables et en même temps plus heureuses.

Nous introduisîmes par degré plus de recherche et d'élégance dans nos costumes et dans notre équipement : nos selles formées d'abord de quelques branches imparfaitement recourbées et couvertes d'une peau de buffle en lambeaux, étaient maintenant revêtues de nombreuses peaux de martre, ou bien, chose plus précieuse encore, de la noire dépouille d'un renard ; nos vêtements, s'ils n'étaient pas conformes de tout point aux dernières modes de Paris, étaient assez riches et pittoresques. — Une tunique de daim serrée à la taille par une ceinture de cuir ; des pantalons pareillement de daim échancrés au genou, et enfermés dans une paire de *botas vaqueras*, bottes de cheval, si larges à la partie supérieure qu'elles servaient de fontes pour nos pistolets : un chapeau formé d'une fourrure de renard ou d'écureuil nous couvrait la tête ; sa forme variait selon le goût ou le caprice de son propriétaire. En somme, nous aurions pu faire une assez belle troupe de figurants sur les plus célèbres théâtres de l'Europe.

Nous avions construit de même une grossière charrette, mais si grossière que je ne puis m'empêcher de rire chaque fois que je me la représente, — pour transporter notre butin trop lourd pour le dos d'un cheval, et que pourtant nous ne pouvions abandonner dans la prairie, sans nous attirer immanquablement le voisinage dangereux d'un essaim de loups et de vautours.

Cette charrette qui eût fait rire le plus rustique voiturier, était cependant assez solide ; quoique les roues fussent plutôt ovales que circulaires, elles s'acquittaient pourtant de leur office, mais en s'accompagnant d'un grincement si discordant et si aigre, qu'il ne fallait pas d'autre épouvantail pour tenir en respect les bêtes féroces attirées par l'odeur du sang.

Quant à la chasse, en soi elle formait vraiment un glorieux passe-temps! glorieux par le pouvoir d'errer à son gré dans une plaine sans limite! glorieux par le sentiment que nous seuls de tous les hommes, fouillions en liberté ces régions vierges et inexplorées! glorieux enfin dans ses succès, dans ses dangers et dans ses fatigues!

A tout cela se joignait l'infinie variété d'émotions et d'aventures que nous apportait chaque jour la chasse dans les prairies.

Nos balles guidées par un œil infaillible, tantôt voulaient se perdre dans l'épaisse fourrure du buffle égaré dans les savanes, tantôt elles arrêtaient comme la foudre le cerf orgueilleux au milieu de sa course rapide; d'autres fois nous aimions à chasser l'ours gris et à poursuivre au travers des ajoncs le serpent à sonnettes qui poussait des sifflements de rage. Mais l'antilope était notre butin ordinaire, les plumes ondoyantes du coq de montagne et de la poule-d'inde sauvage ornaient le chapeau de celui qui avait eu l'adresse d'atteindre cette proie insaisissable.

C'étaient les jours heureux — les plus heureux de ma vie! Et en ce moment encore, entouré de la splendeur et de la magnificence d'un luxe princier, environné de toutes les jouissances, de toutes les grandeurs que peut procurer une richesse inépuisable, je ne puis me souvenir de ces jours, sans que mes paupières s'humectent, je ne sais pourquoi, sans que mon cœur revole palpitant vers ces solitudes lointaines, où les fatigues, les privations, les périls ne faisaient que rendre plus vive et plus profonde l'ineffable joie d'une parfaite indépendance : je ressemble au montagnard qui s'exile et va chercher fortune en d'autres pays, et qui au milieu du faste et de l'éclat des cités tumultueuses, se rappelle avec un désir plein de regrets ses montagnes, sa chaumière, sa modeste église où il a goûté tant de simples, de pauvres, de modestes, il est vrai, mais aussi tant de pures et inaltérables joies.

CHAPITRE X.

Le désastre.

Pendant que nous chassions à travers les savanes, la recherche de l'or prospérait au-delà de notre attente.

A peine les fouilles furent-elles commencées dans le lit desséché du torrent, que le précieux métal apparut en abondance ; les laveurs, méprisant la trop lente opération du tamisage, prirent en main le pic et la *barreta* comme le reste de leurs compagnons.

Notre joie était au comble, et nous ne manquions pas de la manifester par des festins, aussi souvent que nous le permettait la pauvreté de nos provisions.

Nous nagions dans l'or, il est vrai, mais nous n'étions pas moins obligés de nous repaître de la chair coriace du buffle ou du daim, sans pouvoir l'accompagner de la moindre bribe de pain ou d'un autre aliment.

Si les jours s'écoulaient en travaux productifs, les nuits passaient inaperçues dans des rêves d'opulence, dans des songes dorés et de riantes prévisions d'avenir.

Quelques-uns penchaient pour une vie de divertissements et de fêtes, — repos mérité, disaient-ils, après tant de privations et de fatigues ; — d'autres rêvaient une carrière de luxe et de somptuosité dans les plus belles capitales de l'ancien monde ; le Français surtout raffolait de Paris, de ses cafés, de ses théâtres, de ses amusements et de ses mille jouissances.

Bien peu se proposaient d'entreprendre de nouvelles expéditions sur une échelle plus vaste.

Sam était le seul qui pensât avec un désir inquiet à sa lointaine vallée de Llamberris et à sa vieille mère, il soupirait après le jour où il pourrait lui rendre plus douce la fin de l'existence.

Et cette franche manifestation de pareilles pensées faite à de pareils associés n'était pas l'acte le moins courageux de son intrépide vie.

Comme ils souriaient de sa sensibilité! comme ils raillaient la piété filiale du gambusino ! A peine si quelques-uns d'entre eux avaient connu la sollicitude et la tendresse d'une mère. La plupart vagabonds dès l'enfance avaient mis le pied dans la vie avec cette indifférence égoïste envers tout être humain, laquelle est assez sou-

vent le plus sûr passeport pour arriver promptement au succès.
J'ai pu voir et comprendre que l'affection et la sympathie sont des
embarras à qui veut courir dans la lice périlleuse de la fortune ;
mais à partir de ce moment Sam grandit encore dans mon
estime.

Quant à moi, — ne riez point, cher lecteur, — je n'aspirais qu'à
devenir un gentilhomme accompli.

Je savais bien que la naissance, l'illustration et la richesse sont
les conditions indispensables ; mais je savais de même qu'il est facile
de les simuler, pourvu que l'on possède effectivement les autres
qualités accessoires, mais de non moindre importance, telle que —
la grâce des manières, la pureté du langage, la désinvolture ; une
habileté consommée dans tous les exercices du corps ; un courage
personnel à toute épreuve ; une religieuse observation de la parole
donnée. — Toutes ces qualités, — mon Dieu ! que c'est peu de chose !
et dire que cela suffit pour figurer dans le monde ! toutes ces qualités, dis-je, je travaillais à les acquérir, et j'y réussis dans une certaine mesure.

Je maniais un cheval avec une incomparable adresse, je me revê-
tais également de ma pelisse, dépouille d'un renard à la fourrure
d'ébène, je jetais ma carabine sur mon épaule avec une aisance
parfaite, toutes choses qui n'échappaient point au regard attentif de
mes compagnons. Je n'ai pas besoin de dire les sourires moqueurs
que provoquaient ces prétentions souverainement ridicules à leurs
yeux ; mais je ne m'en offensais point, chaque jour au contraire je
me pavenais avec plus d'ostentation ; il advint de là que l'odieuse
dénomination de *lépreux* fut insensiblement oubiée pour un surnom
mieux en harmonie avec mes prétentions de grandeur, on m'appela
El Conde.

Pour leur montrer que je n'étais point indigne du glorieux nom
de comte, — qui, je dois l'avouer, chatouillait agréablement mes
oreilles vaniteuses, — je me vis forcé à la plus intrépide valeur, à
des actes de la témérité la plus entreprenante, enfin je remarquai
graduellement que cette appellation inventée d'abord comme une
plaisanterie était devenue une marque d'honneur et d'estime aux
yeux de mes compagnons.

Cette vie dans les savanes offrait une foule d'incidents propres à
mettre en relief mon courage.

A mesure que la saison avançait et que le gibier devenait plus
rare, nous étions contraints de poursuivre le bison jusque sur la
frontière des terres de chasse d'une tribu indienne nommée les
Comanches. Plus tard même, nous ne craignîmes pas de nous aventurer jusque dans leurs plus profondes retraites : un jour nous
pénétrâmes dans les sinuosités d'une gorge des montagnes, dont la

pente allait s'élargissant pour déboucher enfin dans une plaine étroite au sein de laquelle, à notre grande surprise, nous aperçûmes leur village.

En vérité c'était un tableau enchanteur.

Le soleil sur son déclin teignait de pourpre et d'or leurs wigwams de roseaux, semés sur les bords d'un ruisseau qui se déroulait en capricieux méandres. Plusieurs femmes assises en cercle contemplaient une troupe d'enfants qui jouaient sur la rive.

Çà et là sur le seuil des wigwams se tenaient des vieillards qui fumaient d'un air grave.

Plus loin se voyaient attachés à un arbre une demi-douzaine de ponys sauvages apparemment capturés depuis peu, de jeunes garçons s'amusaient à les aiguillonner pour jouir de leur inutile fureur.

La douce mélancolie de cette heure du soir, la tranquille beauté du paysage, l'air d'heureuse sécurité empreint sur toutes choses, les bruyants ébats des enfants eux-mêmes formaient autant d'images si palpitantes, si pleines de doux souvenirs des affections domestiques et des joies du foyer, que nous demeurâmes longtemps immobiles et comme en extase de contempler cet émouvant tableau.

Chacun de nous traversait peut-être en ce moment, par la pensée, la double immensité du désert et de l'océan; il revoyait les sites charmants du pays natal, il serrait tendrement des amis lointains, il redevenait enfant!

Pour moi qui avais à peine entrevu le paradis des jeunes années, moi qui n'avais laissé en arrière ni amis, ni parents, ni patrie, à cette vue pourtant je sentais mon cœur battre violemment et mes yeux s'emplir de douces larmes.

Evidemment les guerriers de la tribu étaient sortis pour la chasse ou pour une expédition ; car en vain nous plongions les regards à travers la touffe de coudriers qui nous abritait, nous ne pouvions apercevoir que des enfants, des femmes ou des vieillards décrépits, assis pour jouir de la sérénité délicieuse du crépuscule.

— *Senor Conde*, dit à demi-voix un Basque au teint brun et aux yeux ardents, laisserons-nous échapper une si belle occasion? Tous les hommes valides sont absents; ceux-ci ne pourront opposer la moindre résistance. *Caramba!* ce serait pourtant un beau coup de main!

— *Conde mio!* reprenait un Mexicain jadis maquignon, je donnerais cinq cents dollars de chacun de ces poneys; qui nous empêche de les saisir sans bourse délier?

— Il y a de l'or dans ce village, murmurait un vieux Ranchero à barbe blanche, je vois là des tamis exposés pour sécher.

— Voilà donc, me disais-je intérieurement, ces compagnons qui me semblaient il n'y a qu'un instant de voir partager mes pensées, mon ravissement et mon émotion devant ce touchant spectacle!

Un seul n'avait pas encore ouvert la bouche; je me tournai vers lui avec confiance. C'était un Breton sérieux et taciturne :

— Et vous, Claudius, lui demandai-je, quel est votre avis?

Je remets tout entre les mains de mon capitaine, répondit-il en portant militairement la main à son chapeau, mais lorsqu'on partagera le butin, je demande ce damas jaune qui décore la porte de ce wigwam.

Je baissai la tête avec stupeur. L'attrait du pillage et de la rapine avait étouffé dans leur âme tout sentiment humain; mon cœur fut douloureusement oppressé.

— Oui ou non; est-ce une affaire décidée? reprit le Basque qui, ayant assuré sa ceinture et versé de la poudre dans le bassinet de sa carabine, attendait impatiemment le signal.

— Et depuis quand sommes-nous devenus des bandits, criai-je avec dédain, pour faire main-basse sur une poignée de femmes et d'enfants? Sont-ce les leçons que vous avez reçues de Sam? Vite! au campement, et qu'on ne m'en parle plus!

— Mais si nous revenons les mains vides, nous ne recevrons que des insultes et des railleries, murmura le Basque entre ses dents. De pareilles occasions ne se rencontrent pas tous les jours.

— Volte-face! criai-je impérieusement, ne voulant pas exposer mon autorité à fléchir, par une discussion plus longue.

Ils obéirent sans dire mot; mais il m'était facile de lire sur tous les visages une tendance séditieuse.

Nous cheminâmes quelques temps au milieu d'un silence embarrassant, je fis tous mes efforts pour dissiper ce nuage et regagner la confiance habituelle, mais tous me tenaient rigueur, jusqu'à mon ami Pedrillo qui se rangeait parmi les mutins.

Désespérant de ramener la bonne harmonie et de renouer la conversation, je galopais en avant silencieux et dépité, lorsque soudain un chevreuil à la robe tigrée s'élance de derrière une ondulation de la prairie.

Saisir ma carabine, viser et faire feu, fut l'affaire d'un instant. Mais je manquai mon coup, et j'entendis ou je crus entendre derrière moi les éclats d'un rire moqueur.

Sans me retourner, je lançai mon cheval au galop, rechargeant en même temps ma carabine.

Mais le chevreuil avait pris de l'avance, et quoique mon cheval dévorât la plaine, je m'aperçus bien vite que je ne pourrais le rejoindre : après une course précipitée durant l'espace d'un mille environ, je serrai la bride et m'arrêtai.

Qu'étaient devenus mes compagnons? Je n'en voyais aucune trace.

J'atteignis une petite éminence, et je les revis perdus dans le lointain, courant à toute bride dans la direction du village indien.

Je demeurai stupéfait, confondu, et telle était la violence de ma douleur que je ne pensai point à me précipiter sur leurs pas.

Ce qui m'affligeait si profondément ce n'était plus seulement le sentiment de l'humanité outragée, c'était mon honneur compromis, et mon autorité de chef méprisée.

Il me semblait les voir de retour au campement, chargés de dépouilles, orgueilleux de leur triomphe, tandis que moi le capitaine je parlerais de cette pitié maladroite à laquelle plusieurs donneraient peut-être un autre nom... Si j'avais eu quelques moyens de m'orienter en ce moment, je ne crois pas que j'eusse repris le chemin du camp.

Ecœuré, brisé de fatigue, je pris enfin cette direction, tantôt maudissant l'insubordination de cette troupe de larrons qui m'avaient planté là, tantôt me reprochant ma folie d'avoir cru pouvoir changer les instincts de brigandage et de férocité d'une pareille race.

Pour arriver au camp avant la nuit je fus obligé de hâter le pas; et la vive allure de mon cheval dissipa mon abattement beaucoup mieux que mes réflexions philosophiques.

La brise parfumée du soir caressait doucement la prairie, lorsque je découvris le bois de coudriers qui défendait notre campement du côté du midi.

Impatient d'apercevoir les feux des sentinelles, j'éperonnai ma monture; après avoir traversé le bois je fis halte sur la lizière pour examiner la petite éminence sur laquelle se dressaient nos cabanes. Pas une clarté, pas une figure humaine, rien qui indiquât la présence de mes compagnons.

Je me remis à courir, anxieux d'apprendre le mot de cette énigme étrange. Mille conjectures accompagnées de pressentiments sinistres s'offraient confusément à ma pensée.

Peut-être avaient-ils remonté le cours du torrent; peut-être les Comanches avaient fait une irruption d'où était résultée quelque horrible mêlée; peut-être... mais pourquoi m'épuiser en suppositions? J'avais atteint le sommet du plateau, j'approchais du lieu où s'éparpillaient nos cabanes, lorsque tout-à-coup un bruit sourd et caverneux parvint à mon oreille, — bruit rauque et sépulcral comme le gazouillement de l'eau dans un gouffre souterrain.

Je me tins immobile et prêtant l'oreille : le mugissement grandissait à tout moment ; je croyais distinguer par instant comme un fracas d'arbres qui tombent et de murs qui s'écroulent.

Mon appréhension avait fait place à l'épouvante : mon pauvre cheval non moins effrayé que moi-même refusait de faire un pas de plus, il se tenait les oreilles tendues, les jambes antérieures fléchissant, les narines dilatées et soufflant avec bruit.

Je mis pied à terre et lui liant la tête après les jambes à la façon des Mexicains, je marchai en avant.

A chaque pas le grondement lointain arrivait plus retentissant, enfin je reconnus distinctement la chute et le bouillonnement d'une eau impétueuse.

Un horrible soupçon comme une lueur traversa ma pensée, mes genoux fléchirent ; mais me redressant par un effort suprême, je vis sous mes pieds le torrent qui se précipitait écumant et furieux dans le lit que nous avions mis à sec pour l'explorer.

Le mystère en ce moment me fut dévoilé tout entier.

Le torrent grossi par les pluies descendues des montagnes lointaines avaient franchi la digue élevée par nous pour le détourner de son lit, et rentrant impétueusement dans son premier canal, avait englouti cabanes, campement, mines, chercheurs d'or et toute trace de la malheureuse expédition.

Les arbres même qui bordaient ses rives, minés peu à peu, avaient culbuté ; on les voyait rouler au milieu des ondes tantôt soulevant leurs rameaux feuillus, tantôt s'abîmant sous les eaux , comme des figures gigantesques qui se débattaient dans l'agonie du naufrage.

La fournaise elle-même que nous avions construite de pierres énormes et de masses pesantes avait été emportée comme tout le reste.

La débâcle grossissait à chaque instant, et plus d'une fois je fus obligé de reculer devant l'envahissement des flots jaunes et limoneux.

Cette couleur des eaux me fit perdre tout espoir de retrouver mes pauvres compagnons ; car il était évident que le torrent n'avait rompu sa digue que bien peu de temps avant mon arrivée ; c'était justement à l'heure du crépuscule qu'on faisait le lavage de tout l'or recueilli pendant la journée, pour le jeter ensuite dans le fourneau ; je compris que tous mes compagnons avaient été enveloppés par l'inondation, pas un seul n'avait dû pouvoir s'échapper.

De quelque manière que l'événement fût arrivé, le fait est que je ne revis aucun d'eux ; je remontai les rives du torrent l'espace de plusieurs milles, deux jours entiers je me fatiguai de recherches, sans pouvoir découvrir la moindre trace.

Toutes choses m'apparaissaient tellement changées, transformées, bouleversées, qu'à chaque moment m'éveillant en sursaut d'un court et fiévreux sommeil, j'avais peine à me persuader que ce fût là ce lieu que notre bivac occupait hier, où la veille encore s'agitaient tant de passions et tant d'espérances, et où s'étaient écoulées pour moi tant d'heures sereines et délicieuses.

Lorsque je vis poindre l'aurore du troisième jour, j'errais encore sur la rive du funeste torrent sans avoir pu retrouver le moindre vestige de mes compagnons, non pas seulement des mineurs, mais encore de ceux qui avaient rebroussé chemin pour mettre le village indien au pillage.

Suivant la pieuse coutume adoptée par les voyageurs des savanes, je plantai dans le lieu, théâtre de ce désastre, une petite croix sur laquelle j'inscrivis à la pointe de mon couteau le nom du pauvre Sam, mon protecteur et mon ami.

Cela fait, je sortis du bois, à pas lents, tenant mon cheval par la bride ; une fois dans la plaine je me mis en selle et m'élançai au galop vers le couchant.

Je ne lasserai pas la patience de tous ceux qui m'ont accompagné jusqu'ici en leur racontant *in extenso* toutes mes aventures dans les savanes, et comment j'échappai à la mort qui s'offrit plusieurs fois à mes regards sous ses plus terribles aspects.

Les Indiens *Choctaw*, les jaguars, le léopard tigré des marais, le caïman des lacs fangeux, chacun à leur tour m'avaient désigné pour victime ; et cependant je finis par gagner sain et sauf le petit village de *la Noria* ou la Citerne, sis à l'entrée d'une gorge des Montagnes-Rocheuses.

Quelques-uns des habitants me trouvèrent un beau jour endormi dans les environs, avec mes vêtements en lambeaux et sans autre équipement que ma carabine et ma poire à poudre.

Ceux qui m'avaient recueilli étaient des mineurs dont les joues blêmes et l'extrême indigence eussent été pour moi des énigmes, si l'on ne m'eût appris que ce village était une colonie pénale, exclusivement composée de condamnés libérés avant l'expiration de leur peine, ou qui ayant fait leur temps avaient consenti à passer en exil le reste de leurs jours.

Un certificat de bonne conduite était exigé de quiconque voulait s'y établir, car les habitants, à quelques exceptions près, étaient généralement, sinon honnêtes, du moins inoffensifs et tranquilles, et la police surveillait sévèrement le petit nombre de turbulents et d'agitateurs.

S'ils avaient eu quelque moyen de se débarrasser de ma personne, ils ne m'eussent certainement pas permis de rester au milieu d'eux, mais n'ayant pas un hospice, pas un toit sous lequel m'abriter, ils me gardèrent par pure compassion.

Le gouverneur de la petite colonie était, à ce que l'on m'apprit, un Irlandais émigré, naturalisé au Mexique, et qui avait nom Salezar. Ancien officier du général Sant'-Anna, il avait été relégué à ce poste par suite d'escroqueries et de détournements commis par lui dans le commissariat de l'armée.

Le jour même de mon arrivée je fus conduit en sa présence.

Je ne dirai rien du superbe contraste que mes guenilles formaient avec ses habits somptueux. Un large chapeau garni de plumes couvrait sa large face rubiconde, couturée de petite vérole et trouée comme un crible. Deux longues moustaches en croc se profilaient comme une paire de faulx à droite et à gauche d'un nez monstrueux, enluminé de rubis, et parsemé de pois chiches. Une courte tunique bleu-ciel garnie d'une infinité de petits boutons d'argent, un pantalon de même couleur et d'une coupe irréprochable, enveloppaient exactement sa grasse et corpulente personne, laquelle serrée et comme emprisonnée dans cette élégante défroque, faisait bien la plus ridicule figure du monde.

Il portait en outre, à la ceinture, tout un arsenal de dagues, de pistolets, de poignards, et une longue épée de Barcelonne pendait à son côté soutenue par deux chaînettes d'argent et produisait à chacun de ses mouvements un cliquetis harmonieux.

Je m'approchai d'une table à laquelle il se tenait assis flanqué d'une espèce de secrétaire.

Il commença par m'examiner attentivement des pieds à la tête. Mon nom que je déclinai d'abord parut lui causer une vive émotion, il se retourna si brusquement sur son fauteuil qu'il faillit tomber à la renverse et entraîner la table dans sa chute ; deux choses qui furent infailliblement arrivées si le secourable secrétaire ne l'eût retenu par le pan de sa tunique bleu-ciel, ce qui fit craquer les coutures et sauter trois boutons.

Mais enfin il reprit son assiette et continua son interrogatoire, demandant qui j'étais, d'où je venais, quel était le but de mon voyage et ainsi du reste.

Je répondis à toutes ses questions avec toute la concision et la brièveté possibles, évitant toujours les digressions et tout ce qui aurait pu donner à mon récit une couleur romanesque : et cependant à ma grande surprise et indignation, il qualifia toute ma déposition, depuis la simple déclaration de mon nom jusqu'au dernier incident de mon voyage par une brève et emphatique parole : Mensonges ! ordonnant à son secrétaire de consigner l'épithète sur le procès-verbal.

—Et ajoutez, conclut-il solennellement, que le drôle est un espion des Etats de l'Amérique du Nord, qu'il fait partie probablement d'une bande de vauriens employés pour explorer nos frontières ; et qu'à la moindre infraction il sera très-certainement pendu !...

A de si bienveillantes paroles prononcées d'un air imposant et avec une imperturbable majesté, j'ôtai mon chapeau et remerciai en saluant jusqu'à terre.

Toute l'assistance demeura surprise et stupéfaite à cet acte de politesse bouffonne ; mais Salezar qui se complaisait outre mesure dans la contemplation de mes nippes et de ma grotesque personne, au lieu de se fâcher rit de tout son cœur et commanda de me donner à manger.

Cet ordre assez simple et intelligible, pour mes oreilles du moins, me parut être l'objet d'une surprise et d'une admiration évidente de la part des assistants.

Et ce n'était pas sans motif ; car, comme je l'appris dans la suite, jamais un Lazare si affamé qu'il fût n'avait recueilli la plus petite miette de la table de ce Vitellius. Mais il ne se trouva personne d'assez osé pour élever le moindre doute et présenter la plus légère remontrance sur l'exécution de cet ordre inusité.

Je fus conduit dehors en silence ; mais à peine dans la rue, je fus témoin d'une vive altercation. Chacun se demandait ce qu'il fallait me donner à manger, où il fallait le prendre, et qui devait s'en charger ; difficulté que pas un ne savait aplanir autrement que par cette ritournelle accoutumée des Mexicains : *Quiem sabe*? laquelle parole une fois lâchée, chacun de son côté s'en alla vaquer à ses affaires, et je me vis seul au milieu de la rue, nez à nez avec un vieux muletier.

La citerne dont le village avait tiré son nom de *la Noria*, fournissait l'eau par le moyen d'une machine que dans l'origine deux mules mettaient en mouvement. Celles-ci étant passées de vie à trépas, avaient cédé leur charmant office à une couple d'ânes de la prairie, à peine plus gros qu'un mouton et possédant de la vigueur en proportion.

Ces pauvres bêtes étaient assidûment surveillées et stimulées au travail par un dogue d'Angleterre, le plus féroce du monde, lequel les excitant de la voix et le plus souvent de la dent, ne leur laissait pas une heure de relâche.

Mais soit qu'il se fût usé par un excès de zèle, soit que la chair de l'âne (et les flancs des deux martyrisés montraient que le vaurien ne se faisait pas un scrupule au monde d'y mordre à belles dents) se fût changée pour lui en un chyle acide et malsain, le fait est qu'un beau jour l'argousin tomba malade et mourut, laissant le pauvre muletier à la recherche d'un nouvel expédient pour exciter au travail ses lents et paresseux quadrupèdes.

10

Je crois qu'il s'y employait de tout son pouvoir ; et de fait, à part les coups de dents, il copiait exactement la méthode de l'illustre défunt.

Mais quoiqu'ils fussent doués de longues oreilles, les deux fripons ne tardèrent pas à s'apercevoir que le principal stimulant faisait défaut ; ils ralentirent donc le pas, et se promenèrent d'une allure paisible comme celle de gens désœuvrés.

Alors le muletier, homme de ressource et d'esprit, comme sont tous les muletiers, fit à part lui cette réflexion fort judicieuse, que si des ânes tenaient, bien qu'ils en fussent indignes, la place de ses deux mules, ce n'était pas un motif pour qu'un homme, fût-il blême et déguenillé, se mît à la place d'un chien.

Mon air farouche, mon visage amaigri ne semblait aucunement présager un caractère facile et compatissant, aussi le voyais-je me lorgner d'un œil de connaisseur.

Finalement Mijo, — c'était le nom du muletier, — me fit sa proposition avec toute la politesse du monde, me priant d'observer que mon prédécesseur recevait tous les jours sa portion comme un colon et qu'il avait droit au couvert dans la maison de la senora Dias ; laquelle, dit-il en terminant, est une dame de haut rang, conduite et spécialement recommmandée au gouverneur par un ami du Général Sant'-Anna.

Je savais bien qu'un bon Mexicain n'a jamais reculé devant le mensonge le plus audacieux, et je ne fis pas grande attention à ces paroles qui me paraissaient d'une flagrante impossibilité. Je continuai donc à me faire minutieusement instruire de ce qu'il me fallait savoir pour être à la hauteur de ma position.

— Ce n'est pas une affaire compliquée, me répliqua-t-il avec un mouvement d'épaules expressif, à la pointe du jour, c'est-à-dire vers trois heures du matin nous bridons nos bêtes ; à huit heures l'eau est montée, alors vous pouvez allez dormir ou promener selon ce qui vous fera plaisir, jusque vers quatre heures de l'après-midi ; à ce moment il faut toujours un peu d'eau fraîche pour le bain du *gobernador* Salezar: cela vous demande une heure, après quoi vous êtes libre de nouveau jusqu'à la nuit.

— Et que me reste-t-il à faire la nuit? demandai-je impatiemment.

— Vos rondes.

— Mes rondes! à quel endroit? dans quel but?

— Afin de tenir à distance les loups, qui de temps à autre font irruption dans le village pour ravir des agneaux, des porcs, et qui parfois, lorsque la faim les pousse, ne s'en tiennent pas là!...

— Après avoir aboyé tout le jour contre les ânes, il me faudra toute la nuit aboyer aux loups? repris-je indigné.

— Lupo le faisait, répliqua-t-il en hochant la tête.

— Mais c'était un chien, senor Mijo !

— Ah ! c'était un chien !... répéta lentement le muletier en jetant sur mes guenilles un regard de dédaigneuse compassion.

Je compris parfaitement la double signification du regard et des paroles, et je baissai la tête, humilié de cette comparaison.

Il attendit ma réponse quelques minutes, et voyant que je n'ouvrais pas la bouche, il reprit :

— C'est entendu, n'est-ce pas ?

— Soit, répondis-je avec un soupir ; et je le suivis dans sa cabane.

Mijo continuait à m'initier à toutes les exigences de ma charge ainsi qu'à certaines particularités au sujet de deux animaux confiés à ma surveillance.

En vérité, si je n'avais eu besoin de toute ma compassion pour mes propres misères, j'eusse été je crois ému jusqu'aux larmes à l'aspect de ces misérables et désolées créatures.

— Je suis tellement habitué à ce nom, dit Mijo, qu'il me faudra vous appeler Lupo : cela vous fera-t-il de la peine ?

— En aucune façon, répondis-je ; si je suis un chien de fait, pourquoi ne le serais-je pas de nom ?

Ce même jour je fus conduit à l'auberge de la *Tienda del Gato*, résidence de la senora Dias.

C'était une maisonnette sise au bout du village, au milieu d'un délicieux jardin, et dont le rez-de-chaussée formait une sorte de cantine, où les colons pouvaient se procurer de l'eau-de-vie, des cigares, et autres objets de même nature, en échange de leurs billets de travail.

Sur le compte de la senora couraient des on-dit mystérieux.

Il y avait deux années à peine qu'il résidait à la Noria. Le personnage qui l'y avait amenée se disait (d'autres me répétèrent ce qu'avait dit Mijo) envoyé du général Sant'-Anna. Il eut avec Salezar une longue conférence, qui au dire du secrétaire, — curieux et indiscret comme tous les secrétaires, — avait eu quelques moments d'orage, mais en définitive le gouverneur et l'ami du général s'étaient quittés bons amis.

Quant à la senora, on la soupçonnait d'un crime d'Etat ; mais personne ne savait dire lequel ; personne même n'avait jamais vu son visage. Elle le tenait continuellement couvert d'un masque de velours noir, pour tromper la curiosité, affirmaient ceux-ci ; par ordre exprès de Sant'-Anna, disaient ceux-là ; pour cacher, prétendaient quelques autres, l'ignominieuse marque du faussaire, imprimée au fer rouge sur son front.

Mille versions plus absurdes l'une que l'autre circulaient au sujet de sa haute naissance, de sa noble condition, et des inépuisables richesses qu'elle avait possédées jadis.

Un collier d'argent massif attaché au cou de son chien, — mon prédécesseur émérite, — avait donné lieu à toutes ces histoires ; et on n'avait pas manqué d'enrichir le collier de pierreries, de diamants, et d'autres ornements imaginaires. Mais ce simple colifichet d'argent, même dépouillé des perles dont la fantaisie l'avait enrichi, paraissait à ces pauvres gens le signe incontestable d'une richesse fabuleuse, et la senora Dias, comme il arrive souvent, obtint à très-peu de frais la réputation de *millionnaire.*

C'était l'heure de la sieste quand nous entrâmes à la *Tienda del Gato*, tellement que je n'eus pas l'occasion de voir la senora.

Mijo m'introduisis dans une hutte construite originairement pour conserver les fruits du jardin, mais finalement habitée par Lupo ; c'était le logement que l'on m'assignait. Une litière de feuilles devait me servir de lit, j'avais une petite source pour étancher ma soif, et pour ration quotidienne, huit onces de pain de maïs et une demi-once de café ; quant aux fruits du jardin, limons, oranges, grenades, pêches, *mangos*, je pouvais recueillir librement tout ce qu'il en tombait à terre. Telles étaient mes droits : mes devoirs m'étaient déjà connus.

Et sur ce, Mijo me quitta, me laissant un jour de repos, j'allais entrer en fonctions dès le lendemain.

Je n'oublierai jamais le singulier mélange de sentiments doux et à la fois douloureux, dont mon âme fut comme envahie aussitôt que je me trouvai dans la solitude et que j'eus le loisir de méditer sur mon sort.

Du faîte de l'espérance, de la liberté, de la joie, je me voyais soudainement précipité dans l'abjection la plus profonde ; mais d'autre part, n'avais-je pas un asile et mon pain assurés? abri chétif, il est vrai, et pain gagné à la sueur de mon front ! Mes occupations quotidiennes étaient humiliantes et pénibles, mais elles me laissaient pourtant des heures de liberté ; ne pouvais-je pas me promener à loisir à travers le jardin, converser librement avec mes pensées et m'extasier devant l'infinie prodigalité de cette luxuriante nature?

Il est incroyable pour quiconque n'en a pas fait l'expérience combien l'homme s'habitue facilement aux revers de fortune les plus accablants. Par le même principe et pour la même raison qu'un bien longtemps désiré devient, lorsque nous l'obtenons, insipide et fastidieux, souvent les malheurs que nous craignons le plus, lorsqu'ils fondent sur nous à l'improviste, nous trouvent insensibles, ils sont dépouillés à nos regards de cette menaçante terreur avec laquelle ils nous apparaissaient dans le lointain.

Fortifié par ces réflexions, je sortis de ma cabine et je promenai mes regards dans le jardin alentour.

Quelle sauvage, enchevêtrée et plantureuse végétation! De cultures, pas la moindre trace, pas le plus léger vestige.

La terre était surchargée à tel point des fruits tombés des arbres et abandonnés, que l'atmosphère était saturée du parfum des pêches, des grenades et des oranges.

Un épais tapis de gazon émaillé de fleurs aux formes et aux couleurs variées avait tout envahi; et une intime variété d'insectes voltigeaient bourdonnant autour des calices odorants, des milliers d'oiseaux au splendide plumage se jouaient entre les branches, mêlant leurs gazouillements harmonieux au doux murmure du ruisseau.

CHAPITRE XI.

Révélation.

Combien de temps demeurai-je au village de La Noria? je ne saurais le dire au juste, les jours coulaient inaperçus.

Les saisons se succédaient presque uniformes, si l'on excepte deux mois d'hiver neigeux et assez tristes, après lesquels le printemps renaissait tout-à-coup avec une magique promptitude, puis l'été, l'automne le suivaient, mêlant en commun leurs fruits et leurs beautés.

Mes humbles occupations ne variaient pas.

Jamais, sans excepter Mijo, je n'échangeais une parole avec qui que ce fût.

En réalité les heures de mon travail étaient précisément les heures où tous les autres dormaient; et soit durant le jour, lorsque j'aiguillonnais mes ânes tardifs dans leur circulaire et monotone évolution, soit pendant la nuit, lorsque je faisais dans les environs mes rondes solitaires, jamais ne retentissait à mes oreilles une autre voix humaine que ma propre voix.

En résumé, ma vie, au propre comme au figuré, était une vie de chien : cependant combien d'existences au monde étaient encore pires que la mienne! Mon pain après tout était assuré; mes occupations viles et fatigantes n'étaient pas incompatibles avec un état de santé des plus satisfaisants; de plus n'avais-je pas encore des heures de repos pour me délasser par des travaux plus attrayants, ou dans des réflexions délicieuses?

J'étais donc non pas heureux, mais content de mon sort.

Cette tâche de transformer et d'embellir le jardin, que d'abord j'avais entreprise pour éviter l'ennui, était devenue graduellement une récréation charmante, et je ne saurais trouver d'expressions exactes pour décrire ma jouissance, lorsqu'à force de patience et de génie, j'avais réussi à inventer ou à exécuter, quoique bien imparfaitement, les instruments de jardinage les plus indispensables, dont j'étais totalement dépourvu.

Je ne sais si Watt, après ses merveilleuses découvertes et applications de la vapeur, goûta jamais une satisfaction égale à celle que je ressentis le jour où je mis la dernière main à mon premier rateau.

Et puis, quelle joie à voir s'étoiler de fleurs en espaliers que j'avais redressés, s'épaissir les clôtures verdoyantes dont j'avais entrelacé les rameaux, se couronner de feuillage les arbres que j'avais émondés; à me reposer pendant la chaleur du midi sous l'ombrage des berceaux tapissés de pampre et des bananiers touffus que j'avais plantés!

Mais pareil au premier jardinier Adam, je commençai à désirer la compagnie d'un être sensible et aimant qui pût jouir avec moi des charmes d'une si belle nature.

Alors mon cœur volait sur les traces perdues de Donna Maria; il me semblait que si j'avais pu la revoir, ne fût-ce qu'un instant, ce jardin serait devenu pour moi un nouvel Eden.

Ces pensées m'amenèrent à me poser sur cette question : Pourquoi la senora Dias ne se sentait-t-elle jamais attirée par curiosité à visiter le jardin, où elle eût remarqué toutes les améliorations que j'avais introduites.

Qu'elle n'en eût pas la moindre idée, cela me semblait chose indubitable ; de quelle manière donc les lui faire apercevoir?

Mes heures de loisir étaient précisément les heures où les jalousies abaissées et les rideaux scrupuleusement tirés annonçaient la sieste : il était évident que les choses marchant sur ce pied, je ne verrais pas la senora de ma vie.

Mais la curiosité me servait d'aiguillon ; je me mis à rêver aux moyens de la satisfaire.

Ma première pensée fut d'adresser à la senora une lettre qui lui mît respectueusement sous les yeux ma solitude et mon complet isolement ; mais où me procurer une plume, de l'encre et du papier? C'étaient là des objets de luxe, permis seulement au gouverneur Salezar. — Il fallait donc en venir à un expédient d'exécution plus facile.

Avant de me diriger vers la citerne, j'avais soin de cueillir chaque matin les fruits les plus mûrs et de les déposer dans une corbeille à la porte de la senora ; ne serait-ce pas une gracieuse prévenance de placer au milieu des fruits un frais bouquet de fleurs ? — Mais arriverait-il à sa destination? Les servantes soupçonneuses ou maladroites n'intercepteraient-elles pas mon offrande? — Ma circonspection habituelle me dissuada bien vite de ce nouvel essai.

A force de fureter je découvris enfin que la chambre de la senora regardait le jardin par une petite fenêtre grillée et cachée sous les larges feuilles d'un figuier.

Une nouvelle idée me traversa l'esprit.

Le lendemain matin, avant de me diriger vers la citerne, je grimpai dans les branches du figuier, et je plantai mon bouquet dans le treillis.

Avec quelle impatience n'attendis-je pas la fin de mon travail! Avec quelle anxiété inaccoutumée je repris la route du jardin, dès que l'eau fut montée ! Et quel fut mon enchantement et ma surprise en voyant que le bouquet avait disparu? Pour un rien j'aurais pleuré de joie! Je n'étais donc plus un proscrit, un paria négligé, oublié de tous ; il y avait donc au monde une créature humaine qui connaissait ma déplorable situation et qui peut-être en avait pitié !

Ce simple incident suffit pour relever mon énergie vaincue, pour réveiller en moi toute la vigueur, toute la sève de mon ardente jeunesse. Si faible que fût le rayon, il ne tarda pas à me révéler tout un monde de songes et d'espérances.

Oh ! combien j'aurais voulu connaître cet art mystérieux qui sait rendre les fleurs interprètes des plus secrètes pensées du cœur ! Mais la science des *Sélams* était pour moi lettre close. Je ne savais que grouper les fleurs dans cet accouplement harmonieux et varié qui charme les regards sans cacher aucune signification pour l'âme. Et cependant je m'ingéniais à prêter un langage à mes fleurs, oubliant que je ne pouvais transmettre avec elles la clef de cet idiome.

Une nuit j'étais sorti du village pour faire mes rondes accoutumées, lorsque je me ressouvins tout-à-coup que j'avais oublié mes capsules pour ma carabine.

Je rebroussai chemin, et j'entrai dans le jardin par une petite porte dont j'avais moi-même fait la découverte, et dont bien peu de personnes soupçonnaient l'existence.

La nuit resplendissait d'un clair de lune magnifique, si ce n'est que par intervalles quelques nuages poussés par le vent en obscurcissaient les rayons.

Je traversai rapidement les sentiers sablés qui serpentaient à travers plates-Landes. En quelques minutes j'arrivai à la porte de ma cabane, lorsque j'aperçus tout-à-coup une femme assise sur une pierre à quelques pas du seuil.

La lune qui sortait en ce moment d'un nuage épais, l'environnait de sa clarté.

Elle était grande et svelte. Quoique enveloppée tout entière dans une robe de grossière laine noire, son maintien et tout son extérieur trahissait sa haute condition. Sa main avait la blancheur de l'albâtre, elle était d'un fini artistique : la droite serrait un masque de velours noir.

J'épiais attentivement l'instant où il me serait permis d'examiner son visage qu'elle tenait tournée d'un autre côté.

Enfin elle se retourna lentement : Seigneur ! qui pourrait dire ma stupeur et ma joie lorsque je reconnus Donna Maria ? Donna Maria la compagne de Fra Miguel, Donna Maria à qui j'avais eu le bonheur de sauver la vie, Donna Maria dont la pensée m'avait toujours suivi depuis les rives du Collorado, Donna Maria que j'avais laissée à Bexar, et que je retrouvais dans ce village lointain !

C'étaient toujours ces mêmes yeux noirs mélancoliques et résignés, et ce même regard profond doué d'une irrésistible fascination. Ces traits d'un galbe si pur, quoique ternis par la souffrance, gardaient une empreinte de beauté que les larmes n'avaient pas encore effacée.

— Ah ! me disais-je, elle a perdu le souvenir de ce jeune Irlandais qu'elle appelait, mon fils, d'un accent si tendre et d'une voix si mélodieuse, sous les arbres de la forêt; ou plutôt elle refuse de me reconnaître : depuis deux ans que je vis près d'elle il est impossible qu'elle ne m'ait point aperçu. Rougirait-elle de m'avoir abandonné dans l'hôtellerie de Bexar, ou bien aurait-elle commis les crimes dont on l'accuse ? Non, non, mon cœur se refuse à y croire !

Mais en attendant quel parti prendre? avancer hardiment ou me retirer sans bruit ? Mais puisqu'à n'en pas douter elle fuit ma présence, si j'approche, ma soudaine apparition va l'effrayer, elle ne remettra plus le pied au jardin ; si je m'éloigne inaperçu, retrouverai-je jamais l'occasion favorable qui s'offre en ce moment de m'expliquer avec elle ?

Pendant que je balançais dans mon incertitude, elle se leva tout-à-coup pour s'éloigner.

Je toussai légèrement, — aussitôt elle s'arrêta promenant son regard autour d'elle sans donner le moindre signe de frayeur ou même de surprise, nous nous trouvâmes ainsi face à face.

— Vous devriez faire votre ronde à cette heure, dit-elle en espagnol, d'un ton qu'elle s'efforçait en vain de rendre courroucé.

— Il est vrai, senora, mais j'avais oublié une chose indispensable et je suis revenu la chercher.

— Vous seriez puni sévèrement si on venait à l'apprendre, continuat-elle sur le même ton.

— Je le sais, répliquai-je humblement, et cependant je m'exposerais volontiers à toute sorte de châtiments pour avoir le plaisir de retrouver encore celle de qui mes pensées ne cessent de s'occuper.

— De moi?... Est-ce de moi que vous parlez ?

— Oui, senora, de vous. Mes paroles vous semblent peut-être folles et présomptueuses, mais réfléchissez qu'elles ne sont en réalité que l'expression d'un irrésistible et tout filial amour ; je vous aime, laissez moi vous répéter ce que je vous ai dit une fois déjà au milieu du silence de la nuit et dans la solitude d'une forêt, je vous aime comme j'eusse aimé la mère que je n'ai point connue. Mon amour est égoïste, et si vous aviez un fils, j'en eusse été jaloux !

Un soupir fut toute sa réponse, elle tomba plutôt qu'elle ne se rassit sur le banc de pierre, et ne pouvant plus contenir l'amère douleur qui gonflait sa poitrine, elle éclata en sanglots.

— Senora, pardonnez-moi, je suis un misérable si ce sont mes paroles qui sont la cause de vos larmes.

— Assez! assez! dit-elle en se relevant et en faisant un pas pour s'éloigner ; sans le savoir vous avez rouvert une blessure encore saignante...

— Ne me quittez pas ainsi, m'écriai-je en lui tendant les mains, je ne mérite pas la rigueur que vous me témoignez. Si j'ai fait couler involontairement vos larmes, vous voyez quel est mon désespoir; ai-je donc à votre égard d'autres crimes à me reprocher?

Elle se rassit, mais un nouveau soupir fut sa seule réponse.

— Apprenez-moi, je vous en conjure, pourquoi vous êtes aussi cruelle aujourd'hui qu'autrefois je vous ai trouvée bonne et compatissante.

— C'est une histoire navrante que vous me demandez... Jamais je n'aurai la force de vous la dire jusqu'au bout.

— Parlez ; aujourd'hui du moins, nous n'avons plus rien à craindre de Fra Miguel.

— Ah ! dit-elle, vous venez de prononcer le nom du misérable qui est la cause de tous mes malheurs; mon Dieu, donnez-moi la force de lui pardonner !

J'étais bien sûr que ce scélérat n'était point votre oncle !

— Lui, c'est mon persécuteur, l'ennemi acharné de mon époux et le bourreau de... J'avais épousé... Mais à quoi bon vous dire le nom de mon époux, puisque ce nom est un nom déshonoré ? Depuis la Havane jusqu'à Guayaquil tout le monde ne sait-il pas que je suis une faussaire, une nouvelle Brinvilliers, une... Non, non, c'est un mensonge! Je ne suis ni une faussaire, ni une empoisonneuse! Celui qui a sali ma réputation de toutes ces odieuses calomnies, c'est ce malheureux qui depuis vingt-trois ans me poursuit et qui m'a fait boire goutte à goutte le fiel que distille son cœur, vous le connaissez bien, il se nommait Fra Miguel.

« Faut-il donc vous faire ce récit? Oui, vous saurez du moins pourquoi je dois arracher de mon cœur l'affection que je ressentais pour vous, et vous comprendrez quel effort de vertu il me faut pour ne pas vous haïr! »

Je relevai la tête à ces paroles étranges et regardai celle qui me parlait d'un air de tristesse et d'incrédulité ; la solitude, les amertumes dont sa vie avait été longtemps abreuvée, avaient sans doute altéré ses facultés mentales.

Elle continua sans remarquer l'expression de ce regard.

— Vous ne me connaissez pas sous mon véritable nom, il y a vingt-trois ans je m'appelais Lidia Delmar ; mon père était colonel d'un régiment de cavalerie, j'avais seize ans. Parmi ceux qui aspiraient à ma main, mon père en distingua deux : l'un officier du régiment, se nommait sir Edmond ; il avait un cœur d'or, mais une tête un peu folle ; mon père le préférait peut-être à cause de son immense richesse, moi je l'aimai parce qu'il me parut bon, confiant et généreux.

« L'autre était un comte polonais qui se faisait appeler Alexis Radchofsky et qu'on disait riche à millions, mais dont l'existence problématique laissait prise à plus d'un malin commentaire. Il possédait le vernis de toutes les qualités sans en avoir aucune ; alors je n'avais pas encore sondé toute la noirceur de son hypocrisie, mais il ne m'en inspirait pas moins une horreur instinctive ; j'eus le malheur de le lui laisser voir quand son rival fut préféré.

» Mais si j'avais dévoilé mes sentiments en toute franchise, Radchofsky sut bien dissimuler les siens. Il espérait, me dit-il, que ne pouvant obtenir le titre d'époux il conserverait celui d'ami respectueux et dévoué.

» Mon mari, avec lequel il s'était lié déjà, mon mari se laissa prendre à ces dehors trompeurs : le comte devint son intime confident. Je ne cachais ni mes craintes, ni mes soupçons, et sir Edmond me reprochait en riant mon injuste aversion : — J'étais sans pitié, disait-il ; c'était déjà bien assez cruel d'avoir évincé ce pauvre Alexis, sans pousser la rancune encore plus loin.

» C'était un serpent que sir Edmond réchauffait dans son sein. Alexis Radchofsky avait juré sa ruine, mais comme sir Edmond était vingt fois millionnaire, il lui fallut quinze ans pour venir à bout de son projet; d'une part quinze ans d'abandon et de confiance, de l'autre quinze ans d'hypocrisie et de mensonge.

» Trois misérables trempèrent dans son odieux complot. Il se servit de l'un pour ruiner mon mari, de l'autre pour m'enlever, et du troisième... pour tuer mon enfant! — Le premier se nommait Worritt, le second Yorrick, et l'autre... »

La voix de lady Neville tremblait, il y eut un silence.

— Et l'autre? demandai-je, tout entier captivé par ce récit.

— Son nom? Oh! je n'ose pas vous le dire. Laissez-moi continuer cette lamentable histoire.

« Lorsqu'il vit mon mari sur le bord de l'abîme, Radchofsky voulut couronner son œuvre par un coup d'éclat, c'était peu de lui avoir pris une fortune, il voulait lui infliger le déshonneur d'un emprisonnement.

» Sir Edmond devait assister à un steeple-chase, il avait parié des sommes énormes sur un de ses meilleurs coureurs; au moment où les courses allaient s'ouvrir, on vient lui annoncer que son cheval avait eu, pendant la nuit, les jarrets coupés et que deux recors étaient à sa recherche; celui qui avait mutilé le cheval se nommait Yorrick, celui qui avait mis les recors en campagne était James Worritt. Et au moment où sir Edmond rentrait dans sa demeure un laquais lui apprit que sa femme venait de monter en voiture au bras de Radchofsky.

» Depuis ce jour-là sir Edmond s'est mis à la poursuite du ravisseur, sans que jamais celui-ci se soit laissé rejoindre. Il s'enfuit de Pologne en Italie, d'Italie en Irlande, d'Irlande en Amérique.

» Pendant tout ce temps il me tenait cachée à Dublin sous le nom de miss O'Grady, dans une maison de son ami Worritt, où un jour il attira sir Edmond, et où mon mari faillit perdre la vie!.... »

— Senora, dis-je à lady Neville, pourquoi donc aviez-vous suivi cet homme?

— Parce que la veille du steeple-chase, je reçus la lettre suivante. Je l'ai relue tant de fois durant cette nuit fatale que j'en garde toutes les expressions ineffaçablement gravées dans la mémoire.

« La voici :

« Madame,

» Des motifs de haute importance et qui seront appréciés par vous me déterminent à vous confier un secret enseveli jusqu'à ce jour dans un profond oubli.

» Pardonnez-moi si je suis obligé de réveiller un instant des sou-

venirs pénibles, mais il s'agit d'une existence qui va vous être plus
précieuse que la vôtre; d'ailleurs, chère Madame, cette lettre sera
comme la lance d'Achille, elle guérira les blessures qu'elle aura
faites.

» Il y aura demain juste quatorze années, c'était le 3 juillet
18..., premier anniversaire du mariage de sir Edmond Neville, avec
Lidia Delmar, un navire à vapeur, le *Lively*, cinglait vers Dublin.
Les passagers étaient au nombre de cinq, un noble et riche baronnet, une femme jeune et belle, un enfant de quelques mois, une
nourrice irlandaise, et enfin un seigneur polonais.

» Le *Lively* venait de doubler le cap Carnsore, il entrait dans le
canal Saint-Georges; c'était au matin, mais le ciel chargé d'une
brume épaisse resserrait l'horizon; la nourrice avec l'enfant se promenaient sur le tillac, tout-à-coup elle est assaillie brusquement, une
main puissante la renverse, arrache l'enfant de ses bras, elle s'évanouit au bruit de sa chute dans les flots. Mais au premier cri de la
nourrice, la mère accourut éperdue, elle devine tout ce qui s'est
passé, elle se tord les bras de désespoir, elle arrache ses beaux cheveux à pleines mains, sa douleur aurait fendu des cœurs de roche,
je n'ai jamais vu, si ce n'est à Drury-Lane, rien de plus déchirant :
elle se fût, je crois, précipitée dans les flots pour retrouver son fils, et
s'il ne se fût trouvé là quelqu'un pour la retenir, la mer eût sans
doute roulé deux cadavres.

» Je passe rapidement sur ce triste tableau.

» Le premier soin du capitaine du *Lively* en arrivant à Dublin fut
d'aller faire sa déclaration; la justice fit une enquête, la nourrice et
un matelot de l'équipage furent préventivement arrêtés, mais faute
de témoignages suffisants, après une détention de quelques jours les
deux prévenus se virent remis en liberté.

» Tous ces événements, Madame, vous étaient sans doute connus,
il n'en sera pas de même pour ce qui va suivre.

» A quelques temps de là, le matelot dont j'avais l'honneur de
vous parler fut une seconde fois arrêté sous la prévention de meur-
tre; on l'accusait d'avoir assassiné la nourrice qui avait été jadis sa
compagne de captivité. Convaincu juridiquement il fut condamné à
la peine capitale; mais à la veille de l'exécution son cachot fut
trouvé vide, le condamné avait pris la clef des champs, et ce qui va
vous sembler fort étrange c'est moi-même qui avais facilité son
évasion.

» Voici maintenant qui vous expliquera l'énigme de ma conduite.

» On m'avait remis quelques jours auparavant une lettre du condamné qui contenait ces mots :

» Mon cher Monsieur, aujourd'hui que mon compte est définitive-
» ment réglé, j'ai fait cette petite réflexion : Que j'avoue une chose,

» que j'en avoue deux, il ne peut m'en arriver pis; si donc d'i i à
» quarante-huit heures certaine personne ne me fournit pas l'occa-
» sion de m'évader, j'aurai prochainement l'honneur d'exposer à
» MM. du jury que si j'ai tué cette femme, c'est uniquement parce
» que la sotte créature sentait poindre des remords et qu'elle pen-
» sait à nous dénoncer tous les trois. Du reste, peut-être en cela me
» suis-je laissé aller à un accès d'emportement que je déplore. Si ce
» candide aveu entraînait des explications compromettantes, je
» vous déclare, cher Monsieur, que je ne m'en crois aucunement
» responsable. »

» Cette lettre me fut glissée dans la main par le condamné au
moment où il sortait de l'audience.

» Aussi trois jours après, le condamné, muni d'un passe-port en
règle, prenait passage à bord d'un vaisseau qui mettait à la voile.

» J'avais toujours ignoré ce qu'était devenu cet homme, lorsqu'hier je reçus d'Amérique une lettre dont je reconnus l'écriture
au seul aspect de la suscription. Cette lettre, Madame, où l'on m'annonce que *votre fils est encore vivant*, chose que je savais très-bien!
— et *qu'il peut vous être rendu*, j'aurai l'honneur, si vous le permettez, de vous en faire lecture en l'absence de sir Edmond Neville qui
doit demain assister aux courses. Je suis prêt à vous donner de
vive voix toutes les explications que vous pourriez désirer. Veuillez
donc, Madame, combiner les choses de telle façon que demain il me
soit facile de trouver accès près de vous et près de *vous seule*. Si
vous tenez à revoir promptement votre fils, disposez tout pour me
suivre.

» Vous comprenez, chère Madame, que certain mystère plane
encore sur tout ceci, inutile de vous enjoindre un silence absolu,
cette lettre est toute confidentielle; si votre mari ou toute autre personne concevait le moindre soupçon, si encore vous refusiez de me
suivre, je ne pourrais plus répondre de rien. *La vie de votre fils
dépend de votre discrétion et de votre obéissance.*

» En attendant que j'aie l'avantage de vous témoigner par mes
services mon dévouement et mon respect, veuillez en recevoir ici
l'assurance.

» Comte Alexis RADCHOFSKY. »

Les lignes que j'ai soulignées dans cette lettre, lady Neville en me
la récitant semblait les souligner elle-même, par une accentuation
d'une particulière énergie.

— Je vous laisse à juger, reprit Lidia, de ma stupéfaction à la lecture de cette étrange missive. Elle portait je ne sais quelle empreinte
de duplicité mêlée de franchise, et de mensonges parsemés de

vérités qui laissaient percer par moments la pointe d'une ironie méchante.

» Mais cette nouvelle surprenante, inattendue, mon fils vivait !... mon fils, ce fils que je pleurais depuis tant d'années, j'allais le revoir; cette nouvelle me communiquait un trouble, une émotion, un bouleversement indescriptible. Et dire qu'un homme a conçu l'infernal projet d'inventer un tel mensonge et de le rétractrer ensuite! Oh ! le monstre capable d'infliger au cœur d'une mère un tel supplice ne peut être sorti que de l'enfer !

» Le lendemain, lorsque Radchofsky se présenta, j'ordonnai de l'introduire ; il m'apportait la lettre écrite par le ravisseur de mon fils. Je la lus, mais non pas jusqu'au bout, sir Edmond survint à l'improviste, Radchofsky m'arracha la lettre des mains, voilà pourquoi je n'appris plus tard le nom... de l'Irlandais.

» Voici en substance ce que contenait les deux premières pages.

» Cet homme complice de la nourrice n'avait pu se déterminer à tuer l'enfant, quoiqu'il en reçu l'ordre, disait-il, de la personne qui les avait soudoyés. Après l'avoir caché deux ou trois jours, une nuit que le navire avait mis en panne à quelques milles de la côte pour réparer des avaries, il avait emporté l'enfant à la nage, et l'avait remis entre les mains d'un fermier, qui, touché de pitié, s'était chargé de donner un asile à ce pauvre orphelin.

» Tout cela était vrai, continua lady Neville, c'est ici que commencent les faussetés.

» L'Irlandais ajoutait qu'après son évasion de la prison, avant de s'acheminer définitivement vers l'Amérique, il s'était fait débarquer en France, avait envoyé redemander au fermier O'Neagh l'enfant confié à ses soins, qu'il l'avait élevé comme le sien, et qu'il désirait aujourd'hui le rendre à sa mère...

» C'est à peu près là tout ce qu'il me fut permis de lire.

» J'aurais dû pressentir et j'avais en effet pressenti le mensonge, mais une mère, une mère à qui l'on promet de rendre son enfant n'écoute pas les avertissements de la prudence, elle ne prête l'oreille qu'aux suggestions de l'amour !

» Je suivis Radchofsky partout où il voulut me conduire. Cette continuelle menace de mort suspendue sur la tête de mon fils était une arme terrible entre ses mains, avec elle il me domptait comme on dompte les animaux les plus rebelles en leur passant un anneau de fer dans les narines.

» Longtemps il éluda toutes les recherches de sir Edmond. Je vous ai dit qu'il m'avait cachée dans une maison de Dublin ; un jour enfin on me remit une lettre signée d'un nom inconnu, mais dont je reconnus l'écriture; on m'annonçait que nous allions partir dans peu et que je retrouverais mon fils.

» Le lendemain Radchofsky se présentait devant moi en costume d'officier de cavalerie.

» J'appris dans la suite qu'ayant fait rencontre d'un officier sur le point de s'embarquer pour le Canada et dont le régiment devait se réunir à Kingstown il lui avait acheté son passeport et son brevet ; muni de ces pièces importantes, il pouvait maintenant faire la traversée en toute sécurité.

» Il s'embarqua donc sur un navire qui faisait voile vers l'Amérique, me laissant toujours à Dublin sévèrement gardée par Yorrick, son fidèle ami.

» Quelques jours après ce fut notre tour. Yorrick me conduisit à bord d'un navire en partance, et nous suivîmes la route qu'avait prise Radchofsky. Mais au lieu de débarquer à Québec ou à Montréal, nous descendîmes jusqu'à la Nouvelle-Orléans. A la grande surprise de Yorrick, Radchofsky nous y attendait ! Je le vis s'affubler d'une robe de moine ! Il portait encore cet odieux travestissement et se faisait appeler Fra Miguel, lorsque vous nous rencontrâtes au bord du Collorado.

» Vous fûtes témoin de la mort du malheureux Yorrick ; quels horribles châtiments, lorsque Dieu lui-même se charge de la vengeance !

» Au sortir de Bexar, Radchofsky changea d'itinéraire, ou plutôt il m'avait trompée sur le terme du voyage. Au lieu de se diriger vers Aguaverde, il me conduisit à ce village de La Noria, où, disait-il, m'attendait mon fils.

» Je revis en effet l'Irlandais son ravisseur, et ce fut alors seulement que j'appris l'affreuse vérité ; mon fils était mort, non pas enseveli dans les flots, mais égorgé par l'ordre de Radchofsky, sous les yeux même de Yorrick, presque dans les bras du bon fermier qui avait recueilli l'orphelin, égorgé par... l'Irlandais !...

— Et cet Irlandais ? demandai-je tout ému.

— Il occupait et il occupe encore un poste avantageux. En quittant l'Irlande, il se mit au service du général Sant'-Anna, qui le nomma dans la suite gouverneur d'une colonie pénitentiaire.

— Mais en tout cela, repris-je, je ne vois pas en quoi j'ai mérité l'aversion que maintenant je vous inspire, senora !

— Cet Irlandais, continua-t-elle sans me répondre, se nomme Salezar !

— Ce nom, répliquai-je, ne me rappelle aucun souvenir.

— Aussi n'est-ce pas là son véritable nom, il se nomme...

— Il se nomme ?

— Ralph Murphy ! Malheureux enfant, votre père est le meurtrier de mon fils !

La foudre tombant à mes pieds n'eût pas jeté dans mon âme plus d'épouvante et de consternation.

L'expression de son visage en achevant ces mots renfermaient une douleur si navrante, que je ne pus me défendre d'une vive émotion de pitié à la vue de tant de beauté défigurée par une tristesse surhumaine.

— Vous ne connaissez personne, dit-elle en se levant tout-à-coup, autrement je vous ordonnerais d'oublier que vous m'avez vue.

— Et nous reverrons-nous encore, senora? demandai-je respectueusement lorsque nous touchâmes le seuil de la porte dont elle tenait la clef.

— Oui... peut-être... je ne sais pas...

Et elle disparut à ces mots. Pauvre femme! je devais lui être odieux... mais je l'aimais toujours!

Deux mois s'écoulèrent, hélas! avec quelle lenteur! sans revoir la senora. En vérité, sans la régulière disparition de tous les bouquets que je continuais de suspendre chaque matin au treillis de la petite fenêtre, j'aurais pu croire qu'elle n'avait jamais existé que dans mon imagination fiévreuse.

Les persiennes restaient toujours hermétiquement closes, la petite porte ne s'ouvrait jamais, et le sable du sentier voisin ne gardait aucune empreinte de pas. Il était hors de doute que depuis cette nuit la senora n'avait plus jamais franchi le seuil.

Je tombai dans une lente et noire mélancolie. L'uniforme succession de ma vie, la monotonie non interrompue de mes occupations quotidiennes commencèrent à me devenir insupportables; je cessai d'évoquer les images souriantes du passé et de me promener sur les ailes de la fantaisie dans les régions dorées de l'avenir : j'étais devenu pour toutes choses froid et insensible.

Parfois j'essayais de secouer cette torpeur devenue désormais habituelle, de me réveiller, de reprendre mon ancienne énergie et ma première activité; mais le calme infini des prairies, l'immobile et profonde solitude, le complet isolement dans lequel je vivais, reprenaient bien vite leur influence accablante, et je retombais dans une mortelle atonie qui ne me laissait former d'autre désir que celui d'être promptement délivré de la vie.

Peu à peu j'oubliai même de cueillir des fleurs pour la fenêtre de la senora, j'abandonnai la culture du jardin, aussi ne tardai-je pas à voir reparaître toutes les marques de son primitif désordre. Un fouillis de mauvaises herbes, d'orties, de fougères, de chiendent, d'ivraie et d'autres plantes parasites, ne tarda guère à envahir les plates-bandes que j'avais défrichées avec tant de soin, et à étouffer les fleurs que je cultivais avec tant d'amour. Et chose étrange!

l'aspect de cette décadence et de cette désolation me causait la même satisfaction et la même jouissance que j'avais d'abord ressenties à la vue d'une végétation régulière et symétrique.

Encore quelques jours d'une pareille existence et selon toute probabilité, ma misanthropie fût devenue de la démence. Mais un événement inespéré vint faire heureusement diversion.

Une nuit j'étais encore assis dans le jardin. C'était l'heure où j'aurais dû faire ma ronde ; mais je ne prenais plus aucun souci de mes obligations. Avec l'espérance, en moi, s'était évanouie la peur : au lieu d'appréhender les châtiments que pouvaient m'attirer mon insubordination, je cherchais au contraire à la manifester en toute rencontre.

Tout-à-coup j'entendis un bruit de pas derrière moi, je me retournai et je vis la senora.

Je ne me levai pas pour la saluer, mais je la fixai tranquillement sans prononcer une seule parole.

— Est-ce qu'en menant la vie d'un chien vous en auriez pris aussi la nature ? dit-elle tristement, pourquoi ne parlez-vous point ?

— A dire vrai, j'ai presque désappris à le faire, répondis-je sourdement.

— Pouvez-vous au moins entendre ?

Je hochai la tête en signe d'affirmation.

— Et comprendre ce que vous entendrez ?

Je hochai la tête itérativement.

— Ecoutez-moi donc avec attention, car je n'ai que peu de temps à vous donner, et j'ai beaucoup de choses à vous dire. Avant tout désirez-vous sortir d'ici ?

— Si je le désire ! m'écriai-je en me redressant ; et à la joie de cette nouvelle inattendue je ne pus retenir mes larmes.

— Calmez-vous ! reprit la senora d'une voix émue. Et seriez-vous prêt à braver quelques périls ?

— Je suis prêt !

— Eh bien ! je vous offre une occasion. Je veux envoyer une lettre à une personne qui habite Guayaquil : cette ville est à environ deux cents milles de distance.

— Dans quelle direction ?

— Vous le verrez sur la carte : la voici.

En même temps elle me tendit un rouleau qui contenait une carte et une boussole.

— Tout ce que je puis vous dire, c'est qu'il vous faudra traverser les prairies et passer un bras du Rio-Rosso.

— Et comment faire, senora, pour traverser à pied les prairies ? A peine aurai-je mis le pied hors du village, ne va-t-on pas de suite me poursuivre et m'atteindre ?

11

— Je vous donnerai un excellent cheval qui vaut plus de mille dollars ; vous le connaissez déjà, et vous n'aurez pas besoin d'éperons. S'il vous mène sain et sauf à Guayaquil, il aura gagné ce qu'il vaut.

Et la senora continua de m'expliquer toutes choses avec une précision qui montrait combien elle avait mûrement débattu et pesé les moindres circonstances.

La difficulté capitale était la nécessité de parcourir quatre-vingts milles au moins sans rencontrer le plus mince filet d'eau. C'était un sérieux obstacle, il est vrai, mais d'autre part je n'avais pas à craindre d'être rejoint ; car ceux qui me poursuivraient n'oseraient pas avancer trop loin dans un pays privé d'eau.

Lady Neville avait pensé à tout. Mes haillons qui m'eussent dénoncé bien vite pour un trasfuge, je devais les échanger contre un charmant costume de cavalier mexicain : un pourpoint et un pantalon de velours vert parsemés de petits boutons d'argent, avec l'accompagnement obligé d'un sabre, d'une carabine et d'une paire de pistolets. La selle de mon cheval, outre le porte-manteau habituel, devait avoir à l'arçon antérieur une bourse de cuir bien garnie de doublons. Une valise contenant des vivres pour deux jours avec une bouteille de rhum complétait mon bagage.

— Etes-vous content ? demanda la senora lorsqu'elle eut terminé l'énumération de l'équipement préparé pour moi.

Je lui pris la main et la baisai avec transport.

— Maintenant, dit-elle, donnons un coup d'œil au revers de la médaille. Que vous soyez poursuivi, c'est une chose à laquelle il faut très-probablement s'attendre : il peut se faire encore que l'on vous rejoigne. Dans ce dernier cas, déchirez de suite la lettre en tant de morceaux qu'il soit impossible d'en déchiffrer le contenu. Vendez chèrement votre vie ; ce conseil, je vous le donne avec d'autant plus de conviction que l'existence qu'on vous réserverait ensuite serait plus triste peut-être que la plus horrible des morts. Surtout ne me trahissez pas !...

— Je le jure ! dis-je en levant solennellement la main.

— Dès le moment où vous serez arrivé sain et sauf, comme je l'espère, à Guayaquil, vous remettrez cette lettre entre les mains de don Esteban Olares, banquier assez connu dans cette ville. Il vous donnera la récompense que vous croirez due, en proportion du service et des dangers. Cela fait, — et notez bien cette clause, — tout lien est rompu entre nous. A qui que ce soit vous n'ouvrirez la bouche sur les événements que vous connaissez ; et si par un caprice de la fortune, je ne sais où ni comment, nous devions encore nous revoir, vous ne devrez pas me reconnaitre. Il est inutile de vous expliquer ici les motifs de mes exigences ; ma situation présente, l'ignominie des crimes qu'on m'impute, vous diront assez pourquoi je réclame le silence de votre part. Sommes-nous d'accord ?

— Parfaitement. Et quand dois-je partir ?

— Demain, à la pointe du jour, vous sortirez du village un peu plus tôt que d'habitude ; vous prendrez la route qui côtoie l'allée de chênes, ensuite vous appuierez à gauche dans la direction du grand cèdre, c'est là que vous trouverez le cheval tout sellé : la lettre est ici.

En proférant ces paroles, je remarquai dans sa voix un léger tremblement, et elle parut une minute indécise.

— Mon âme est tellement abattue, brisée par les souffrances, reprit-elle, que j'ose à peine écouter ses suggestions ; en ce moment même il me semble que mettre ma confiance dans un étranger, dans un......

— Ennemi, voulez-vous dire, m'écriai-je en terminant sa phrase. Ne craignez pas que je m'offense de toutes les épithètes que vous pourriez m'appliquer.

— Et moi je n'ai pas le droit de vous les appliquer, dit-elle en essuyant ses larmes. La douleur me rend injuste. Adieu pour toujours ! car si vous tenez votre parole, nous ne devons plus nous revoir !

Elle me tendit la main que je baisai de nouveau, puis elle disparut comme une ombre.

Je restai seul dans le jardin, m'interrogeant si ce que je venais de voir et d'entendre était un songe ou une réalité.

CHAPITRE XII.

Le duel.

— Guayaquil ! pensais-je intérieurement en traversant au galop l'interminable prairie et en aspirant avec avidité l'air libre du désert.

— Guayaquil ! et le trésor caché par le nègre Bosman scintillait devant mon imagination exaltée, et le portrait de Donna Maria passait devant mes regards, non plus avec des larmes, mais avec un sourire.

— Guayaquil ! terme tant désiré et toujours reculant devant moi, couronnement de mon long et douloureux pèlerinage, quand me sera-t-il donné de te joindre! Me voici de nouveau courant à ta recherche; mais qui sait quelles autres embûches me dresse en ce moment la maligne fortune?... Advienne que pourra! Je suis libre en attendant, et avec l'aide de Dieu, je ne rentrerai pas si facilement en cage.

Et dans l'ivresse de ma liberté reconquise, je serrais étroitement le col de mon cheval, qui volait comme une flèche sur l'espace sans limite.

Mon voyage fut semé d'incidents et d'aventures, mais il est inutile d'ennuyer le lecteur par ces nouveaux récits, il doit être rassasié de périls et de descriptions.

Après avoir laissé plus de cent milles derrière moi, j'arrivai sur les bords du Concho, au bout d'une semaine de voyage. Je passai ce fleuve à gué et j'atteignis facilement Chihuahua, ville assez importante au pied des Montagnes-Rocheuses.

Assise à l'ouverture d'une étroite vallée, Chihuahua se compose à peu près uniquement de deux larges rues qui côtoient les deux rives d'un torrent dont les flots roulent jaunes et écumeux sur un lit de rochers.

Le plus grand nombre des habitations sont construites avec des fenêtres en saillie, closes par des stores ou *tenditos* diversement coloriés; et derrière cet abri, les jeunes femmes promènent leurs regards curieux sur la voie publique en fumant leurs *cigaritos*.

C'était le temps de la foire ou du marché mensuel lorsque j'y arrivai.

Les chemins fourmillaient de villageois, de muletiers et de marchands. De nombreuses carrioles chargées de melons, de courges, de noix, de barils d'huile d'olive et de vin; d'énormes balles de laine et de coton; de la vaisselle de terre; une multitude de chevaux sauvages récemment domptés mais encore indociles; des troupeaux de chèvres blanches du Cério-Gorde, dont la laine n'est ni moins fine ni moins frisée que celle du lama; des monceaux d'armes de Liége et de Birmingham, autour desquelles les Indiens émerveillés rôdaient continuellement; des perroquets et des pies au plumage écarlate; de riches harnais pour mules et pour chevaux; des selles ornées de bossettes, des valises, des fouets, et une infinité d'autres objets dont l'énumération serait longue, encombraient les rues et rendaient le passage on ne peut plus difficile.

Avant d'entrer dans la ville, je méditais tout bas sur la conduite à tenir pour me soustraire à l'avide curiosité dont se voit fatalement poursuivi tout étranger qui met le pied dans une société nouvelle.

J'aurais pu très-bien m'épargner cette préoccupation, car je ne tardai guère à m'apercevoir que dans cette foule sans cesse renouvelée, pas un ne s'inquiétait du nouvel arrivant.

Mon magnifique cheval attirait, il est vrai, nombre d'exclamations et de compliments, mais pas un seul ne jetait un regard, pas un n'adressait une parole à son propriétaire.

Enfin en approchant de l'hôtellerie, j'aperçus par hasard une troupe de gens dont les physionomies ne me semblaient pas étrangères. En les examinant plus attentivement, je reconnus bientôt à mon extrême surprise les Gambusinos qui m'avaient abandonné pour retourner au sac du village indien.

Ne désirant en aucune façon renouer connaissance, et supposant que le temps au surplus m'avait assez bien déguisé, j'espérais n'être point connu. Ajoutez qu'outre mon travestissement, je portais une longue barbe et une paire de moustaches que le rasoir respectait depuis deux ans.

Tandis que je cherchais à m'ouvrir un passage entre deux haies de tomates et de limons, un des personnages que je reconnus de suite pour Juanito, le cavalier mexicain qui s'était si follement entêté des chevaux indiens, mit soudainement la main sur le garot de mon cheval et me dit en espagnol :

— Ce cheval est à vendre?

— Non, senor, répliquai-je avec un accent mexicain des plus prononcés, le cheval et son maître sont tout à votre service, mais je n'ai pas plus envie de vendre le premier que de pendre le second.

Sans prêter aucune attention à mes paroles, il se mit à palper la poitrine de l'animal, à lui caresser la croupe, à frapper de la main ses cuisses luisantes et charnues, puis reportant les yeux sur les jarrets, il se mit à les examiner attentivement, ensuite faisant deux pas en arrière il s'écria :

— Faites-le un peu courir, s'il vous plaît.

— Mille pardons! senor, je suis venu pour acheter et non pour vendre, je ne veux absolument pas me défaire de mon cheval.

— Pas même quand on vous offrirait cinq cents dollars? dit-il en continuant d'examiner la bête.

— Pas même quand on m'en offrirait mille, répondis-je brusquement; et maintenant veuillez me laisser passer, car mon cheval et moi nous avons besoin de nourriture.

— Il est clair que ce n'est pas un Mexicain, dit à Juanito l'un de ceux qui faisaient partie du groupe.

— Il m'a l'air d'un Texien, murmurait un autre.

— Fût-ce le diable en personne, soyez certain qu'il vendra son cheval à Juanito, dit un troisième en clignant la paupière.

Et en même temps toute la troupe me barra le chemin.

Je m'efforçais de prendre un air naturel de désinvolture et d'assu-

rance, mais malgré tout je n'oserais affirmer que mes appréhensions ne se trahissaient pas sur mon visage.

Cependant je rompis la barrière qu'ils m'opposaient, et en mettant pied à terre au seuil de l'hôtellerie, je fis résonner mes éperons,
ma carabine et mon sabre.

Plus d'un visage curieux accourut au bruit et se laissa voir à la
fenêtre. — Quel charmant cavalier ! — me semblait-il lire dans toutes
ces prunelles dont j'étais le point de mire : et cet imaginaire tribut
d'admiration, pauvre vaniteux que j'étais ! me dédommageait amplement de la rencontre ennuyeuse qui venait de faire épisode dans mon
voyage.

Je recommandai mon cheval expressément au valet d'écurie, puis
je fis mon entrée dans la salle de l'auberge avec le sans-gêne habituel de ma profession supposée, mais en vérité avec une inquiétude
très-bien motivée par le voisinage de Juanito et consorts.

A droite et à gauche d'une longue table qui occupait tout un côté
de cette pièce spacieuse, se tenaient assis sur des escabelles des gens
de toute espèce, complètement absorbés dans des discussions ani-
mées et des conclusions de marché.

Sans la préoccupation que me suscitait la crainte d'être reconnu,
l'étude de leurs costumes variés, de leurs mœurs, de leurs physionomies, m'eût diverti au suprême degré.

Je me glissai sans être remarqué vers le banc qui tenait l'extrémité de la table, et sans autres préliminaires je me mis à savourer
un ragoût délicieux que l'hôtelier venait de me servir.

Mais quels ne furent pas mon embarras et ma surprise lorsque je
vis au bout d'un instant, Juanito escorté d'un inconnu, entrer et se
placer à un banc en face de moi pour ne plus me quitter du
regard !

Je feignis de ne pas apercevoir cette attention dont j'étais l'objet,
et je continuai mon repas, versant par intervalles dans mon verre le
contenu d'un large flacon : mais ce vin dont la pointe me paraissait exquise avait désormais perdu pour moi toute saveur.

Le pressentiment confus de quelque danger suspendu sur ma tête
s'était emparé de toutes mes facultés, et partout où je portais mes
regards, Juanito avec sa casaque de buffle, ses larges bottes, ses
longs éperons et ses énormes pistolets se dressait toujours devant
moi.

Je lisais très-bien dans la mobile expression de son visage qu'il
hésitait entre le doute et la conviction et qu'il se demandait intérieurement s'il m'avait déjà connu. Je voyais clairement ce qui se passait
dans son esprit et je rêvais à mille expédients ; j'inventais mille artifices pour lui donner le change. Après avoir bu je renversais constamment sur le sol ce qui restait au fond de mon verre, et lorsqu'il me

vint en pensée de fumer j'eus soin de rouler entre mes doigts mon *cigarito* à la façon des Mexicains. Outre cela je tirais fréquemment l'extrémité de mes moustaches comme un véritable Hidalgo et je m'étudiais à copier dans leurs moindres détails toutes les habitudes espagnoles.

Toutes ces ruses ne réussirent pas à détourner ses soupçons. Il me sembla qu'il me fixait d'un œil toujours plus attentif et qu'il murmurait en même temps je ne sais quelles remarques à l'oreille de son compagnon. Mon anxiété croissait à mesure, et je compris aussi que ma seule agitation finirait par me trahir. En conséquence je me levai et demandai à l'hôte un appartement.

Le garçon d'hôtel m'introduisit avec une grâce parfaite dans une chambre étroite et sombre, quoique blanchie à la chaux, et qui n'avait d'autres meubles qu'un matelas et deux chaises.

N'importe! j'étais seul enfin; je n'avais plus à craindre les regards de basilic du maudit cavalier. Je me jetai tout habillé sur le lit.

Mais à peine avais-je fermé l'œil que je fus réveillé en sursaut par un coup retentissant et qu'une voix me cria par la serrure :

— Je vous dis, camarade, que j'ai à vous parler.

Je répondis en espagnol que si quelqu'un voulait me parler il eût la complaisance d'attendre que ma sieste fût terminée.

— Vous ferez votre sieste un autre jour, répondit la voix en montant d'un degré, ouvrez vite, sinon j'enfonce la porte!

— Eh bien! Monsieur, dis-je en tournant la clé, feignant la mauvaise humeur pour mieux cacher mes craintes, qu'y a-t-il de si pressant qu'un voyageur ne puisse reposer un moment sans qu'on vienne le troubler comme vous faites?

— Oh! quelle fureur! dit Juanito en entrant et en fermant la porte derrière lui, et qui plus est, entre vieilles connaissances!

— En quel temps et en quels lieux ai-je eu l'honneur de vous rencontrer, senor? demandai-je intrépidement.

— En quel temps, *Conde mio?* il y a près de deux ans. En quels lieux? dans les prairies... sur le placer... et dans l'expédition que vous savez.

Je hochai la tête avec un sourire d'incrédulité.

— Ah! vous faites l'Indien?... très-bien. Laissons donc le passé de côté, et dites-moi, combien voulez-vous de votre cheval?

— Je vous répète que je ne veux pas le vendre.

— Je vous dis que vous le vendrez, et vous me le vendrez à moi, vous comprenez? c'est Juanito qui vous parle.

— Oh! je voudrais bien voir qui me forcerait à faire une chose contre ma volonté, répliquai-je en simulant une tranquillité froide et résolue que j'étais loin de posséder intérieurement.

— Qui vous y forcerait? Ce sont les quelques lignes que vous allez voir, répliqua-t-il en tirant de sa poche et déployant sous mes yeux une grande feuille que je reconnus de suite pour un mandat d'arrêt. Savez-vous lire?

— Je présume, senor.

— Eh bien! lisez.

Troublé par un effroi toujours croissant et ne sachant pas où allait aboutir cette nouvelle manœuvre, je promenai avidement mes regards sur le papier; mais tel était le désordre de mes facultés que je ne lus rien autre chose que les lignes suivantes :

« Promesse de cent dollars à quiconque découvrira...... et de cinquante à quiconque fera découvrir les esclaves, colons et condamnés, fugitifs et contumaces... »

— Qu'ai-je à faire de cette feuille? dis-je en respirant et en la laissant dédaigneusement tomber.

— Vous... rien sans doute; mais un certain Lupo, évadé dernièrement avec armes et bagages de la colonie pénale de la Noria... hem!...

Je restai comme pétrifié.

— Et maintenant qui m'empêche de vous mettre la main au collet pour gagner la prime? continua Juanito encouragé par ma soudaine épouvante. Qui m'empêche de vous lier les mains d'une courroie et de vous jeter en croupe sur un de mes chevaux? Qui oserait donc résister à Juanito le Mexicain à la tête de vingt gredins armés jusqu'aux dents.

— Et d'abord, répondis-je, en revenant peu de mon effroi subit, l'imbécile qui se laisse prendre et lier sur un cheval comme un mouton mérite un pareil traitement; et deuxième raison, tant qu'il lui reste en main une bagatelle comme celle-ci...

Et sans achever je tirai de ma poche un revolver dont j'appuyai le canon sur sa poitrine.

— Là! quel enfant peureux! dit Juanito sans s'émouvoir, transigeons si possible, sans brûler une amorce.

— Je ne demande pas mieux, répondis-je en abaissant mon arme, car j'étais découvert et je ne voyais pas le moyen d'échapper; mais je n'aime pas que l'on me menace.

— Trève donc aux paroles, et venons au fait : j'ai besoin de votre cheval.

— Vous l'aurez, Juanito, dès que je serai parvenu à Guayaquil, où je dois arriver sans retard.

— Je me dirige vers le nord, fit observer brusquement Juanito.

— En ce cas vous pouvez me faire accompagner par un de vos esclaves ou un de vos amis, il vous ramènera le cheval.

— Il vaut mieux me le laisser de suite. Vous avez facile d'en louer un autre.

En présence d'une obstination aussi indiscrète je sentis ma colère se rallumer, et du ton le plus paisible que mon exaspération me permettait :

— Ce n'est pas à celui qui reçoit un présent. lui dis-je, qu'il convient d'imposer les conditions.

— C'est une rançon, ce n'est pas un présent, répondit gravement Juanito.

— Voyons donc si vous oserez l'exiger ! dis-je en éclatant et en ressaisissant mon pistolet.

— Paix donc, salpêtre ! calmez-vous, reprit-il avec son imperturbable sang-froid ; vous devez bien comprendre que vous ne pouvez m'échapper ; faites donc de nécessité vertu. Donnez-moi votre cheval de bonne grâce, je ne vous demande pas le prix, car un tintement argentin que j'ai entendu à l'arçon de votre selle me fait présumer que vous n'avez pas besoin d'argent. Quant à cette autre misère, continua-t-il en se baissant pour ramasser la feuille, votre évasion n'est connue de personne, et si elle venait à s'ébruiter, le premier qui en ouvrirait la bouche c'est à Juanito qu'il aurait à faire.

A des raisons si péremptoires je ne sus que répondre, et préférant ma liberté à tous les chevaux du monde, je baissai la tête devant la nécessité.

— Combien y a-t-il d'ici à Guayaquil ?

— Cent-vingt milles à peu près par la grande route. Il y a bien un chemin de traverse, mais je ne vous conseille pas de le prendre. On y rencontre assez fréquemment certains coquins qui pour un dollar ne se feraient pas scrupule de vous envoyer dans l'autre monde.

Notre conversation prit aussitôt une tournure confidentielle, j'allais dire amicale.

Juanito connaissait au mieux le pays et ses habitants, en quelques mots il me mit au fait de leurs us et coutumes.

— Et maintenant que vous semblerait d'un verre d'*aguaraiente* pour s'humecter la gorge ? dit-il en forme de conclusion. Ensuite nous descendrons dans la cour pour assister au fandango, si la proposition vous agrée.

Les deux propositions m'agréaient de tout point, et pour montrer que je ne gardais pas la plus légère rancune, je fis monter un excellent dîner avec deux flacons du meilleur *amontillado*. De son côté Juanito fit apporter une bouteille d'une *paquaretta* mexicaine délicieuse. Inutile de dire que cet aspect réjouissant acheva de dissiper tous les nuages.

Nous descendîmes ensuite dans la cour pour assister à la fête.

Le spectacle s'offrit à nous des plus pittoresques.

La cour était tapissée sur toutes ses faces d'une treille verte char-gée de grappes vermeilles ; les danseurs se trouvaient réunis au milieu de cette verte ceinture.

Des torches de pins aux lueurs rouges et des lanternes de papier peint éclairaient tout l'espace et faisaient ressortir plus vives les couleurs tranchées de ces mille vêtements.

La nouveauté de la scène, les rires joyeux, la douceur du concert et l'harmonie des chants étaient comme autant d'ingrédients de gaieté, lesquels infusés dans cette petite fiole qu'on nomme le cœur humain formaient un composé délicieux, ravissant, résultat auquel contribuaient encore les fumées de la *paquaretta* et de *l'amontillado*.

La danse en honneur dans le pays, et qui en ce moment là même était la plus animée, c'est le fandango mexicain.

Voici comment la chose se pratique. Une danseuse s'avance au milieu du cercle ; après une série variée de battements, d'évolutions et de pirouettes, la Therpsicore se met en quête du cavalier qu'elle désire pour vis-à-vis ; l'élu peut décliner cet honneur par un geste d'humble refus, ou bien s'il accepte l'invitation, il doit consigner aux mains de sa partenaire un gage, tel que, chapeau, gant, ceinture, qu'il doit racheter ensuite au moyen d'une amende. L'intéressant du jeu consiste précisément dans ces amendes bizarres. Elles sont toujours infligées avec une impitoyable malice, à l'encontre de l'humeur ou des défauts de celui qui la subit. De la sorte un ladre ne manque pas d'être contraint à délier les cordons de sa bourse ; un poltron s'entend commander un acte de courage ; un gourmand reçoit à coup sûr une punition contre son estomac ; on condamne un ivrogne à boire une bouteille d'eau. La scène est des plus réjouissantes.

Nous allâmes donc nous mêler au cercle des spectateurs. Je commençais à goûter un vrai plaisir dans cet amusant spectacle, lorsque tout-à-coup mes yeux rencontrèrent un nouveau personnage qui semblait m'examiner avec une attention inquiétante.

C'était un homme robuste et musculeux, il se tenait au premier rang des spectateurs. Quoique vêtu d'un habit de montagnard, le gland d'or de son chapeau, sa ceinture de soie brodée, ses éperons d'argent massif révélaient sa richesse.

Un foulard de soie cachait son visage dont il laissait cependant deviner la carnation bronzée ; ses yeux, seule partie de son visage qu'on pût apercevoir, étincelaient comme des charbons. A mon indicible surprise je les vis se fixer sur moi tout-à-coup avec une expression manifeste de dédain et de colère.

Je crus me tromper d'abord et je tournai la tête, comme s'il eût dardé l'éclair de son regard sur un autre que moi : mais de tous côtés je rencontrais ces deux flammes brûlantes.

En vain je portai mon attention ailleurs, l'œil insultant et félin du montagnard ne s'écartait pas un seul instant de moi ; il faisait mine de se rapprocher insensiblement.

Cette sourde manœuvre n'échappa point à la clairvoyance de Juanito qui s'approchant de moi me dit à l'oreille :

— Il a l'air de vous connaître, prenez garde, c'est un Ranchero, une querelle avec ces gens-là est toujours une méchante affaire.

— Mais qu'ai-je à démêler avec lui ? demandai-je étonné, nous ne nous sommes jamais rencontrés que je sache.

En ce moment une danseuse vint à ma rencontre, me fit un salut profond et me tendit la main en souriant. Aussitôt détachant ma superbe écharpe de soie rose à fleurs et à franges d'or, je la lui offris pour gage.

— Bravo ! très-bien ! crièrent quelques voix dans un murmure d'universelle approbation,

— La *muchacha* devrait plutôt demander son *capotillo*, fit observer une vieille *duena* en agitant vivement son large éventail.

— Un cavalier aussi riche que paraît celui-ci devrait mettre en gage un collier de perles, dit un autre.

— *Bribon ! l'icaro !* cria le montagnard, vexé sans doute d'entendre mon éloge. Je ne répondis à ces paroles outrageantes que par un geste de mépris.

— Je préférais un cheval avec la selle et les harnais garnis d'argent, murmurait une troisième voix à l'oreille de la jeune fille.

Mais au moment où celle-ci allait répondre je vis le Ranchero tirer son poignard et s'élancer au milieu du cercle ; je n'eus que le temps de reculer et de m'abriter dans la foule : si Juanito ne se fût trouvé là, je recevais le coup en pleine poitrine.

Alors le Ranchero arrachant l'écharpe des mains de la jeune fille, la mit en pièces en la foulant aux pieds.

— *Ah ! maldito !* crièrent simultanément plusieurs voix.

Et en un moment nous fûmes enveloppés par la foule, au milieu d'une clameur confuse.

Plusieurs se montraient indignés de l'insulte faite à un étranger; mais je ne tardai pas à m'apercevoir que le plus grand nombre prenaient parti pour leur concitoyen qu'ils considéraient comme le premier offensé.

Je reconnus, à mon indicible surprise, que mon ami Juanito penchait de ce côté ; il semblait un des plus ardents désapprobateurs de ma conduite.

— Qu'aviez-vous besoin de le braver ? me répétait-il hautement, ne vous avais-je pas prévenu ?

— Oui, oui, criait un français guenilleux et famélique, vous avez tiré la bouteille, il faut payer le vin (1)

Il est probable que si les assistants ne se fussent pas interposés tous ces conseils et commentaires fussent venus trop tard, car à mon tour je m'élançais furieux contre mon rival ; je ne fus retenu que par une force supérieure à mon impétuosité, pendant que Juanito me disait à l'oreille :

— Paix ! Paix ! ne vous emportez pas ! demain il faudra vous battre en duel, et il est imprudent de vous fatiguer le bras en vous démenant comme vous faites.

Cependant le tumulte et la confusion étaient montés à leur comble : les regards farouches dont j'étais le but me laissaient voir clairement que l'opinion publique tournait contre moi.

— Non ! non ! cria tout-à-coup Juanito répondant à une proposition qu'on lui faisait à voix basse ; ce serait une véritable infamie, il faut jouer cartes sur table, l'épée ou le pistolet à votre choix : hors de là je ne veux rien entendre.

Ces paroles furent le signal d'un plus sérieux conflit.

Enfin Juanito appuyé de ses compagnons parvint à me tirer de la bagarre, avec la perspective assez peu réjouissante qu'il me faudrait à l'aube du jour suivant me rencontrer sur le terrain avec le montagnard.

— Vous avez deux bonnes heures de sommeil devant vous, me dit Juanito, en mettant le pied dans ma chambre ; mon avis est que vous n'en perdiez pas une minute.

Je ne m'expliquais point alors et je ne puis encore m'expliquer au moment où j'écris ces lignes, comment la conduite de mon ami Juanito pouvait se concilier avec la bonne foi. Il est certain que personne ne professa jamais pour mon honneur une sollicitude plus chevaleresque et pour ma vie un plus complet mépris.

Mais par cet esprit de contraste et d'opposition si naturel au cœur de l'homme, plus il faisait d'efforts pour me décider à me battre, plus j'inventais d'excuses et de prétextes, pour échapper coûte que coûte à cette fatale rencontre.

Enfin lassé de mes tergiversations, il termina l'entretien en disant :

— Continuez donc votre chemin vers Guayaquil, et si vous préférez la certitude d'un bon coup de poignard au risque d'un coup d'épée, libre à vous, je m'en lave les mains !

(1) Cette phrase avec ses épithètes un peu blessantes pour notre amour propre national est écrite en français dans les mémoires de l'Emigrant.

A. B.

— Que dites-vous ? Et pourquoi un coup de poignard ? demandai-je atterré.

— Ah ! vous croyez qu'un Ranchero se laisse insulter sans tirer une prompte et terrible vengeance ? Non, non, détrompez-vous ; ils agissent d'une autre façon comme vous l'apprendrez bientôt à vos dépens.

— Que faut-il faire ?

— Je vous l'ai dit et vous le répète, il faut sortir l'épée du fourreau ; vous êtes un excellent tireur, m'avez-vous dit ; ces villageois ne connaissent qu'une seule méthode d'attaquer et de parer, je vous l'enseignerai dans une couple d'heures ; je vais encore vous montrer une botte secrète, vous serez touché légèrement à l'épaule gauche, mais vous ne pouvez manquer de l'enferrer.

— Et ensuite ?

— A quoi bon vous inquiéter de l'ensuite ? décampez lestement voilà l'essentiel. Il n'y aura pas de temps à perdre, vous enfourcherez votre cheval et vous galoperez sur la route de Guayaquil. Mais prenez garde de tenir trop longtemps le même chemin, car vous seriez vite rejoint. Vous mettrez pied à terre à une certaine distance, et vous vous enfoncerez dans les montagnes. Vous trouverez le sentier dont je vous ai parlé et qui vous conduira sain et sauf à Guayaquil.

Convaincu par tous ces arguments que Juanito prenait encore soin de corroborer à chaque instant avec cet aphorisme menaçant :

— Songez où vous êtes : le Mexique n'est pas l'Angleterre ! — Mon irrésolution cessa graduellement et je commençai mes dispositions pour le combat du lendemain.

Le temps pressait ; outre la leçon d'escrime, j'avais à faire mon testament !... Le lecteur va sourire à cette idée de testament ; mais le scrupuleux Juanito l'exigeait absolument, m'assurant avec beaucoup d'emphase que cette précaution, en cas d'accident, préviendrait nombre de difficultés.

En conséquence, je léguai au très-digne Juanito, mon cheval avec la selle, le harnais et le porte-manteau, ma carabine, mes pistolets, mon poignard, tous mes biens meubles en un mot, à cette condition qu'en cas d'accident, il porterait lui-même à Guayaquil la lettre de la senora.

Quant à la bourse pendue à l'arçon de ma semelle, Juanito ne voulut pas qu'elle fût mentionnée dans le testament, elle devait, toujours en cas d'accident, fournir aux frais des funérailles.

— Vous ne sauriez vous imaginer combien les enterrements sont dispendieux, dit-il avec une verve et une volubilité assez peu en harmonie avec son funèbre argument : on vous couche dans un grand cercueil rempli de fleurs, on vous met en main deux grosses oranges ou limons ; les faquins qui vous portent s'habillent en anges ou en démons, je ne saurais plus vous dire lequel ; ils se lamentent avec des cris si perçants et des plaintes si déchirantes, que si vous n'étiez mort ils vous feraient sortir de la bière pour ne plus les entendre.

En ce moment je n'avais guère envie de rire en dépit des lazzi du facétieux Juanito sur la supposition de mes obsèques ; je n'en ressentais pas moins cette fascination étrange, irrésistible, qui nous pousse toujours à prolonger un entretien pénible, et je réitérais mille questions à propos du convoi, du cortège, de la sépulture, rappelant à mon exécuteur testamentaire qu'il eût, en bon catholique, à faire prier amplement pour le repos de mon âme.

— De cela ne soyez point en peine, répondit gravement Juanito ; je réciterai moi-même sur votre tombe plusieurs *De profundis*, pour vous tirer de peine au plus vite, comme on dit... Mais aussi vrai que j'existe, j'aperçois là le Ranchero qui s'achemine avec ses amis vers le Melino.

Et du doigt il me montrait un groupe d'une douzaine de personnes qui drapées dans leurs larges manteaux traversaient silencieusement le jardin, foulant les grandes herbes humides.

— Voyez donc quel pas grave, continua mon joyeux compagnon, ne trouvez-vous pas qu'il ressemble au père d'Iphigénie.

— Voilà une idée ! Et pourquoi cela je vous prie ?

— C'est qu'il continue à se voiler la face, répondit mon Juanito, à qui je ne savais pas tant de littérature.

J'ai toujours usé de trop de franchise et de candeur envers vous, charitable lecteur, pour vous cacher la plus légère particularité de mes aventures : ne concevez donc pas de moi mauvaise opinion, si je vous confesse avec ingénuité que la vue de cette procession me serra douloureusement le cœur.

Il y avait je ne sais quel air de fierté menaçante, de froide résolution, dans leur marche régulière, dans l'expression sinistre de leurs visages qui aurait glacé le sang dans les veines du plus courageux.

— Et penser, murmurai-je, que tous ces hommes sont sortis du lit en même temps par cette froide matinée, au risque d'attraper un rhume, une pleurésie, un catarrhe ; et pourquoi ? pour assassiner un pauvre diable qui ne leur a jamais fait le moindre mal !

— Dépêchez-vous, interrompit Juanito il n'y a pas de temps à perdre. Il faut encore prendre un cheval de louage qui aille vous attendre sur la route de Guayaquil, et acheter un fleuret ; votre sabre est trop court de huit pouces.

Et il me prit par le bras pour sortir.

Involontairement je me retournai en regardant mes effets épars dans la chambre comme pour leur dire un dernier adieu.

— Que cherchez-vous? demanda Juanito.

— Absolument rien, répliquai-je; je regardais seulement si j'avais détourné la lettre de la senora. Si j'allais... en cas d'accid... vous comprenez... hein?...

— Oui, oui, soyez sans inquiétude. En tous cas la lettre ne sera pas enterrée avec vous, me répondit-il avec un sourire dont l'expression diabolique me fit frissonner.

Si Juanito était complètement dépourvu de compassion et de sensibilité, par contre il était doué d'une rare promptitude d'action et du bon sens pratique.

Le cheval fut choisi dans la première écurie que nous trouvâmes ouverte et loué comme pour une promenade d'agrément. Je demandai un domestique pour me le tenir tout prêt sur la grande route à une certaine distance.

Nous achetâmes de même une épée dans une boutique d'armurier, et moins de cinq minutes après nous prenions le chemin du Melino, tout disposés à croiser le fer.

— N'oubliez pas ce que je vous ai dit, parez en tierce et la pointe dans les yeux. Le Ranchero a le poignet solide, il tentera d'abord de lier de votre épée pour vous désarmer et vous enferrer en même temps. S'il l'essaie, ne vous amusez pas à tâter le fer, rompez, prenez le contre de quarte et fendez-vous dans la ligne basse.

Malgré toute l'attention que je semblais prêter aux discours de Juanito, le fait est que mes pensées s'égaraient à milles lieues de là. Je m'adressais intérieurement une petite mercuriale dont voici à peu près la teneur :

— Si tu te tires de là, Dick, souviens-toi désormais de rester à distance des fandangos, ou du moins à ne pas rendre d'insultes aux gens qui t'en adressent ou qui semblent te regarder de travers; ensuite défie-toi du Xérès, de la paquaretta, et par-dessus tout des cavaliers de l'espèce de Juanito.

— M'écoutez-vous? me cria impatiemment celui-ci, je vous enseignais la manière de porter une botte...

— Je n'ai pas entendu une syllabe, répondis-je en toute franchise, à quoi bon vos instructions? toutes les leçons du monde ne feront jamais de moi un bon tireur, et beaucoup moins les observations que vous m'adressez tout en marchant. Si le montagnard est plus habile que moi, c'est une affaire finie.

Juanito, plutôt offensé que convaincu par mes remontrances, ne souffla plus mot. Nous continuâmes à marcher en silence.

Arrivés au Melino, toute la bande s'offrit à nos regards, assise sous un berceau.

A leurs gestes aussi bien qu'au fumet d'un délicieux ragoût, on voyait clairement qu'ils étaient en train de déjeuner.

— Les amis font la noce, s'écria Juanito, ne serait-il pas à propos d'imiter leur exemple? voici justement une table. — *Muchacho, pan el vino en la mesa!* cria-t-il en même temps.

J'avais beau jouer l'indifférence, mon cœur n'y voulait rien entendre. La proximité du groupe et en particulier d'un certain gaillard découplé commme un taureau, que j'entrevoyais derrière le feuillage et qui certes ne mangeait pas comme un homme qui croit faire son dernier repas, me coupait l'appétit.

— Vous ne mangez pas, me dit tout-à-coup Juanito, regardez donc votre adversaire.

— Je le vois bien, répondis-je brusquement.

— Regardez comme il joue des mâchoires.

— Je voudrais bien savoir s'il est aussi habile à manier l'épée que la fourchette, dis-je en faisant un effort suprême.

— Tête-bleu! de ce pas je vais le lui demander, cria Juanito en se levant et en arpentant le jardin.

Je n'attendis pas longtemps l'effet de cette parole.

A peine Juanito eût-il ouvert la bouche que toute la bande se leva tumultueusement et que j'entendis pleuvoir un déluge de *maledicion* et de *Caramba!*

— Tu-bleu? quelle tempête! je ne prévoyais pas qu'ils allaient sortir des gonds, dit Juanito qui reparut devant moi; ils sont prêts, venez.

J'obéis et je suivis jusqu'à une espèce de champ-clos dont le terrain foulé en tous sens laissait voir que l'endroit était le théâtre habituel de semblables rencontres.

Nos adversaires entrèrent par une petite porte opposée et jetant bas leurs manteaux, ils les rangèrent sur un banc après les avoir pliés proprement.

L'un d'eux fit quelques pas au-devant de Juanito pour régler les préliminaires, tandis que les autres allumant leurs cigares se mirent à fumer tranquillement, exemple que je crus devoir imiter, ne fût-ce que pour cacher mon trouble.

Pendant que je me tenais assis, faisant semblant d'admirer le pays, et insoucieux en apparence de ce qui se passait derrière moi, j'entendis s'élever au sujet de mon épée une vive altercation. Les compagnons du montagnard la trouvaient trop longue de huit ou neuf pouces au moins Mais Juanito insistait avec chaleur : — J'étais habitué à celle-là, disait-il, je m'en étais servi dans une vingtaine de duels, et tout récemment encore j'en avais refroidi trois adversaires !...

Oh ! comme ces forfanteries de Juanito me faisaient rire sous cape ! Si du moins elles pouvaient inspirer à mon antagoniste un salutaire effroi !...

Mais c'était prêcher à des sourds. Tout-à-coup le Goliath montagnard s'avance au milieu de ses témoins, retrousse tranquillement les manches de sa chemise, et découvre un bras dont les muscles saillaient comme des cordes en faisceaux. Pour me donner un spécimen de son savoir-faire, d'un seul coup d'épée il abat une des plus grosses branches d'un orme voisin.

La branche fut coupée net.

J'étais pétrifié : j'envoyai au diable le fandango, le Xérès et tous les montagnards de l'ancien et du nouveau monde.

— Tout est prêt, mon cher Dick, murmura Juanito en s'appuyant sur mon épaule. Voici l'épée.

Si j'avais suivi ma première impulsion je la lui aurais passée au travers du corps, pour le récompenser de m'avoir mis dans un tel embarras.

Mais désormais je ne pouvais plus en sortir : déjà les témoins s'étaient mis à l'écart me laissant seul en face du montagnard, les traits toujours voilés et dans une attitude menaçante.

Je me souviens que j'avançai d'un pas lent et tranquille vers la place qui m'était assignée et qu'au bout d'un instant nous reçûmes le signal d'engager le combat.

Je vous envoie à cette heure les éclairs de nos fers entrecroisés, j'entends encore le bruit des fourreaux qui furent jetés loin de nous; mais quant aux épisodes et aux incidents de notre rencontre, à l'exception d'un seul je n'en ai gardé qu'un souvenir confus et indistinct. Bottes et ripostes, assauts et retraites, feintes et parades se succédaient avec une rapidité vertigineuse au milieu des applaudissements ou de l'improbation des spectateurs.

Tout-à-coup sans que j'aie pu deviner pourquoi, mon adversaire jette un cri : en parant le demi-cercle il avait détaché le mouchoir qui lui cachait une partie du visage, il rompt de quelques pas, il chancelle, il laisse échapper son épée et tombe lourdement.

Je m'élance plein d'anxiété; mais deux des témoins m'arrêtent en disant :

— Assez, assez, senor !

Je voulus forcer l'obstacle, mais ils me tenaient solidement. J'en vis cependant assez, et jamais je n'oublierai ce spectacle.

Un des montagnards soulevait le bras de son compagnon, mais il le laissa retomber inanimé : deux autres prirent le manteau du mort et le déployèrent sur son cadavre.

12

Qu'on juge de ma stupeur, ce cadavre était celui d'El Jarasch!

— Qu'attendez-vous? me dit tout bas Juanito.

— Mais cet homme... ce malheureux... balbutiai-je.

— Bah! dit Juanito, ce n'était pas un homme, pas même un ranchero... c'était un nègre. Venez donc! Vous n'avez pas envie d'assister à l'enterrement, peut-être!...

— Est-ce que?...

Il me fut impossible d'achever la phrase.

— Naturellement et pareille sort vous attend si vous n'avez soin de vous sauver au plus vite.

Je me souviens qu'il y eut une contestation. Je refusais de partir et Juanito voulait à tout prix me voir prendre immédiatement la fuite.

Enfin le Mexicain eut le dessus; et lorsqu'il me vit en selle :

— Adieu, Dick, me cria-t-il, je garde Arabelle comme souvenir. Tu te rappelleras que nous sommes de vieux amis, je me nomme Pierce Doggins. C'est une vengeance du tour que m'a joué ton oncle Cornélius!

Mais je ne l'entendais plus : je galopais sur la route de Guayaquil aussi désireux de mon salut qu'il m'avait été d'abord indifférent. Je m'en aperçus à l'embarras et au malaise que j'éprouvais à rencontrer les voyageurs sur mon chemin. La crainte de me voir rejoint ou même poursuivi réveillait en moi l'instinct de ma propre conservation.

Un poteau rouge qui se dressait à l'entrée d'un étroit sentier m'indiqua finalement le chemin de traverse tant désiré.

Aussitôt mettant pied à terre j'abandonnai la bride sur le cou de mon cheval, et m'enfonçai précipitamment par la route des montagnes.

Je ne connais aucune substition plus désagréable que d'abandonner la *selle* pour le *sol* (1), que d'échanger l'enivrant plaisir de dévorer l'espace au galop contre l'ennuyeuse et prosaïque lenteur d'un voyage à pied.

Il est vrai que même dans le premier cas,

> Le souci monte en croupe et galope avec vous.

Mais l'agitation d'une course impétueuse vous en distrait au moins par intervalle, tandis que dans le second cas, le souci vous coudoie, s'asseyant lorsque vous vous arrêtez, et répandant l'amertume jusque dans la source sur laquelle vous vous penchez pour boire.

---

(1) *Io non conosco alcuna scesa più disgraddevole di quella dalla* sella *alle* suola.

                                                      A. B.

Je fis halte pour prendre un léger repas, à la porte d'une cabane solitaire au-dessus de laquelle se balançait un bouchon : et je renouvelai mes provisions de pain et de vin, en apprenant que je ne devais plus rencontrer d'autre *posadas* avant d'arriver à la cabane d'un vieux gambusino, laquelle était située à peu près à mi-chemin de Guayaquil.

Cela fait je me remis en marche.

La nature en ces lieux était inculte et sauvage sans être grandiose. La sécheresse et la stérilité du sol dans une région généralement si riche et si fertile avait éloigné les pionniers et les colons ; je ne rencontrais d'autres vestiges du passage de l'homme qu'un petit nombre de cabanes éparses, où les pâtres en gardant leurs troupeaux venaient chercher un asile pendant les nuits d'été.

La solitude désolée de ces montagnes incultes n'était propre qu'à redoubler la tristesse de mes réflexions, déjà si tristes. L'homicide que j'avais commis quoique involontairement me déchirait le cœur comme la morsure d'un vampire.

Toutes les subtilités que je mettais en avant, le soin de ma propre défense, ma vie menacée, mon honneur outragé, la nécessité et mille autres sophismes ne parvenaient point à étouffer la voix de ma conscience qui m'accusait d'avoir ôté la vie à une créature de Dieu.

Le soleil était sur son déclin.

Je suivais toujours las et anxieux le sentier de la montagne sans rencontrer le moindre vestige d'habitation humaine.

Si l'événement que je vais raconter n'est pas en lui-même de grande importance, les changements qu'il amena furent si étranges et si imprévus, que je demande à mes gracieux lecteurs la permission de lui consacrer dans son entier le chapitre suivant.

CHAPITRE XIII.

La découverte.

J'avais déjà fait douze heures de chemin sans avoir encore découver la cabane du vieux gambusino dans laquelle j'avais dessein de demander l'hospitalité pour la nuit.

Ma longue habitude des prairies me donnait l'assurance que je n'étais point égaré, et cependant si quelque lampe eût été allumée à plusieurs milles alentour, de cette hauteur, il était impossible de n'en pas entrevoir la clarté.

Quoique mes pauvres jambes fussent lassées au point de ne pouvoir plus me conduire ni même me porter, il fallait toujours pousser en avant.

J'allai donc à la garde de Dieu et je parvins à l'entrée d'une étroite vallée, au fond de laquelle, m'avait-on dit, devait être située la cabane tant désirée.

Cependant la nuit était venue, mais la certitude que chaque pas me rapprochait du terme, me rendait de la vigueur et ranimait le reste de mes forces.

Tout-à-coup je crus entendre dans le lointain un chien qui poussait des hurlements plaintifs. Je m'arrêtai pour prêter l'oreille, puis faisant encore quelques pas, je me mis à siffler et à appeler à haute voix, mais inutilement.

Ce bruit insolite recommença peu après, perçant et prolongé. Je pouvais maintenant distinguer non pas les aboiements, mais la douloureuse lamentation d'un animal en peine.

Il arrive assez souvent dans ces gorges sauvages que les chiens des bergers sont assaillis par les loups durant la nuit. C'était là sans doute ce qui arrivait en ce moment; aussi jetant un rapide regard sur le canon de ma carabine, je hâtai le pas dans cette direction.

Le gémissement se rapprochait de plus en plus; je me mis à courir de toutes mes forces. Tout-à-coup je sentis la langue tiède d'un chien qui me léchait la main; le pauvre animal bondissait et remuait la queue en signe d'affectueux accueil.

Je me baissai pour le toucher et le caresser, mais la pauvre créature fit entendre un nouveau gémissement si déchirant, si plaintif, que toutes mes autres préoccupations s'évanouirent.

Il me précédait, se retournant à chaque instant comme pour voir si je le suivais et continuant à soupirer tristement.

Nous n'avions pas fait cent pas qu'il s'arrêta tout-à-coup redoublant ses longs hurlements.

Je reconnus à travers les ténèbres que nous étions arrivés sur le seuil d'une cabane. Je battis le briquet et j'allumai ma petite torche de résine.

La cabane contenait divers ustensiles et meubles de peu de valeur, mais j'avais à peine promené mes regards dans l'intérieur, que le chien passant devant moi mit les pattes sur le bord d'un matelas étendu par terre, poussant en même temps une plainte douloureuse qui ressemblait au gémissement d'une voix humaine.

J'approchai et je vis un vieillard, la poitrine couverte des flots d'une longue barbe blanche, dans l'attitude d'un homme qui dort profondément. Je le touchai, il était froid; je lui mis une main sur le cœur, il ne battait plus ; je voulus voir s'il r spirait, pas le moindre souffle, il était mort.

La pauvre bête accompagnait avec un intérêt plein d'anxiétés les diverses épreuves que je faisais sur le cadavre pour saisir un dernier fil de vie. Mais lorsqu'elle vit le bras de son maître que j'avais légèrement soulevé retomber pesamment sur le lit, sa douleur ne connut plus de bornes, elle se mit à geindre avec un accent plus désolé.

En vérité la scène était des plus tristes et des plus émouvantes.

Le pauvre vieux mineur, car ses vêtements et les instruments de son métier épars autour de lui le faisaient reconnaître pour tel, oublié de tout le monde, excepté d'un chien son dernier ami, gisait avec toute l'apparente tranquillité du sommeil.

Une écuelle d'eau était à ses côtés, et sur le lit un petit crucifix de bois tombé probablement de ses mains dans les spasmes de l'agonie.

Tout attestait la plus extrême indigence. Ses ustensiles grossiers et en petit nombre paraissaient fabriqués de sa main. Une courge sèche lui tenait lieu de lampe, son unique fauteuil était un tronc d'arbre dégrossi et taillé à coup de hache.

Mais ce qui attira davantage mon attention, ce fut une infinité de feuilles imprimées, coupées dans les colonnes de vieux journaux et collées tout autour de lui sur les parois de la cabane.

Toutes sans exception ne contenaient autre que des descriptions exagérées et invraisemblables de placers nouvellement découverts, d'abondantes mines d'or, situées les unes dans les plaines nébuleuses de l'Ukraine, les autres dans les forêts profondes du Mexique, d'autres encore au centre de l'Afrique ou sur les côtes lointaines de l'Océan Pacifique. Fabuleux eldorados, espérances de richesses infinies, pommes d'or insaisissables aux lèvres altérées de tant de pauvres Tantales ! Malheur à ceux qui se plaisent à tracer toutes ces peintures décevantes et mensongères et à répandre ces semences funestes dans de simples et crédules natures ! Quelles passions effrénées, insatiables, ils éveillent ! Combien ils préparent de fatigues, de tribulation, de désillusions terribles et irréparables !

Ces descriptions étaient sans doute la pâture quotidienne dont le vieux gambusino avait alimenté ses espérances, pendant de longues, longues années de privations et d'ennuis. C'était l'huile qui remplissait encore la lampe quand déjà le lumignon était consumé jusqu'au dernier fil.

Je me le figurais, l'infortuné, assis le soir au coin de son foyer, caressant toujours ses illusions chéries que tant de fatigues inutiles, tant d'années d'efforts infructueux n'avaient pu chasser de son esprit.

Avec quel intérêt, avec quelle anxiété ne devait-il pas suivre en imagination ses compagnons errants à la recherche de l'or dans les plus lointaines contrées du globe ! comme il devait se réjouir de leurs découvertes et s'attrister de leurs insuccès !

Ces fragments collés aux murs de son ermitage étaient les seuls liens qui le rattachaient au monde, les seuls souvenirs qui lui parlaient de ses semblables.

Au milieu de ces pensées, j'allai m'asseoir dans un coin de la cabane avec l'intention et le désir de faire un bon somme ; mais la présence de ce mort et les lugubres images qui me passaient dans l'esprit me laissèrent à peine fermer l'œil.

Dès que je vis poindre les lueurs de l'aube je sortis pour respirer la fraîcheur du matin ; et quelle ne fut point ma surprise de reconnaître dans le site qui m'environnait les vestiges d'un magnifique placer !

Les cabanes écroulées des mineurs, les massifs fourneaux de la fonderie, les larges tamis pour cribler la poudre d'or, les longs canaux et les troncs d'arbres creusés pour le lavage, gisaient épars à l'entour.

Du nombre de ces instruments il était facile de conclure l'étendue et l'importance du placer, et par leur complète dégradation, de constater que depuis longtemps il avait été abandonné par tous, excepté par celui qui après avoir fatigué tant d'années, était allé reposer éternellement.

Une petite croix ornée de tous les symboles de la Passion du Sauveur, — les tenailles, le marteau, les clous, l'éponge, la couronne d'épines, — témoignaient que la piété n'avait pas craint de dresser son autel auprès de l'autel de Mammon.

Je résolus de déposer au pied de l'humble croix, comme dans une sépulture chrétienne, les ossements du vieillard.

Je ne pouvais me délivrer de cette pensée qu'une puissance inconnue, supérieure au hasard, m'avait conduit en ce lieu pour rendre les derniers devoirs à la dépouille mortelle du pauvre abandonné.

Après avoir pris un peu de nourriture, en compagnie du chien, je me mis à fabriquer un cercueil du mieux qu'il me fut possible.

Les planches se trouvaient sous ma main en grande quantité et les outils du mort étaient plus que suffisants pour cette facile besogne.

Mais j'eus beau me hâter, le cercueil ne fut terminé que bien avant dans la nuit, de sorte que je me vis contraint d'attendre le jour pour procéder à l'ensevelissement.

Lassé par ce surcroît de travail je dormis parfaitement, et lorsque je m'éveillai déjà les rayons du soleil filtraient par les jointures de la cabane.

Je me levai sur-le-champ et je plaçai le cadavre dans sa dernière demeure. Cela fait je m'assis à ses côtés. En contemplant ces traits immobiles et roidis je ne pouvais m'empêcher de songer que je n'étais ni moins seul ni moins abandonné dans ce monde que ce malheureux ne l'avait été avant moi. Si la fortune l'avait amené pour finir ses jours dans la solitude de cette région désolée, il n'était ni plus infortuné, ni plus isolé que moi-même qui n'avais ni famille ni demeure.

N'était-il pas étrange que la destinée m'eût choisi pour lui rendre les derniers devoirs ? Non, non, ce ne pouvait être là purement un caprice du hasard; plus je considérais la chose, plus je m'affermissais dans cette conviction; et maintenant encore, après avoir vieilli, cette persuasion n'a fait que se fortifier par le temps.

Je saisis la bêche et le pic et je sortis pour creuser la fosse, toujours suivi du chien fidèle, qui me semblait deviner ce que j'allais faire.

La terre était dure et pierreuse, de sorte que j'avançais assez lentement dans mon travail. Mais je rencontrai bientôt une couche molle et argileuse à laquelle succéda presque de suite un lit de pierres solidement maçonnées ; on eût dit un pavé fait de main-d'homme. Après les avoir ébranlées avec le pic, je découvris un second lit de pierres parfaitement semblable au premier.

Si c'est là l'œuvre de la nature, pensé-je, c'est la chose la plus étrange qui se soit jamais vue.

Je redoublai d'efforts pour triompher de ce dernier obstacle, et je trouvai une autre couche de sable dans laquelle le pic entrait sans peine.

Lassé par ces efforts répétés et prodigieusement agité par une espérance confuse et indécise, je laissai le pic enfoncé comme il était, et me laissant aller à terre je tombai dans une méditation profonde.

Le chien ne tarda pas à m'en tirer en me léchant les mains et en me regardant avec un certain air suppliant comme pour me reprocher mon inaction.

Après quelque repos je me levai et me remis courageusement à l'œuvre.

La fosse avait cinq pieds de profondeur ; il n'y avait besoin que de l'élargir un peu ; cela fut fait en moins d'une heure.

L'ouvrage touchait maintenant à son terme lorsque le pic rencontra tout-à-coup un autre obstacle.

C'était une pierre énorme et très-dure, incrustée dans la terre plus solidement qu'elle ne le semblait à première vue.

Il me fallut la fendre et la briser par morceaux.

En enlevant les débris mes mains rencontrèrent je ne sais quoi de mol et de flexible.

A en juger par le contact cet objet ressemblait à la fourrure épaisse et velue d'un animal.

Je m'empressai de débarrasser la fosse et je découvris avec un indicible étonnement une peau de buffle enduite d'une espèce de poix en usage chez les Indiens pour garantir de la putréfaction.

J'ouvris mon couteau sur-le-champ et je fis une ouverture dans cette peau ; je rencontrai une seconde enveloppe de peau de daim.

La pointe du couteau ouvrit encore celle-ci, et en élargissant la fente l'éclat de l'or vint tout-à-coup frapper mes regards.

Je ne saurais décrire mon émotion et mes tressaillements de joie. J'enfonçais les mains au milieu de ces lingots de métal brillant : plusieurs d'entre eux surpassaient la grosseur du poing.

J'ôtai mon chapeau pour le remplir ; je déployai mon mouchoir, en un moment il fut plein. J'entassai l'or dans mes poches à pleines mains, une minute après elles en étaient gonflées ; mais le trésor paraissait inépuisable.

Je me levai, je courus à la cabane prendre le sac dans lequel le vieux gambusino gardait ses châtaignes. O ciel ! quelle anxiété ! quelle terreur ! si j'étais épié, surpris, découvert !...

En quelques instants, avec l'empressement de la peur, j'eus rempli le sac, non pas d'or seulement, mais de nombreuses bourses de cuir renfermant des diamants et des pierreries, telles que topazes, émeraudes, opales, saphirs et rubis, entre lesquelles s'en trouvaient plusieurs de la plus belle eau et d'une merveilleuse grosseur.

De ces bourses j'en comptai jusqu'à huit, toutes étiquetées de certaines lettres énigmatiques dont la signification m'était inconnue, le soin d'en déchiffrer le sens était, à dire vrai, le cadet de mes soucis.

Ces immenses richesses étincelaient sur l'herbe aux vives clartés du soleil ; j'étais assis au milieu stupéfait, ébloui comme Aladin au milieu des trésors de sa caverne.

Je me hâtai d'ouvrir ces bourses l'une après l'autre, et il se trouva que l'une d'elles était pleine de papiers dans lesquels je reconnus bientôt des billets accusant réception de sommes énormes déposées à diverses reprises dans les mains de don Xaffiro, Hijaros, banquier à Guayaquil, par *Ménélas Crick!*

Il n'y avait plus de doute, c'était la cabane du vieux Sanchez mentionnée dans le fragment que j'avais ramassé dans la nuit mémorable d'Anticosti. C'étaient les trésors enfouis, pour le secret desquels le noir Bosman avait bravé les verges, les tenailles rougies au feu, les plaques embrasées, les longs et cruels tourments de la paralysie.

Sa pensée revolait vers ces trésors quand il passait la main sur la terre, pendant son rêve, comme pour effacer toutes les traces de sa cachette.

C'est alors que l'image de Jarasch vint s'offrir à mes regards, Jarasch, le fils de Bosman, Jarasch dont j'avais failli devenir la victime, qui avait attenté deux fois à mes jours. Son père l'avait chargé sans doute, — comme il l'avait raconté, — d'une mission qui souriait à sa haine, Bosman l'avait envoyé pour me tuer parce que j'avais ravi le secret de son trésor! Et voilà que la haine de Jarasch avait été trompée et que les projets de Bosman avaient été déjoués!

Mais cette pensée faisait rapidement place à d'autres. Le trésor! le trésor était sous mes yeux, quel profit allais-je en tirer? La sueur tombait de mon front à grosses gouttes; mon cœur sautait avec violence, les artères de mes tempes battaient à se rompre, tandis que je discutais intérieurement cette question vitale : — Dois-je porter la main sur ce trésor?

J'hésitais : une considération fit pencher la balance : — Dick, me disais-je intérieurement, si la Providence t'a conduit si miraculeusement en face de ces immenses richesses, c'est d'abord pour te récompenser de l'œuvre de miséricorde que tu accomplissais, et puis pour que tu en consacres une partie convenable à des œuvres saintes.

Rassuré par ce motif qui purifiait mon intention, je ne me fis plus aucun scrupule d'empocher cet or et ces pierreries que le caprice de la fortune avait jetés devant moi d'une manière si merveilleuse.

Sans m'en apercevoir le jour s'était écoulé dans ces tergiversations, et il était assez tard lorsque je me ressouvins du pauvre gambusino vers la fosse duquel je me tenais assis en faisant ces réflexions.

— Pauvre homme! m'écriai-je en me levant enfin et en descendant la boîte dans laquelle je l'avais enseveli, qui jamais t'eût dit qu'un millionnaire serait ton fossoyeur!!!

Et en proférant ces mots, — je le confesse en rougissant, — je m'enorgueillissais de moi-même, de moi qui, devenu subitement possesseur d'une richesse prodigieuse, ne dédaignais pas de m'abaisser à rendre les derniers devoirs à ce pauvre diable.

Mais le chien ne semblait pas admirer beaucoup ma sublime condescendance : couché à terre et entièrement absorbé dans sa douleur, il poussait de longs et lugubres hurlements à chaque pelletée de terre qui tombait dans la fosse.

— Allons ! console-toi, lui dis-je en le caressant, je te mettrai au col un beau collier d'or avec une boucle de véritables émeraudes.

Oh ! comme le riche recourt naturellement à sa richesse ! Il lui semble qu'elle soit l'unique et infaillible remède pour toutes les douleurs physiques et morales ! Combien il lui est difficile, pour ne pas dire impossible, de croire que l'or ne soit pas une panacée universelle !

Le chien, pauvre bête ! n'était pas plus touché de mes paroles consolatrices que du changement survenu dans ma condition, changement pour lequel il se montrait parfaitement indifférent et insoucieux.

— Comme il agirait différemment, me disais-je tout bas, s'il était un homme ! quel respect subit il aurait pour ma personne, quelle crainte de m'offenser, de me contredire ! comme il serait fier d'une caresse, d'un regard, d'un sourire ! Il est évident que le chien est un animal très-inférieur à l'homme, son flair n'est pas assez subtil pour discerner le riche d'avec le pauvre.

Ces réflexions me traversaient l'esprit tandis que je comblais la fosse. Après quoi je recueillis le précieux dépôt et le transportai à plusieurs reprises dans la cabane.

Cependant je sentais l'aiguillon de la faim et je n'avais rien pour l'apaiser que les reliefs de mon déjeuner du matin, assez maigre, chère pour un homme qui, en un lieu plus convenable, aurait pu faire un repas somptueux dans des plats d'or et d'argent !

Mais quoique millionnaire [j]'étais affamé comme un gueux et je mangeais de fort bon appétit ; après avoir donné une joyeuse accolade au flacon, je m'assis au bord d'une petite source qui sortait d'un rocher, pour méditer sur l'avenir.

Mon plan était simple.

Arrivé à Guayaquil, j'allais me procurer de suite un nombreux domestique, un équipage princier et mener un train de grand seigneur.

Je prévoyais naturellement tous les hommages dont je deviendrais l'objet, mais je pressentais en même temps les questions qui me seraient adressées sur ma naissance et ma condition. Je me rassurai en pensant que la fécondité de mon imagination et ma langue d'ordinaire assez bien déliée me tireraient d'embarras ; bien persuadé d'ailleurs que sur champ d'or, n'importe quels émaux font toujours un blason magnifique.

Je songeai enfin aux préparatifs du départ, et voyant qu'il m'était impossible d'emporter tout mon trésor à Guayaquil, j'enfouis le sac plein d'or et les sachets de pierreries, emportant seulement la bourse contenant les reçus et quelques-unes des plus grosses émeraudes.

Je ne me séparais de mes richesses que pour un instant, et cependant j'éprouvais un serrement de cœur et une indicible anxiété. J'étais assiégé de mille frayeurs ; plusieurs fois je revins sur mes pas pour examiner soigneusement s'il ne restait aucun indice qui pût faire découvrir mon trésor. L'examen était rassurant, et finalement je me mis en chemin d'un pas allègre et joyeux.

Il me semble que la route traversait des contrées riantes et fertiles ; j'ai dit, — il me semble, — car j'avoue franchement que je ne m'en aperçus pas !

Le fleuve dont je côtoyais les bords me paraissait de l'argent en fusion ; je prenais pour des lingots les fruits qui pendaient aux arbres ; pour des diamants et de magnifiques opales, les gouttes de rosées qui tremblaient à la pointe des herbes.

A chaque instant je tirais mes émeraudes et je les contemplais avec les tressaillements de joie et l'extase d'un enfant devant ses joujoux.

Enfin je me trouvai sur la grande route, et s'il fallait en croire l'indication d'une borne milliaire, seulement à *tres leguas* de Guayaquil.

Moyennant quelques sous je trouvai place sur la voiture d'un paysan, et je voyageai d'une façon très-commode, non sans rire intérieurement de l'humble véhicule qui portait César et sa fortune.

Le paysan était un vieux maraîcher qui s'en allait à Guayaquil, suivant son habitude, vendre ses fruits, ses concombres, ses melons, et ses citrouilles, et qui connaissait parfaitement les principaux habitants de la ville.

C'était une excellente occasion pour m'informer des personnes avec qui j'aurais à faire.

J'appris en effet de ce paysan que don Xaffiro Hijaros était mort depuis quelques années, mais que son gendre don Manuel Lavradio continuait les affaires, et qu'il passait pour le plus riche banquier de Guayaquil.

On ne savait au juste d'où venait ce Manuel Lavradio : on le disait d'origine espagnole, mais le fait est qu'il devait être immensément riche, sans quoi le vieux Xaffiro ne lui eût pas accordé sa fille en mariage. On ajoutait que du reste Manuel en épousant la fille unique du banquier, avait fait une excellente affaire. La fortune du beau-père avait été amassée, il est vrai, par des moyens occultes et des opérations qui ne désiraient pas trop la lumière ; mais c'était le moindre souci de Manuel.

De grandes sommes, assurait-on, avaient été déposées dans les mains de don Xaffiro Hijaros, par des noirs et des Indiens employés aux travaux des mines, mais plusieurs d'entre eux disparus subitement n'étaient jamais venus les réclamer.

Le paysan ajouta quelques faits à l'appui de ses paroles : tout cela me donnait à réfléchir, mais je croyais y voir l'exagération habituelle des langues indiscrètes. Je connaissais assez le monde pour savoir que la malveillance et la critique ne pardonnent jamais le succès.

Quant à Don Esteban Olarez, le maraîcher m'apprit que c'était un personnage de haute considération allié à de grandes familles, et qu'il vivait retiré dans une de ses terres à une lieue environ de Guayaquil.

Je m'en allais donc réfléchissant sur les belles destinées auxquelles je pouvais maintenant aspirer, et sur la conduite que j'allais tenir pour éblouir Guayaquil de l'éclat de mon opulence.

J'étais absorbé dans ces rêves dorés lorsque nous arrivâmes aux portes de Guayaquil. Un gabelou sortit d'une petite cabine de bois, et s'approchant de la charrette demanda si je n'avais rien à déclarer.

Un pauvre voyageur avec son bissac, répondis-je, peut sans doute passer librement.

— *Vaya con Dios!* ajouta distraitement l'employé de l'octroi, et j'entrai dans la ville.

La petite plaine dans laquelle s'étale Guayaquil, offre une situation plus agréable que la gorge étroite où se resserre Chihuahua, cependant je préfère cette dernière ville.

Guayaquil est construite d'une façon très-irrégulière, selon le plan capricieux tracé par l'exploration plus ou moins heureuse des mines avoisinantes. A l'entour de magnifiques palais on voit groupées des masures sales et disgracieuses ; des bicoques sont adossées à des temples somptueux. De rues, à proprement parler, il n'en existe aucune, chacun ayant choisi, suivant sa fantaisie, l'emplacement sur lequel il voulait construire ; et comme la ville s'est fondée dans un temps de trouble et de révolution, il n'est pas une maison un peu apparente qui ne présente l'aspect d'une forteresse. D'énormes barreaux de fer garnissent les fenêtres du rez-de-chaussée, et les portes munies de clous épais et de ferrements solides sont encore assurées par de massives serrures. Des fossés larges et profonds forment une enceinte à beaucoup de palais, et çà et là un vieux canon rouillé laisse apparaître sous les touffes d'herbes sa gueule noircies, plutôt comme un défi que comme une menace.

Après avoir parcouru la ville et visité ses églises, mon appétit excité depuis quelque temps déjà, finit par me conduire à l'auberge du *Mono*.

Avant tout je commandai un bon dîner, puis je fis appeler l'hôte.

C'était un petit homme court et replet, dont le nez pointu et légèrement recourbé indiquait des instincts rapaces : — Dick, mon ami, si ce n'est pas un juif de Fernambouc ou d'ailleurs, me disais-je tout bas, tu ne te connais plus en physionomies.

Celle de l'aubergiste me frappait tout particulièrement ; à n'en pas douter j'avais déjà rencontré le personnage ; je ne tardai guère à me rappeler son nom. Mais que l'on juge de ma surprise, je retrouvais là mon hôte du Brazos, le juif était un Irlandais du nom de Matthieu Doggins.

Cette rencontre me fit d'abord faire la grimace, mais j'acquis bientôt la conviction que l'hôtelier ne me reconnaissait pas, et comme d'ailleurs je jouais devant lui mon rôle de millionnaire, j'eusse déliné mon nom, que l'aubergiste n'en aurait cru ni ses yeux ni ses oreilles.

Cependant j'étais arrivé en si mince équipage, que, comme on va le voir, j'eus tout d'abord de la peine à le convaincre.

— A ce que j'apprends, lui dis-je d'un air tout-à-fait imposant, à ce que j'apprends, *senor maestro*, mes laquais et mes équipages ne sont pas encore arrivés ; ce retard commence à m'inquiéter. Pourriez-vous me dire si quelque muletier n'a pas rencontré deux carrosses attelés de quatre mules, sur la route de Chihuahua ?

— Précisément, je viens de m'en informer, répondit l'Irlandais avec un sourire malicieux et presque impertinent, on ne voit pas encore paraître la suite de son Excellence.

— Quel contre-temps ! m'écriai-je avec un geste d'impatience, voilà ce que me vaut cette maudite habitude de courir tout seul par les montagnes. Et maintenant me voici sans habillements, sans bagages, sans serviteurs, en un mot, sans toutes ces choses indispensables à une personne de ma condition.

— *Senor viajador*, reprit l'Irlandais, en hochant la tête d'un air d'incrédulité, je suis trop vieux pour ajouter foi à de pareilles gasconnades. Le voyageur qui entre à pied dans une auberge, qui porte des souliers usés et des habits déchirés, m'a l'air de battre la plaine, quand il rêve tout haut de sa suite et de son équipage.

— Fils d'Abraham ! dis-je lentement et en le transperçant de mon regard, fais bien attention à tes paroles. J'ai la tête pleine de fantaisies que certaines gens mal appris appellent des extravagances, mais une fantaisie qui ne m'est jamais venue, c'est d'endurer la moindre impertinence de la part d'un inférieur. Cet avertissement je vous le donne pour votre gouverne, car il est assez probable que certaines affaires à traiter avec le banquier don Manuel Lavradio-Hijaros me retiendront ici quelques jours, et je désire que vous profitiez de la leçon.

L'aubergiste m'écoutait la bouche ouverte et comme un homme stupéfié. J'avoue que son étonnement n'était pas sans motif. Comme il me l'avait fait lui-même très-sensément observer, mon costume assez délabré contrastait singulièrement avec mes airs de prince.

— Je comprends très-bien votre embarras, continuai-je, et je vous pardonne votre méprise. Mais venons au fait. J'ai plusieurs visites à faire dans la ville; mes gens, à ce qu'il paraît, n'arriveront pas avant deux jours; et moi, je ne puis pas absolument différer ces visites. Pourriez-vous me trouver un équipage convenable à ma condition? quelque chose de simple naturellement. Un carrosse à quatre chevaux, des andaloux, si possibles; deux *cazadores* ou valets de pieds, je n'aime pas faire de fracas; la livrée tout ordinaire, vous comprenez...

— J'ai ce qui vous convient, senor. Le carrosse de l'ex-gouverneur de Guayaquil se trouve justement en vente. Le digne homme n'a jamais mis le pied dedans, il vient de mourir subitement. Le carrosse et six magnifiques chevaux, non pas de l'Andalousie, il est vrai, mais des plus beaux de la Havane, — sont à la disposition de votre magnificence.

— Et le prix? demandai-je sans faire semblant de remarquer le sourire ironique et insolent qui se dessinait sur ses lèvres.

— Trois mille dollars, senor, ce n'est que la moitié de leur valeur.

Une bagatelle, répliquai-je négligemment, pourvu que le carrosse me convienne.

— Votre Excellence peut descendre dans la remise pour l'examiner.

Je suivis l'aubergiste.

Après avoir traversé la cour nous entrâmes dans une remise, où j'aperçus au milieu d'un véritable hôpital de calèches à demi rompues, de berlines hors d'usage, de cabriolets en désarroi, j'aperçus, dis-je, un charmant et nouveau briska, évidemment imité de quelque modèle parisien ou anglais. Il était d'une assez belle couleur chocolat et semblait avoir été fraîchement verni; l'intérieur était tapissé d'une tenture de soie bleu-pâle.

On devait peindre les armes de l'ex-gouverneur sur les panneaux; heureusement il était parti à temps pour son dernier voyage, de sorte que le briska gardait tout-à-fait l'apparence d'une voiture particulière.

L'Irlandais me fit voir ensuite l'attelage; c'étaient des bêtes magnifiques, elles avaient plus de cinq pieds de haut. Les harnais n'étaient pas moins splendides.

— Si votre Excellence ne croit pas cet équipage indigne de sa personne, me dit l'hôte avec un rire sardonique, elle peut faire un bon marché, je vous assure. Tout cela me coûte à moi plus de quinze cents piastres.

— Je le prends, dis-je d'un ton sec, et les laquais?

— Le cocher et plusieurs des domestiques sont ici aux ordres de son Excellence ; mais je la préviens qu'ils n'ont pas de livrée.

— Faites venir le premier tailleur de la ville, et s'il se trouve quelque orfèvre aux environs, qu'on le prie de passer chez moi.

— Je fais moi-même quelques affaires en fait de bijouterie, Excellence, me fit observer l'Irlandais d'un air devenu subitement humble et obséquieux.

— Venez donc, lui dis-je; car j'ai l'habitude d'emporter avec moi une provision de diamants pour m'éviter l'embarras de l'argent.

Entrant alors dans ma chambre, je revins au bout d'un instant avec un superbe rubis au doigt et un magnifique solitaire devant la poitrine.

Les yeux du juif brillèrent soudainement d'un éclat qui le cédait à peine à celui des pierreries.

— Votre Excellence voudrait-elle s'en défaire? demanda-t-il d'une voix tremblante d'émotion.

— Oui, répliquai-je d'un air indifférent, de ceux-ci et de plusieurs autres que je veux convertir en espèces. Combien estimez-vous cette bague?

— Cinq cents piastres, Excellence, si réellement elle est aussi pure qu'elle le paraît.

— A ce compte, mon ami, j'aime mieux acheter que vendre. Ce bijou me coûte six mille piastres! C'est un présent du sultan Al-Adgid-Meerum-al-Roon à la princesse Mathilde.

— Six... mille... piastres !... répéta lentement le juif sans s'occuper des augustes noms que j'avais prononcés.

— Il est possible que je l'aie payé trop cher, dis-je en souriant, le prince de Syracuse me disait aussi que j'en avais donné plus que la valeur. Mais voici un diamant beaucoup plus précieux et qui ne me coûte que le double du rubis.

En même temps je tirai de ma poche une émeraude jadis enchâssée au pommeau d'un poignard.

— Ah ! Dios! s'exclama le juif en la mettant à la lumière, sans cette paille ce serait un vrai miracle !

— Sans cette paille, mon ami, elle serait encore où elle est restée plus de huit cents ans dans le chaton du milieu de la couronne de Hongrie — dans la Schatz-Kammer de Presbourg. L'empereur Joseph la fit incruster dans son poignard, puis il en fit don à Calion d'Auersberg, qui me l'a cédée au prix de dix mille piastres.

— Et quel en serait maintenant le prix? demanda timidement l'Irlandais.

— Dix mille piastres pour un ami, répliquai-je tranquillement, pour un autre pas à moins de douze mille.

— Ah! Excellence, vous ne trouverez pas une pareille somme dans toute la ville. Il vous faut aller à Madrid ou à Grenade.

— Je le pense, répondis-je froidement; c'est pourquoi je me contenterai de déposer pour quelque temps ce bijou chez mon banquier. La vendre ici à perte serait un inutile sacrifice.

— Et cependant, Excellence, j'en ferais volontiers l'acquisition... reprit mon hôte ébloui par la splendeur de l'émeraude dont il ne pouvait détacher les yeux. Si cinq mille cinq cents piastres...

— J'ai dit dix mille pour un ami, mon honnête israélite !

— Je ne suis qu'un pauvre homme, Excellence... un pauvre homme de marchand... content du gain le plus modique... sept mille piastres... que vous en semble?... Je vendrai jusqu'à mes chevaux pour réaliser cette somme énorme...

— J'ai dit douze mille et pas un doublon de moins, *senor Judio* ; mais dix mille pour un ami, soit, je vous la laisse pour le prix.

— Ah! si votre Altesse se contentait de huit !... Huit mille piastres en belles espèces sonnantes!...

Et les larmes coulaient de ses yeux en abondance.

— J'accorde, dis-je enfin, mais à une condition, si jamais vous ouvrez la bouche pour parler du marché que je fais avec vous, sachez qu'il n'est pire châtiment que je ne travaille à vous infliger. Fallût-il sacrifier toute ma fortune, je me vengerai, soyez-en certain. Je n'ai pas voulu vendre cette émeraude au primat de Séville, il ne me pardonnerait jamais s'il venait à apprendre ce trafic.

Le juif prit à témoin tous les patriarches de son serment de discrétion : et bien que chacun de nous comprît parfaitement que l'autre mentait, nous parûmes cependant satisfaits d'une certaine façon de cet échange réciproque de mensonges.

Nous ressemblions assez bien à deux larrons qui ne peuvent retirer la main de la poche l'un de l'autre, quoiqu'ils sachent bien que toutes les deux sont vides.

Quelle que fût l'opinion de l'aubergiste sur la source de mes prodigieuses richesses, il réfléchit prudemment qu'il y avait plus de profit à donner aveuglément la main à mes projets, qu'à essayer d'ébruiter mon secret. Il jugeait en cela comme eût fait Salomon.

J'achetai donc le carrosse de l'ex-gouverneur, je pris tous ses laquais à mon service, et après avoir commandé pour eux une livrée — d'un beau drap de couleur vert-sombre à parements et à broderies d'or, — je demandai au tailleur un costume de gala dont la magnificence répondît aux titres d'*Excellence* et d'*Altesse* que me prodiguaient toutes les personnes qui m'approchaient.

Ce fut au milieu de ces occupations que s'écoula toute la matinée;

il était assez tard dans l'après-midi lorsque j'eus fantaisie de faire un tour de promenade dans le jardin attenant à l'auberge.

Délicieuse promenade! Le soyeux et léger bruissement de ma robe-de-chambre, le moelleux frôlement de mes babouches de velours sur l'herbe du gazon me caressaient agréablement les oreilles. Les oiseaux semblaient eux-mêmes gazouiller un harmonieux péan, en signe de félicitation sur mon bonheur inespéré, les fleurs exhalaient leurs senteurs les plus douces; je m'extasiais devant toute la création et en particulier devant cette petite portion d'elle-même qu'on appelait Richard Murphy!

Rien de plus dissemblable au monde qu'un homme riche et un homme pauvre! Non-seulement toutes leurs pensées, sentiments et affections prennent une direction diamétralement opposée, mais leurs opinions elles-mêmes sont tout à fait différentes; habitués qu'ils sont de présenter au monde un perpétuel contraste, ils finissent par ressentir eux-mêmes les impressions qu'ils produisent sur les autres. Les singularités, les folies, les travers du riche sont pris pour modèle et règlent les caprices de la mode, tandis qu'on toise avec dédain l'originalité du pauvre et qu'on la réprouve comme un véritable vice.

— Oh! glorieux, tout-puissant métal, — m'écriai-je en m'arrêtant tout-à-coup, — qui aplanis miraculeusement les routes les plus scabreuses de la vie, qui assaisonnes et amollis la viande la plus insipide et la plus coriace, qui fais plier et courber jusqu'à terre les êtes humaines les plus rebelles et les plus orgueilleuses; quel mépris, quelle insolence eussé-je rencontrés dans cette pauvre hôtellerie si j'avais été seulement ce que semblaient annoncer au premier aspect mes vêtements et mon extérieur!... Et maintenant que ne pourrais-je pas exiger? Quelle demande, quel désir puis-je former, qu'on ne s'empresse aussitôt à l'accomplir?

— Le dîner de son Excellence est servi, dit l'hôte en ôtant son chapeau et en s'inclinant profondément.

A coup sûr la cuisine de l'auberge du *Mono* n'était pas des plus délicates; si l'on me servait le même festin, mon cœur se soulèverait sans doute, aujourd'hui que mon palais est blasé par les raffinements de la bonne chère, et cependant ce jour-là je le fis disparaître de fort bon appétit.

Le fumet délicieux et provoquant qui s'exhalait de certains plats ne serait plus pour moi qu'une odeur nauséabonde d'ail et de viande brûlée devant laquelle se révolterait mon estomac; une goutte du vin que je savourais alors si voluptueusement suffirait aujourd'hui pour m'agacer les dents.

Toutefois j'eus beau trouver la chère exquise, et un vrai manger de roi, je me gardai bien de laisser rien paraître; à chaque service

13

au contraire je trouvais quelque chose à dire, je critiquais les chefs-d'œuvre culinaires de mon hôte comme un gastronome consommé.

Je comprenais l'importance que la richesse donnait à ma personne en voyant s'empresser autour de moi toute une armée de serviteurs, dont pas un seul n'eût osé redresser en ma présence son épine dorsale.

Les viandes elles-mêmes semblaient exhaler sous mes narines l'encens d'un respectueux hommage ; la brise qui caressait les fleurs des orangers semblait ne s'imprégner de leurs senteurs embeaumées que pour m'en apporter le parfum : la nature entière en un mot paraissait devenue ma tributaire.

Et penser que l'objet de cette universelle adulation était le pauvre Richard Murphy, le neveu du déporté, le gamin des rues de Dublin, le mousse du yacht, le *lepero* de Bexar, le chien de la Noria... Quelle transformation soudaine ! quelle métamorphose inespérée !

Je me mis à réfléchir sérieusement sur la ligne de conduite à tenir dans ce changement imprévu de condition, pour ne pas révéler trop manifestement ce que les Français eussent appelé *mes antécédents*.

Quant à mon présent, — que l'on me pardonne ce jeu de mots, — il ne me causait aucun embarras.

J'avais fait souvent une remarque : la richesse d'un homme vulgaire n'est jamais aussi vulgaire, aussi odieuse, aussi absurde que lorsque cet homme, recherchant les jouissances du luxe, n'a pour les apprécier qu'une seule règle, le prix qu'elles coûtent.

Le parvenu qui vous fait visiter sa galerie de chefs-d'œuvre vous entretiendra des sommes énormes qu'il les a payés plutôt que de leur mérite intrinsèque et de leur valeur artistique. S'il parcourt les dédales capricieux de son jardin anglais, l'argent qu'il a jeté dans cette ruineuse fantaisie, c'est là toute la poésie qu'il y trouve et tout l'agrément qu'elle lui procure.

Aussi quelle stupide apathie, quel regard bête, quel sans-gêne grossier jusqu'au sein de la société la mieux choisie, le font distinguer au milieu de ces sociétés d'élite dans lesquelles on estime mille fois plus que l'ignoble métal monnayé, l'or précieux de l'esprit !

Sur ce point, dans une certaine limite, je n'avais pas beaucoup à craindre. La nature qui m'avait déshérité d'un grand nombre de ses dons, s'était montrée sous d'autres rapports à mon égard assez libérale de ses faveurs. Et la première de toutes, c'est qu'elle m'avait fait Irlandais !

Ma fantaisie n'en errait pas moins au milieu de tous les plaisirs qu'on peut se procurer avec de l'or, — palais superbes, équipages magnifiques, livrée splendide, somptueux banquets, fêtes, concerts, divertissements et spectacles ; — pour être tempérant et frugal, l'Irlandais n'en est pas moins un homme !

Il faut dire aussi que j'avais décacheté déjà trois bouteilles d'excellent champagne, lesquelles étaient vidées jusqu'à la dernière goutte : et les fumées de ces libations réitérées avaient allumé tant soit peu mon imagination enthousiaste.

Je me représentais au milieu d'un vaste salon couvert de dorures, décoré de tapisseries splendides, illuminé de l'éclat éblouissant des lustres, et rempli d'une société choisie.

A chaque instant il me semblait que les serviteurs ouvrant la porte à deux battants prononçaient le nom de quelque grand personnage, illustre par son rang ou par sa naissance.

— Votre Altesse royale daignera-t-elle ?... dis-je en me levant et en saluant humblement un vieux fauteuil râpé.

— Oserai-je offrir un siége à votre Éminence ?... continuai-je en me tournant vers un sofa de damas rouge fané que je prenais pour un cardinal.

— Votre Excellence est la bienvenue... ajoutai-je en m'adressant à une cruche vide.

C'est ainsi que je transformais la vaisselle qui chargeait la table et les meubles qui garnissaient l'appartement en autant de personnes de distinction. Il n'est pas jusqu'à la lampe dont la lueur agonisait, que je ne prisse pour un grand ambassadeur !

De cela j'infère que je me croyais sans doute en Orient, occupé très-probablement à déguster un sorbet avec le Sultan ou à fumer un *chibouk* avec le Kham de Tammerkabund ; car lorsque je revins à moi, j'avais la tête appuyée sur la table et je venais de faire un somme délicieux.

— Votre Excellence désire-t-elle visiter sa chambre ? demanda l'hôte qui parut sur le seuil, tenant en main un chandelier d'argent.

Je fis signe que oui, et me levant de table à moitié endormi, j'emboîtai mon pas sur le sien.

CHAPITRE XIV.

Don Sanchez y San-Felipe.

Que n'achète-t-on pas en ce monde avec de l'or? Il est une chose pourtant dont l'or ne peut faire emplette, — c'est un bon sommeil.

En vain j'étais couché maintenant dans un lit magnifique, orné d'un baldaquin somptueux; en vain ma tête reposait sur un moelleux oreiller de plumes; en vain mes pieds étaient chaudement couverts d'un édredon de soie brodée et garni de dentelles : pendant toute la nuit je ne fis que rêver combats, luttes et batailles.

Quelquefois mon adversaire était un Indien, quelquefois un nègre ou un métis, tantôt un jaguar, tantôt un serpent à sonnettes. Mais homme ou bête, quel que fût celui avec lequel je croyais en venir aux mains, avec l'or j'en avais toujours raison.

Il semblait que mon esprit ne pût s'occuper d'autre chose.

L'or était ma pensée dominante, et par une sorte d'expiation je devais apprendre à connaître les sollicitudes incessantes, les craintes inquiètes, les anxiétés cuisantes que la passion de l'or seule produit.

Je ne m'en éveillai pas moins dès la pointe du jour, et les premiers rayons du soleil filtrant par les lames des persiennes de mon appartement me ramenèrent devant la splendide réalité et me firent souvenir des devoirs imposés par la hauteur de ma position.

Mon premier soin fut de vérifier et de mettre en sûreté de la manière la plus expéditive une bonne partie de mes richesses.

Pour ce faire : j'ordonnai d'atteler les chevaux à mon carrosse et je m'apprêtai à rendre visite au banquier don Manuel Lavradio-Hijaros.

Chemin faisant je ruminais mille expédients sur la façon de m'introduire près du banquier.

Je n'étais plus qu'à quelques pas de son habitation et je n'avais pas encore trouvé une réponse satisfaisante à donner aux demandes qui pourraient m'être faites : — Qui j'étais? d'où je venais? — comment les billets formidables dont j'étais porteur étaient tombés entre mes mains?

— Les circonstances m'inspireront et me tireront d'embarras, dis-je en me frottant les mains.

En ce moment j'entrais dans la cour.

Le fracas de mon attelage, le bruit des roues, le claquement du fouet attirèrent toutes les têtes aux fenêtres du vieux palais, et deux laquais s'empressant d'ouvrir les portières m'aidèrent à descendre de carrosse.

— Son Excellence le comte Richard Murphy! cria-t-on dans l'obscurité des corridors, tandis qu'un vieux serviteur en livrée, mais dont tous les habits montraient la corde, me précédait vers le cabinet de don Manuel.

Après quelques minutes d'attente au milieu d'une anti-chambre vaste mais sans ornements, un homme entre deux âges vint à ma rencontre avec force inclinations, saluts et courbettes, demandant à quel heureux événement il devait l'honneur de ma visite.

— Je suis le représentant, senor Manuel, répondis-je sans me déconcerter, de la grande maison Murphy et Cⁱᵒ, dont vous aurez sans doute entendu parler. Nos vaisseaux sillonnent les mers du pôle, nous avons dés comptoirs sur tous les points du globe, nos entreprises embrassent les deux hémisphères.

— Que le ciel continue à la faire prospérer! dit le cérémonieux banquier en s'inclinant.

Jusqu'ici le succès a couronné toutes nos opérations : étant le plus jeune de la société, je n'ai pas à me plaindre de notre bonheur!

Je souris et tirant une superbe tabatiere d'or, enrichie de diamants, j'offris au banquier une prise de pur macouba, puis la posai négligemment sur la table.

Après une pause d'un instant je me mis à lui expliquer comment dans le cercle prodigieusement étendu de nos transactions commerciales, il nous était venu entre les mains un certain nombre de lettres, billets et reçus sur lesquels nous n'avions pas hésité une seconde à avancer des sommes considérables, attendu que tous étaient revêtus de la respectable signature de la banque Hijaros de Guayaquil.

— Tous ces billets, ajoutai-je, eussent été mis depuis longtemps en circulation, n'eût été le désir de mes co-associés de se mettre en rapport indirect avec votre maison. Nous les avons donc gardés jusqu'au jour où s'est offerte une occasion favorable de faire connaissance avec vous personnellement. Cette occasion tant désirée nous l'avons enfin trouvée par notre récente acquisition des grandes mines d'or d'Arguarèche, au prix de six millions de piastres; vous l'aurez lu probablement dans le *Faro de la Habanna*.

Il fit un humble signe de dénégation, et je continuai à lui expliquer comment l'entreprise des mines ayant besoin d'auxiliaires et de coopérateurs, nous désirions cimenter une étroite union avec la grande maison Lavradio-Hijaros qui possédait le meilleur crédit à la bourse de Londre et de Liverpool.

— Vous parliez tout-à-l'heure de reçus et d'attestations de dépôts, senor ; puis-je vous demander de quelle nature sont ces dépôts?

— Veuillez en prendre connaissance, don Manuel, répondis-je, en ouvrant un magnifique portefeuille et lui présentant un reçu de douze mille piastres argent et de quatre petits sacs contenant plus de deux cents quatre vingt livres de poudre d'or, déposés depuis plus de cinquante ans entre les mains de don Xaffiro Hijaros, par Ménélas Crick, des mines de Hajaros, près Guayaquil.

Le banquier fut saisi d'un tremblement soudain, une pâleur de mort se répandit sur ses joues déjà couleur d'olive ; puis me rendant le reçu il dit froidement :

— Ce papier n'a aucune valeur, senor, je pense que votre maison n'y a pas prêté confiance.

— Mille pardons, *senor banquiero*, nous avons versé toute la somme jusqu'au dernier sou, d'après le conseil de personnes respectables et compétentes.

Nos batteries étaient démasquées, c'est maintenant qu'allait se livrer le combat.

Il est inutile d'ennuyer le lecteur par le récit de toutes les inventions, tous les expédients que je mis en œuvre pour acculer le banquier.

Je reconnus bientôt que j'avais affaire à forte partie ; le banquier était un homme plein de ressources ; à chacun de mes stratagèmes il savait en opposer un plus ingénieux : en vain j'avais invoqué le péril d'un procès avec une maison aussi solidement établie qu'était la nôtre ; en vain j'avais parlé du général Sant'Anna, dont le nom était cependant assez redouté dans le Mexique, rien n'avait pris, je commençais à désespérer de la victoire, lorsque je ne sais comment le nom de sir Edmond Neville se rencontra dans ma bouche.

A ces mots vous auriez vu le banquier jaunir comme le parchemin qui couvrait sa table : son émotion ne put m'échapper, soudain toute une révélation se déroula sous mes regards.

Mais tout ce que j'entrevoyais était encore enveloppé dans le nuage du doute et de l'indécision.

Pour éclaircir mes soupçons j'eus recours à un nouveau subterfuge.

— Don Manuel, dis-je en me levant, puisque la maison Lavradio refuse de faire honneur à sa signature, je crois devoir vous dire que je sais maintenant sous quel nom s'est caché le banquier irlandais James Worritt, et que j'ai l'intention d'en donner avis à sir Edmond Neville.

Je scandais toutes mes syllabes et j'étudiais attentivement sur le visage du banquier l'effet qu'elles allaient produire.

Il surpassa toute mon attente.

Don Manuel fut atterré : ces quelques mots étaient un coup de foudre.

— Voilà qui est heureux! pensai-je ; encore une dernière botte, — la flèche du Parthe, — maintenant *la victoire est à nous.*

— Il est donc inutile, don Manuel, continuai-je, de prolonger un entretien qui ne me semble pas devoir aboutir ; je vais prendre congé, et puisqu'à mon extrême regret nous n'avons pu nous entendre amicalement, vous recevrez de mes nouvelles par le moyen de sir Edmond Neville.

— Ne précipitez rien, senor, reprit don Manuel humblement, ne pouvez-vous m'accorder un peu de temps pour peser cette affaire, ces choses-là ne se décident pas en quelques minutes ; il peut exister d'autres billets, d'autres obligations...

— Vous avez raison, senor ; il existe précisément d'autres billets comme vous dites et de plus importants. J'en ai plusieurs en portefeuille ; le plus grand nombre repose encore dans notre caisse ; mais nous les produirons en temps opportun, je vous le promets.

— Et à quelle somme peuvent-ils monter, senor? demanda le banquier qui s'efforçait, mais inutilement, de cacher sa frayeur et son embarras.

— A six cent mille piastres environ, sans compter les indemnités si l'on fait une enquête. Vous me comprenez, senor...

Cette dernière menace fut le coup de grâce. Le pauvre homme fit semblant de remuer quelques papiers pour se cacher le visage.

— Voyons, senor Manuel, repris-je avec un certain air de respectueuse compassion, je n'abuserai pas de mes avantages. Tous ces reçus et ces billets vous seront restitués contre paiement des sommes qu'ils contiennent. Nous ne traitons pas en ce moment la question des intérêts composés, vous savez qu'ils quadrupleraient la somme, c'est-à-dire en style commercial, 1 : 16 :: 600,000 : x; mais si vous agissez honorablement à notre égard, vous n'aurez point à vous repentir ; je n'ai pas besoin d'ajouter que *l'intervention de sir Edmond* devenant parfaitement inutile, il n'aura rien à voir dans nos affaires.

Enfin j'étais maître du champ de bataille.

Lorsque je pris définitivement congé, mon portefeuille était gonflé de traites sur Fernambouc, Mexico, Santa-Cruz et la Havane, de lettres de crédit, de billets de banque et autres valeurs, le tout pouvant s'élever à quatre cent mille piastres. Il fut convenu que le reste demeurerait quelque temps aux mains de don Manuel. J'aurais pu croire ma fortune en sûreté près de lui, maintenant que, grâce au terrible secret que j'avais découvert, je le tenais à ma discrétion,

— mais son habileté autant que son improbité m'étaient trop bien connues pour me fier à lui malgré cela. Au moment où j'aurais cru le saisir, il m'eût glissé dans les mains comme un poisson; j'étais donc bien décidé à remettre mes titres au banquier don Estevan Olarez pour lequel j'avais une lettre de la senora, et de le charger lui-même de retirer des mains de don Manuel une fortune à laquelle je pouvais prétendre, en évitant toutefois autant que possible de brusquer le dénouement.

La Providence, me disais-je tout bas, semble te confier l'exécution de la vengeance de sir Edmond.

Avant de le quitter j'offris à don Manuel en souvenir mon épingle de diamant; mais je crois qu'il n'avait besoin de rien pour se souvenir de moi ; sa caisse devait suffire à lui rappeler ma mémoire à chaque moment et durant tout le temps de sa vie.

Nous nous séparâmes enfin en nous serrant la main comme deux amis de vingt ans.

— J'espère que vous nous resterez quelques jours, dit-il en m'accompagnant jusqu'à la portière de mon carrosse.

— Je veux faire une promenade aux *placeros*, répliquai-je ; à mon retour je pourrai bien m'arrêter un peu, si le temps et mes occupations me le permettent.

Sur cela nous prîmes congé.

Mon premier soin après cela fut d'aller rendre visite à don Estevan Olarez.

Le jour choisi pour cette expédition était riant et propice. La route bordée de vignes luxuriantes fourmillait de villageois et de paysans en habits de fête qui suivaient tous la même direction comme des amis qui vont à un commun rendez-vous.

J'en demandai la cause et j'appris que l'on célébrait la fête de Notre-Dame des Douleurs dont le sanctuaire se trouvait sur les terres de don Estevan.

Je me ressouvins du temps où j'avais dessein d'aller en pèlerinage à ce même sanctuaire. Combien j'étais loin alors de prévoir que je ferais ce chemin dans un carrosse à six chevaux et avec deux courriers !

En moins d'une heure nous arrivâmes en vue de la villa de don Estevan assise au penchant d'une colline ombreuse. Une suite de délicieux jardins en terrasse descendaient en s'échelonnant jusqu'aux bords d'un lac qui s'étendait au fond du vallon, et où venait se réfléchir comme dans un miroir le charmant paysage étalé sur les flancs du coteau.

Ses rives bordées de palmiers et de mimosas fleuris étaient peuplées d'une joyeuse foule de promeneurs, tandis que le son langoureux de la harpe et de la mandoline en interrompait doucement la profonde quiétude.

C'était en vérité un étrange et curieux spectacle.

En même temps que ces lieux s'animaient par le bruit et la gaieté des divertissements, une longue procession de prêtres avec les ornements de fête et les encensoirs fumants s'avançait à pas lents au travers de la foule, et la psalmodie grave et solennelle contrastait profondément avec les éclats de rire, les cris des enfants et le bruit des instruments.

J'arrive juste à temps, pensai-je. Et voyant que le carrosse ne pouvait s'ouvrir un passage dans cette foule toujours croissante, je descendis et continuai la route à pied précédé seulement de deux laquais qui me faisaient faire place.

Il fallait voir comme ils contenaient et repoussaient, appuyés de mes *cazadores*, les flots du peuple envahissants, comme si me serrer de trop près eût été un manque de respect et une profanation.

Parfois ils brandissaient leurs cannes à pommes d'or qu'ils laissaient tomber sur la tête des voisins, dont l'empressement ou l'indiscrète curiosité dépassait les limites du respect dû à ma personne.

Lorsque enfin, nous atteignîmes la porte de la villa, ils crièrent mon nom d'un ton de voix si solennel et avec une accentuation si majestueuse, que je me trouvai d'abord, je le confesse, assez embarrassé.

Mais je ne tardai pas à reprendre toute mon assurance à la vue d'une table dressée sous une tente de soie bleu-de-ciel et autour de laquelle se rangeait une joyeuse compagnie, dont les riches vêtements, l'or et les pierreries disaient clairement la haute condition.

L'amphytrion assis sur un siége un peu plus élevé ne m'eût pas plutôt aperçu debout sur le seuil, qu'il s'empressa de venir à ma rencontre, et avec une politesse et une urbanité, telles qu'on les rencontre seulement en Espagne, m'assura qu'il était heureux et fier de l'honneur de ma visite; que tout l'éclat et le brillant de cette fête n'était rien en comparaison de la splendeur qui rayonnait autour de mon auguste personne; que dès ce moment sa famille et tous ses biens étaient à ma disposition; et qu'il souhaitait ardemment une nombreuse postérité pour me renouveler les mêmes offres de services et les mêmes hommages durant toutes les générations.

Tandis que ce galant homme m'inondait d'un déluge de salamalecs débités avec toute la pompe de l'exagération castillane, et que je me laissais complimenter avec la condescendance polie d'un prince, qui subit, en passant dans un village, les révérences et les discours de réception du maire de l'endroit; j'aperçus du coin de l'œil un personnage, dont la mine refrognée semblait contredire les cérémonieuses protestations de mon hôte, en même temps que son sourire moqueur exprimait clairement une profonde incrédulité de ma grandeur supposée.

Mais il n'avait pas besoin de faire la moue pour s'enlaidir : il était de petite taille, gros et court, ses épaules étaient surmontées d'une tête beaucoup trop grosse. Représentez-vous une masse sphérique assez informe parsemée de taches violettes, et semblable à un globe terrestre dont la bouche figurerait l'équateur.

Les tentatives qu'il faisait pour embellir sa personne obtenaient un résultat tout différent. Il portait une grande perruque dont les longues boucles descendaient en cascade jusque sur ses épaules ; ses énormes moustaches terminées en spirale ressemblaient aux cornes d'un bouc. Son visage était sillonné de petite vérole, ce fut la marque distinctive qui me le fit reconnaître.

Quelles paroles pourraient peindre ma stupéfaction? J'avais sous les yeux Salezar, le gouverneur de la Noria.

Je parvins cependant à dominer mon trouble.

— Le comte Richard Murphy! disait don Esteban, ce nom ne m'est pas inconnu. Votre Altesse est sans doute un grand d'Espagne?

— De première classe ! répondis-je en toussant légèrement.

Le maudit gouverneur ne me quittait pas des yeux.

— Ce n'est pas la première fois que nous nous rencontrons, *senor Conde*, dit-il en appuyant avec intention sur les dernières syllabes.

Je me tournai vers don Esteban.

— Don Lopez y Cuesto y Geloso, dit-il en me présentant le gouverneur.

Je m'inclinai cérémonieusement.

— Ah ! vous faites semblant de ne pas me connaître ; mais moi je sais votre nom, vous vous nommez Lupo, et vous n'êtes pas plus comte que vos laquais.

— Votre ami n'est pas en veine de politesse, dis-je à don Esteban.

— De la politesse envers un condamné en rupture de ban ? continua l'ex-gouverneur.

— La politesse est bonne envers tout le monde, même envers ceux qui ont le malheur de porter un nom que vous déshonorez, senor Ralph Murphy.

Ces paroles furent un coup de massue.

Mais au moment où don Esteban allait intervenir, Salezar releva ja tête comme un cheval piqué par l'éperon, et s'approchant de mon oreille :

— J'aurai ta vie si tu remets à don Esteban la lettre de la senora !

Ces paroles furent dites d'un air de froide menace qui me donna le frisson.

Je ne sais si ce fut le mouvement du gouverneur, ou son impolitesse, ou la crainte d'une querelle ; quoi qu'il en soit, la femme de don Esteban s'évanouit.

Suivit une scène de confusion et de terreur qui mit toute la fête en révolution. Chacun criait au secours et jetait de l'eau à la tête de son voisin. Le petit nombre de ceux qui gardaient encore quelque présence d'esprit s'empressaient de remplir leurs verres et surtout de les vider. Bref, la dame finit par reprendre connaissance et fut reconduite à son appartement. En attendant, don Lopez y Cuesta y Geloso s'était prudemment esquivé, mais lorsque je fouillai dans ma poche la lettre de lady Neville avait disparu.

La cause de l'ordre ayant fini par triompher, comme disent les rédacteurs de journaux, don Esteban me prit à part ; et je dus l'initier à plusieurs événements connus du lecteur, pour lui donner l'explication de la scène étrange dont j'avais été l'occasion.

Je composai tout un roman où j'entremêlais avec une habileté parfaite la fiction et la vérité, le mensonge et l'histoire ; enfin je racontai la disparition de la lettre de la senora et comment je soupçonnais don Lopez y Cuesta y Geloso de n'y être pas étranger.

J'en avais dit assez pour édifier don Esteban sur le compte de l'ex-gouverneur.

— J'ai maintenant deux choses à faire, dit-il quand j'eus terminé, poursuivre don Lopez et avertir Neville.

Je n'appris pas alors sans surprise que don Esteban était l'oncle de Lidia.

— Permettez, senor, répondis-je, je me charge de la première besogne.

— Je ne le souffrirai pas, répliqua-t-il, d'ailleurs il vous serait difficile de réussir maintenant que le personnage se défiera de vous, laissez-moi découpler sur ses traces deux limiers de la police, avant trois jours nous l'aurons entre nos mains.

Je me rendis, vaincu par ces raisons et par d'autres encore. Don Esteban voulut me donner à tout prix l'hospitalité.

J'attendis trois jours ; comme il me l'avait promis il faisait d'actives recherches. Mais le matin du quatrième jour je le vis paraître, le front découragé ; on venait de lui apprendre qu'un homme se faisant appeler don Lopez y Cuesta y Geloso s'était embarqué pour l'Europe, tout espoir était perdu.

L'ennui que m'apporta ce fâcheux contre-temps me fit apprendre par mon expérience que les riches s'impatientent mille fois plus que les pauvres, et cela au moindre déplaisir, à la plus légère contrariété.

J'étais né, j'avais grandi, le lecteur le sait bien, dans les plus rudes épreuves, rien au monde n'eût dû pouvoir troubler ma joie après ce revirement de fortune miraculeux et inespéré ; et voilà qu'il suffit d'un simple désir contrarié, d'une espérance déçue, pour me faire oublier que je possède la plénitude de tout ce que l'homme peut ambitionner ici-bas, pour me rendre maussade, triste et mécontent.

Don Esteban voulut me garder encore plusieurs jours dans sa villa.

C'eût été pour moi un soulagement et une jouissance si j'avais eu le courage d'être sincère vis-à-vis de don Esteban, et de lui raconter en toute franchise la véritable histoire de ma vie. Je me sentais mal à l'aise près de lui, parce que dès le commencement je lui avais donné le change.

Le fabuleux tissu d'aventures dont j'avais moi-même ourdi la trame ressemblait beaucoup à une toile d'araignée qui se déchire au moindre mouvement, à la plus légère secousse ; tout mon temps était employé pour ainsi dire à recoudre et à rapiécer la frêle enveloppe qui couvrait ma nudité. Pope avait bien raison : celui qui dit un mensonge ne sait pas le travail qu'il entreprend, car il lui faut en inventer mille autres pour soutenir le premier.

Mille fois le jour je me levai résolu de déposer le masque et de dévoiler mon secret, mais un sentiment insurmontable de fausse honte m'arrêtait, et à celui-là s'en joignait un second qui achevait de faire envoler ma bonne résolution.

Ma prétendue noblesse, l'illustration supposée de mon origine étaient devenues par l'usage une sorte de nécessité pour moi, je ne pouvais m'en dépouiller. J'avais si bien joué mon rôle en face de la société que je ne pouvais me résoudre à quitter tout-à-coup la scène pour reprendre l'humble rang de ma condition primitive.

Pour me distraire je fis quelques promenades dans les sites délicieux des alentours, et un beau matin je retournai secrètement à la cabane du vieux gambusino pour recueillir le reste du trésor.

Il était bien plus considérable que je ne l'avais cru ; plusieurs des diamants me semblaient d'une grosseur et d'une beauté bien supérieures à ce que j'avais imaginé d'abord.

Feignant d'avoir abandonné le dessein d'explorer les mines du Mexique, j'annonçai que j'avais résolu de retourner en Europe, et je priai don Esteban de vouloir bien m'indiquer à quelles mains je pourrais confier sûrement le dépôt de mes capitaux ; — lui-même n'avait pas voulu en accepter d'autres que les traites sur le banquier don Manuel Lavradio dont mon portefeuille alors renfermait la ruine. — Il me nomma une des plus riches maisons de la Havane pour laquelle il me donna des lettres de recommandation. Enfin nous prîmes congé.

Ce ne fut pas sans une vive émotion que je lui serrai la main pour la dernière fois. Il m'avait accueilli et fêté avec une affection si cordiale! Jusqu'au jour présent, j'ai toujours gardé le souvenir de ses sages conseils comme un trésor précieux à l'égal de tous ceux que je rapportais du Nouveau-Monde.

J'arrivai sain et sauf à la Havane, voyageant toujours avec un luxe princier, escorté de quatre carabiniers à cheval qui avaient juré par le nom de *San Magalano* de manger tout vifs les bandits qui oseraient se montrer.

Je fus traité par les banquiers à qui don Esteban m'avait recommandé, avec toute la politesse et toutes les attentions prodiguées seulement aux plus riches correspondants. Mais je n'acceptai qu'une seule invitation à dîner pour faire connaissance avec les personnes les plus recommandables de la ville, et deux ou trois fois une place dans leur loge au théâtre.

J'assistais un soir à la représentation, lorsque j'aperçus dans la loge du gouverneur une figure qui me causa un tressaillement de surprise.

Je montrai le personnage au banquier.

— Don Sanchez y San-Felipe y Mansanova, envoyé extraordinaire de la cour de Madrid.

Je n'eus rien à répondre; mais à la sortie du théâtre j'abordai un colonel, un ami de trois jours :

— Connaissez-vous la personne qui vient de monter avec le gouverneur dans le même carrosse?

— Don Sanchez y San-Felippe, un toison-d'Or, un Grand d'Espagne et je ne sais quoi encore.

J'étais ébahi, car je n'en pouvais douter, c'était l'ex-gouverneur de La Noria, le prétendu don Lopez!

J'appris le lendemain qu'un pyroscaphe français devait dans dix jours mettre à voile pour Malaga, et que don Sanchez prendrait passage sur le bâtiment.

Enfin la fortune allait donc me permettre de le rencontrer! j'obtiendrais sans doute entre les murailles du navire la clef de bien des mystères?

Encore dix jours! il fallait modérer mon impatience!

Un soir je me promenais au jardin en compagnie de mon banquier. Nous causions de mille choses, familièrement comme c'est l'habitude nous gravîmes insensiblement une petite éminence d'où la vue errait librement sur la mer qui se déroulait jusqu'à l'horizon.

C'était une soirée paisible, tiède et parfumée, une fraîche brise ridait le vaste et inconstant miroir des flots, lorsque nous vîmes tout-à-coup se détacher d'une roche escarpée qui avance dans la mer la voilure svelte et gracieuse d'un petit *sloop* de guerre.

— La *Moschetta* a le vent largue, s'exclama le banquier, demain à la pointe du jour elle sera hors de vue.

— Pour quelle direction? demandai-je distraitement.

— Pour Cadix : ce matin elle entrait dans le port et la voilà repartie.

— Avec des dépêches sans doute! ajoutai-je du même ton d'indifférence.

— Oui, senor, et de plus avec don Sanchez y San-Felipe y Mansanova l'envoyé espagnol.

— Il est à bord! m'écriai-je comme frappé d'un coup de foudre.

— Il y a près d'une heure qu'il s'est embarqué, répliqua le banquier fort surpris et persuadé que je perdais l'esprit.

Stupéfait de cette nouvelle qui déconcertait tous mes projets, je ne trouvais plus de paroles, et je restais assis sur un banc de pierre contemplant comme un homme qui rêve le navire qui emportait mon père!

— Vous désiriez probablement avoir un entretien avec Son Excellence avant son départ? demanda timidement le banquier après avoir attendu quelques instants si je romprais le premier le silence.

— J'avais besoin absolument de lui parler, répondis-je en essayant de cacher mon trouble sous l'apparence d'urgentes affaires d'Etat.

— Quel malheur, s'écria-il en joignant les mains, que vous ne soyez pas arrivé à temps! Selon toute probabilité vous l'auriez décidé à accéder à nos propositions.

— Je crois que oui, répliquai-je en hochant la tête d'un air d'autorité, sans savoir à quoi il faisait allusion.

— De sorte qu'il aurait accepté la garantie? continua le banquier avec une agitation croissante.

— Il aurait accepté la garantie, répétai-je du même ton sans seulement soupçonner ce que signifiaient ces paroles.

— *Madre de Dios!* quel fâcheux contre-temps! Serait-il trop tard? Aïe! le vent fraîchit, le sloop rase l'horizon, il est impossible de le rejoindre!... Et vous dites qu'il aurait accepté la garantie?...

— Vous pouvez en être sûr, répondis-je d'autant plus hardiment qu'il n'y avait plus aucun danger que le navire fût gagné de vitesse.

— Quel immense avantage, senor, si vous aviez pu nous rendre ce service! s'écria le banquier avec enthousiasme.

— Il est trop tard maintenant, inutile d'en parler, insinuai-je adroitement, car je commençais à me sentir embarrassé.

— En ce moment, sans doute il est trop tard, mais lorsque vous arriverez en Europe, senor, quand vous remettrez le pied sur le continent où vous jouissez à si juste titre d'une haute considération, pouvons-nous garder l'espoir que vous considérerez notre affaire avec le même intérêt.

— Oui, oui, répondis-je avec impatience, si je ne vois pas d'autres raisons de changer mon actuelle manière de voir.

— Par rapport à l'emprunt originaire, il ne peut y avoir l'ombre d'un doute, senor, Conde.

— Il est possible, répliquai-je, mais ce ne sont pas des questions à traiter en ce moment, vous devez sentir que toute discussion à ce sujet serait inconvenable et indiscrète.

La réserve diplomatique de cette réponse refroidit son ardeur et son importunité; il s'éloigna respectueusement me laissant à l'émotion de mes pensées.

Je me tins jusqu'à la nuit close, contemplant sur la mer la trace lumineuse du navire qui fuyait à l'horizon; j'allais enfin me lever lorsqu'à ma grande surprise j'aperçus le banquier qui revenait accompagné d'une autre personne.

— Senor Conde, murmura-t-il à demi-voix, Son Excellence le gouverneur.

Après avoir proféré ces paroles d'un air de profond respect, il se retira de nouveau en me laissant en tête-à-tête avec un personnage de haute taille et de superbe maintien, enveloppé dans les plis d'un large manteau.

Avec une grâce, une politesse exquise le gouverneur commença par m'inviter à me rasseoir, puis il prit place à mes côtés.

Il se mit à m'expliquer comme le banquier — une des personnes les plus riches et les mieux posées de la Havane — l'avait informé de mes bienveillantes intentions et du contre-temps qui avait mis obstacle à mon utile médiation. Il entra dans de longs détails sur la question de l'emprunt et sur toutes ses difficultés financières; et celles-ci, en les supposant moins embrouillées, eussent encore suffi pour mettre en déroute la tête du plus habile arithméticien, et à plus forte raison la mienne qui fut toujours privée de la précieuse bosse du calcul.

Comment il sortit lui-même de ce labyrinthe, c'est ce que je ne saurais vous dire, le fait est que si la somme n'eût pas été aussi énorme, j'en aurais donné la moitié de bon cœur plutôt que d'être condamné à vérifier toutes ces supputations; c'était un inextricable réseau de complications, de difficultés, d'incertitudes.

— Vous voyez donc, me dit-il, en terminant une liste formidable de chiffres, que ces dix-huit millions ne font point partie de l'ancien emprunt, mais qu'ils sont en réalité les premiers fonds constitués de ce qu'on est convenu d'appeler *la dette de Cuba*, non pas qu'il faille leur donner ce nom qui appartient plutôt à l'originaire 3 1/2 *Poyais*.
— Vous avez bien saisi?
— Parfaitement; continuez.
— Cela étant, vous entrevoyez déjà que notre obligation se réduit à la somme de vingt-six millions, sur l'ancien 4 1/4 0/0.
— C'est clair.
— Nous touchons maintenant au point le plus embrouillé de la question, je vous prierai donc de m'accorder toute votre attention, voici le nœud et l'inévitable pierre d'achoppement de toutes les négociations entamées jusqu'ici.

Je promis d'écouter attentivement et je tins parole si bien que je me vis enveloppé dans un enchevêtrement de chiffres, d'intérêts composés, de fractions décimales, qui dansaient une sarabande vertigineuse à embrouiller le crâne d'un Lalande, tandis que le gouverneur s'animant toujours davantage dans l'intéressante question qu'il traitait, s'exclamait à chaque instant :

— Voyez-vous comme ces *ladrones* voudraient nous mettre dedans? Fiez-vous donc à ces *picaros* !

Si je ne pouvais suivre son arithmétique, rien ne m'empêchait de partager son enthousiasme; je vous laisse à penser si j'élevais jusqu'aux nues l'honnêteté des Mexicains et si je réprouvais énergiquement et à la face du ciel les friponneries et la mauvaise foi manifeste des concussionnaires espagnols.

— Etes-vous suffisamment éclairé sur l'emprunt originaire? dit-il en terminant.

— Entièrement, répondis-je en poussant un soupir de soulagement.

— Vous ne désirez pas d'autres explications?
— Pas une syllabe de plus.
— Et quant à la dette de Cuba, vous voyez de quelle manière s'est opéré le transfert de la première inscription avec le *cinq* de Chihuahua, est-ce clair?
— Comme un rayon de soleil.
— C'est pourquoi vous admettez naturellement nos droits sur les fonds de réserve?
— Je ne vois pas comment on pourrait les contester.
— Et cependant c'est là ce que fait le gouverneur de Madrid.
— Quelle injustice! m'écriai-je en me levant.

— Toute évidente que paraisse la chose à votre intelligence éclairée, senor Conde, vous êtes le premier cependant qui l'ayez saisie de prime abord. C'est un vrai plaisir de discuter une question d'Etat avec un grand homme.

Ensuite de quoi nous fîmes réciproquement assaut de compliments, mais il faut l'avouer, le gouverneur me distança bien vite et je le laissai maître du champ de bataille.

— Et maintenant, senor Conde, conclut-il en saluant jusqu'à terre, pouvons-nous compter sur votre puissante intervention?

— Avant tout vous devez savoir, Excellence, répondis-je en m'inclinant à mon tour, que je ne suis aucunement un personnage officiel, je ne suis qu'un... humble... particulier... une individualité insignifiante...

— Ah! senor Conde! soupira le gouverneur, qui avait probablement appris du banquier que je possédais une richesse fabuleuse.

— Chétif personnage que je suis, répliquai-je, ma médiation naturellement n'a pas beaucoup de valeur. Si l'on me montre parfois un peu de déférence, si je jouis de quelque considération à la cour, je le dois moins à la pauvreté de mon mérite qu'aux importants services rendus par mes ancêtres à l'Espagne. Mais la cause de la justice ne saurait être en péril, parce que les cœurs généreux qui la défendent sont humbles et obscurs; je suis humble et obscur, n'importe, comptez sur moi.¶

Nous nous embrassâmes et le gouverneur versa quelques larmes officielles à la pensée qu'il fallait se séparer si vite d'un ami qu'il chérissait déjà comme un frère.

— Senor Conde, dit-il, nous sentons bien que toutes les récompenses ne sauraient payer, à sa juste valeur, ce service signalé. Les honneurs, les distinctions que vous méritez à tant de titres, il n'est pas en notre pouvoir de vous les conférer, quant aux richesses vous les avez en profusion; nous ne pouvons donc vous offrir que notre éternelle reconnaissance.

— Soit, répondis-je intérieurement, le poids n'alourdira pas mon bagage.

— Acceptez cependant cette tabatière en souvenir de notre courte entrevue, et qu'elle vous rappelle quelquefois celui qui estimera l'heure qui vient de s'écouler pour l'une des plus précieuses et des plus fortunées parmi toutes les heures de sa vie!

Et il m'offrit en même temps une merveilleuse tabatière d'or avec la miniature du président, entourée de magnifiques rubis.

Pour ne pas être en reste de générosité, je voulus à tout prix que le gouverneur acceptât ma montre, une superbe montre à répétition, enrichie de pierres précieuses.

— Les armes de ma famille me rappelleront à votre souvenir,

14

dis-je en lui montrant du doigt un riche écusson gravé sur la
boîte.

Je ne m'arrêterai pas plus longtemps sur les autres incidents
d'une conversation qui se prolongea presque jusqu'au matin.

Il suffira de dire que le gouverneur ne me quitta qu'après m'avoir
remis je ne sais combien de lettres de recommandation pour les
ambassadeurs mexicains près les cours de Madrid et de Paris, lesquelles lettres les invitaient à me traiter avec les plus grands
égards, et à m'introduire auprès de tous les personnages officiels
avec lesquels je désirerais lier connaissance.

C'était là tout ce que je demandais, car j'étais immensément riche,
et je n'avais besoin que d'un talisman pour m'ouvrir l'entrée du
grand monde et m'introduire dans une société vers laquelle mon
cœur aspirait incessamment.

Quelques-uns de mes lecteurs souriront peut-être de ma simplicité;
ils s'étonneront que j'aie cru ces passeports nécessaires : est-ce
que l'or ne suffit pas pour arriver au poste le plus honorable,
au rang le plus élevé dans la société humaine? Est-ce que l'homme
riche n'est pas aujourd'hui de même que dans les temps classiques :

Honoratus, pulcher, rex denique regum!

L'expérience m'a parfaitement instruit dans la suite ; j'ai vu la
nullité, la bassesse, la boue, accueillies et fêtées dans les plus nobles
réunions.

La répression morale du vice n'est pas moins insuffisante, ni
moins inefficace que sa répression légale ; et ne voyons-nous pas
tous les jours paraître dans les meilleures sociétés des hommes et des
femmes, criminels aussi notoires que s'ils portaient la livrée du
forçat?

CHAPITRE XV.

Le chevalier de la Boutonnerie.

Je me demandais le jour suivant, à quel instant je pourrais quitter
la Havane.

Je craignais une seconde visite de mon nouvel ami le gouverneur;

et la répétition de son histoire de *l'emprunt originaire* me faisait frémir d'avance.

Désireux de trancher du grand personnage et en même temps d'éviter l'ennui d'une compagnie désagréable, je retins toutes les chambres du brigantin l'*Arcadie*, pour moi, pour ma suite, mes équipages et mes bagages, outre huit ou dix chevaux mexicains qui devaient demeurer sur le tillac.

A peine avais-je mis le pied sur l'échelle, qu'un coup de canon, — auquel répondirent les forts, — fut tiré en mon honneur et par déférence pour ma dignité.

Je témoignai certain mécontentement de cette démonstration, avertissant le capitaine que je voyageais dans le plus strict incognito, et le laissant libre de se figurer quelle devait être la pompe et la magnificence de mon cortége dans mon caractère officiel.

Pendant qu'on mettait l'ancre à pic, je me tenais accoudé sur le gaillard, comparant en esprit ma situation présente avec mon premier embarquement sur le yacht de sir Edmond Neville.

— Je suis démesurément plus riche, pensé-je, suis-je devenu meilleur? Suis-je devenu plus franc, plus généreux, plus compatissant, plus humain? Ai-je appris à partager et à soulager les misères de tant de créatures semblables à moi? Cette insigne faveur de la fortune, en un mot, m'a-t-elle rendu meilleur ou pire?

La question, hélas! resta pendante.

Trop souvent j'avais vu le triomphe de la fourberie pour ne pas éprouver une sorte de respect envers son adresse et son heureux succès : trop souvent j'avais vu la probité bonnie et maltraitée pour ne pas avoir pitié de son inexpérience.

Il est difficile de respecter l'indigence qui ne sait pas sortir de ses guenilles, et il est plus difficile encore de mépriser la richesse qui dispose de tout en ce monde.

Oh! quels injustes sophismes invente le cœur humain pour déguiser son misérable égoïsme!

— Je serai plus circonspect à l'avenir, pensai-je pour rassurer ma conscience, moins exigeant avec mes serviteurs, moins sévère pour leurs fautes. La pauvreté ne me tendra jamais inutilement la main; aucun de mes semblables n'aura jamais à se plaindre de ma roideur ou de mon arrogance.

Ces excellentes résolutions venaient jusqu'à un certain point fort à propos, car au moment où le navire achevait de mettre dehors les basses voiles, les focs et les huniers, un canot qui s'approchait rapidement héla le brigantin.

Je ne daignai même pas prêter attention à une circonstance aussi indifférente pour un homme de ma condition; je ne pris pas davantage la peine d'écouter le dialogue assez animé qui s'échangeait entre l'étranger du canot et le capitaine ; enfin ce dernier s'approchant de moi avec un profond salut et me demandant pardon de la liberté qu'il prenait, me dit qu'un gentilhomme appelé en Europe par des affaires urgentes me demandait humblement passage sur 'Arcadie.

— Vous savez bien que la chose est impossible, mon bon ami, lui dis-je tranquillement ; tous les trous sont bouchés, mon secrétaire est logé dans un nid de souris, mon cuisinier en est réduit à se mettre en rond comme un serpent au milieu d'un rouleau de câbles.

Le capitaine rougit et se mordit la lèvre en silence.

— Quant à moi, continuai-je héroïquement, je ne me plains pas , je me contente d'une petite chambre pour dormir, d'une autre pour prendre mon bain, d'un petit salon avec un ou deux sofas pour me désennuyer la journée, d'une petite pièce bien aérée, bien luisante pour prendre mon repas ; mon père avait pour système de ne pas trop dorloter ses enfants !...

Je parlais avec tout l'aplomb et le naturel de la vérité.

— Nous tâcherons de ne pas déranger Votre Excellence, dit le capitaine qui ne comprenait pas la raison de ce beau dithyrambe, et pour le consul..... que faut-il lui répondre ?

— Consul, avez-vous dit ? demandai-je avec vivacité.

— Oui, seigneur comte, c'est le consul français près la république de Campêche.

Je n'avais jamais entendu parler de cette république, mais qu'elle existât dans un coin du Nouveau-Monde, cela me paraissait indubitable, puisque le gouvernement français mieux informé que moi y maintenait un agent officiel.

— Attendez un moment, cria le capitaine à l'équipage du canot, quelle réponse, senor Conde ? Le chevalier de la Boutonnerie est sur les épines.

— Eh bien ! qu'il monte ! répondis-je nonchalamment.

Et j'allumai un cigare, comme pour me distraire, en faisant semblant de ne pas m'occuper de l'étranger, lequel fut hissé à bord ainsi que son bagage d'une manière assez inconvenante pour son caractère officiel.

Mais sans aucunement se formaliser de mon indifférence, il s'avança de mon côté avec une parfaite désinvolture, en rendant grâces de ma condescendance et en protestant qu'il s'efforcerait durant tout le voyage de m'ennuyer le moins possible.

L'habit fané du gentilhomme, mal caché sous les plis rouges du manteau mexicain, indiquait du reste sa triste condition ; et cependant son aisance parfaite, l'assurance de ses reparties et de tout son maintien, l'apparente satisfaction de lui-même m'eurent bientôt subjugué. Je remarquai vite qu'il était maître dans l'art de l'imprudence.

Il y avait une certaine grâce noble et digne, dans la façon dont il caressait son épaisse moustache, dans l'élégance négligée avec laquelle il rajustait les plis de son manteau rapé, dans son incomparable adresse à remettre sur sa tête, après un salut, son feutre déformé, qui révélait à première vue l'histoire entière et le caractère de l'homme.

Je ne sais pourquoi, mais je me sentais en sa présence un peu déconcerté.

Un véritable *gentleman* avec toute sa morgue et ses manières prétentieuses ne m'aurait pas autant embarrassé que ce personnage avec son exquise et officieuse dépendance.

J'entrevoyais pourtant que sous ses paroles mielleuses se cachait un piége et sous son sourire gracieux une intention sinistre; et je ne pouvais me défendre d'une appréhension pénible, comme s'il eût dû pénétrer mes plus intimes pensées et lire au fond de mon âme.

— Il faut feindre de me laisser prendre à ses filets, pensai-je, ou bien je suis perdu. Le drôle devinera que je suis un pauvre diable, un parvenu, avant que nous arrivions à Malaga. Il est bien rare qu'un homme élevé au sein de l'opulence possède cette profonde connaissance de la vie que m'a donnée l'expérience, grâce aux milles vicissitudes de mon existence. Cette connaissance je dois donc la cacher avec soin, si je veux passer toujours pour un vrai gentilhomme.

C'était une sage résolution, dont les résultats furent, immédiatement du moins, tels que je me les étais promis.

Les malignes épigrammes du chevalier, ses insinuations équivoques se changèrent, à toutes mes paroles, en cris d'admiration et de surprise. — Comment un homme si jeune peut-il avoir tant vu et tant appris? De quels rares talents naturels ne devais-je pas être doué? Quelles fines réponses, quelles observations piquantes! — Et cependant devant un cercle de personnes le plus légèrement instruites, mes discours eussent paru tout autre chose que de la quintessence de sagesse.

Je ne tardai pas à m'apercevoir que le chevalier me tenait pour un niais; mais le fait est qu'en croyant me faire tomber dans ses lacets il était venu lui-même se prendre dans les miens.

Il est vrai que cette comédie me coûtait assez cher, car nous avions l'habitude de jouer le soir au piquet ou à l'écarté, et le consul était le plus heureux des mortels, ou pour me servir d'une expression à lui familière, *il savait corriger la fortune.*

Il se plaisait à discourir sans cesse sur Paris et sur Londres, il faisait parade de ses relations intimes avec les personnages les plus connus et les plus à la mode de ces deux métropoles, mais rarement il parlait de son séjour dans le Nouveau-Monde et il évitait soigneusement de jamais faire allusion à la république de *Campêche.*

Toute son histoire se résumait en ces quelques mots : Il était le cadet d'une grande famille de la Provence, autrefois il occupait un poste diplomatique assez élevé, mais à la chute d'un ministère il avait été rappelé et même exilé; enfin après plusieurs aventures, il était devenu finalement consul général près la république de Campêche. — Mes amis, continua-t-il, ne peuvent manquer de revenir au pouvoir, et j'espère qu'alors je ne serai pas oublié.

Quant aux Anglais, à leurs usages, à leurs opinions, à leur caractère, à leurs préjugés, le chevalier m'en parlait avec une bonhomie que jamais il ne se fût permise s'il ne m'eût pas cru espagnol et seulement attaché à l'Irlande par des liens d'ancienne parenté.

Jamais il ne s'avisa de soupçonner ma feinte, et maintes fois j'en riais sous cape.

Pour encourager son franc parler au sujet de ma patrie, j'affectais de ne connaître rien ou presque rien de l'Angleterre.

Un jour nous nous promenions tous deux sur le tillac.

Après avoir critiqué les habitudes et les plaisirs de l'aristocratie anglaise, le discours tomba sur leur passion immodérée pour le *sport.*

Il connaissait à fond le caractère de ce passe-temps national, et non pas comme un étranger qui aurait assisté par hasard à un steeple-chasse de Derby ou de Doncaster, mais comme un homme parfaitement au courant des traditions du *Turf.*

Je remarquai qu'il arrangeait ses descriptions de manière à exciter mon intérêt pour ces divertissements.

Dans une peinture circonstanciée qu'il traça des courses d'Ascot, il mit en usage les couleurs les plus séduisantes pour éveiller la curiosité et solliciter l'ambition d'un jeune homme riche et avide de se signaler dans le monde.

Il parlait familièrement de plusieurs personnages célèbres, connus dans les journaux comme les rois du *sport*, et il affirmait avoir vécu avec eux tous, dans les termes de la plus étroite amitié.

Quant même l'entretien eût été moins intéressant, je l'aurais prolongé pour un autre motif. Je ne pouvais me délivrer d'un vague soupçon d'avoir déjà rencontré cet homme; ce soupçon s'empara de mon esprit à tel point qu'il m'était impossible d'avoir une autre pensée.

Enfin après quelques semaines de voyage le cri joyeux de *terre! terre!* résonna du haut des vergues; mais le vent changea subitement et la mer devint houleuse. Il nous fallut courir des bordées, tellement qu'à la tombée du jour nous reconnûmes qu'il fallait encore passer une nuit sur les flots, avant de remettre le pied sur la terre notre mère.

Le chevalier et le capitaine mangeaient tous deux à ma table : celui-ci s'était hâté de remonter sur le pont et nous avait laissés en tête-à-tête.

Selon toute probabilité c'était la dernière soirée que nous devions passer ensemble, et j'éprouvais un grand désir d'éclaircir mes soupçons.

Le hasard m'en fournit l'occasion.

Nous faisions une partie de piquet, et la fortune, — contre l'ordinaire, et en partie je crois parce que moi-même je distribuais les cartes à mon adversaire, — lui avait tourné le dos pour s'asseoir à mes côtés.

Il semblait d'abord s'en divertir, il me complimentait sur ma bonne fortune et souriait à fleur de lèvres de mon heureux succès.

Mais peu après ses pertes continuelles commencèrent à l'irriter : je voyais très-bien que sa gaieté habituelle faisait place graduellement à une colère mal contenue.

— Voulez-vous doubler l'enjeu? demanda-t-il à la fin d'une partie où j'avais fait la vole.

— Comme il vous plaira, répliquai-je : et dans un clin d'œil je ramassais tous les plis.

— Je joue cent napoléons! cria-t-il enfin.

Je tins le jeu, et les louis du chevalier passèrent encore de sa poche dans la mienne.

Nous continuâmes toute la nuit à jouer un jeu d'enfer, tellement qu'au lever du jour il avait perdu non-seulement tout ce qu'il m'avait gagné pendant la traversée, mais encore une somme assez rondelette, pour laquelle il me fit un billet payable sur un banquier de Paris bien connu.

— Et maintenant voulez-vous que je vous dise la bonne aventure, Monsieur le comte? dit le chevalier d'un ton d'amertume qui me fit tressaillir.

— De tout mon cœur, répondis-je en souriant, seriez-vous par hasard nécromant?

— Tant soit peu, c'est-à-dire que je sais déchiffrer la mystérieuse signification des cartes. Il n'est pas besoin, pour lire, d'une grande habileté quand la page est écrite en lettres majuscules.

En même temps saisissant les cartes il les battit, puis en ayant fait trois tas il retourna les trois premières cartes.

— Comte, avant de commencer, reprit-il, promettez-moi que vous ne prendrez rien en mauvaise part, de tout ce que je pourrai vous dire, sinon je ne vais pas plus loin. Vous êtes libre de croire à mes révélations ou de vous en moquer, mais vous ne devez en aucune façon faire tomber sur moi votre colère si quelqu'une de mes paroles vous blesse et vous irrite.

— Continuez le jeu, répliquai-je, je ne vous promets pas une confiance absolue, mais soyez certain que quel que soit le résultat de vos sortiléges vous ne parviendrez pas à m'offenser.

Rassuré par ces paroles il se mit à tirer la troisième carte de chaque paquet ; puis les rangeant en cercle il se baissa comme pour les examiner attentivement. Alors il se cacha le visage dans ses mains, mais j'observai qu'il étudiait en même temps le jeu de ma physionomie par les intervalles de ses doigts.

— Quelle grossière méprise ! s'écria bientôt le chevalier d'un ton de mauvaise humeur. Il est évident que j'ai mal placé les cartes, car l'interprétation est claire comme le jour ; mais elle est stupide ! !

A ces mots il reprit les cartes avec impatience comme pour les brouiller de nouveau.

Je m'interposai.

— Non, non, dites toujours ce que vous croyez y lire.

— Si c'était moins ridicule vous pourriez vous offenser, dit-il en souriant.

— J'ai hâte ; parlez, je vous prie.

— La chose est trop absurde pour mériter la moindre confiance, continua-t-il avec le même sourire dans lequel il me semblait voir une expression sarcastique, vous voyez ce trois de carreau, c'est la première carte que j'ai tirée, elle signifie conséquemment le commencement de votre vie. Eh bien, Monsieur le comte, devinez ce que cet insolent petit diable voudrait insinuer, je vous le donne en mille !... Il m'est impossible de continuer... Mais puisque vous l'exigez ! cette carte semblerait dire qu'au lieu d'avoir reçu le jour d'une famille riche et noble, vous sortez de la plus pauvre et de la plus humble condition !... Qu'en dites-vous ? s'est-il jamais rencontré pareille extravagance ?...

Et le drôle appuya sa phrase d'un bruyant éclat de rire, tandis que le regard dédaigneux de son œil acéré semblait vouloir me percer d'outre en outre.

Quant à moi je riais également ; mais quel rire ! Il n'y a pas au monde de douleur aussi cuisante que ce rire forcé devant le sarcasme insolent du misérable qui paraissait triompher de mon humiliation et de la torture qu'il m'infligeait.

— Je n'ose croire, continua le chevalier, qu'un tel début vous inspire beaucoup de confiance dans l'oracle, si la première réponse est un vrai conte bleu, vous pouvez juger du reste...

Se non è vero, è ben trovato, répondis-je, continuez, de grâce...

— Que diraient vos illustres aïeux d'une telle profanation ? Par l'oriflamme de saint Denis ! pour rien au monde je n'aurais voulu être dans la peau de celui qui *leur aurait tenu pareil langage* dans une des salles gothiques de leur palais de Grenade !

— Nous vivons dans un siècle moins ombrageux, répliquai-je en affectant un sourire d'indifférence et en l'invitant à poursuivre.

— Ce qui vient ensuite est assez commun à tous les déshérités de la fortune. Vous vivez dans les plus dures privations, mais la faim et la misère ne peuvent étouffer un caractère hardi, ambitieux, indomptable ; une parole mystérieuse retentit à vos oreilles et vous dit d'espérer.

Pendant que le chevalier débitait imprudemment ces bouffonneries et d'autres du même genre qu'il serait trop long et trop ennuyeux d'enregistrer, *ses regards ne me quittaient pas* ; ils semblaient pétiller d'une malice diabolique et lire tout ce qui se passait en moi.

Lorsqu'il eut achevé il se mit à brouiller les cartes en murmurant à demi-voix :

— Aventures et *désertions* sur terre et sur mer. Abandon, blessures, maladies, voyages désastreux, le tout payé finalement à usure par une insigne et merveilleuse faveur de la *capricieuse* fortune !

Puis jetant les cartes sur la table avec un dépit simulé :

— Comment un homme sensé peut-il ajouter foi à de pareilles sottises ? Cependant, comte, je vous assure que les réponses de l'oracle, toutes ridicules qu'elles vous paraissent aujourd'hui, m'ont souvent révélé *des mystères étranges* non-seulement sur le passé, mais encore sur l'avenir.

— Je vous crois facilement, chevalier, répliquai-je, en m'efforçant *de montrer une tranquillité de philosophe*. Il faut bien se garder de rejeter aveuglément tout ce qui semblerait ne pas porter de prime abord le cachet de la raison : et ce que je viens d'entendre, malgré son absurdité, ne saurait m'empêcher d'avoir confiance dans la divination par le moyen des cartes. Peut-être cette croyance est-elle un reste de superstition enfantine dont ma vieille nourrice est en grande partie la cause. C'était une moresse profondément versée dans toutes les traditions superstitieuses de son romanesque pays.

Un sourire incrédule contractait les lèvres du chevalier pendant que je proférais ces paroles. Je continuai sans avoir l'air de m'en apercevoir :

— Par cette vénérable matrone, j'ai reçu moi-même une légère teinture de la science divinatoire ; et je me souviens d'avoir donné deux ou trois fois des preuves assez remarquables de mon savoir faire. Mais ordinairement j'aime mieux dévoiler le futur que le présent.

— Il est toujours plus facile de voir que de raconter, fit observer sèchement le chevalier.

— Effectivement ; et, pour lire dans le passé, j'ai reconnu que le défaut de suffisantes notions m'a toujours empêché d'enchaîner comme il faudrait les différentes particularités d'une même histoire ; je ne decouvre les faits, à ce qu'il semble, que dans un certain isolement, sans aucune relation avec ce qui suit ou ce qui précède. J'entrevois la destinée comme le voyageur entrevoit dans la nuit un pays à la lueur des éclairs ; — les objets se dessinent un moment dans toute la vive clarté du midi, mais en un clin d'œil tout se replonge dans l'obscurité. Une pareille divination, je l'avoue, ne peut supporter la comparaison avec la vôtre qui est si parfaite ; cependant, si toute incomplète et défectueuse qu'elle est vous désirez en avoir un spécimen, je suis à vos ordres.

Le chevalier parut consentir à ma proposition dans la pensée que toutes ces façons n'étaient qu'un prétexte pour sortir d'embarras.

Il était clair qu'il ne croyait pas un mot de ma prétendue science cabalistique.

Feignant de vouloir me conformer minutieusement aux prescriptions de la vieille moresse, je couvris mes épaules d'un large manteau dont je rabattis le capuchon. C'était une précaution pour mieux examiner son visage, tandis que le mien restait entièrement dans l'ombre.

— Dans cet accoutrement vous m'avez l'air d'une pythonisse, me dit-il en souriant.

Puis, allumant un cigare, il s'étendit nonchalamment dans l'attente de mes révélations.

Je fis grand étalage d'érudition et de science théurgique tout en mêlant et apprêtant les cartes ; pendant cela je rêvais à ce que j'allais dire ; finalement je rangeai mes cartes dans un ordre mystérieux, et je commençai d'une voix grave et solennelle :

— Vous m'avez surpris, chevalier, avec votre découverte à laquelle il ne manquait que d'être vraie pour acquérir une suprème importance. En voici une qui servira de pendant à la vôtre, je crains bien qu'elle ne soit aussi folle.

— Ces trois cartes que vous voyez ont une signification assez explicite, elles affirment toutes que vous, chevalier de la Boutonnerie, n'êtes aucunement chevalier !...

— Singulier ! dit-il en remplissant un verre et en le vidant d'un trait avec un flegme imperturbable.

Je continuai sans avoir l'air de remarquer ce calme affecté.

— Voici maintenant une révélation encore plus étrange : elle me dit expressément que vous n'êtes même pas Français, mais que vous sortez d'une contrée assez féconde en aventuriers, — bref.., vous êtes un Polonais!

— Il est vrai que mon père qui occupait un poste élevé dans les armées de l'empereur séjourna quelques années en Pologne, dit brièvement le chevalier, mais je voudrais bien savoir s'il a perdu pour cela sa nationalité ou s'il y a renoncé.

— Je ne sais rien autre chose que ce qui est exprimé par ces cartes, continuai-je en en séparant plusieurs que je feignais d'examiner attentivement; tenez, ici c'est une complication qui demanderait un interprète plus habile. De tous les écheveaux que j'aie jamais essayé de débrouiller, celui-ci est certainement le plus enchevêtré. Oh! votre vie, chevalier, est un tissu des plus singulières, des plus incroyables aventures, ou bien j'ai perdu de ma science prophétique par une longue désuétude.

— A en juger d'après ce que vous avez déjà prononcé jusqu'ici, j'opine pour cette dernière supposition.

Et coup sur coup il avala deux autres verres.

— Je crains bien qu'il ne soit comme vous dites, répliquai-je, sans quoi je ne rencontrerais pas tant de difficulté dans l'explication de ces signes magiques qui m'étaient autrefois si connus et si familiers. A peine si je puis rassembler maintenant quelques phrases décousues... J'aperçois vaguement les insignes d'un poste diplomatique élevé, et de suite je vois que tout cela n'est qu'une illusion, ces titres sont une fausseté, une imposture...

— Il ne faut pas grande sorcellerie pour dire à un agent diplomatique qu'il a servi dans une mission, à l'extérieur, dit le chevalier avec un sourire.

— Sans doute; mais j'entrevois autour de ce fait des particularités étranges. Une image fugitive a passé devant mes yeux... Je vois une course de chevaux; la foule s'amasse, les équipages se pressent; tout est plein d'anxiété, d'impatience... Mais qu'est cela?... Voilà que ma vision s'est évanouie! je vois maintenant deux personnes assises dans un appartement somptueusement meublé; — un homme et une femme. — *Elle* pleure, *il* lui montre une lettre... Qu'est-ce encore! Je vois maintenant un officier de cavalerie, c'est encore *lui*! Ah! il a disparu; c'est un moine que j'aperçois maintenant, un autre l'accompagne; *elle* aussi je la retrouve près d'eux... Ciel! les voilà sur les bords d'un précipice! Le Frère s'élance vers la rive, mais l'autre est englouti par les flots!... Où vont-ils? le Frère lui fait des menaces et des promesses... ils sont dans un village isolé.. *Elle* s'évanouit, le Frère l'avait trompée!... maintenant *Il* jette son froc, ah! il y a du sang après ses mains... *Il* lève la tête... que vois-je? c'est vous chevalier!...

— Million de tonnerres! cria-t-il : mais cette fois ces mots furent proférés d'une voix tremblante; son visage pâlissait à vue d'œil.

— Il l'abandonne, *elle* murmure un nom, je l'ai presque entendu, m'écriai-je comme entraîné par l'esprit prophétique. Oui, je l'entends distinctement... le nom est Alexis Radchofsky!...

Le chevalier se redressa poussant une imprécation formidable et se frappant le front de ses poings convulsifs.

— Trève enfin, hurla-t-il, trève à cette misérable comédie! Parlez en homme. Qui êtes-vous, Monsieur, et que me demandez-vous?...

— Que signifie cet outrage? Qui vous a permis de me parler de la sorte? criai-je en jetant bas le manteau qui m'affublait et en me dressant intrépidement devant lui.

— Ne raillez plus, Monsieur! répondit non moins intrépidement le chevalier. Vous prétendez savoir qui je suis, d'où je viens... Egalisons les chances, autrement il pourrait vous en cuire.

— Est-ce une menace? répondis-je tranquillement.

— Oui!

— C'est donc la guerre à outrance?

— Je n'ai pas dit cela, répliqua le chevalier avec une froide ironie, mais soyez certain que l'heure ne tardera pas où vous commencerez à vous repentir de vos mordantes équivoques.

— Nous verrons. Laissez-moi.

— Je suis votre hôte, Monsieur; il n'est guère poli, ce me semble, de renvoyer une personne lorsqu'on sait qu'il lui est matériellement impossible de partir. Nous sommes en mer, comment ferais-je pour vous quitter? Croyez-moi, Monsieur, le personnage dont vous prétendez jouer le rôle aux yeux du monde ne se comporterait pas comme vous faites.

Malgré l'insulte évidemment cachée dans ces dernières paroles, je résolus de ménager celui qui *avait mangé de mon sel* et je me retirais faisant un geste d'assentiment, car il m'était impossible de parler.

Mais dès que je me vis seul, je me reprochai cette étourderie qui pour le plaisir d'une vengeance puérile m'avait jeté dans un guêpier.

Je reconnaissais qu'il allait me falloir lutter contre un ennemi non moins redoutable par son audace que par son habileté consommée.

— Quel piége peut-il me tendre? quel coup va-t-il me porter?

Me sachant instruit de certains faits qui le concernent, va-t-il s'éloigner, ou bien voudra-t-il se venger à tout prix, même à son risque et péril?

La réponse à de telles questions n'était pas facile. Mais j'étais si vivement préoccupé que je ne remarquai ni l'arrivée d'un pilote, ni ce va-et-vient animé, précurseur de l'arrivée au port.

Enfin je montai sur le pont et je m'approchai de l'avant où se tenait réuni de l'équipage suivant des yeux une chaloupe qui entrait dans le port à pleines voiles.

— C'est le canot du pilote, dit le capitaine en répondant à la question de mon regard; le consul a voulu débarquer à toute force.

— Et il est à bord de l'embarcation? demandai-je avec une anxiété mal dissimulée.

— Oui, señor Conde, en compagnie du secrétaire de Votre Excellence.

Je ne sais si ce fut un effet de la peur ou de l'agitation, mais il me parut que ces appellations de *Comte* et d'*Excellence* étaient articulées avec une sorte d'ironie moqueuse. Je n'eus ni le temps ni la facilité de vérifier le fait, car le capitaine me quitta de suite pour surveiller les préparatifs multiples et pressants du prochain débarquement.

Ma seconde pensée fut celle-ci : — Pourquoi mon secrétaire est-il descendu sans mon ordre? Est-ce par zèle et pour me préparer une réception convenable? ou bien aurait-il tramé un complot? mais quel complot?

Mon trouble croissait à chaque instant. Certains malheurs avant de fondre sur vous projettent leur ombre en avant; je ressentais cette étrange mais accablante oppression qui n'est jamais sans cause. Ma *folle* s'égarait en mille suppositions; mais excepté un guet-à-pens ou une agress on à main armée, je ne prévoyais de la part du chevalier aucun danger réel et positif.

Que mon arrivée était différente de ce que j'avais rêvé pendant le voyage! Qu'étaient devenues toutes les séduisantes visions de splendeur et de fas te? et la pompe du cortége princier que je m'étais promse? Hélas! j'aurais donné de bon cœur moitié de mes richesses pour débarquer sans bruit et me délivrer de cette terrible appréhension.

Les événements vont montrer que je ne me faisais pas illusion et que je n'exagérais point le péril.

CHAPITRE XVI.

La prison de Moréna.

Pendant que le navire orgueilleux entrait à pleines voiles dans le port de Malaga, je ne pouvais me rassasier d'admirer ces rives enchanteresses et la belle cité dont les blanches murailles se dessinaient en vigueur sur la verdure éclatante des orangers.

Mais bientôt mon attention fut attirée par une chaloupe qui, poussée par vingt-quatre avirons, approchait rapidement de notre brigantin.

L'étendard national de l'Espagne flottait à la poupe, et je pouvais distinguer clairement l'éclat des armes et la couleur des uniformes.

— Les officiers de santé, j'imagine? demandai-je tranquillement en m'adressant au capitaine.

— Non, senor, ce sont des soldats de la garnison.

— Ah! je comprends, ajoutai-je, le gouvernement a toujours peur de quelque tentative carliste, et il veille scrupuleusement sur tout ce qui arrive.

— Peut-être bien, répondit sèchement le capitaine.

Une voix rauque nous hêla de la chaloupe; on lui répondit du brigantin. Immédiatement l'échelle fut descendue et un officier suivi de deux soldats parut sur le pont.

Après avoir échangé un salut avec le capitaine, l'officier dit à haute voix :

— Je requiers la personne qui s'intitule contre Richard Murphy. Est-elle ici présente?

— Me voici, senor, répondis-je avec un mélange étudié de condescendance et de politesse.

— Veuillez me suivre, monsieur, me fut-il répondu.

Et l'officier me précédant se dirigea vers la chambre du capitaine, avec un air de roideur qui montrait assez quelle estime il faisait de mes titres prétendus.

A peine entré dans la chambre, j'entendis les deux soldats se mettre en faction et monter la garde devant le seuil.

— Je désirerais visiter vos passeports, senor, dit l'officier en s'asseyant.

— Mon passeport sera produit en temps convenable, c'est-à-dire lorsque je serai débarqué : ce n'est pas ici le lieu, ce me semble.

— Vous vous trompez, Monsieur. Une fois entré dans le port, vous ressortissez à la juridiction des autorités de terre ferme ; et d'ailleurs les temps où nous vivons ne permettent pas d'observer entre les diverses juridictions des distinctions si subtiles. Moi qui vous parle, je n'hésiterais pas un instant à vous arrêter d'après les informations reçues.

— Informations reçues ? m'écriai-je atterré.

— Oui, monsieur ; et je puis vous certifier que Malaga n'est pas encore, comme vous auriez pu le croire, dans les mains de vos amis... Soyez certain que vous ne trouverez pas une garnison carliste prête à vous rendre le salut d'honneur au débarquement... Mais voyons vos papiers, je n'ai pas de temps à perdre.

En voyant la mauvaise tournure que prenaient les choses, je résolus de faire une tentative.

— Senor capitaine, lui dis-je, en ouvrant un portefeuille gonflé de bank-notes, voici mes papiers, prenez-les et faites-en l'usage qu'il vous plaira. Je vais immédiatement reprendre le large et commander au capitaine de me débarquer dans un port d'Italie.

— Trop tard, dit-il en repoussant le portefeuille avec un soupir. Avis de votre arrestation est déjà transmis à Madrid.

— Juste Dieu ! et pour qui me prend-on ? m'écriai-je.

— Je n'en sais rien ; si ce n'est que j'ai l'ordre exprès d'arrêter la personne qui s'intitule comte Richard Murphy.

Et de quoi suis-je accusé ? quel crime ai-je commis ? à qui ai-je fait tort ?

— Exhibez votre passeport et finissons.

— Le voici ! dis-je en produisant la pièce que j'avais obtenue par l'intermédiaire de don Esteban, des autorités de Guayaquil et dans laquelle j'étais qualifié natif de Grenade et Grand d'Espagne.

— Et tout ce qui est écrit sur cette feuille est vrai ? demanda l'officier.

— C'est un axiome des lois de mon pays, répondis-je, que jamais le coupable n'est tenu de s'accuser lui-même.

— Alors vous n'êtes pas Espagnol, dit l'officier d'un air triomphant, à dire vrai votre accent le fait assez connaître. Au nom de la loi je vous arrête.

En même temps, ouvrant la porte de la chambre, il murmura quelques mots à l'oreille des sentinelles en me montrant du doigt, puis il remonta sur le pont.

De l'endroit où j'étais assis, je jetai les yeux sur mes gardiens ; de toute ma vie je n'aperçus jamais visages plus farouches!

Les joues osseuses, les sourcils épais, l'œil cupide, le teint bronzé, ils ressemblaient à deux brigands plutôt qu'à des soldats de troupes régulières.

Je reconnus bientôt que je n'avais point affaire à des consciences trop scrupuleuses ; je pris mon ton de voix le plus soyeux :

— Mes bons amis, cet écrin que vous voyez, regorge de billets de banque, dans quelques instants ils seront sous le séquestre et le fisc se les adjugera ; cette fortune profiterait davantage à deux pauvres et honnêtes personnes telles que vous m'en avez l'air, veuillez donc m'apporter l'écrin et je vous partagerai les billets.

Leurs regards se croisèrent, puis ils se fixèrent sur moi, puis ils se promenèrent autour d'eux. Ils n'avaient pas dit une parole, mais il m'était facile de deviner les pensées qui se succédaient dans leurs esprits.

— Réfléchissez, ajoutai-je, je n'exige rien en retour ; je n'essaierai pas de m'enfuir, et serait-ce mon dessein, vous ne pourriez m'aider en aucune manière. Je ne désire qu'une seule chose, enrichir deux braves soldats que la fortune, à ce qu'il paraît, n'a pas comblé de trop de faveurs.

Ils hésitaient encore et paraissaient effrayés de ma proposition ; enfin, après s'être concertés à demi-voix, un d'eux s'avança, prit l'écrin et le plaça devant moi.

— Felborg, dis-je à voix basse.

Le soldat écarquilla deux grands yeux étonnés.

— Chut, dit-il, ne me trahissez pas, je me nomme Alonzo Ruy Gomez.

— Tu as donc pris du service, mon pauvre Felborg?

— En désespoir de cause.

— Es-tu sûr de ton camarade?

— Comme la corde du pendu. Mais qui êtes-vous donc, senor? Malgré le nom que vous avez donné à l'officier, il est impossible que vous soyez...

— Dick Murphy, le mousse de la *Vendetta*? dis-je en achevant sa phrase ; l'impossible est cependant une réalité.

Pendant ce dialogue échangé en moins de temps qu'il n'en faut pour le lire, j'avais renversé sur la table le contenu de l'écrin où je cherchais une liasse de papiers que je découvris enfin.

— Prends vite, dis-je à Felborg, voilà tout ce qu'il m'importe de sauver. Le reste est à vous maintenant, vous ferez le partage quand vous aurez le loisir ; l'essentiel est d'empocher tout cela. Voici des billets de banque pour une valeur de huit ou dix mille piastres. Voici des lettres de change sur Hambourg et sur Amsterdam. Très-bien !

flâtez-vous, enfouissez-les dans vos bottes, dans vos schakos... Allons !.... c'est cela même.

Mes encouragements à dire vrai étaient superflus. Les deux coquins avaient fait disparaître tout, billets et argent, avec une dextérité qui eût fait honneur aux plus habiles chevaliers de fortune qui aient jamais détroussé passants sur les grandes routes ; et ce ne fut pas sans peine que je parvins à les persuader de laisser au fond de l'écrin quelques pièces de monnaie.

En les aidant à cacher leur butin, je me saisis adroitement du papier le plus important, — la reconnaissance souscrite par le banquier de la Havane des sommes immenses que j'avais déposées chez lui. — Je le glissai dextrement dans la doublure de ma casquette de voyage ; si Felborg ne m'était pas fidèle, il ne me restait plus que cette ancre de miséricorde pour affronter la tempête qui grondait sur ma tête.

Nous avions à peine terminé cette opération et replacé l'écrin que l'officier rentra.

Il m'informa brièvement que les scellés étaient apposés sur mes bagages, que les personnes de ma suite étaient pareillement en état d'arrestation, et qu'après l'inventaire des divers objets renfermés dans ma chambre je devais sans retard m'apprêter à le suivre.

Comme il ne m'était permis de rien emporter, si ce n'est un petit paquet de hardes, je fus bientôt prêt.

Une fois dans la chaloupe nous prîmes terre en quelques instants.

Les quais et la plage étaient encombrés de curieux accourus pour me voir.

Le premier visage que j'aperçus me fit frissonner : c'était tout à la fois l'Irlandais Ralph Murphy, le mexicain Salezar, l'Espagnol don Lopez y Cuesta y Geloso et l'ambassadeur don Sanchez y San-Felipe y Mansanova qui me suivait d'un œil de triomphe !

Quoiqu'il me semblât voir disséminés çà et là des soldats sous les armes, j'observai que bon nombre de personnes me considéraient avec un mélange de commisération et de respect : néanmoins tous demeuraient silencieux et portaient seulement la main, pour me saluer, au bord de leur feutre, tandis que je fendais la foule au milieu de mon escorte.

Ces sentiments, à ma grande surprise, étaient aussi partagés par les soldats : deux ou trois d'entre eux me saluèrent en passant.

—A tout le moins, me disais-je, je ne suis pas regardé comme un criminel insignifiant et de peu de valeur : et cela même m'est une consolation, pourvu que je ne sois pas accusé d'un crime de haute trahison.

15

Je fus conduit directement à la prison Moréna, vaste et remarquable édifice qui servit autrefois de forteresse, de prison et de résidence au gouverneur.

Après avoir monté je ne sais combien de marches et traversé un couloir obscur, je fus introduit dans une salle spacieuse, faiblement éclairée par d'étroites fenêtres ou plutôt par des meurtrières pratiquées dans les massives murailles.

Les meubles autrefois riches et somptueux apparaissaient aujourd'hui vieillis et dégradés par la négligence et par le temps.

Une petite table chargée d'un dîner très-copieux se dressait dans un coin de la salle.

Je fus invité à m'asseoir, et puis on me laissa seul avec mes réflexions.

La faim triompha de la douleur : je mangeai de très-bon appétit; et le repas terminé, je me mis à contempler la guerre de Troie représentée sur les vieilles tapisseries qui revêtaient les murailles.

Ensuite au travers des barreaux je regardai l'herbe grande et verte qui croissait dans la cour; enfin mes yeux lassés se couvrirent d'un nuage, mais personne ne vint s'informer de moi, et dans la profonde solitude qui m'environnait, je craignais presque d'avoir été complétement oublié.

Enfin à l'approche de la nuit j'entendis un bruit de pas lointain mêlé d'un cliquetis d'armes qui paraissait approcher graduellement.

Tout à-coup les portes s'ouvrirent, et un homme d'un âge mûr qui portait le costume de général entra suivi de deux officiers.

Sans prêter aucune attention au salut que je lui adressais, il marcha droit à la cheminée et, s'adossant à l'entablement, il dit à un de ses officiers :

— Lisez le procès-verbal, José.

José s'inclina, prit un rouleau dans la *sabretache* qu'il portait, le déploya; puis ayant toussé, se mit à lire d'une voix glapissante et d'une telle rapidité que j'eus grand'peine d'attrapper au vol quelques phrases mutilées.

Après avoir terminé la longue énumération des titres de S. M. la Reine et des magistrats sous la juridiction desquels je me trouvais, le procès-verbal mentionnait un certain individu natif du Texas ou du Mexique qui s'était arrogé le nom et la dignité de comte espagnol pour tromper la vigilance des fonctionnaires du gouvernement, et mener à leur fin ses projets de rébellion.

Suivait une disgression assez pathétique sur les devoirs d'obéissance et de fidélité envers le souverain, accompagnée d'une virulente sortie contre tous ces conspirateurs qui, pour réaliser leurs rêves ambitieux, ne se font pas le moindre scrupule de bouleverser un royaume et d'allumer le funeste incendie de la guerre civile au sein d'une nation renommée pour sa tranquillité et son merveilleux amour du bon ordre et de la paix.

J'écoutai d'abord avec l'incertitude et l'anxiété d'un homme qui craint autant pour sa liberté que pour sa vie; mais la longueur et la trivialité de ce *speech* interminable ralentirent par degré mon attention; enfin, mortellement ennuyé de cette voix nazillarde et de l'impertinence de ces expressions, monotones comme le refrain d'un vaudeville, il me fut impossible d'empêcher mes pensées de voyager dans les contrées féeriques du rêve.

Il me semblait errer dans une forêt où je revoyais donna Maria, mais cette fois elle me paraissait heureuse, elle avait retrouvé son fils.

J'étais plongé dans ces douces rêveries lorsque la lecture fut terminée; le général fit résonner la chambre d'un — *hnm!* — retentissant, ce fut en me réveillant que je me ressouvins où j'étais.

Prisonnier, me dit-il d'un ton sec et impérieux, vous connaissez maintenant les griefs qui vous chargent et la cause de votre arrestation. En attendant, veuillez répondre à certaines questions que j'aie à vous adresser, et réfléchissez bien que vos réponses, si elles s'écartent de la vérité, constituent le crime de *traicion*, lequel entraîne avec soi la peine de mort. Votre nom?

— Richard Murphy.

— De quel pays?

— D'Irlande.

— Quelle est votre position dans la société?

— Elle est très-variable, cela dépend de la fortune.

— Quelle profession excercez-vous?

— Celle qui me convient selon les circonstances.

— Avez-vous servi?

— Oui.

— Dans le service de terre ou de mer?

— Dans tous les deux.

— Quel grade occupiez-vous?

— Un grade assez mince.

— Avez-vous jamais commandé quelque expédition?

— Oui.

— Où et dans quel but?

— Dans les prairies de l'Amérique méridionale, à la chasse des bêtes sauvages.

— Rappelez-vous, Monsieur, que ce n'est pas le moment de plaisanter, ces bouffonneries pourraient vous coûter plus cher que vous ne pensez.

Je ripostai audacieusement.

— Si vous me demandez la vérité je dois répondre comme j'ai répondu ; si vous désirez que j'invente un roman je suis à vos ordres.

— Prenez note, José : il affirme qu'*il lui est parfaitement indifférent de dire le vrai ou le faux*.

— Et ajoutez par parenthèse, dis-je au secrétaire, *que le général est entièrement de cet avis*.

— Ecrivez qu'*il insulte la Commission*, dit le général tout rouge de colère.

L'interrogatoire fut suspendu pendant quelques minutes.

— Maintenant, reprit le général, dans quel dessein veniez-vous en Espagne ?

Dans le dessein d'en sortir au plus vite.

— A quoi devaient servir les armes, les chevaux et les équipages qu'on a séquestrés ?

— A mon usage personnel.

— Nommez l'agent ou les agents de don Carlos avec lesquels vous êtes en correspondance.

— Je n'en connais point.

— De qui teniez-vous les sommes immenses qu'on a trouvées sur vous ?

— Je les ai précisément trouvées.

— Où et comment ?

— Dans une excavation où elles étaient enfouies.

La face du général devint écarlate, je voyais clairement les efforts qu'il faisait pour contenir sa colère.

— Connaissez-vous le brigadier Hermosé Gonzillos ?

— Non.

— Et son frère le chanoine Gonzillos ?

— Pas davantage.

— Quand avez-vous rencontré le senor Ruy Pérès y Hacho ?

— De ma vie je ne l'ai vu.

— N'avez-vous jamais lié connaissance avec lui ?

— Jamais.

— Ne lui avez-vous jamais confié le secret de l'expédition ?

— Je ne sais ce que vous voulez dire.

— Faites entrer Ruy Pérès, dit à haute voix le général.

La porte s'ouvrit et je vis paraître le chevalier de la Boutonnerie vêtu d'un uniforme militaire constellé de nombreuses décorations.

— Connaissez-vous ce gentilhomme ? demanda le général d'un ton impérieux.

— Je le connais pour un Polonais du nom d'Alexis Radchofsky : c'est sous ce nom du moins qu'il a vécu à Londres plusieurs années.

Son signalement est bien connu de la police, non moins que d'un certain sir Edmond Neville!...

— Ecrivez! dit le général au secrétaire. *Confronté avec le senor Ruy Pérés, le prisonnier change subitement de couleur et confesse l'avoir intimement connu à Londres il y a quelques années.*

— Est-ce un témoin à charge? demandai-je anxieusement.

— Ne vous inquiétez pas, Monsieur, dit le général en congédiant le chevalier; ni vos subterfuges, ni votre insolence ne pourront vous tirer de nos mains. Vous nous êtes parfaitement connu, vos antécédents, — vos dernières intrigues, — *vos intentions.....*

— Et pourquoi donc, Monsieur le général, interrompis-je, perdez-vous un temps si précieux dans un interrogatoire superflu?

— *Et nonobstant des admonitions répétées, le prisonnier persiste à se servir d'un langage outrageant vis-à-vis de la Commission.*

Le général proféra ces paroles d'une voix claire et distincte, et elles furent immédiatement enregistrées par son secrétaire.

— Monsieur Richard Murphy, reprit le général en se tournant vers moi, vous êtes maintenant détenu en vertu d'un ordre royal, duquel copie vous sera régulièrement transmise, ainsi que des charges élevées contre vous. Quoique les autorités n'aient pas encore décidé si votre crime est de la compétence d'un tribunal civil ou d'un tribunal militaire, vous aurez à comparaître par-devant vos juges naturels.

— Je suis sujet anglais, Monsieur, fis-je observer avec une certaine vivacité, j'appartiens à une nation qui n'a pas coutume de souffrir qu'on use d'artifice pour vexer même le dernier de ses citoyens, et beaucoup moins encore pour leur enlever avec leurs biens, la liberté et la vie sous de faux prétextes et à l'abri d'une infâme calomnie. J'invoque la protection de mon ambassadeur ou de quelque autre représentant de ma patrie résidant en ce maudit pays. Je demande...

J'allais en dire bien davantage, et qui sait où se fût arrêtée mon indignation croissante, si la porte, sur un signe du général, ne se fût ouverte pour livrer passage à deux soldats qui, venant à moi, me passèrent les menottes et me firent marcher au milieu d'eux, sans me laisser le temps de revenir de ma stupeur.

Je ne sais si ce fut au nom des prérogatives accordées ordinairement à un prisonnier d'Etat, ou bien si les autorités n'osèrent sévir contre un sujet anglais, mais le fait est que je fus traité assez humainement.

De la chambre où je fus renfermé, la vue se promenait librement sur la magnifique baie de Malaga et sur le vert penchant des collines environnantes parsemées de jardins, de maisonnettes et de villas.

L'ameublement était dans le meilleur état et même assez somptueux ; la nourriture, je dois aussi l'avouer, était délicate et abondante.

J'avais sous la main une profusion de livres et de journaux, et
sans le pas mesuré de la sentinelle dans le corridor voisin, j'aurais
pu me figurer que j'habitais un hôtel charmant, il n'y avait pas la
moindre différence.

Les menottes m'avaient été ôtées en entrant dans la chambre, et
les barreaux qui garnissaient la fenêtre étaient le signe unique qui
me rappelât de temps à autre que j'étais prisonnier.

CHAPITRE XVII.

La fuite.

Lorsque l'étourdissement d'une si lourde chute fut un peu calmé,
car du faîte de la grandeur j'avais été précipité subitement au fond
d'une prison, je commençai graduellement à m'habituer à mon
nouvel état et à supporter patiemment les durs caprices de la
fortune.

Non pas que je n'eusse des regrets amers et d'affreux déchirements au souvenir de mes espérances évanouies, mon stoïcisme n'allait pas jusque-là ; mais pareille au torrent des montagnes, ma douleur d'abord fougueuse et débordée s'était calmée peu à peu, elle
était pour ainsi dire rentrée dans son lit.

— Il est vrai, me disais-je, que la catastrophe est inattendue et
que mon état présent forme un terrible contraste avec ce que j'étais
il y a quelques jours ; mais enfin ne suis-je pas encore au-dessus de
ce que semblait faire présager ma condition originaire ? Je suis
captif sans doute dans une forteresse espagnole, mais cela ne vaut-
il pas mieux que d'être un prolétaire dans une chaumière d'Irlande ?
Les égards dont je suis l'objet ne montrent-ils pas clairement que
l'on me tient pour un personnage de quelque importance ? Les ministres d'Etat s'enquièrent de mes actions, mon nom passe souvent
sur leurs lèvres. Tout cela est bien quelque chose : et ne doit-ce pas
être une fiche de consolation pour un homme qui n'a jamais formé
d'autre désir que de quitter les humbles sentiers, de la vie pour
marcher sur la grande route de la célébrité ?

Mes occupations quotidiennes contribuaient elles-mêmes grandement à nourrir ces douces illusions.

Je consacrais toutes mes journées à écrire des lettres, à composer des mémoires ; j'eus recours à tous nos consuls, à tous nos ministres, invoquant leur assistance et protestant au nom de la nation anglaise contre l'inqualifiable tyrannie qui me tenait incarcéré par une violation flagrante du droit des gens.

Il est vrai que ces interminables documents ne rencontraient pas souvent un favorable accueil.

Il s'écoula un bon espace de temps sans qu'il me parvînt aucune réponse ; mais enfin la lettre assez pauvre que l'on va lire m'apprit que les mémoires envoyés par moi étaient bien et dûment arrivés à leur adresse.

« Monsieur ! Je suis chargé par le secrétaire d'Etat pour les affai-
» res étrangères, de vous accuser réception de vos mémoires en
» date des 3, 12, 18, 23 et 25 du mois écoulé conjointement à plu-
» sieurs autres lettres, et de vous dire en même temps dans une
» réponse collective, que l'objet de vos réclamations se trouve jus-
» tement un point en litige avec les ministres du gouvernement
» espagnol.

» Sa Seigneurie le secrétaire d'Etat pour les affaires étrangères
» me charge de vous communiquer ses craintes assez fondées que,
» supposé même le cas de votre élargissement, vous ne puissiez
» obtenir toutes les indemnités qui sont réclamées par vous. Les
» pertes par vous endurées sont une conséquence nécessaire de l'inop-
» portune, pour ne pas dire téméraire expédition que vous avez un
» peu follement entreprise.

» J'ai l'honneur d'être, Monsieur,
» avec une parfaite considération,
» Votre tout dévoué serviteur.
Georges Allan COCKRANE.
» F. O. Londres, octobre 18. —

» A M. Richard Murphy, Esq. »

Cette lettre était bien decourageante ! Penser que mes richesses interminables étaient irrémissiblement perdues ! les pierreries, les diamants, les précieux objets d'art, les équipages, les chevaux de luxe du plus pur sang mexicain ! pour ne rien dire de la perte bien autrement douloureuse des immenses valeurs en espèces, en lettres de change et billets de banque !...

Mais d'autre part c'était bien une consolation de penser qu'un secrétaire d'Etat, un ministre anglais ne dédaignait pas de s'abaisser

jusqu'à moi, ne craignait pas de donner à son déplaisir un caractère officiel, enjoignant à son secrétaire de m'exprimer ses craintes
dans une dépêche! Ses *craintes*, à moi Richard Murphy, précieuse
parole! Et il ne me sera point donné de connaître l'honorable, le
noble Landlord, la fleur des *gentlemen*, l'admiration des *coteries*,
l'idole des communes, l'hôte favori de Windsor, pour lui offrir, en
retour de ses *craintes*, ma profonde reconnaissance!...

C'est de la sorte que je cherchais à tromper les heures, et ma fantaisie ne se restreignait pas à ces seules images.

Je me plaisais souvent à comparer mon sort à celui des prisonniers
illustres.

Je savais supporter toutes les petites tracasseries, tous les ennuis
de ma captivité avec une sorte d'héroïque fierté dont le masque ne
laissait jamais voir la moindre apparence de ressentiment ou d'aigreur.

Je crus enfin remarquer que mes derniers mémoires n'étaient
point ouverts, ou s'ils étaient ouverts qu'ils n'étaient point lus, ou
s'ils étaient lus qu'on n'en prenait point souci.

De réponse pas le moindre mot.

Jusqu'aux journaux de Malaga qui à défaut de nouvelles commerciales daignaient parfois s'occuper de mes faits et gestes, racontant que *le Comte s'etait promené hier sur la terrasse, — que le Comte
avait diné de fort bon appétit, et causé avec l'officier de garde*, et le
reste à l'avenant ; les journaux de Malaga, dis-je, ne faisaient plus
de moi la plus légère mention.

Tout le monde semblait m'avoir oublié lorsqu'il survint un événement qui devait me tirer comme par miracle de cette position
critique.

C'était la saison des vacances, et le consul anglais avait plié
bagages, déléguant en son lieu le vice-consul qui venait de s'envoler
à son tour, abandonnant tout le soin des affaires à son collègue
hollandais qui n'entendait et ne parlait d'autre langue que cet épais
jargon des marais, du brouillard et des grenouilles.

Ennuyé probablement de mes réclamations périodiques, ou
curieux d'examiner la machine qui barbouillait tous les jours avec
une célérité infatigable tant de feuilles de papier, un beau matin ce
fonctionnaire pénétra dans ma prison avec un laisser-passer du gouverneur pour visiter le *Comte*.

J'écrivais comme d'habitude lorsque le geôlier annonça son
Excellence Mynheer van Der Welden, vice-consul de Sa Majesté le
roi de Hollande. Et je vis s'avancer une masse charnue, haute comme
une tour, mais obèse, adipeuse et plus gonflée qu'une outre.

Suivit un gloussement, un grognement et un *quid medium* entre
le gargouillement et l'étranglement que je conclus ne devoir être
qu'un salut hollandais.

Et le messire s'assit sans plus de cérémonies.

Je lui fis mes compliments en polyglotte, c'est-à-dire en français, en anglais, en espagnol et en allemand.

Apparemment que cette dernière langue éveilla quelque étincelle endormie dans les cendres de son intelligence, car il me regarda de ses petits yeux de puceron et me fit signe qu'il avait compris tant bien que mal. Encouragé par cette espérance je continuai à lui exposer dans mon meilleur allemand mes calamités et mes douleurs.

Je ne sais s'il trouvait quelque intérêt dans mon récit ou s'il fut touché du louable désir de découvrir la vérité dans une question aussi épineuse, mais le fait est que le *Mynheer* ne laissait passer aucun jour sans me venir visiter. Il me consacrait ordinairement une couple d'heures durant lesquelles je babillais tandis qu'il ne discontinuait pas un seul instant de fumer.

Souvent je me demandais lorsqu'il était parti :

— Quel progrès ai-je fait dans son estime ? Jusqu'à quel point l'ai-je mis au courant de mon affaire ?

Mais la question demeurait toujours en suspens ; car si parfois un éclair d'intelligence illuminait son regard éteint, je ne tardais pas à m'apercevoir que cette lueur insolite, que cette vivacité momentanée provenait de l'apparition d'une barque revenant de la pêche, et le gourmand ne tardait guère à prendre congé.

Je reconnus enfin que je naviguais sans loch, comme disent les gabiers : rien ne montrait mes progrès ou n'indiquait sous quelle latitude j'étais parvenu.

Il y avait bientôt six semaines que mon ami le Hollandais venait me visiter. Si je n'avais pas réussi durant tout ce temps à lui bien graver dans l'esprit toutes les circonstances de ma mésaventure, je l'avais vu du moins fumer jusqu'au dernier rouleau le fameux tabac que le gouverneur, par une faveur spéciale, m'avait permis d'emporter.

Moitié chagrin, moitié souriant de l'incomparable dextérité avec laquelle il avait bourré dans sa pipe les dernières feuilles de mon pur Havane, ce ne fut pas sans un certain rire malicieux que je le vis repousser loin de lui la boîte de fer-blanc absolument vide.

Il parut quelque temps absorbé dans ses réflexions somnolentes ; puis me fixant de ses petits yeux gris, il s'exclama d'une voix enrouée :

— As-tu une lime ?

— Non, répliquai-je stupéfait.

— Prends donc, dit-il, en me mettant dans la main un objet soigneusement enveloppé. Adieu !

Et il se dirigea vers la porte avant que ma surprise m'eût donné le temps de le remercier.

Arrivé sur le seuil, il se retourna :

— *Der bood ist hardt,* ajouta-t-il dans une espèce de bas-allemand que je n'aurais pu comprendre, s'il n'eût accompagné ses paroles d'un geste signifiant que le terrain sous ma fenêtre était dur et pierreux, comme une précaution dans le cas où je voudrais sauter.

Dès que je me vis seul je me hâtai de délier et d'ouvrir le précieux paquet.

Outre deux limes il contenait une petite fiole d'eau forte et une autre d'huile pour adoucir le grincement de la lime.

Je cachai prestement ces divers objets et je me mis à examiner les barreaux de la fenêtre. Au premier aspect ils semblaient solides et massifs, mais en réalité ils étaient à moitié rongés par la rouille. Cette importante découverte ne fit qu'enflammer la fièvre de mes espérances.

Ce fut alors que je remarquai deux ou trois lignes écrites sur la feuille qui enveloppait mes limes.

Voici ce que je lus :

« Merci du service que vous m avez rendu. Je suis à Malaga de-
» puis trois jours. Don Esteban m'a fait conduire près de mon
» beau-frère. C'est hier seulement que j'ai appris de sa bouche votre
» mésaventure. Il s'intéresse à vous et mes prières l'ont facilement
» décidé à favoriser votre évasion.

» Adieu! ne cherchez jamais à me revoir.

« LIDIA. »

Cette lettre me causa une indicible joie, et je me promis bien, malgré la défense qui la terminait, que si jamais je recouvrais ma liberté j'irais remercier celle qui m'avait délivré des misères de la Noria et qui m'offrait encore le moyen de quitter une prison moins pénible sans doute, mais bien mieux gardée que la première.

Je me mis à l'œuvre avec courage.

Ne pouvant travailler que la nuit, je prétextai une légère indisposition afin de garder le lit durant le jour et de me reposer par le sommeil de mes veilles nocturnes.

Le mauvais succès de tous mes efforts pour attirer l'attention des diplomates començait à me décourager lorsque cet incident inespéré vint relever mon esprit abattu. Ma vie avait maintenant un but, un intérêt suffisant pour réveiller mon énergie : lorsque celle-ci demeurait trop longtemps stagnante, elle dégénérait en désespoir.

Comme je soupirais après l'arrivée de la nuit pour reprendre mon travail ! Avec quel empressement, avec quelle vigueur inépuisable je sciais mes barreaux! Je n'interrompais pas mon travail que dans les moments où la patrouille qui allait relever de faction les sentinelles pasait devant ma fenêtre, et je regrettais encore la perte de ces courts instants! Quelle joie quand je mesurais la profondeur de l'incision qui, d'abord à peine large comme un fil, cachait maintenant la lime toute entière !

Chaque matin j'avais soin de la boucher avec un mélange de mie de pain pétrie avec de la limaille et de la rouille, tellement qu'il ne restait pas la moindre trace de mon travail nocturne.

Au bout d'une semaine j'avais obtenu ce résultat que le barreau du milieu pouvait s'enlever à volonté, et de la sorte me livrer accès sur une vaste terrasse laquelle, flanquée d'un parapet, régnait tout autour de la forteresse.

Cette terrasse haute de plus de cinquante pieds était surveillée au bas par un cordon de sentinelles.

La hauteur et les sentinelles étaient donc les seules difficultés qu'il me restait à vaincre, au moins pour m'évader de la prison.

Mille stratagèmes, mille projets se pressaient confusément dans ma tête, mais après un instant d'examen, je les rejetais comme offrant peu de sécurité, ou une complète impossibilité d'exécution.

Enfin je résolus de gagner la sentinelle avec le peu d'argent qu'on m'avait laissé. Mais ne pouvait-elle pas résister à la séduction, ou bien encore me trahir après avoir reçu son salaire?

Sauter d'une hauteur de cinquante pieds était un premier pas assez périlleux; en admettant que je ne sois pas brisé dans la chute, qu'arriverait-il si je me rompais un membre ou si je me donnais une entorse, accidents à peu près inévitables dans une pareille culbute? Hélas! je m'apercevais alors seulement qu'après avoir conduit à bonne fin une grande partie de mon travail, le plus difficile me restait encore à faire.

Les obstacles qui se dressaient devant ma fuite étaient assez sérieux pour me donner le temps de réfléchir à ce qui suivrait une fois que je me verrais sain et sauf hors de ma prison : j'étais sans amis, sans passeport, sans un moyen au monde d'échapper aux poursuites dont je serais l'objet.

Je méditai sur cette perspective avec lenteur et maturité. Deux semaines s'étaient écoulées déjà depuis que j'avais achevé de scier mes barreaux, et je n'avais pu me résoudre à prendre une décision.

Mon esprit s'était mis à la torture, j'avais épuisé toutes les combinaisons : un frisson de défiance et de découragement commençait à flétrir mon espoir refleuri.

C'était par un jour sombre, entièrement voilé d'un nuage ou

d'un brouillard épais et uniforme. L'air pesant et noir était saturé
de l'âcreté insalubre du mistral, ce vent le plus desséchant de tous.
Une nuée ténébreuse était descendue sur la mer écumante et agitée.
Tout présageait une tempête pour la nuit.

Le soleil avait à peine disparu qu'il se fit une obscurité profonde :
le vent redoubla de fureur, des vagues énormes se brisaient en
mugissant contre le rivage.

Le grincement des chaînes, le craquement des câbles, le fracas des
ancres, les cris des matelots se mêlaient au rugissement de la
tempête.

Au déplacement et à l'agitation des lumières qui sillonnaient la
rade, il m'était facile de deviner les manœuvres des navires qui cher-
chaient un abri ou qui se préparaient à affronter l'orage.

L'obscurité impénétrable, le mugissement du vent, le sourd grondement du tonnerre, les appels des marins qui regagnaient leur
bord, — tout donnait à cette scène un caractère grandiose non
moins que terrible.

Une lumière pâle et rougeâtre, la plus lointaine de toutes celles
qui se croisaient dans la rade, m'annonçait un navire en partance
et prêt à faire voile. Je ne sais quelle mystérieuse impulsion m'empêchait d'en détacher mes regards un seul instant. Je le voyais tantôt bondir sur le dos des lames, on eût dit la danse d'un feu follet,
et tantôt disparaître derrière des vagues monstrueuses.

De temps à autre je prêtais l'oreille pour recueillir, si possible,
de ceux qui passaient au bas de la forteresse une parole ou une
remarque au sujet du navire sur lequel se portait toute mon
attention.

— Que ne suis-je à bord de ce bâtiment, me disais-je, cette horrible rafale aurait pour moi plus de charmes que les suaves senteurs
des orangers dont ma prison est toute parfumée ! J'affronterais la
fureur des flots, la colère des vents, que dis-je ? le naufrage lui-
même plutôt que de rester confiné davantage dans cette sombre
forteresse !

La dernière visite du geôlier venu pour s'assurer que toutes
choses étaient en ordre fit trêve un instant à mes réflexions. Mais
peu après, le grincement des verrous, et le bruit décroissant de ses
pas dans le corridor, m'annoncèrent que je n'avais plus d'autre visite
à craindre.

J'ouvris donc la fenêtre, je détachai le barreau du milieu, et je
descendis sur la terrasse.

L'ouragan sévissait dans toute sa majesté. La pluie tombait à
flots, rendant l'obscurité plus ʻ ʻisse et mêlant son crépitement au
rauque et caverneux mugissement de la mer.

Loin de me chagriner, ce cataclysme me transportait de joie ; exposé à cette inondation diluvienne, j'éprouvais une sorte de plaisir frénétique à sentir la pluie me *transpercer*, et le vent soulever mes cheveux ruisselants pour en flageller mes joues.

C'était l'ivresse de la liberté, le transport de joie avec lequel le captif salue sa délivrance !

— Mieux vaut cela, m'écriai-je, que le plus moelleux lit de plumes dans une prison!

Je me penchai sur le parapet et me mis à sonder la hauteur du mur, à la pâle lueur de la lanterne du factionnaire.

De prime abord cette profondeur me parut un abîme, mais je finis graduellement par me convaincre que les ténèbres contribuaient pour beaucoup à cette impression.

A mesure que mes yeux s'habituaient à l'obscurité, je pouvais discerner certains objets entre lesquels le toit conique de la guérite du factionnaire qui n'était pas à plus de cinquante pieds au-dessous de moi (1).

En me laissant glisser le long de mes draps attachés au parapet je pouvais atteindre ce toit ; mais qui aurait osé choisir un tel lieu pour descendre? Qui aurait osé affronter le péril presque certain d'être arrêté par la sentinelle même ?

Là s'offrait une difficulté formidable et qui demandait bien une minute de réflexion. Et cependant me hasarder à descendre en tout autre lieu c'était une témérité, car il suffirait d'une luxation ou d'une foulure pour compromettre singulièrement l'entreprise.

En vérité jamais écheveau ne fut plus embrouillé, jamais cervelle humaine ne se fatigua davantage pour en avoir le nœud.

Comme c'est l'ordinaire en pareilles circonstances, la première pensée est toujours la meilleure; et le plus hardi projet est aussi le plus sûr.

En descendant sur le toit de la guérite, j'arriverais du moins à terre sain et sauf, et si j'avais ensuite maille à partir avec la sentinelle, le froissement de la chute ne m'aurait fait perdre aucun avantage.

En outre le continuel rugissement de la tempête, la rumeur incessante de la mer, les longs roulements du tonnerre me faisaient espérer que le bruit de ma descente pourrait passer inaperçu.

Et le retentissement de ma chute sur le toit de la guérite conseillerait à la sentinelle de rester cachée sous son abri, plutôt que de s'exposer en sortant à recevoir sur le crâne une tuile ou un pan de muraille arraché par le vent.

(1) Le Journal de l'émigrant parle sans doute du pied d'Angleterre qui vaut 0 m. 30, 479. La hauteur de cinquante pieds à cette mesure est encore assez respectable.   A. B.

Plus j'y réfléchissais, plus je voyais clairement que la tempête était un accident providentiel ; l'obscurité, le fracas, la solitude des rues favoriseraient ma fuite ; laisser échapper une telle occasion c'eût été une véritable couardise.

Si je mis quelque temps avant d'en venir à cette conclusion, je ne tardai pas à regagner les moments perdus, par la rapidité de l'exécution.

Je rentrai dans ma chambre en toute hâte : et si j'eusse été cordier je n'aurais pu tordre mes deux draps et le reste de mon linge avec plus de promptitude et d'adresse, ni en former une corde plus solide et plus compacte. Grâce à ma science de marin, je les liai prestement au parapet.

Je ressautai vite dans ma chambre, je versai de l'huile dans la lampe afin qu'elle brûlât jusqu'au matin, je rassemblai soigneusement plusieurs papiers d'importance et puis m'élançai tête baissée dans ma périlleuse entreprise.

Un coup de canon tiré de la rade m'arrêta tout-à-coup au milieu de la terrasse : je le saluai bientôt comme un heureux augure.

Mes mains tremblaient, je ne le cacherai pas, lorsque je serrai le dernier nœud de mes draps ; et je ne chercherai point à le dissimuler, je sentis battre mon cœur à coups précipités lorsque je boutonnai mon pourpoint.

J'hésitai quelques secondes encore, et durant ce court intervalle j'aurais affronté la mort même plutôt que la sombre incertitude qui s'offrait à moi.

Mais cette indécision importune s'évanouit bien vite : je fis une courte mais fervente prière, et saisissant la corde je me laissai lentement glisser le long du parapet.

Tout-à-coup une rafale furieuse passant contre la muraille me lança dans l'air comme une plume. Je recueillis toutes mes forces et me cramponnai solidement à la corde ; alors toujours poussé par le vent, je commençai à osciller avec une telle violence que j'entendais craquer toutes mes jointures.

Ce balancement sur l'abîme et le frottement de la corde, contre l'encorbellement du parapet me faisait trembler pour ma vie : et ce n'était pas sans sujet ; car je décrivais, dans un large ébranlement, un arc que n'a jamais décrit un autre pendule vivant ou inanimé. Tout-à-coup je heurtai la guérite de la sentinelle avec une telle impétuosité que la corde se rompit par le milieu.

La violence de ma chute culbuta la guérite : je roulai sur elle dans une telle épouvante qu'en ce jour encore je ne puis me le rappeler sans croire que tous mes cheveux vont se hérisser.

Étourdi de ma chute et palpitant de frayeur, je restai quelques secondes m'attendant à voir la sentinelle sortir et me mettre la main au collet. Ce fut seulement après plusieurs minutes que je remarquai toute l'étrangeté de l'accident; le soldat restait pris comme dans une trappe, la lourde guérite était tombée justement du côté de l'ouverture.

Je prêtai l'oreille, mais en vain, rien ne remuait. — Il était sans doute étourdi par le choc ou glacé par l'épouvante.

Mais quel que fût le motif, ni l'humanité ni la curiosité n'eurent la puissance de me faire pousser la recherche plus loin; mais sautant lestement, je m'assurai d'abord à ma très-grande joie que ma personne n'avait rien de détérioré, puis je courus à toutes jambes vers la plage.

Me jeter dans un esquif, détacher le câble auquel il était amarré, saisir les avirons et prendre le large, fut l'affaire d'un instant.

Cette lumière pâle et rouge que j'avais vu luire sur la rade, depuis ma prison, à mesure que je m'éloignais de la rive se montrait toujours plus nette plus brillante.

Entraîné par une secrète inspiration qui m'insinuait que là était le salut pour moi, je nageai dans sa direction comme vers un phare, comme vers mon étoile polaire.

Courbé sur les avirons, je jetais de temps en temps un regard plein d'anxiété sur le rivage lointain. Tout-à-coup je le vis s'étoiler de milles petites flammes errantes, et j'aperçus de même soudainement illuminée cette partie de la forteresse où était ma prison. Puis j'entendis un roulement précipité de tambours.

Il n'y avait plus de doute; mon évasion était découverte, et toute la garnison se mettait sous les armes pour me donner la chasse et me reconduire en prison.

Et voilà qu'en même temps j'aperçois une autre barque se détacher du rivage, elle bondit comme une panthère qui poursuit sa proie, elle écume les flots de ses quatre avirons et traverse comme la flèche, l'espace que je viens de parcourir.

Je ne pouvais alors me rendre compte d'un sentiment étrange qui s'agitait au-dedans de moi. Il me semblait que cette barque réunissait tout ce que j'avais d'ennemis et que je jouais contre eux une dernière partie dont mon existence était l'enjeu.

Je n'avais qu'une seule pensée, échapper à tout prix à mes persécuteurs.

Mais malgré mes efforts redoublés il était évident que la barque gagnait sur moi de vitesse; elle se jouait du vent et semblait danser sur les vagues; chaque fois que je relevais les yeux elle s'était rapprochée de quelques toises.

Bientôt je pus distinguer à la lueur sinistre des éclairs deux figures non moins sinistres dont le seul aspect me glaça d'horreur.

Et la barque approchait toujours.

J'épuisai ma vigueur, la sueur ruisselait de mon front avec la pluie; inutiles efforts! impossible de leur échapper, ils allaient m'atteindre avant que j'aie rejoint le navire!

Mon cœur se mourait d'épouvante : retomber entre leurs mains! c'eût été pour moi un sort plus doux de périr enseveli dans les gouffres profonds qui menaçaient à chaque instant d'engloutir mon frêle esquif.

Mais on nous avait aperçus du vaisseau, car soudain un cri perçant, un cri de femme retentit de ce côté; aussitôt je vis une chaloupe se détacher des flancs du navire et venir au-devant de moi.

Etrange illusion! dans ce cri de femme c'était la voix de Lidia qu'il m'avait semblé reconnaître.

La chaloupe volait comme un oiseau, mais la barque montée par mes ennemis courait encore plus vite.

Enfin, mon esquif fut ébranlé d'une violente commotion... j'étais en leur pouvoir!

Deux hommes se jetèrent de leur canot dans le mien, Salezar et Radchofsky, ma barque faillit chavirer.

Alors me dressant à l'avant et brandissant au-dessus de ma tête un des avirons, je me mis en défense.

Mais je n'eus pas le temps de faire usage de cette arme redoutable.

A son tour un soldat, — c'était Felborg, — sauta de la barque dans l'esquif. Je ne sais si ce fut maladresse ou calcul, mais dans son élan il heurta Salezar qui perdit l'équilibre et roula dans la mer.

Cependant la chaloupe s'était rapprochée; si j'avais pu la joindre à la nage! c'était mon dernier espoir, j'élevai ma pensée vers Dieu et je m'élançai dans les flots.

Il me sembla que, grâce à l'obscurité, j'allais échapper à mes persécuteurs; leur barque en effet avait pris une autre direction, mais hélas! je vis en même temps la chaloupe s'éloigner emportant mon dernier espoir.

Je me mis à nager vers le vaisseau.

Je distinguais déjà dans les ténèbres ses flancs noirs battus par les vagues; mais tout-à-coup mes bras commencèrent à se roidir, mes yeux se voilèrent, ma poitrine était haletante, j'allais enfoncer, lorsque je sentis qu'on me saisissait par les cheveux, j'étais évanoui.

CHAPITRE XVIII.

La Vendetta.

Quand je repris connaissance, je promenai sur tout ce qui m'entourait des regards stupéfaits : je me retrouvais dans mon ancien hamac du yacht la *Vendetta*.

Je croyais rêver, et quoique tous mes membres fussent encore endoloris et brisés, je sautai de mon lit et je montai sur le tillac pour m'en assurer.

L'orient s'illuminait des teintes roses de l'aurore ; le vent était tombé, la mer adoucie, et les côtes azurées de l'Espagne s'évanouissaient dans le lointain comme une ligne de brouillards.

Plus de doute : c'était le yacht de sir Edmond Neville, qui cinglait vers l'Angleterre, et j'allais une seconde fois lui devoir la vie.

Etrange en vérité, j'allais presque dire, miraculeuse coïncidence du hasard !

Je m'approchai du gaillard et je revis la cage des lions. Le mâle contre lequel j'avais lutté, que j'avais laissé à peine adulte, m'apparaissait maintenant dans toute la fleur de l'âge et de la force.

A peine m'eut-il aperçu qu'il s'arrêta, fixa sur moi son regard, me reconnut, et poussant un rugissement horrible, s'avança contre les barreaux de sa cage, comme s'il voulait me dévorer pour avoir jeté sa compagne dans les flots.

Mais à un coup de sifflet qui se fit entendre tout-à-coup sous le tillac, il s'apaisa, s'accroupit en grondant sourdement.

Quelques instants après je fus mandé dans la chambre de sir Edmond. Inutile de dire si mon cœur battait en descendant la rampe.

J'entrai : il lisait attentivement à la lueur vaporeuse d'une lampe que faisaient pâlir les premières clartés du matin.

Je le trouvai bien vieilli. Sa taille autrefois si droite et si imposante était légèrement voûtée, ses cheveux jadis noirs et touffus commençaient à grisonner et à s'éclaircir. Mais en affaiblissant ses prodigieuses forces corporelles, les années et les fatigues n'avaient pu dompter son énergie morale : sous l'arc de ses épais sourcils ses yeux brillaient toujours d'une lueur fulminante.

Son regard s'adoucit dès qu'il m'aperçut ; il me fit asseoir près

17

de lui et me considéra quelques instants avec un singulier mélange de surprise et de bonté, puis il s'écria :

— Es-tu un homme en chair et en os, ou bien un fantôme ?

— Je suis Dick, Monsieur, votre ancien mousse.

— Oui, oui, je te reconnais maintenant, et j'aurais dû te reconnaître plus tôt.

Ces paroles dont le sens était une énigme pour moi furent dites d'un ton de voix ému. Sir Edmond continua :

— Fais-moi le récit de tes aventures depuis le jour où tu m'as quitté jusqu'à cette nuit. Grâce à Dieu, Sam t'a recueilli au moment que tu disparaissais ; sans cela, mon garçon, à l'heure qu'il est tu aurais filé probablement ta dernière écoute. Sais-tu que Sam ne m'avait abandonné que pour se mettre à ta recherche ? Vous m'avez quitté presque en même temps et vous revenez ensemble. Il est ici depuis deux jours.

Ma joie fut vive en apprenant que Sam était encore une fois mon sauveur et surtout en pensant que j'allais le revoir.

Je racontai succinctement à sir Edmond le débarquement dans l'île d'Anticosti, la rencontre avec le noir Bosman, mes pérégrinations à travers les Etats-Unis, mon arrivée à la Nouvelle-Orléans, mes courses dans les savanes, la découverte du trésor, la vengeance que j'avais exercée contre l'usurier Worritt, mon retour triomphal en Europe, enfin mon arrestation à Malaga, la confiscation de mes biens, ma prison et ma fuite.

Sir Edmond ne me cachait ni son émotion ni sa surprise pendant le récit de ces aventures inouïes ; il m'écoutait avec le même intérêt, avec la même anxiété que l'enfant prête l'oreille aux contes merveilleux de sa nourrice.

— Le misérable qui m'a trahi, qui m'a indignement calomnié, dis-je en terminant, vous ne le connaissez que trop, Monsieur, il se nomme Radchofsky !...

— Radchofsky ! répéta sir Edmond. Ah ! je l'ai suivi pendant de longues années ; j'ai parcouru toutes les mers avec une infatigable ardeur ; j'ai visité l'Europe, l'Afrique, l'Amérique, j'ai exploré les steppes de l'Ukraine, les gorges des Cordilières, tous les déserts du Nouveau-Monde ; j'ai fouillé toutes les cités, tous les villages, tous les hameaux, mais non moins lâche que perfide, il fuyait toujours devant mon inexorable poursuite !... Maintenant, écoute, je vais raconter la fin de son histoire.

« C'est lui qui te donnait la chasse : dans les ténèbres il n'a pas reconnu le yacht, et au moment où Sam t'emportait dans ses bras, il est monté derrière lui sur le pont de la *Vendetta*.

» Juge de son épouvante lorsque je me suis dressé devant lui.

» L'heure de la vengeance a sonné, lui criai-je, c'est Dieu qui te livre dans mes mains.

» Alors le scélérat voyant qu'il ne lui restait plus aucune espérance de m'échapper, eut le courage ou plutôt la lâcheté du désespoir. Il s'élance à l'improviste, me renverse et cherche son poignard pour m'en percer le cœur.

» Je me débarrassai de la main dont il m'étreignait la gorge, mais je n'ai plus ma vigueur d'autrefois et je ne pus lui faire lâcher prise entièrement.

» Mes matelots rugissaient d'une colère impuissante, j'avais défendu de le frapper. Mon lion rugissait comme eux : en nous débattant nous avions roulé jusque devant sa cage et il en frappait les barreaux de sa tête monstrueuse.

» Enfin Radchofsky avait trouvé son poignard, ce fut au moment où il le levait sur ma tête que d'une main arrêtant son bras, de l'autre j'ouvris la cage du lion !!!... Tu es vengé, Dick ! Mon honneur, l'humanité, le monde entier outragé, nous sommes vengés de ce misérable !... Ah ! la vengeance est un fruit amer ! Dieu me punit pour l'avoir désirée; ce que j'éprouve ressemble à du remords.

» Mais oublions cette scène de sang; — viens, Dick, viens, il est là d'autres amis qui attendent avec impatience le moment de te serrer dans leurs bras. »

Et en même temps soulevant les rideaux il m'introduisit dans le cabinet voisin.

Deux personnes étaient assises et se levèrent à mon aspect, Sam et Lidia Neville !

Je ne pus les voir sans que des larmes vinssent au bord de mes paupières ; je restai muet et immobile de surprise et d'émotion.

Enfin Lidia m'ouvrit les bras :

— Va donc, dit sir Edmond, va embrasser ta mère !

— Ma mère ? répétai-je en me jetant à son cou, et en la couvrant de caresses.

— Oui, ta mère, reprit Sam, car voilà sur cette table, — et il me montrait les papiers que lisaient tout à l'heure sir Edmond, — voilà une déclaration du fermier O'Neagh affirmant que l'enfant à lui confié par un matelot irlandais fut remis sain et sauf entre les mains de Cornélius Murphy ; en voici une de Ralph Murphy et Yorrick Cramner attestant qu'ils remettent au frère du premier un enfant dont un certain comte Alexis Radchofsky les a chargés de se débarrasser ; en voici une enfin de Cornélius Murphy que j'ai moi-même rapportée de Van Diemen avec la dernière ; Cornélius affirme que l'enfant élevé sous le nom de Richard Murphy est un fils de famille et que son frère Ralph Murphy n'a jamais eu d'enfants. Richard, vous êtes le fils de sir Edmond.

— Mon père ! dis-je en baisant la main de sir Edmond.

— Oui, cher enfant, dit Lidia Neville en me poussant dans ses bras, et pour cette fois nous ne nous quitterons plus. . . . .

En peu de jours nous arrivâmes en Angleterre. Sir Edmond s'employa de tout son pouvoir à me faire rentrer en possession de mes richesses confisquées.

Vaincu par ses vives instances et par celles de personnages influents, l'ambassadeur espagnol près le gouvernement anglais référa le cas à la cour de Madrid, exposant quel indigne traitement, grâce aux calomnies d'un imposteur, j'avais été obligé de subir.

Le gouvernement de Madrid ordonna que tous mes biens me fussent immédiatement restitués, se déclarant prêt à m'accorder telle indemnité que je croirais convenable ; et je reçus par une sorte de compensation indirecte la décoration de la Toison d'Or.

Le banquier de la Havane me rendit intégralement les sommes que je lui avais confiées : tellement qu'au bout d'une année j'avais recouvré en entier les prodigieuses richesses que la fortune s'était plu à jeter entre mes mains et qu'elle m'avait retirées un instant par un de ses habituels caprices.

Favorisé par mon opulence et par la profonde expérience que j'avais acquise dans mes voyages, je parvins peu à peu aux plus hautes dignités, et j'eus l'occasion d'étudier à fond le *summum* et l'*imum* de la société dans laquelle nous vivons.

Quant au résultat de mes observations et de mon expérience, je crois utile d'en renvoyer la publication à plus tard pour la seconde partie de ces trop longs mémoires.

Lesquels je vais clore par les paroles d'un de nos grands écrivains :

— Si leur lecture vous a procuré quelque plaisir, sachez-en gré à l'auteur et aussi un peu à son traducteur. Mais si malheureusement nous n'avions réussi qu'à vous ennuyer, soyez certain que nous ne l'avons pas fait exprès.

FIN.

TABLE

TABLE

—

FIN DE LA TABLE

Limoges. — Imp. EUGÈNE ARDANT et Cie.

www.ingramcontent.com/pod-product-compliance
Lightning Source LLC
Chambersburg PA
CBHW061434030726
47503CB00005B/1405